THE SURREAL ADVENTURES OF DR. MINGUS
LAS AVENTURAS SURREALES DEL DR. MINGUS

Jesús Ricardo Félix Rodríguez

Aignos Publishing
Honolulu, Hawaii
2014

The Surreal Adventures of Dr. Mingus
Las Aventuras Surreales Del Dr. Mingus

1910 Ala Moana Blvd, #20A
Honolulu, HI 96815

www.aignospublishing.com

Edited by Jonathan Marcantoni & La Shawn Pagán
Cover art provided by Carlos Alemán
Art Design by Liang-Han Yu

13-digit ISBN: 978-0-9904322-1-0
10-digit ISBN: 0-9904322-1-1

Aignos Publishing
Honolulu, Hawaii
2014

Un excéntrico analista aplicando métodos poco ortodoxos en el mundo de la terapia. De naturaleza universal, Charles Mingus es desbordado por personajes surreales que inundan su mente con experiencias, obsesiones y enfermedades que ponen a prueba sus habilidades como psicoterapeuta. Una familia es monitoreada las veinticuatro horas del día por un equipo de profesionales liderados por Mingus. En su afán por llenar los espacios vacíos que deja la historia, el doctor describe como la muerte de Emiliano Zapata pudo haber sido una farsa para permitir al héroe seguir luchando desde otra trinchera. El príncipe Hamlet sale del escenario para intentar equilibrar sus emociones. El danés va encontrando respuestas en su cabeza que lo ayudan a dimensionar los alcances de la ambición por el poder en los hombres. Un narcotraficante del norte de México acude a los servicios del médico a partir de un exorcismo que le hace cambiar de vida. Dos amigos angoleños van interactuando con un conjunto de figuras políticas e históricas de su país, conversando acerca del funcionamiento del ejercicio del poder en su país y continente.

Un grupo de piezas de ajedrez discuten acerca de la naturaleza del juego y el orden social en el que se desenvuelven. Algunos peones tratan de romper la lógica con la que se relacionan. Un actor de teatro que interpreta a Jesucristo se queda enganchado en el personaje adoptando la identidad del mesías. El doctor Mingus realiza un recorrido por el purgatorio acompañado de Woody Allen. Juntos entrevistan a una serie de personajes históricos del mundo del cine, la literatura y la política. Un joven actor intenta construir el personaje de Edipo de la manera más realista posible.

Mingus abre un grupo de terapia donde nadie parece ser lo que aparenta. Una modelo, un abogado y un gigoló son los pacientes que conforman la agrupación. El médico interviene en el caso de un niño que tiene la particularidad de escupir monedas. Nadie sabe exactamente porque, pero todos quieren un poco de efectivo. Charles escribe un libro llamado ¿Qué ha hecho usted por usted en este día? Donde describe algunos de los recursos terapéuticos que utiliza en sus intervenciones. Uno de sus pacientes no se encuentra muy contento de aparecer en la publicación. Por último, el terapeuta muestra su faceta artística, al dirigir la película acerca de un gurú peregrinando por el desierto de Sonora. Los actores, están lejos de encajar en la personalidad de los personajes, por lo que la historia va fusionando ficción y realidad hasta convertirlas en una.

Dedicación:

A la familia y a los amigos cercanos, a los cazadores de talento como Jon Marcantoni que apuestan por el arte latinoamericano. Para que los hijos de Caborca, Sonora aprendan que no todo lo que salé de ahí es narcotráfico.

El proyecto Philips

El estudio del comportamiento humano ha obsesionado el pensamiento del hombre a través de la historia. Los métodos se han renovado día con día, incluyendo el uso de avances tecnológicos. Los cánones de la conducta se construyen intentando determinar la forma en que vivimos, sin dar espacio a la individualidad. La religión y la sexualidad conforman nuestra identidad. Los terapeutas, juegan a ser dioses, pretenden controlar las decisiones más importantes de nuestras vidas. En esté laboratorio domestico, los conejillos de indias se encuentran detrás de las cámaras observando el paso de la vida. Aunque los límites entre la observación científica y el voyerismo son muy estrechos ¿estamos dispuestos a perder nuestra intimidad en nombre de la salud mental?

Charles Mingus no era un líder natural, pero la vida le había ubicado en ese rol. Era un hombre solitario con pocas habilidades sociales. Siempre estuvo muy comprometido con su profesión, pero era torpe al expresarse. Nunca supo comunicar sus emociones, por lo que desarrolló un mecanismo muy sofisticado de racionalización. Cuando era un niño fue diagnosticado con rasgos de Asperger, una categoría ligera de autismo. Por eso siempre tuvo problemas para relacionarse con las personas. En ocasiones, su método terapéutico era intuitivo, espontáneo e improvisado. Solía decir que su hemisferio derecho sugería soluciones sin tener que pasar por el filtro de la razón. Bueno o malo, había conseguido hacerse de una gran reputación en el mundo de la terapia impartiendo conferencias en diferentes idiomas.

En algún lugar de Los Ángeles, Mingus reunió a un grupo internacional de terapeutas para realizar un experimento que "revolucionaría" el ámbito de la terapia familiar, así como también proporcionaría ayuda a los Philips. Estos se habían distanciado a causa de varios problemas que afectaban directamente el núcleo familiar. El grupo de investigadores estaba conformado por el eminente Hans Egli de Suiza, Vincenzo Bernardi de Roma, Dominique Bordin de Toulouse y Laura Johnston de Massachusetts.

Donald Philips, era un distinguido fisiatra que había visitado a Mingus varias ocasiones en su consultorio privado. Él y su esposa Brenda habían sido tratados bajo el método Mingus unos meses atrás y de pronto los problemas comenzaban a emerger de nuevo.

Los Philips tenían tres hijos: Mike de siete, Laurie de quince y Tina de diecisiete.

El equipo de terapeutas estaba liderado por Egli y Mingus. Cualquier miembro de la familia podía comunicarse con ellos a través de cámaras instaladas alrededor de la casa. En la sala se encontraba una pantalla enorme desde donde se podía observar al grupo de analistas. El que estaba a cargo del micrófono era Mingus, pero todos los investigadores podían interactuar con la familia, en ocasiones el idioma era un obstáculo para lograr una buena comunicación.

La familia se refería a ellos como "El equipo". Los Philips estaban acostumbrados a la voz de Mingus, quien era el mediador habitual entre la familia y el grupo de profesionales.

Uno de los principales problemas, o por lo menos el más evidente en la familia, era Tina. Ella estaba presentando dificultades con el alcohol y las drogas, y como consecuencia de ello no estaba obteniendo un buen rendimiento en la escuela. Un día sus maestros le descubrieron con dos de sus amigos fumando mariguana por lo que sus padres decidieron buscar ayuda profesional.

Por tratarse del primer día, Mingus se dispuso a presentar el grupo de terapeutas a la familia y pidió que se reunieran en la sala principal.

Mingus: muy bien, Donald, Brenda, Tina, Laurie y… mmmm Mike… primero que nada en nombre de mis colegas aquí presentes quisiera agradecerles por esta oportunidad que nos brindan de recibirnos en su casa. Estaremos trabajando juntos las veinticuatro horas al día por algunos meses. Podrán comunicarse con nosotros a través de los teléfonos y pantallas como la que estamos usando en estos momentos. Cualquiera de ustedes puede llamarnos a cualquier hora del día. De la misma manera, nosotros también podremos comunicarnos con ustedes cuando lo consideremos necesario y apropiado. Hay áreas específicas a las que no tenemos acceso como pueden ser ciertos lugares del baño, parte del patio y closets dentro de las recamaras de la casa.

Los Philips vivían en una casa de dos pisos. En la primera planta estaba la cocina, el comedor, la sala de estar equipada con la tecnología suficiente para mantenerse en contacto con los científicos. Biblioteca con las obras completas de Molière, cuarto de lavandería, dormitorio principal y dos baños. En el segundo piso se ubicaban un par de dormitorios, dos baños, un salón en el que la familia solía reunirse para relajarse viendo películas o escuchar música.

Las habitaciones en donde el equipo trabajaba se encontraban integradas con un centro de operaciones en el que pasaban la mayor parte del tiempo. Contaban con media docena de monitores, micrófonos, bocinas y computadoras. También un pequeño comedor donde se turnaban para comer, además disponían de un monitor a través del cual podían seguir observando a sus pacientes.

Después de algunos minutos afinando detalles y haciendo recomendaciones el equipo finalizó la sesión introductoria. Dejaron descansar a los Philips mientras ellos comenzaron a intercambiar notas sobre los miembros de la familia.

En su primera semana de observación no hubo muchos incidentes dignos de mencionar, probablemente porque cada miembro de la familia sabía que estaban siendo observados. Donald, Brenda y Mike acostumbraban hablar con el equipo de manera frecuente. Los terapeutas descubrieron que Michael no sólo padecía de insomnio sino que además era sonámbulo.

Uno de esos días Mike caminó en la obscuridad de la noche y se sentó frente al monitor a través del cual los Philips se comunicaban con el equipo. Dominique era la única que se encontraba en vigilia. Despertó al resto de los miembros del grupo para hacerles saber acerca de la potencial interacción con uno de los miembros de la familia. Mientras Mike observaba la enorme pantalla en silencio, la conversación comenzó.

Mingus: buenas noches jovencito, ¿Qué te trae por aquí tan temprano?
Mike: sólo paseándome, se siente bien aquí en las rocas.
Mingus: ¿En las rocas? (Mingus cubre el micrófono con su mano y se dirige a sus colegas) creo que el niño trata de engañarnos, voy a jugar su juego… aaaa ok, ok Mikey ¿Cuáles rocas?
Mike: las rocas de la playa.
Mingus: ja ja ¿Entonces quieres decir que estás en la playa en estos momentos?

Dominique: me parece que está dormido doctor.

Mike: yo y Guliat estamos aquí, sí.

Mingus: ¿Quién es Guliat, Mikey?

Mike: es mi perro…

Mingus: ya veo, ya veo ¿Así que el clima es bueno?

Mike: el sol está muy brillante… las olas llegan a mis pies y Guliat quiere jugar conmigo… el agua está fría… hay una gran mancha negra que sale del mar…

Mingus: ¿Gran mancha negra? ¿A qué te refieres?

Mike: ¡Guliat! ¡Guliat! ¡Está por encima de nosotros!

Mingus: ¿Qué Mike? ¿Qué es lo que está sobre ustedes?

Mike: es como, es como, aaaa, una mantarraya gigante sobre nuestras cabezas, late… su piel brillante desprende gotas de agua salada en nuestra cara, Guliat y yo comenzamos a correr bajo su sombra tratando de… comienza a llorar… Guliat me persigue…

El equipo decide llamar a sus padres para ayudar al pequeño. Brenda entra a la habitación en su pijama y tranquiliza al niño.

Mingus: ¿Está bien?

Brenda: sí, no hay problema, estaba teniendo una pesadilla, creo.

Mingus: de hecho nos la narraba ¿Esto pasa muy seguido?

Brenda: una o dos veces al mes.

Mingus: (cubre el micrófono con su mano) interesante damas y caballeros ¿Qué piensan?

Hans: pregúntale por Guliat, ese es un cabo suelto.

Mingus: una última pregunta Brenda sé que debes estar cansada ¿Tenían una mascota llamada Guliat?

Brenda: Guliat no, Goliath, un perrito ¿Por?

Mingus: oh nada importante querida, vamos a dormir por ahora, mañana hablaremos, buenas noches.

Brenda: buenas noches a todos, gracias Charles.

Mingus: por nada, buenas noches (apaga el micrófono.) bueno ¿Qué opinan?

Laura: Goliat es el que David mató en la biblia ¿No?

Vincenzo: si, Golia el soldado gigante.

Mingus: muy bien, muy bien, símbolos ¿Qué me pueden decir acerca de los símbolos?

Hans: el mar es obviamente una reminiscencia del lazo materno.

Mingus: ok Hans.

Mingus: ¿Qué más?

Laura: estoy pensando en Goliat ¿Qué puede representar?

Vincenzo: ¿Una idiosincrasia Cristiana?

Hans: puede ser... Charles ¿Philip y Brenda son...?

Mingus: ambos irlandeses.

Hans: ya veo, Católicos entonces.

Mingus: Brenda es Católica pero Donald es de la iglesia Protestante.

Laura: ¿Cuál es la diferencia?

Mingus: podríamos escribir un libro para tratar de responder a tu pregunta señorita pero si existe una diferencia principal sería la "Sola Scriptura".

Laura: ¿Qué significa eso?

Hans: viene del latín Sola que significa solo, y Scriptura que significa escritura la única escritura.

Mingus: exactamente, los protestantes piensan que la biblia es la fuente principal de las revelaciones de Dios a la humanidad...

Vincenzo: por otro lado, algunas de las creencias Católicas vienen de las tradiciones romanas.

Mingus: definitivamente, como el purgatorio o el rezar a los santos.

Dominique: ¡Donnez moi le scrabble s'il vous plait! Pienso que la palabra Goliat es clave para una mejor comprensión de la familia Philips.

Laura, Vincenzo y Dominique comenzaron a jugar con combinaciones de palabras relacionadas con GOLIATH, como el nombre de la mascota de Michael. Formaron palabras tales como: tail=cola, goal=meta, loath=poco dispuesto, lot=mucho, toil=fatiga, etcétera. Ninguna de ellas parecía tener relación con el sueño del niño...

Mingus y Hans se miraban mutuamente mientras intentaban buscar mezclas de palabras relacionadas con GULIAT, como Michael dijo. Formaron: glu=pegamento, tug=tirón, lit=iluminado...

Vincenzo: a lo mejor necesitamos más información para seguir una pista...

Mingus: ¿Qué tal GUILT=CULPA?

Hans: ¿Culpa?

Dominique: eso tiene lógica desde el punto de vista de la religión.

Mingus: muy interesante… me pregunto si la culpa es el *leitmotiv* de esta familia.

Laura: bueno señor Mingus, como dijo Vincenzo, quizás necesitamos más información…

Al siguiente día el incidente fue comentado por algunos miembros de la familia mientras cenaban.

Laurie: no pude dormir ayer ¿Qué paso papá?

Donald: Mike tenía pesadillas así que tu mamá y el equipo le ayudaron.

Tina: ¿El equipo?

Donald: el grupo de doctores que nos observan y escuchan en estos momentos…

Tina: ¿Cómo te ayudaron Mike? ¿Te cantaron una canción de cuna?

Brenda: no empieces Tina.

Tina: ¿Qué mamá? sólo estaba jugando con mi hermanito.

Donald: a tu hermanito no le gustan esa clase de juegos.

Tina ríe y se levanta de la mesa. A la siguiente semana, Vincenzo notó que Donald y Brenda no estaban durmiendo juntos, así que decidieron interrogar a la pareja el domingo por la tarde.

Mingus: bien, bien, buenos días amigos ¿Cómo han estado?

Donald: buenos días Charles un gusto hablar con ustedes señores, ¿Están bien? ¿No se han enfadado?

Mingus: no, para nada, nos entretenemos con scrabble, ajedrez, y un torneo de póker en nuestros ratos libres… tengo que hacer una pregunta. ¿Qué tan seguido tienen relaciones?

Brenda: bueno, nosotros decidimos… pensamos nosotros…

Donald: pensamos… decidimos… decidimos darnos un break, después… tu sabes, nos estamos acostumbrando a las cámara pero planeamos...

Mingus: bien, muy bien, y antes de que llegáramos, ¿Qué tan seguido tenían relaciones?

Brenda: dos o tres veces por semana.

Donald: una vez por semana.

Mingus: bien, muy bien, ¿Quieren discutir esa diferencia matemática?

Brenda: ¡no me avergüences frente a estas personas Donald!

Donald: mi amor, podemos aprovechar esta oportunidad para discutir este tipo de temas.

Mientras la pareja discute en voz baja, el equipo realiza un zoom para tratar de seguir el diálogo. Brenda grita palabras incomprensibles abandonando la habitación bajo el ojo vigilante de los terapeutas.

Mingus: ok, ok vamos a dejar las cosas como están, discutiremos el tema en otra ocasión.

Pasaron algunas semanas más sin que algo relevante ocurriera, la rutina estaba cansando a los observadores. Ese día Tina llegó muy tarde por la madrugada, como solía hacerlo, antes de que el equipo comenzara a trabajar con ellos. Sus padres la esperaban en la sala. Finalmente la adolescente abrió la puerta discretamente como tratando de pasar desapercibida.

El grupo de terapeutas observaba la escena a través de las cámaras. Tina caminaba de una manera simpática. Donald fue el primero en percibir que su hija estaba borracha.

Donald: son las seis de la mañana Tina.
Tina: gracias papá, no podrás negar que llegué a casa temprano.
Donald: ¿Te parece una hora decente de llegar señorita?
Tina: llegué ¿Qué no?
Donald: ¿En estas condiciones?
Tina: ok, tomé algunos tragos de vino.
Brenda: ¡te tomaste la botella entera!
Tina: ¡oigan! ¡No hagan un drama de esto!
Donald: ¡no seas grosera con tu mamá!
Tina: ok, disculpa mamá, ¡ey Dr. Tarr! ¿Está despierto? ¿Les puede decir a mis papás que este comportamiento es perfectamente normal en los adolescentes?
Mingus: bueno si que lo es, pero…
Tina: gracias doc.
Donald: gracias Charles, déjame esto a mí.
Mingus: ok Donald.
Tina: oigan ¿Podemos seguir con esto en la mañana? Me duele la cabeza…

La familia dio por terminada la conversación mientras el equipo siguió discutiendo para tratar de explicarse la escena.

Vincenzo: ¿Por qué te llamó Dr. Tarr?
Dominique: es una historia cómica de Edgar Allan Poe.
Mingus: así es.
Vincenzo: ¿De qué trata?
Dominique: Tarring y Feathering.
Mingus: ¡esa muchacha hizo la tarea!… ¡recuerden! los lunáticos toman el control del hospital.
Laura: remplazando a los doctores.
Hans: ¿Sentirá que está tomando el control?
Mingus: estaba volando en la misma dirección Herr Hans.

Este tipo de comportamiento comenzó a aumentar mientras los días pasaban. Cada fin de semana Tina y sus padres discutían por diferentes pretextos. La situación era insufrible.

Varias semanas atrás comenzó a llamar gorda a su hermana. Laurie, que era una persona sugestionable, empezó a dejar de comer de forma saludable. También comenzó a hacer ejercicio compulsivamente mientras Tina continuaba burlándose de ella. Sus padres descubrieron el juego cuando Laurie acudió a Brenda pidiendo ayuda. Tina negó su responsabilidad en los hechos, argumentando que ella sólo se preocupaba por la salud de su hermana menor. Sus habilidades de manipulación se estaban convirtiendo en parte de su personalidad. Sin olvidar que sus problemas con las drogas la convertían en una persona irritable.

Un buen día Tina convenció a su hermano Mike de que representara una escena exclusiva para el equipo. Fingió que se encontraba sonámbulo cuando los médicos comenzaron a interrogarlo. El niño se encontraba acostado sobre el sofá. Tina lo había preparado para describir el sueño de una película clásica. Cuando el pequeño mencionó hormigas brotando de la palma de su mano y un ojo siendo cortado por la mitad con una navaja de afeitar, Dominique recordó *"Un Chien Andalou"*. Egli y Mingus concordaron en no hacer más grande el asunto, en todo caso la broma de Tina revelaba una lucha por el control.

A la siguiente mañana el equipo reunió a toda la familia. Como

Tina era la protagonista en esa etapa, decidieron probar una especie de paradoja (una técnica terapéutica).

Mingus: buenos días a todos ¿Cómo están?
Familia: buenos días doctor.
Mingus: bien, bien espero que estén satisfechos con su desayuno, el de nosotros estuvo delicioso…
Mike: ¿Qué comieron doctor?
Mingus: aaaa, veamos, comimos frituras, con dos huevos escalfados, champiñones, salsa de guacamole, chile, dulce, y pan tostado cubierto con hojas de albahaca, aaaa, además jugo de naranja, leche y café colombiano…
Tina: comen mejor que nosotros.
Mingus: ja ja ja.
Laurie: ¡calla Tina!
Donald: tranquilícense ¡por favor! Todos tuyos Charles.
Mingus: bien dicho Donald, bien dicho… escuchen, para decirlo de una manera simple: desde un punto de vista sistémico, su familia padece una "enfermedad" como grupo, por ello el tratamiento no puede ser individual, tiene que incluir cierta clase de técnicas que pueden ser algo difíciles de comprender… así que les pedimos paciencia y comprensión… ¡Donald! ¡Brenda! ¡Mike! ¡Déjenos solos por favor! Nos gustaría hablar con Tina y Laurie.
Donald: ¡espera un minuto Charles!
Brenda: ¿Cómo es posible? Yo pensé que esto era terapia familiar.
Donald: pensé que no habría secretos entre nosotros.
Mingus: bien, bien, escuchen, como les digo, algunas veces es mejor trabajar con ciertos miembros de la familia con el fin de aplicar algunas… técnicas particulares…

Donald y Brenda se llevaron a Michael visiblemente ofendidos. El equipo guardaba silencio mientras observaban al resto de la familia abandonar la habitación. Después de un chillido en el micrófono Mingus comenzó a hablar con las hermanas.

Mingus: bien señoritas ¿Como han estado?
Laurie: ¡muy bien!
Tina: ok.
Mingus: decidimos hablar con ustedes porque notamos mucha

tensión entre sus padres.

Laurie: ¿Lo notan?

Tina: dime algo que no sepa… están acostumbrados a desquitarse conmigo.

Mingus: por eso estaba a punto de preguntarte jovencita ¿Te sientes como la oveja negra de la familia?

Tina: algunas veces sí ¡chingado! Mis padres pueden ser muy enfadosos.

Mingus: vamos a tratar de cambiar esa realidad.

Tina: ¿Pueden hacer eso?

Mimgus: podemos tratar de llevar a cabo esfuerzos para dar luz a los verdaderos problemas que hay.

Tina: ¡eso sería increíble!

Mingus: basados en nuestras observaciones concluimos que sus padres tienen serios problemas como pareja… puede ser que estén experimentando los primeros síntomas del "síndrome del nido vacío".

Laurie: ¿Qué?

Mingus: el síndrome del nido vacío, ocurre con frecuencia una vez que los hijos están a punto de abandonar el hogar… el problema es que no se atreven a solucionar o si quiera comunicar este tipo de situaciones… así que se enfocan en su "adolescencia", en el comportamiento de Tina principalmente… por lo que necesitamos su ayuda para tratar de hacer evidente este tipo de circunstancias…

Laurie: sin duda.

Tina: díganos ¿Cómo podemos…?

Mingus y las hermanas continuaron hablando durante un tiempo. El doctor propuso cierto tipo de paradoja en la conducta de ambas. Tina y Laurie se encontraban un poco escépticas al principio, pero mientras discutían los términos de la técnica, entendieron que era una manera de ayudar a la familia e intentar mejorar la relación con sus padres. En el nombre de su tranquilidad decidieron participar.

Pasaron los días y los cambios comenzaron a manifestarse de manera sutil. El director de la escuela llamó a Donald para preguntarle sobre la ausencia de Laurie. Brenda se percató de que la ropa de su hija comenzaba a oler raro, como si estuviera fumando tabaco. Donald y Brenda culparon a su hija mayor cuando perdieron los estribos y reprendieron a Tina. Laurie trató de defender a su hermana, pero fue inútil. Tina salió de su casa enfurecida prometiendo no regresar jamás.

Mingus y el equipo no se sorprendieron con la situación. Ese tipo de técnicas no eran fáciles de aplicar en la vida real. Al principio, Laurie trató de centrar la atención de sus padres en su comportamiento, pero era inútil. Ellos presionaban a Tina, la hermana mayor, y por lo tanto la única a culpar. Hans recomendó a Mingus sostener una conversación privada con Donald. Los investigadores aislaron uno de los baños para proporcionar la privacidad necesaria. Sólo Mingus y Donald podían hablar y escuchar.

Mingus: esta fuera de control Donald.

Donald: lo sé Charles, Tina es…

Mingus: me refiero a Laurie.

Donald: ¿Laurie?

Mingus: no, más bien Brenda… estas acostumbrado a regañar tanto a Tina que se te olvida que tienes otra adolescente en casa.

Donald: puede que tengas razón Charles.

Mingus: ¿Y ella que piensa?

Donald: ¿Brenda?

Mingus: sí.

Donald: Tina y Laurie han estado… han estado portándose mal desde…

Mingus: desde…

Donald: no es fácil equilibrar los diferentes aspectos de la vida Charles, tú debes saberlo… trabajo duro para tratar de darle a mi familia una mejor calidad de vida… pero…

Mingus: pero la calidad no siempre es equivalente al éxito económico, tu provees la estabilidad económica, pero el costo de tu ausencia es demasiado alto… cuando pasas tiempo en casa, tratas de ser una figura de autoridad para tus hijos, pero ellos te perciben como distante... parece que no sabes cómo comunicarte con ellos afectivamente...

Donald: tal vez tengas razón Charles, pero no puedo permitirme ganar menos… mis hijas están a pocos años de una carrera universitaria…

Mingus: entiendo.

Donald: es un dilema social.

Mingus: lo sé, lo sé, nuestra jornada de trabajo ha aumentado a casi el doble... la sociedad está completamente enferma... como Krishnamurti dijo:

"no es signo de buena salud el estar bien adaptado a una sociedad profundamente enferma" pero cuando no eres capaz de dar la "cantidad" suficiente debes estar dispuesto a dar "calidad," solo te veo ahí sentado en la computadora cuando estás en casa... ¿Te das cuenta de lo que haces? Te pregunto por Brenda, y terminamos hablando de Tina y Laurie y tu trabajo ¿Cómo van las cosas con Brenda?

Donald: ¿Qué hay sobre ella?

Mingus: no duermen juntos ya... no es por lo del gran hermano ¿O sí?

Donald: nos llevamos muy bien, pero las relaciones pasan por etapas, tú sabes.

Mingus: mmm.

Donald: nos estamos volviendo viejos y el sexo ha pasado a segundo término.

Mingus: ¿Y ella qué piensa?

Donald: no hablamos sobre estos temas Charles.

Mingus: ¿Por qué no?

Donald: ¿A qué te refieres con "porqué no"? Porque... porque...

Un largo silencio se produjo después de un suave rumoreo, Mingus y Donald continuarían hablando durante un par de horas. Charles y el equipo estaban confundidos acerca de todo aquel panorama. La paradoja estaba consiguiendo proporcionar un poco de conciencia sobre el problema, pero el iceberg seguía allí. Los terapeutas sentían como si tuvieran que cambiar de dirección. La semana siguiente Tina regresó gracias a que su madre le rogó para que lo hiciera.

Un par de noches después Mike estaba caminando sonámbulo otra vez y Dominique fue la primera en percatarse.

Dominique: despierten todos, Mikey está caminando sonámbulo otra vez.

Vincenzo: maldita sea, estaba durmiendo muy a gusto ¿Alguna otra escena de película?

Mingus: veamos ¿Qué tenemos aquí?
Laura: adoro los sueños de este niño.
Dominique: yo también.

El pequeño caminó hacia la cocina esta vez. Tomó una caja de galletas, un plato, y una cuchara actuando como si estuviera comiendo un plato de cereal. Esta vez fue Hans quien hizo las preguntas.

Hans: ¿Cómo te sientes Mikey?
Mike: ok.
Hans: ¿La cena esta buena?
Mike: sigue el camino de la salvación.
Hans: así lo haré joven, ¿En dónde te encuentras ahora?
Mike: veo las estrellas.
Hans: ¿De verdad?
Mike: hay hierba en mi nariz, casi son las seis en punto señor.
Hans: que interesante ¿Las seis de la mañana?
Mike: el reloj del universo está avanzando señor.
Laura: ¡Por Dios! es demasiado pequeño para hablar así.
Mingus: está interpretando un rol obviamente, continúe Herr Egli.
Hans: ¿Se te está acabando el tiempo Mikey?
Mike: no a mi señor, al ser humano.
Hans: ¿Y por qué?
Mike: las transiciones son frecuentemente comparadas con la muerte…
Hans: ¿Vamos a morir?
Mike: el camino a la salvación es individual, debemos evolucionar, cruzar la puerta...
Hans: ¿A cuál puerta?
Mike: la puerta de la salvación señor.
Mingus: (en voz baja) creo que está hablando acerca de las profecías Mayas o algo así.
Hans: ¿Qué?
Mike: debe cruzar la puerta señor.
Hans: disculpa Mike no estaba hablando contigo (cubre el micrófono con su mano) ¡cállate Charles! ¡Estoy tratando de hacer al niño hablar!
Mingus: disculpa, pregúntale cómo sabe todo eso.

Hans: escucha Mike ¿De dónde sacas toda esa información?

Vincenzo: (en voz baja) a lo mejor lo ha visto en el History Channel.

Mike: está girando en su eje.

Hans: ¿Qué está girando Mike?

Mike: una rueda.

Hans: ¿Es el fin de los tiempos?

Mike: un nuevo ciclo, van a ser capaces de escuchar las voces de la gente.

Hans: ¿Qué gente?

Mike: esos que ya no están con nosotros.

Después de un par de minutos Mike se despertó y la sesión improvisada llego a su fin. El equipo discutió el contenido del sueño de Mike.

Mingus: hay una profecía maya para diciembre del 2012.

Vincenzo: me suena a Nostradamus.

Mingus: ambos han marcado esa fecha como una transición.

Dominique: he escuchado que hablan sobre el fin del mundo.

Laura: los egipcios también escribieron al respecto… pero ninguno de ellos hace referencia al fin del mundo, Hollywood sí.

Dominique: interesante.

Hans: ¿Qué podemos decir acerca del sueño de Mikey?

Vincenzo: ¿Sus padres ejercitan una especie de control ideológico sobre él?

Mingus: la religión… culpa… miedo…

Dominique: ateo, gracias a Dios, dijo Luis Buñuel.

En el primer sueño la mantarraya representa el miedo a la castración. Mikey se siente perseguido y abrumado por la sobreprotección materna. Por otro lado la ausencia del padre le proporciona ideas de grandeza, omnipotencia. En sus fantasías edípicas, él derrota al padre y posee a la madre. Brenda desahoga su libido con el excesivo cuidado de los niños y la devoción religiosa. Las cicatrices mentales de los miembros de la familia se han convertido en su realidad. En el segundo sueño, Mike asume el papel de un profeta lleno de fervor religioso inspirado muy probablemente por la madre. El intenta salvar las almas de sus prójimos. El niño se identifica a sí mismo con la figura materna y sintoniza muy seguido el History Channel.

La siguiente semana Hans y Mingus organizaron una sesión familiar. Estaban tratando de atar los cabos sueltos con el fin de encontrar un rumbo. Hans trabajó con el método Bert Hellinger en varias ocasiones. Pidieron a la familia sentarse en una hilera de sillas. Mike estaba al costado izquierdo de su madre, Tina a la derecha. Donald tenía a Tina a su izquierda y a Laurie a su derecha. La sesión comenzó con un par de preguntas, los miembros de la familia asumieron una actitud defensiva. Se mantuvieron en silencio cuando se suponía que debían hablar.

Hans: necesitan cooperar con esta técnica. No puedo ayudarles si ustedes no se ayudan a sí mismos ¿Cómo te sientes Tina?

Tina: me siento rara…

Laurie: eres rara.

Tina: ¡cállate pendeja estoy hablando!

Donald: ¡Tina!

Hans: voy a tener que pedirles respeto, cuando alguien más hable por favor no interrumpan… Tina no uses ese lenguaje.

Tina: ok, como estaba diciendo, siento que estoy jugando otro rol… no tengo a nadie o nada a que aferrarme.

Brenda: Dios es siempre la respuesta señorita.

Tina: no soy tan creyente como tu mamá… es fácil decir eso para ti.

Brenda: ¿Fácil?

Madre e hija se encontraban discutiendo una vez más.

Hans: (lejos del micrófono) la religión otra vez señores… ok Brenda, dinos ¿Qué sientes?

Brenda: (después de una larga pausa) siento algo de distancia.

Hans: ¿A qué te refieres con distancia?

Brenda: bueno, distancia, míranos, Tina está en medio de nosotros.

Hans: ok, ese es un buen inicio… ¿Por qué creen que Tina está entre ustedes? Percibo que tú y Donald no se llevan muy bien que digamos.

Brenda: nos llevamos bien, pero es difícil de explicar… vivimos juntos pero separados.

Hans: ¿Qué hay de ti Laurie?

Laurie: me confundo, mis papás… a veces quisiera que fueran un poco más afectivos.

Hans: interesante, ¿Sientes como si no se amarán?

Laurie: no lo sé, afectivos en todos los sentidos, incluyéndonos a nosotros.

Hans: ¿Donald?

Donald: bueno, no sabía que mi esposa se sentía distante, pero ahora que los escucho estoy consciente de que lo podemos hacer mejor…

Hans: te pregunté acerca del comentario de Laurie.

Donald: bueno, no lo sé. Soy una persona poco expresiva.

Mingus: ¡Vamos Donald!

Donald: soy torpe cuando se trata de expresar emociones.

Mingus: ¡No jodas! ¡Por favor Donald! (Mingus intervino para tratar de forzar una reacción)

Donald: ¡Deja de joder Charles! ¡No estás en mis zapatos!

Hans: ok, por favor todos guarden silencio, Charles por favor, voy a tener que pedirte que te tranquilices. Continúa Donald.

Donald: disculpen, perdí el control… también estoy preocupado por saber el por qué Tina se encuentra entre nosotros ¿Cuál es el problema?

Hans: tú dime.

Donald: no lo sé, por eso estoy preguntando…

Brenda: también yo quiero saber.

Tina: ¿Puedo hablar?

Hans: por supuesto querida, para eso estamos aquí…

Tina: cuando hablo de jugar un rol, no me refiero a que estoy actuando como alguien más deliberadamente… me siento como si estuviera remplazando a mi papá.

Hans: ¿Remplazando?

Tina: cuando él está ausente siento que estoy a cargo.

Mingus: esa chica es muy inteligente (voz baja) es por eso que cuestiona la autoridad de sus padres…

Hans: ¿La ausencia de tu padre te afecta?

Tina: no lo sé, yo creo.

Hans continuó interrogando a la familia. Estaban cobrando conciencia de cómo la ausencia de Donald les afectaba. A pesar de que la mayoría de sus pensamientos permanecían inconscientes. Los miembros del equipo estaban pensando en el próximo paso a tomar.

La próxima estrategia surgiría a partir de una improvisación. Laurie y Tina discutían con Donald acerca de un permiso para asistir a algún convivio. Donald parecía estar perdido en medio de los argumentos de sus hijas. Mingus le llamó por el micrófono.

Mingus: Donald ¿Puedes subir a nuestra oficina por favor?
Hans: ¿Para qué le hablas Charles?
Mingus: se me vino a la mente el otro día, checa esta maravilla japonesa…
Mingus mostró un aparato auditivo al equipo. Todos se miraron extrañados. Donald llamó a la puerta. Charles abrió y abrazo a su cliente.

Mingus: Donald mi amigo ¡tengo la solución a tus problemas!
Donald: ¡Dime por favor!
Mingus: vamos a utilizar este flamante aparato electrónico.
Donald: ¿Qué es esto?
Mingus: un aparato auditivo.
Donald: ok ¿Y?
Mingus: deberás usar esta cosa un par de días, vamos a aconsejarte qué hacer cuando no sepas cómo manejar ciertas situaciones... así como esa discusión que sostenían ahí abajo…
Donald: si tú consideras que esto puede ayudar, confío en ti.
Mingus: ¡Es como montar un monociclo antes de saber usar la bicicleta!
Donald: ok, lo usaré.
Mingus: lo pones dentro de la oreja… lo podemos probar ahora mismo, ve a hablar con tus hijas… este aparatejo se moldea a la forma de tu oído. Es tan pequeño que pasa desapercibido para el resto de las personas.

Donald baja las escaleras y regresa a la sala de estar donde le esperan sus hijas para seguir discutiendo.

Laurie: papá ¿Entonces podemos ir?

Mingus le habla a Donald a través del aparato.

Mingus: afectivo y firme, recuerda.

Después de un largo silencio.

Mingus: ¿De qué trata exactamente?

Donald: ¿De qué trata exactamente?

Tina: ya te habíamos dicho, es una clase de evento artístico, no es tanto como una fiesta.

Mingus: ¿Qué tipo de arte?

Donald: ¿Qué tipo de arte?

Tina: ¡Papá! ¿Estás sordo? Te dijimos que van a haber bailarines, pintores y un happening…

Donald: ¿Un happening?

Mingus: un show improvisado…

Donald: calla, Ch!!…

Tina: ¿Qué?

Donald: no, no, disculpen, no quise callarlas a ustedes, es solo, aaaa, un pequeño zumbido que traigo…

Laurie: ¿Estás bien papá?

Tina: ¿Estás tomando?

Donald: estoy bien, nada de bebidas, es solo que el trabajo ha estado, aaaa… muy duro

Mingus: disculpa amigo ¡No digas eso!

Donald: ¿Qué puedo decir?

Mingus: muy bien, muy bien, voy a confiar en ustedes.

Donald: muy bien, muy bien, voy a confiar en ustedes.

Tina: papá, comienzas a sonar como ese loco doctor Mingus.

Mingus: no empieces, él es un gran médico... pero las quiero aquí de vuelta a las doce en punto... si me entero de que una de ustedes ha bebido, ¡ningún otro permiso para ustedes señoritas!

Donald: no empieces, él es un buen médico...pero las quiero aquí de vuelta a las doce en punto... si me entero de que una de ustedes ha…

Mingus: ha bebido ¡ningún permiso más para ustedes, señoritas!

Donald: ha bebido ¡ningún permiso más para ustedes, señoritas!

Mingus: sin el énfasis.

Donald: ¿Qué?

Mingus: olvídalo.

El equipo no estaba tan convencido acerca de la técnica de Mingus. El excéntrico galeno no se tomó el tiempo para discutir la decisión con ellos. Hans estaba muy enojado, a pesar de ello Dominique, y Vincenzo apoyaban la decisión de Mingus. Laura pensó que esto podría ser utilizado con los psicópatas y otras enfermedades mentales. El médico siguió dictando lo que Donald tenía que decir por varios días. Aunque el experimento estaba a punto de concluir, el equipo no se encontraba satisfecho en absoluto.

Mingus y Egli se percataron que las "inhibiciones Católicas" de Brenda habían ido deteriorando la vida sexual de la pareja. La forma en que Donald había reaccionado era refugiándose en el trabajo. Mingus estaba tratando desesperadamente de hacer que la familia se hiciera consciente del problema, pero de algún modo, estaban acostumbrados a suprimir el contenido inconsciente. Tina se veía obligada a adoptar "un rol paternal" en la ausencia de su padre. Es por eso que siempre se encontraba bajo presión y tratando de resolver las cosas con el consumo de alcohol y drogas. Laurie tenía un rol más libre dentro del sistema: ella podía vivir la vida normal de un adolescente.

El equipo tenía que encontrar una estrategia para hacer visible lo invisible. La hipnosis se descartó en el siglo diecinueve pues no aportaba conciencia acerca de "las cicatrices psíquicas" del paciente. Los terapeutas podían asomarse a la raíz del problema, pero el paciente no. Varias estrategias debían ponerse en juego. Si tan solo lograran probar a los Philips que el alcohol y las drogas eran síntomas de una misma "enfermedad", podrían avanzar a la siguiente dirección: encontrar una cura.

Tina era el único miembro de la familia que estaba dispuesto a romper la homeostasis, el equilibrio, cimbrar el status quo. Es por eso que Mingus y Egli decidieron tener una charla con ella en "privado". Mientras que Tina estaba en la recamara viendo su programa favorito, Egli logró proyectar su imagen en la pantalla del televisor. Egli y Mingus parecían un par de locos obsesionados con la idea de controlar las vidas de las personas.

Hans: Tina.
Tina: estoy viendo mi programa favorito ¿Pueden salir de mi pantalla por favor?
Hans: lo siento Tina, tenemos que hablar.
Tina: ¿Tengo alguna otra opción?
Hans: sí, pero lo más probable es que insistamos de nuevo más tarde.

Tina: ok ¡Traten de ser breves!

Hans: estamos preocupados respecto a tu experiencia con las drogas, ¿Es verdad que has usado peyote?

Tina: yo y unos amigos, pero no fue gran cosa.

Hans: ¿No fue gran cosa?

Tina: sólo lo hice por curiosidad ¿Ustedes no usaron algún tipo de droga cuando eran jóvenes?

(Voces discutiendo).

Hans: ese no es el punto Tina, eres demasiado joven... no puedes cargar el peso de los problemas de tu familia sobre los hombros.

(Después de un largo silencio)

Tina: ¿Alguno de ustedes me podría decir por qué actúo de esta manera?

Hans: probablemente estas en búsqueda de Dios.

Tina: no estoy segura de creer en Dios, se leer.

Hans: eso no significa que no tengas la necesidad de creer en algo.

Tina: yo creo en la razón, los hechos científicos.

Hans: las drogas son una búsqueda espiritual desesperada.

Tina: por favor.

Hans: de verdad, algunas tribus indígenas utilizan las drogas como parte de un ritual religioso.

Tina: "tribus indígenas", ok.

Hans: en la era post-colonial la industrialización del alcohol y las drogas tuvo lugar...

Tina: ¿Y?

Hans: y hemos generado toda una serie de métodos y tratamientos para intentar ayudar a los adictos ¿Sabes cuál de ellos es el más eficaz?

Tina: ni idea.

Hans: doble A.

Tina: ¡Esa mierda es para perdedores!

Hans: este método está basado en los doce pasos. Necesitas doce pasos para alcanzar el cielo.

Tina: no lo sabía.

Hans: ¿Te das cuenta de la ironía? El alcohol y las drogas se utilizan como una forma de llegar a Dios o tratar de llenar un hueco.

Tina: suena interesante.

Hans: es la fórmula de Jung, un remedio espiritual... la eterna lucha en contra del ego.

Tina: yo tengo un ego muy grande.

Hans: todos lo tenemos ¿No es así?

Tina: tengo que encontrar tranquilidad.

Hans: ¿Dónde la puedes buscar?

Tina: se supone que ustedes son los sabios y yo la adolescente inmadura.

Hans: lamento decepcionarte pero no tenemos respuesta para esa pregunta.

Mientras tanto, Dominique y Laura hablan con Brenda. Su versión del problema era un poco diferente.

Dominique: entiendo que la religión es un asunto de gran importancia para usted.

Brenda: se podría decir que soy una mujer de fe.

Dominique: ¿Una mujer de fe?

Brenda: yo nací y fui criada como católica, y estoy muy orgullosa de eso.

Dominique: ya veo, ¿Cree que pueda encontrar una relación entre la práctica de su fe y sus problemas matrimoniales?

Brenda: por supuesto que no. Quiero decir, no sé... ¿Qué quiere decir con eso?

Dominique: me refiero a que su religión sostiene algunas cuestiones relativas al sexo.

Brenda: bueno, nosotros creemos que el sexo es sólo para la reproducción.

Dominique: ¿No se les permite obtener algo de diversión en el proceso?

Brenda: cuando estas conectado a Dios no precisas de ese tipo de placeres. Juan el Bautista no tenía sexo...

Dominique: lo entiendo, según la iglesia José y María tampoco, pero concibieron a un niño.

Brenda: absolutamente, María tuvo una concepción inmaculada.

Dominique: pero esos conceptos no son necesariamente biológicos.

Brenda: bueno, el placer tiene el único propósito de aumentar la probabilidad de reproducirse, pero eso no significa que sea esencial.

Dominique: solo estoy tratando de razonar un poco.

Brenda: cuando se trata de los asuntos de fe, la ciencia ocupa el segundo lugar.

Laura notó que Dominique estaba presionando demasiado a Brenda por lo que decidió intervenir.

Laura: ¿Cuándo comenzó a tener problemas con su marido?

Brenda: bueno... yo no los llamaría problemas, pero comencé a sentir mucho dolor durante el acto sexual... así que empezamos a distanciarnos un par de años atrás…

Laura: ¿Qué pasó?

Brenda: no estoy segura... no podía detener el dolor y él estaba trabajando mucho en ese tiempo, me deprimí…

Laura: ¿Te deprimiste?

Brenda: nada grave, el médico me recetó antidepresivos suaves y eventualmente ese problema quedó resuelto.

Laura: nos estamos perdiendo de algo aquí. ¿Por qué estabas deprimida?

Brenda: no lo sé, la distancia supongo, falta de interés. ¡Espera! Lo que sí recuerdo es que estaba experimentando un desequilibrio hormonal, debido a la menopausia.

Laura: ¡Eso puede ser!

Brenda: ¿Puede ser qué?

Laura: me refiero a que perdiste la capacidad para ser madre.

Brenda: no lo había considerado desde ese punto de vista.

Laura: una vez que comenzaste a tener sexo "solo por placer" tu moral generó una reacción de negación, causando el dolor.

Brenda: no lo sé, ¿Es posible? No estoy segura.

Laura: bueno, al menos tenemos algo donde empezar. Podríamos partir desde allí para tratar de ayudarte.

Brenda: si de algo estoy segura es que necesito ayuda.

Días después los Philips conversaban mientras comían el postre. Tina finalmente encontró la fuerza para hablar con sus padres. Les confesó su intención de independizarse ese mismo verano. Donald y Brenda no estaban felices de escuchar la noticia, pero no tenían otra alternativa más que apoyar su decisión. Laurie y Mike se quedaron sin habla. Tina estaba tirando la toalla. El sistema Philips estaba siguiendo un curso natural de separación. Pero el hecho de que la oveja negra anunciara su retiro perturbó a todos. Si el contenido inconsciente se tornaría consciente sería sin la ayuda de Tina. ¿Quién tomaría su lugar?

Días después, Laurie y Tina trataban de enseñar a Donald un baile gitano. Ensayaban la danza bohemia de Carmen de Bizet. Mingus y Dominique bailaban y cantaban mientras impartían instrucciones a la distancia…

(A través del aparato auditivo)
Mingus: tienes más gracia que un perro cirquero Donald…

Donald estaba riendo al tiempo que trataba de reproducir los pasos de baile.

Laurie: ¿De qué te ríes papá?
Tina: tienes dos pies izquierdos.
Mingus: (cerca del micrófono) "¡Le même chanson, le même refrain!"
Donald: me estas volviendo loco con esta cosa.
Laurie: ¿De qué estás hablando papá?
Tina: ¿Hablando solo otra vez?
Donald: no es nada… solo estaba recordando que nuestro doctor Charles es un gran bailarín ¿Porqué no lo invitan a bailar?
Tina: ¡Buena idea!
Laurie: señor Mingus ¿Le gustaría venir acá con nosotros? ¿A enseñarnos algunos pasos de baile?
Tina: ¡Sí! Venga a bailar con nosotros doc.
Mingus: ¿Quién, yo?
Hans: ve, yo puedo encargarme de todo aquí.
Laura: ¡Enséñales a bailar Charles!
Mingus: (al micrófono) bien señores, ¡Aquí voy!

Mientras el ritmo iba in crescendo Brenda terminaba su pavo al horno. Mike trataba de ayudarla haciendo caso omiso de los bailarines en la sala de estar. Mingus bailaba con Laurie, burlándose de Donald, quien hacía pareja con Tina. Desde arriba los científicos se sorprendían de la destreza exhibida por Charles. Dominique cantaba la canción en el micrófono en un aparente estado hipnótico: "La danse au chant se mariait, la danse au chant se mariait"

Mingus: ¡Gran voz Dominique!… ¡Hace tiempo que no bailaba!

Los bailarines empujaron los sofás a la orilla de la habitación. Mingus ahora bailaba con Tina y Donald con Laurie, in crescendo…

Dominique: "¡Cela montait, montait, montait, montait!"
Mingus: ¡Baja a bailar con nosotros Dominiqueeee!

Dominique corrió a la sala de baile sin pensarlo. Vincenzo y Laura la siguieron, por primera vez los observadores estaban interactuando directamente con los observados. Hans estaba cómodamente sentado en su silla grabando toda la acción mientras devoraba una ensalada de pollo.

Mingus: tra la la la tra la la la la la la la.

Brenda y Mike escucharon los ruidos y gritos por lo que corrieron a la sala para aplaudir a los bailarines. La apacible habitación se convirtió en un salón de fiestas. El ritmo de la música aumentaba haciendo a todos girar como en un estado letárgico.
Después de que la música terminó todos fueron a comer algo de pavo para la cena. El equipo y los miembros de la familia compartieron un momento para hablar entre ellos en persona, por primera vez, sin la barrera de los micrófonos y cámaras. Incluso Hans bajó a pasar un tiempo con la familia. También era el final del proyecto Philips, aunque el proceso de la terapia continuaría. Los miembros de la familia estaban acostumbrados a tener al grupo de científicos en su casa.

Una semana después de haber concluido el experimento Donald se quejaba con Brenda.

Donald: ya estaba cansado de ese asunto del gran hermano.
Brenda: no era fácil, no tener un momento de completa privacidad, pero de alguna manera, los extraño.
Donald: (la abraza) podemos consultarlos cuando queramos.
Brenda: tienes razón… no hemos podido hablar de nuestros problemas desde hace tiempo.
Donald: estoy de acuerdo, no nos comunicamos.

Brenda: (lo abraza) ¡Aprendiste a hablar como terapeuta amor!

Mingus: (dentro de la oreja de Donald) Dile que la amas ¡chingado!

Donald: te amo ¡chingado!

Brenda: ¿Qué?

Donald: no te preocupes amor, no es nada.

Se besan, Donald se quitó el aparato auditivo dándole toda su atención a Brenda mientras el doctor gritaba.

Mingus: Donald ¡Idiota! Afectivamente firme ¿Recuerdas? ¡Afectivamente firme! ¡Hola! ¡Hola! ¿Me escuchas? Donald!!! Holaaaaa!!!!

Donald: debemos tratar de aclarar las cosas.

Brenda: estoy de acuerdo, es que no puedo encontrar el momento adecuado para hacerlo.

Donald: tal vez tenemos que forzar "el momento adecuado".

Brenda: nos estamos haciendo viejos.

Donald: lo sé, ¿No odias tener que esconder el pelo gris? Es como negar la edad.

Brenda: lo sé, no me gusta hacer el doble de esfuerzo que mis hijas en el gimnasio y tener la mitad de su belleza.

Donald: no digas eso, te ves muy bien.

Brenda: no seas tonto, soy toda una abuela... ¿En dónde fracasamos?

Donald: yo no lo llamaría fracaso, es tan solo una crisis.

Brenda: se paciente Don, estoy pasando por muchos cambios.

Donald: nuestros niños están empezando a irse.

Brenda: es el ciclo de la vida.

Donald: nunca quise causarte dolor, te amo.

Brenda: ¿De verdad? A veces creo que el trabajo es una excusa para escapar de mí.

Donald: te amo, tonta.

Brenda: ¿Aunque repentinamente me haya convertido en una frígida?

Donald: ¡Aunque uses cinturón de castidad!

Brenda: eres increíble.

Donald: tú también.

Brenda: ¡Vamos a superar esto!

Donald: (mientras se besan) como siempre lo hacemos.

Zapata no murió cuando lo mataron

Esta no es solo una leyenda acerca de la muerte de Emiliano Zapata, el gran caudillo de la revolución Mexicana, sino que además es una crónica de los héroes anónimos que dieron sus vidas por la búsqueda de un sueño. Hombres ordinarios y extraordinarios ignorados por las páginas de nuestra historia.

Un juego de identidades archivado en los anaqueles del tiempo. Hombres peleando por reformas agrarias, justicia, libertad, democracia. Exigiendo el derecho a ser gobernados por miembros del pueblo para las necesidades del pueblo. La pobreza de países subdesarrollados sustenta la riqueza de los países dominantes. Su clase política protege los intereses de esas relaciones generando riqueza personal como recompensa. La historia no es un retrato inmóvil del pasado, es una imagen en movimiento que suministra combustible al motor del presente.

Si Charles Mingus tenía un pasatiempo, era precisamente el de llenar los espacios vacíos dejados por la historia. Podía atiborrar cuadernos enteros con varias hipótesis relacionadas a personajes históricos. El misterio de la muerte de Emiliano era un tema que le había obsesionado a través de los años. Su fascinación por el tema lo llevó a redactar lo siguiente:

La revolución mexicana comenzó en el año de 1910, cuando la dictadura del general Porfirio Díaz cumplía más de treinta años. Es verdad que su gobierno modernizó una nación rural a través de la construcción de ferrocarriles y líneas telegráficas en todo el país, también logró generar cierta estabilidad política y un determinado crecimiento económico. Pero la riqueza se repartía en pocas manos, por lo que la fórmula del desarrollo era la desigualdad social. Las deplorables condiciones de trabajo derivaban en la explotación del hombre por el hombre. Un pequeño grupo de individuos dueños de extensos territorios y campesinos que trabajaban la tierra obteniendo una miseria.

Francisco I. Madero surgió como líder del movimiento anti reeleccionista en contra del Porfiriato. Provenía de una familia rica del norte de México. Era un escritor que había estudiado en escuelas de París y California. Fue influenciado por el espiritismo y el teosofismo. Representaba el principal contrapeso del régimen de Díaz lo que le permitió competir contra el dictador en las elecciones. Después de un proceso electoral tan cerrado como dudoso, don Porfirio encarceló a su principal rival político, y desde su plataforma gubernamental se declaró ganador. No obstante, ya fuera del país, Madero declararía el proceso como nulo.

Un número creciente de intelectuales emergieron apoyando la causa de Madero. Ricardo Flores Magón y su hermano, por ejemplo, encabezaron un grupo de activistas que promovían reformas sociales y derechos laborales, contribuyendo así al inicio de la revolución mexicana. Eventos como la huelga de Cananea, en 1906, fueron barriles de pólvora que detonaron las condiciones para la revuelta social. Mientras que los trabajadores mexicanos ganaban tres pesos y medio, sus compañeros, los estadounidenses cobraban cinco.

Pancho Villa y Emiliano Zapata fueron líderes revolucionarios que jugaron un papel decisivo en la historia de México. El primero de ellos encabezaba las fuerzas rebeldes del norte, el segundo, las del sur. La revolución había generado ríos de sangre, arrebatando muchas vidas. Pancho Villa se ganó la reputación de ser un hombre despiadado, sediento de sangre; de lo que no hay duda es que era un gran estratega. Por el contrario, Emiliano Zapata era un hombre de ideales, que izaba la bandera de tierra y libertad. Se había convertido en un símbolo de independencia y justicia en sí mismo, los zapatistas lo siguieron con la esperanza de hacer realidad el sueño de igualdad. Él y Pancho llegaron a tomar el Palacio de Gobierno tratando de indagar aquello que volvía locos a esos políticos bien vestidos: el poder.

*****

Los libros de la historia describen la muerte de Zapata como resultado de una emboscada. Venustiano Carranza estaba tratando de apagar todos los focos de disidencia con el fin de otorgar un poco de orden en la república. Asignó al general Pablo González la misión de eliminar el espíritu del sur: Emiliano Zapata. Él general González envió a Jesús Guajardo, "El as de oros", a ganarse la confianza de Emiliano. Guajardo actuó como si fuera un opositor de Carranza dispuesto a unirse a la causa Zapatista. También se ofreció ha convertirse en un proveedor de armas y municiones. Eso es lo que hizo al caudillo del sur pensar en la oportunidad de matar dos pájaros de un tiro.

Emiliano estaba perdiendo la fe en la revolución ¿Todo el derramamiento de sangre para cambiar de gobernadores y mantener las mismas inequidades? Además, estudiaba diferentes teorías sociales, convencido de que el campo de batalla de la revolución debía pelearse en las mentes de las personas, no a través de la violencia. También leía libros como "Las mil y una noches". Ese tipo de historias le motivaron a leer en un inicio.

Se rumoraba que la muerte de Zapata era inminente para conservar el orden establecido de la República. Él, junto con Pancho Villa, representaba una fuente de rebelión latente. Ambos estaban decepcionados del fracaso de Madero. El sueño de la democracia no se podía consolidar en un estado basado en sangre y fuego.

*****

Se parecía mucho a su compadre Anselmo. Mientras tomaban una botella de tequila, recordaban las ocasiones donde habían intercambiado roles… eran apenas un par de adolescentes cuando comenzaron a intercambiar identidades; en ese tiempo Emiliano tenía una novia muy celosa llamada María, mientras que Anselmo era soltero. Los celos de María eran tan recurrentes que su novio no podía hablar con mujer alguna aunque se tratase de familiares o amigas. El joven Emiliano solía respetar sus reglas pero aquello le comenzaba a cansar.

Emiliano miró a Sofía en la plaza, frente a la iglesia, pero no se animaba a hablar con ella mientras la mamá de la muchacha se encontrara cerca. Definitivamente Sofía era una mujer muy hermosa, su cabellera negra le llegaba hasta las costillas, sus gruesos labios, sus ojos brillantes que parecían mostrar un pedazo de su alma. Nada parecía faltar en Sofía, no obstante, era una señorita de clase alta. Emiliano sintió que la conocía desde el primer minuto que la vio. Desde aquel momento había estado obsesionado con la mujer tratando de encontrar cualquier manera de acercarse a ella. Un día lluvioso encontró la oportunidad: la madre de Sofía entró a una panadería mientras la joven se mantuvo esperándola en el puesto de sombreros. Emiliano se aproximó y se probó varias piezas frente a ella, Sofía le sonrió y comenzó a conversar con el extraño. Después de esa ocasión "los encuentros casuales" comenzaron a ser cada vez más frecuentes entre ambos. Emiliano comenzó a vestir trajes finos para poder caminar al lado de ella. Eran dos jóvenes riéndose de los límites de las clases sociales, en los tiempos del Porfiriato.

Habría un baile y Emiliano pensó invitar a Sofía. Le pidió ayuda a Anselmo para que invitara a su celosa novia, a algún lugar para distraerla. Anselmo arregló la cita, estaba consciente de que María conocía a Emiliano muy bien, por lo que trataría de no hablar mucho. La noche podría ayudar a que las pequeñas diferencias pasaran desapercibidas. Se dirigieron a una boda cerca de un rancho a las orillas del pueblo. Todo iba marchando sobre ruedas, la mujer no estaba consciente del engaño. De pronto el gentío abrumó a María y sugirió a su acompañante descansar bajo un árbol. Se sentaron en silencio, de pronto Anselmo se sintió un poco nervioso por la "situación íntima". María se le acercó, él se hizo a un lado. María se acercó de nuevo y, esta vez, Anselmo no pudo soportar la presión, terminó besándola. Rodaron por el suelo, desabotonando sus ropas y entonces María dejó escapar un alarido como si algún animal salvaje la hubiera atacado. Anselmo se encontraba postrado sobre el suelo con su pecho al desnudo e iluminado por la luz de la luna, el lunar en forma de manita no estaba ahí.

*****

Emiliano comenzaba a sentirse paranoico, sospechaba de conspiraciones por todos lados. Estaba consciente de que el gobierno tenía planes para hacerle desaparecer. El miedo a ser asesinado le convirtió en un hombre suspicaz. La situación lo inclinó a tomar decisiones críticas. La gente a su alrededor había comenzado a preguntarse ¿Qué va a pasar cuando Zapata muera? Necesitaba un plan para desaparecer al famoso Emiliano Zapata y renacer de manera anónima bajo una nueva identidad: su compadre había ofrecido remplazarlo incluso si esto representaba perder la vida. Un pequeño grupo de hombres de confianza habían visto el plan con buenos ojos. Para que funcionara, el substituto tendría que ser capaz de engañar a familiares y amigos cercanos.

En el pueblo de Tepoztlán se celebraba una ceremonia de despedida para Emiliano. Era probable que su destino no le permitiera volver jamás. Su compadre había vivido a la sombra de su leyenda. Cada vez que estaba cerca de él simplemente desaparecía, a los ojos de los demás era un don nadie, el amigo cercano de un héroe. Si tan solo supieran que él le había salvado la vida cuando eran niños, no lo juzgarían tan duro.

Le odiaba, quizás, porque no era capaz de manifestar su admiración por él. Este sentimiento se convertía en una envidia que le retorcía el estómago. Si tan sólo su esposa no se le quedara mirando fijamente ¡Con esos ojos! A pesar de ello estaba dispuesto a dar su vida por él. La gente creía ciegamente en su liderazgo. Representaba más que una causa, representaba una esperanza, representaba un sueño, y más importante aún, representaba la voluntad de luchar por un futuro mejor. Emiliano no estaba al tanto de la situación, se había acostumbrado a la admiración de las mujeres en particular. Regularmente las admiradoras buscaban una fotografía o intercambiar algunas palabras, otras llevarse un pedazo de leyenda a sus casas. Tal vez convertirse en la amante temporal del famoso caudillo, el mito se había alimentado con el tiempo, las anécdotas brotaban como la hierba de la tierra.

Emiliano pasó esos últimos días con la familia. Su amigo Toño y sus hermanos trataron de persuadirlo de no asistir a la reunión con el general Guajardo. Ellos no confiaban en él a pesar de que este había ejecutado a cincuenta de sus hombres frente a ellos, sólo para probar su lealtad. El efecto fue inverso, generando más desconfianza en los seguidores de Zapata, entendiendo que traicionaba a los hombres que peleaban junto a él.

Durante una larga noche Emiliano recordó la ocasión cuando casi fue asesinado por su compadre. Anselmo tenía una novia muy bonita en ese tiempo. El joven Zapata solía hacerles compañía de vez en cuando. Sucedió en una tarde de domingo después de las carreras de caballos, Anselmo tuvo que quedarse atendiendo a uno de los animales. Era muy bueno con los caballos. Emiliano se ofreció a llevar a su novia a casa, montaron a su potrillo favorito: el alacrán. El alacrán era un caballo fuerte y robusto que él mismo había criado desde que era apenas un niño. Había ganado un buen número de carreras con este animal. La joven iba montando mientras Emiliano caminaba jalando la rienda. Cerca de la casa la mujer sugirió dar una caminata por la milpa. Dejaron el potrillo atado a un árbol. La mujer invitó a Emiliano a jugar a las escondidas. La joven le indicó que cerrara los ojos mientras comenzaba a trotar y a quitarse la ropa. Cuando Emiliano la encontró era demasiado tarde para razonar, por un segundo pensó en correr hacia su caballo pero no pudo. Algunos campesinos les vieron mientras salían de la milpa.

Los rumores corrieron más rápido que las noticias de un periódico por lo que pronto Anselmo se enteraría de lo sucedido. Emiliano esperaba recibir una paliza por parte de su amigo o cuando menos algún tipo de escarmiento. Los días pasaron y todo lo que obtuvo fue silencio, Anselmo no le dirigía la palabra. Se le veía, seguido, sentado en la banqueta, afilando un pequeño pedazo de madera con forma de estaca. Los vecinos y amigos murmuraban lo que había sucedido inventando todo tipo de historias.

Un domingo por la mañana Emiliano montaba el alacrán a través de una calle empedrada. Los vendedores atiborraban las banquetas. Mujeres vestidas de negro caminaban lánguidamente hacia la iglesia. Jaulas repletas de coloridas aves adornaban la panorámica. Emiliano viró en una esquina, su caballo se detuvo mientras Anselmo avanzaba hacia ellos. Un grave alarido se escuchó, Emiliano caía ileso en el suelo mientras su caballo se desplomaba con un pedazo de madera que le atravesaba el corazón. Tiempo atrás, Anselmo había planeado matar al mejor amigo de Emiliano. Se alejó caminando mientras el jinete acariciaba el lomo del animal sin vida, se había cobrado venganza.

*****

El olor a lluvia se mezclaba con el vapor de los frijoles. La brisa fresca de las gotas golpeteaba el comal intermitentemente. El agua se vertía sobre el gallinero improvisado con chatarra, corría por el techo de la casa originando pequeños canales que caían sobre el suelo a un ritmo suave. Emiliano había estado cargando grandes contenedores casi toda la mañana. Su familia a veces los usaba para almacenar el agua de la lluvia y darle un uso doméstico, después de todo, era más limpia que la del río.

Sus pies se le llenaron de lodo cuando se inclinó en el suelo para levantar uno de los contenedores. No sabía por qué se ponía tan de buen ánimo cuando trabajaba bajo la lluvia. De pronto un recuerdo le aterrizó en la cabeza mientras hundía su rodilla en el estanque, sintió un agudo piquete en su vieja cicatriz. Sucedió cuando era apenas un niño, él y sus hermanos y primos solían jugar peleas de lodo en los charcos de la lluvia. Emiliano era el más difícil de superar, sobre todo porque era toda una proeza lograr derribarlo, Anselmo quería demostrar que podía con él.

Emiliano había desarrollado una técnica particular para

permanecer de pie. Plantaba las piernas en arco apoyando sus talones al revés. Perfeccionó la estrategia basándose en su experiencia con los caballos. Una vez que sentía el toque de cualquier oponente, hacía todo lo posible por atraer la cabeza de éste bajo su brazo. Sosteniendo su cuerpo con las piernas lograba arrastrar a su rival. Al hundirle la cara en el charco de lodo, él seguía presionando sobre el cuello de su adversario. La maniobra funcionaba un noventa por ciento de las veces, a pesar de que algunos lograban escapar, la ventaja fundamental era que conseguía poner a su contrincante de espaldas al suelo. Ese día Anselmo logró meter su cabeza en el estómago de Emiliano quitándole el aire.

Emiliano pensó que era como un balón de fútbol que tenía que atrapar bajo sus brazos. Pero el balón se clavó justo en la boca de su estómago arrojándole de espaldas. El resto de los niños vitoreaban la habilidad de Anselmo. Las voces de apoyo a su rival aumentaban el orgullo de Emiliano, que sin recuperarse jaló de la oreja y el pelo de su oponente. Anselmo golpeó el brazo de su competidor liberándose temporalmente, se dio unos segundos para tomar un poco de aire cuando Emiliano ya lo tomaba por el cuello enredando la pierna contra su cuerpo. La lucha pareció revertirse por momentos, pero Anselmo le arrojó al charco de nuevo. El juego convertido en pelea terminó con un alarido de Emiliano. El tiempo se detuvo frente a Anselmo que ayudó a su adversario a incorporarse, al hacerlo notaron que su rodilla estaba sangrando. Una filosa espuela le había atravesado la piel. Los otros niños ayudaron a llevar a casa al herido.

Emiliano sonreía para sí mismo en medio de la lluvia, recordaba la sonrisa de sus hermanos y primos llenos de lodo. Caminó hasta el porche, se sentó en una caja de madera para contemplar el aguacero en silencio como si fuera una especie de función privada.

Josefa lo llamó, los frijoles estaban listos. El olor llenaba la habitación. Emiliano sin pensárselo dos veces entró en la cocina antojado por las tortillas de maíz. Ella se sentía orgullosa cuando podía satisfacer el apetito del caudillo. Sin muchas palabras de por medio Emiliano terminó dos platos de frijoles, el caldo recorría su bigote. La mujer le observaba en silencio, él pasó la parte posterior de su mano restregándose su bigote para limpiar los restos de comida. Dos niñas entraron en la casa corriendo. Eran el vivo retrato de Anselmo... Emiliano prometió a su compadre que cuidaría de su familia.

*****

Emiliano contemplaba la milpa donde trabajaba cuando era pequeño. La oscuridad de la noche permitía observar el cielo azulado. Sintió la fuerza del aire rompiendo en sus mejillas, no era capaz de percibir parte alguna de su cuerpo. Su conciencia estaba flotando en el silencio de la noche como un pájaro. Allí estaba la hacienda de don Manuel, el viejo mezquino que le negó a su padre una medicina para su madre enferma. Las vacas tiradas alrededor de los canalones de agua. La cerca de Don Fermín se había vuelto a caer por lo que sus perros se abalanzaban otra vez contra las gallinas que corrían asustadas.

Un cuadro con asombrosa vista aérea de la tierra, las colinas verdes con suaves formas interpretaban una melodía sublime, una profunda sensación de libertad. Volvió los ojos hacia el cielo en busca de estrellas, pero no vio ninguna. Gruesos nubarrones blancos corrían a través de él como si fuesen seres vivos. Emiliano cerró los ojos y extendió las manos para alcanzar las nubes. Sintió gotas de agua correr entre los pelos de su bigote. Comenzó a sentir que las nubes se endurecían mientras agitaba sus brazos en el aire. Los pedazos de una sustancia suave impregnaban las palmas de sus manos. Volvió su cuerpo hacia abajo y ahora la noche se había convertido en día. En lugar de volar estaba dando enormes saltos a través de los campos. Estuvo a punto de pisar una valla en el segundo brinco y en el siguiente, quedó cerca de alcanzar al "as de oros", su caballo favorito.

Se encontraba casi volando, casi a punto de llegar a alcanzarlo, pero el animal dio un giro repentino que desconcertó al volador. De pronto la escena cambió: el alacrán se encontraba en medio de una manada de potrillos. El soñador había perdido la capacidad de volar, en lugar de eso corría en medio de cientos de caballos. Escuchó a los animales relinchar como si estuvieran gritando en su oreja. Todo tipo de equinos galopaban en numerosas direcciones, tuvo una ligera sensación de ansiedad. Finalmente Emiliano lo encontró tirado rodeado por un número interminable de patas de caballo. Su potrillo favorito estaba tendido en el suelo, con el corazón latiendo como un instrumento musical, sintiendo el calor de su pecho. El soñador y su amigo estaban solos ahora, trató de mirarle a los ojos pero ocurrió algo extraño: los ojos del animal eran humanos... lleno de esperanza, de miedo y alegría Emiliano se incorporó y murmuró: as de oros...

*****

Salomón, su amigo árabe, era dueño de una farmacia en el poblado de Huautla. Solían pasar horas y horas hablando acerca de la política y la sociedad. Salomón ayudó a organizar un grupo de lectura en el que Emiliano participaba periódicamente. Les entusiasmaba discutir sobre temas de análisis social y cómo contribuir a construir una democracia cada vez más real. Algunos libros de literatura eran utilizados, a menudo, como pretexto para iniciar un debate sobre diferentes tópicos.

Huyeron a Acapulco diez años atrás, después que el gobierno mexicano estaba tratando de deshacerse de los ciudadanos "indeseables". Emiliano vivía en Arabia Saudita, estaba casado con una mujer llamada Qamra, tenían tres hijos. Se encontraba celebrando su cumpleaños con familiares y amigos, cuando sintió un duro golpe de saudade con la visita de su viejo amigo Salomón entrando por el ventanal de la terraza verde.

Se saludaron con un fuerte abrazo y se sentaron juntos bajo la luz de la luna. Salomón le entregó un paquete a su amigo mientras este último encendía un cigarrillo. Emiliano leyó la etiqueta de la botella, alcohol de su tierra natal. El Islam solía prohibir el consumo de alcohol por lo que no era fácil para él conseguir un poco de coñac.

Qamra había cocinado pollo a la parrilla, Falafel, Kabsa y Murtabak. El menú principal estaba conformado por una comida típica de la cocina francesa. Zapata se ganaba la vida con la crianza de caballos, más que un trabajo era su pasión. Algunos de sus caballos de carrera eran exportados a Europa o América. Con la botella en mano, Emiliano, mostró una enorme gratitud a su viejo amigo.

Emiliano: no soy un hombre religioso, sin embargo, respeto las creencias de tu gente Salomón… pero cuando se trata de coñac… no lo sé… creo que soy un pecador.
Salomón: no te preocupes amigo, sé que esa botella te conecta con tus recuerdos… Alá te puede perdonar…
Emiliano: sé que conoces esa nostalgia.
Salomón: (entrega una nota de un periódico) el mundo está dividido por la avaricia…

Emiliano: es una lucha de clases… la guerra es la máxima expresión de esa lucha…

Salomón: llámalo como quieras, eres un héroe mexicano.

Emiliano: eso es mentira, no soy un héroe… ¿Y cuál es la obsesión por el nacionalismo? Religiones, banderas, y patria… todos ellos son un símbolo de pertenencia utilizado para separar al hombre, crean conflictos en nombre de la economía y la democracia… mexicanos, árabes, norteamericanos, chinos, todos buscamos libertad, justicia, igualdad… las clases dominantes alimentan nuestra ignorancia, nuestro odio…

Salomón: quizás tienes razón amigo, pero no tenemos conciencia de ello, peleamos en el nombre de nuestros dioses.

Emiliano: en el nombre de líderes que actúan como dioses, la religión es el medio para un fin… En algún punto el hombre dio más valor a la escalera que al techo…

Salomón: extrañaba estas conversaciones Emiliano, me pierdo en la rutina del día a día ¿Me entiendes?

Los ojos de Emiliano se perdieron en el horizonte, los dos amigos compartieron un momento de silencio. Esa noche parecía que la risa y el gozo se prolongarían para siempre. Más tarde, por la madrugada, Emiliano galopó en su caballo, se sentía como si estuviese atravesando la luna hasta llegar a México. Vio dormir a sus hijos Elena y Nicolás. La tierra es de quien la trabaja, la semilla de la libertad fue sembrada, los latidos de su corazón repiqueteaban más duro que las patas de su caballo.

****

Anselmo tuvo una especie de augurio, sintió como que nunca regresaría. Él y su familia vivían en Miacatlán, dijo adiós a su mujer y sus hijas. Estaba consciente de que remplazar a Zapata podría ser su último acto sobre la tierra, pero estaba orgulloso de participar en la misión. No se atrevió a decir la verdad, le dijo a su familia que iba a hacer un largo viaje hacia el norte del país.

Zapata estaba esperando a Anselmo a las orillas de un rancho cercano a Chinameca. El galope de un caballo a lo lejos anunció la llegada de su compadre. Con la respiración agitada el jinete pidió disculpas por la tardanza.

Emiliano: aún estas a tiempo de arrepentirte compadre, ¡Agarra tu caballo y no mires pa' atrás!

Anselmo: no hay tiempo pa hablar, ¡Vamos a averiguar lo que quiere este pendejo!

Emiliano: eres valiente, ¡siempre lo has sido!

Anselmo: has peleado por nuestra gente toda la vida, por lo menos déjame pelear a mí por un día.

Emiliano: nuestras vidas tienen límites, nuestros ideales son eternos.

Anselmo: es bueno morir por alguien que tiene ideales, yo no los tengo.

Anselmo aun tenía sus dudas pero entendió que podía ser más útil a la causa. Los compadres comenzaron a cambiar sus ropas. El viento no soplaba y los caballos relinchaban nerviosos como si presintiesen algo. Cuando se quitaron sus camisas, se acordaron de la vez que intercambiaron ropas para engañar a María, rieron cuando recordaron a Emiliano siendo perseguido por la mujer con una escopeta por las calles.

Anselmo llegó a Chinameca con una escolta de hombres montando al as de oros. La comitiva lo dejó cabalgar al frente, le costaba trabajo respirar, estaba mirando hacia delante pero sus pensamientos estaban detrás, en su hogar. La carcajada de sus hijas sonaba como un eco reverberando dentro de las paredes de su cabeza. El sudor de su mano humedecía la rienda del caballo. Sentía como si respirara a través del hocico del animal. Si pudiera regresar y escapar de la guerra y la política, rezó a la virgen de Guadalupe para que los protegiera. Finalmente vislumbró la entrada, detuvo al as de oros y desmontó acariciando el lomo del caballo. La escolta permaneció a su espalda, los hombres se miraban entre ellos tratando de averiguar lo que sucedía en silencio. Las espuelas de Anselmo resonaban como el martillo de un herrero. Inclinó su cabeza en el costado del as y con un movimiento repentino montó al animal. Anselmo y su grupo entraron en suave trote. Tan pronto como Guajardo reconoció al caballo que había regalado a Zapata dio la señal al trompetero. Anselmo miró al cielo desde donde se precipitó una lluvia de pólvora, observó el contorno de una sombra humana disparándole con el sol a su espalda, los rayos formaban una circunferencia alrededor de su cabeza. Siete balas le atravesaron el cuerpo quitándole la vida. Emiliano era un testigo involuntario de la escena final a la distancia. Experimentó una especie de rabia mezclada con impotencia cuando escuchaba el rugir de los disparos. Esperó pacientemente en un pozo cercano donde el agua le llegaba hasta las narices. Agachó su cabeza bajo el agua tratando de desahogar su coraje. La rabia se transformaba en lágrimas, mientras permanecía escondido juró que el traidor pagaría. Esperó hasta entrada la tarde y luego, vestido con las ropas de su compadre, se dirigió a la comunidad a buscar a Salomón.

****

El plan había sido completado, una leyenda nacía mientras un hombre vivía "una vida ordinaria". El general Eusebio Jáuregui, cercano colaborador de Emiliano, reconoció como legítimo el cadáver completando así el acto de ilusionismo. El pueblo del estado de Morelos se negó a dar crédito a la muerte de Zapata. Algunos de ellos buscaron un lunar sobre el ojo, mientras otros decían que era más alto o más moreno. Guajardo fue asesinado por órdenes del gobierno, según cuentan algunos, por entregar el cuerpo equivocado. A más de cien años, la leyenda de Zapata continúa extendiéndose en la lucha constante por la justicia, la libertad y la igualdad. Cabe agregar que el lunar en forma de manita no se encontraba en el cuerpo.

Charles Mingus

Hamlet en el exilio

El príncipe Hamlet camina por las calles de la gran ciudad recordando Dinamarca, a Ofelia y a su padre. Encuentra el domicilio de un reconocido médico llamado Wilfrid Mingus, ancestro de nuestro médico aventurero. El príncipe estaba tratando de desahogar una parte de la rabia que experimentaba.

Hamlet: finalmente, la cueva del mago negro.

Wilfrid atendió al príncipe Hamlet cuando este tenía apenas cuatro años de edad.

Wilfrid: Lord Hamlet, mis condolencias... escuché lo de su padre... y lo de su tío...

Hamlet: el primero de ellos posee la luz de la vida en la muerte, el segundo camina muerto entre las tinieblas de los vivos. Pero dígame, buen señor, ¿Dónde aprendió usted su magia?

Wilfrid: yo no creo en la magia príncipe, me apoyo en la práctica de la ciencia...

Hamlet: ¿Quieres decir apoyo, como cuando nos apoyamos en el hombro de alguien al lastimarnos una pierna?

Wilfrid: quiero decir apoyo, como cuando nos apoyamos en las palabras para tratar de explicarnos...

Hamlet: pero estamos habituados a perdernos en las palabras ¿No es así, señor?

Wilfrid: me temo que eso es cierto.

Hamlet: y ¿Qué podría suceder si esta entidad, este cuerpo sólido, este hombro amigable, no tiene el apoyo suficiente para mantener nuestro peso?

Wilfrid: supongo que podríamos caer...

Hamlet: ¿Y?

Wilfrid: y vamos a golpearnos contra el suelo, supongo.

Hamlet: ¿Y?...

Wilfrid: y nos daríamos a la tarea de buscar otro hombro en el cual apoyarnos...

Hamlet: ¿Y?...

Wilfrid: y debemos intentar... ¿A dónde quiere llegar con este interrogatorio?

Hamlet: directo al suelo, señor, con las manos atadas a la espalda y mi dura cabeza golpeando ¡fuertemente contra el suelo! Una cabeza, que le aseguró, es más dura que la suya, sin duda, pero no más dura que el suelo, créame, si tenemos en cuenta que ésta tiende a seguir la inercia del resto del cuerpo.

Wilfrid: no lo entiendo.

Hamlet: estoy tratando de hacer una analogía, señor, tan simple como un tropiezo, tan seria como la causa del mismo, tan simple y tan compleja como un factor divino...

Wilfrid: ¿Con la cabeza?

Hamlet: con mi cabeza como el órgano esencial, si, el complejo instrumento de la razón, la génesis de las ideas, pero la ciencia señor, la ciencia, como el mencionado "hombro amigable", tratando de soportar el peso de nuestra percepción...

Wilfrid: no estoy seguro de entender.

Hamlet: entonces debe usted golpear el suelo, señor.

Wilfrid sonríe.

Hamlet: lo digo en serio.

Wilfrid: pero...

Hamlet: insisto, solo coloque su cabeza contra el suelo, señor. Entonces comprenderá...

Wilfrid obedece evidentemente confundido.

Hamlet: ¿Escucha la voz señor?

Wilfrid: ¿Voz? ¿Cual voz?

Hamlet: escuche con cuidado.

Wilfrid: no puedo oír nada.

Hamlet: (susurra) peeeeee... peeeeeeer (después de una larga pausa en silencio Wilfrid intenta levantarse y Hamlet sujeta instantáneamente su cara regresándola al suelo).

Wilfrid: ¡Lo siento!

Hamlet: me temo que no se trata de una disculpa... escuche con atención.

Wilfrid: ¿Qué es lo que debo...?

Hamlet: ¡Escucha con cuidado! (Levanta la voz) peeee... peeeeerdi... diiiiii... perdiiiiiiddoooo...

Wilfrid: ¿Pedido?

Hamlet: ¡no!, ¡no! ¡Nooooo! No pedido sino ¡perdidoo! (Hamlet deja ir a Wilfrid).

Wilfrid: ¿Qué se ha perdido?

Hamlet: he perdido la razón, pero antes de ello un padre, y antes de ello una madre, pero antes un tío, y una amante... Tal vez lo más importante... ¡espere! Voy a cantarle una canción: (canta) "He perdido la pasión y fuerza que nos guía a través de la penumbra/ he perdido los caballos que solía montar en el campo de batalla de la añoranza/ sólo para escuchar la estampida de su galope/ he perdido la voluntad que se requiere para mettre l épée á sa place/ he perdido el espíritu que convierte el océano en témpano/ locura, una suerte de euforia es la locura/ una sensación de vacío es la desolación... la la la la la la.

Wilfrid: ¡Está loco!

Hamlet: (ríe sobreexcitado y sosteniendo con fuerza a Wilfrid) ¡Eso es exactamente lo que estaba tratando de decirle desde que llegue aquí! ¡Estoy looooco como una cabra! Pero no tan loco como una zorra... ¿Cómo definen la locura en esta parte del hemisferio buen amigo? ¿A través de la perdida de la razón? ¿Cómo distinguir salubre de mórbido? ¿Al cuerdo del loco? ¿Riqueza frente a pobreza? ¿A través de la norma? Eso es sólo una ecuación, una perspectiva cuantitativa de la realidad, una interpretación de los números calculados por exiguos hombres, que no necesariamente entienden la diferencia entre lo bueno y lo malo. He escuchado y presenciado los pasitos solemnes de un gracioso espectro... corriendo por los pasillos de mi mente como el gusano dentro de una jugosa manzana...

El blancor de sus ojos, el vacío de la mirada hace estremecer el rocío de la mañana en dolencia. Reclama el mundo abandonando el alivio de heridas de otros tiempos. Aquí estamos recordando el rostro pálido ante una desbordante galantería, aquí estamos tratando de cerrar nuestras propias heridas con agua salada, aquí estamos a la espera de la llamada gloriosa. Permanecemos en silencio hasta la apertura de un canal de sangre. Tápenme para siempre con llagas en los pies y las manos cansadas... pero dígame ¿Estoy loco doctor?

Wilfrid: probablemente no en el sentido que lo pensé.

Hamlet: ¿En qué sentido entonces?

Wilfrid: parece experimentar episodios manifiestos de niveles anormalmente elevados de energía y del estado de ánimo...

Hamlet: ¿Y?

Wilfrid: y no hay un nombre específico para su enfermedad, podría ser un ataque de euforia... ¿Ha experimentado períodos de depresión últimamente?

Hamlet: ¿Depresión? Mmmmmm he perdido un padre, una madre y el estado de Dinamarca ¿Por qué habría alguien de deprimirse ante escenas tan insignificantes?

Wilfrid: hay una vieja enfermedad que parece atacar a la realeza... Areteo de Capadocia identificó síntomas de ciclos de manía y depresión en algunos de sus pacientes...

Hamlet: la manía es el disparador de mi ira.

Wilfrid: por favor recuéstese en el sofá, recibí muy buenas hierbas provenientes de Asia la semana pasada (entra en otra habitación y comienza a buscar) ¿Dónde las puse?

Hamlet: parece que despúes de todo si eres un mago negro, viejo Wilfrid.

Hamlet se queda dormido mientras espera el regreso del médico. Una cubeta de agua empapa su rostro para despertarlo. Barry "huesos" Blaylock le toma de la parte posterior de la cabeza y susurra: un príncipe vale su peso en oro...

Hamlet: ¿Dónde está ese viejo tonto de Wilfrid?
Blaylock: ¿Wilfrid? No hay ningún Wilfrid en este barco.
Hamlet: ¿Barco? ¿Qué barco? Estamos en Inglaterra.
Blaylock (Ríe): ¿Inglaterra? Parece que la fiebre juega con su mente... estamos en Noruega.
Hamlet: ¿Noruega? ¡Llama al capitán!
Blaylock: estamos navegando sobre Noruega pero Noruega navega sobre Dinamarca... no encontrarás capitán alguno aquí, buen príncipe Hamlet, no seguimos la lógica de las jerarquías...
Hamlet: te gusta jugar con las palabras ¿Me conoces?
Blaylock: conozco tu cara y nombre.
Hamlet: ¿Quién es el líder de este barco, señor?
Blaylock: ¿Líder? ¿Qué es un líder?
Hamlet: un líder es la persona que está autorizada para tomar decisiones.
Blaylock: me temo que no tenemos un líder aquí, su majestad. Contamos con un consejo, acostumbramos seguir las órdenes de dicho consejo.
Hamlet: entonces reciben órdenes de "alguien".
Blaylock: no de "alguien", sino de "alguienes".
Hamlet: ¿Quién es ese "alguien" que tiene la última palabra?
Blaylock: la última palabra suele ser pronunciada por aquel que tiene el último turno para hablar, buen príncipe.
Hamlet: cree que es muy bueno para jugar con el alfabeto, veamos...

Una sombra en la puerta, entrando en escena, interrumpe la conversación.

Sombra: ¡Ya basta Barry! esa no es la forma de tratar a nuestros huéspedes. Trae algo de la mejor comida y vino que tenemos. Le puedo asegurar que todas sus preguntas serán contestadas esta noche, por ahora a descansar y duerma un poco que necesita recuperar su fuerza.

Hamlet: un perro estaba mordiendo mi mano, hundiendo su sucio colmillo en las líneas de la palma de mi mano y pensé que la sensación de sus dientes en mi piel, era la prueba fehaciente de la realidad. Ahora parece que alterno episodios de ficción con la realidad o de realidad con ficción.

Hamlet esta recostado en una cama. Los movimientos de las olas y el rechinido del barco aúllan en los oídos del príncipe. La luz de una vela revela la presencia de un hombre en el centro de la puerta. El misterioso hombre, que prometió a Hamlet la verdad, entra en la habitación e inclina su hombro a la cabecera de la cama.

Sombra: ¿Cómo se siente?

Hamlet: tu voz me suena familiar.

Sombra: nos conocemos.

Hamlet: ¡Fortinbras! Es bueno verte.

Fortinbras: alguno de tus hombres trató de envenenarte con un extraño narcótico.

Hamlet: ¿De qué hablas? ¿Qué noble alma se beneficiarían con mi muerte?

Fortinbras: deberás buscar esa respuesta entre los rincones de tu laberinto mental.

Hamlet: el reino de Dinamarca y Noruega se beneficiarían con seguridad... el Rey Claudio... me siento como si estuviera alucinando.

Fortinbras: te suministramos un antídoto, pero la fiebre probablemente este creando algunos monstruos en la cabeza.

Hamlet: no se necesita de ningún antídoto, mi amigo, capaz de crear monstruos más grandes que los que hay frente a mí.

Fortinbras: no te pienso engañar, tengo la intención de reclamar el trono de Dinamarca.

Hamlet: me preocupa.

Fortinbras: ¿Te preocupa?

Hamlet: me preocupa que en el momento que llegues allí solo encuentres piedras.

Fortinbras: ¿Piedras?

Hamlet: una piedra sobre la otra, es como construimos nuestros castillos en la era actual señor, a menos que decidas utilizar arena, que tiende a disolverse más rápido que la sólida piedra... Aunque si tomamos en cuenta que la arena está hecha de minerales y piezas muy pequeñas de roca, y que las piedras a su vez se forman a partir de pequeños fragmentos de peñasco, podemos concluir que los castillos de piedra y arena son más o menos la misma cosa... la diferencia radica en el tiempo.

Fortinbras: ¿El tiempo? ¿Sigues alucinando?

Hamlet: el viento y el agua, señor, el viento y el agua.

Fortinbras: ¿Qué?

Hamlet: el agua corre a través del océano, cae del cielo, riega nuestros campos e inyecta de humedad las paredes de nuestros castillos dando forma a ese fenómeno natural conocido como erosión... la erosión es causada, en gran parte, por el viento y el agua... transforma el material con el cual construimos nuestros castillos... transforma un palacio en ruinas con la facilidad de un terremoto, un huracán, un volcán...

Fortinbras: ¿Qué tal guerra?

Hamlet: en efecto, la guerra es otro desastre natural, señor.

Fortinbras: ¿Un desastre natural?

Hamlet: si consideramos al hombre como una criatura de la naturaleza y la guerra como un efecto inherente a la organización social de dicha criatura, terminaríamos por concluir que es de hecho un desastre natural, señor... el hombre es uno de los pocos animales que matan por placer... se han graduado artistas en esa área buen amigo...

Fortinbras: ¿Te gusta jugar con las palabras cierto? He preparado un menú de léxicos con las que podrás jugar. (A uno de sus hombres) ¡Tráelo a cubierta!

Algunos hombres rodean a Hamlet. Una mesa de madera se encuentra en el borde de la cubierta. Fortinbras invita al príncipe a tomar asiento.

Fortinbras: como dije antes, preparé un menú alfabético especialmente para ti... espero que la razón y el sano juicio te asistan y te lleven a tomar mejores decisiones que las de tu padre... no hace falta que te recuerde que el cumulo de acciones realizadas, como protagonistas de nuestros pueblos, serán recordadas por los libros de historia, príncipe de Dinamarca...

Hamlet: no pongas demasiada fe en los libros de historia, príncipe de Noruega, desde los tiempos de Herodoto, la retórica de los historiadores ha evitado las abstracciones... el arcaísmo ha caracterizado su estilo limitándose a los hechos perceptibles... echa un vistazo a la historia de nuestros progenitores, por ejemplo...

Fortinbras: mi padre perdió sus territorios, el trono y la vida por una estúpida apuesta.

Hamlet: nuestros padres murieron por la misma razón.

Fortinbras: ¿La misma razón?

Hamlet: tu padre perdió una apuesta y el mío apostó por la confianza de su propia sangre siendo finalmente traicionado... los libros de historia hablarán de las batallas legendarias libradas en el mar, su gran liderazgo... pero no hablarán acerca de la avaricia y cobardía de nuestros tíos que nos sustituyeron en el gobierno de nuestros reinos... ¿Ves mi amigo? Cojeamos del mismo pie...

Fortinbras: respeto la nobleza y el rango que te enviste, no está en mis planes arrebatarte la vida... estoy convencido de que puedes ocupar un lugar de honor en mi reino... pero si te niegas a firmar la transferencia de los legítimos territorios de Noruega, no habrá lugar para ti, ni siquiera en la cubierta de este barco...

Hamlet se acercó al borde de cubierta y dijo:

Algo huele a podrido en el estado de Noruega, buen amigo... la oscuridad de tu corazón Noruego ha espigado más que la luz de tu juicio... como tus escandinavos pensamientos no sustentan tus Noruegas acciones, tu enmarañada razón terminará por abandonarte así como yo abandono la madera de este barco adieu mon ami...

El joven príncipe se lanzó al mar bajo la atenta mirada de Fortinbras. Este ordenó a sus hombres que lo dejasen ir. Mientras descendía, Hamlet observaba a las medusas subiendo a la superficie. La sombra de la embarcación se fue haciendo cada vez más pequeña. Los rayos de luz se desvanecían hasta que sintió un "cuerpo blando" golpear ligeramente su espalda. ¿Era una carpa? ¿Un manatí o una medusa? No lo sabía, de lo único que estaba seguro, es que un ser vivo le impulsaba a la superficie... durante el suave ascenso no sintió miedo... sus pensamientos le distraían del peligro:

El coral más fuerte se reúne con el coral más fuerte, los moluscos débiles se aglomeran con los moluscos débiles, los bellos cetáceos buscan a los bellos cetáceos... la organización social está dominada por la ambigüedad de nuestra ignorancia... encuentro riqueza en la diferencia, el vacío en la paridad... minutos después el príncipe se encontraba en la orilla de la playa asistido por Horacio... la aventura del retorno a casa apenas comenzaba...

Gracias a dios

Cada paciente que cruza la puerta personifica un despertar de conflictos personales en el terapeuta. De la misma manera, representa una oportunidad para atar cabos sueltos, o para tratar de comprender un fragmento más de la psique. La ciencia había distanciado a Mingus de su fe en Dios. Había sido ateo más de la mitad de su vida, pero ciertas experiencias lo guiaron a la búsqueda de la reconstrucción de una nueva deidad. Un Dios cercano, capaz de interactuar con él a través de una voz interior. El siguiente paciente, detrás de su puerta, estaba a punto de cambiarle el pensamiento y parte de su praxis. Su nombre era Orlando Rivera, un jefe del narco en el norte de México. En medio de su carrera, cuando acumulaba más éxito, repentinamente decidió retirarse. Esta es la historia de ese período de su vida.

Al parecer una vecina le practicó alguna clase de exorcismo extrayéndole tres diferentes demonios. Dejó de beber, de fumar, de usar drogas y tener sexo... bueno, esa era la principal razón por la que Orlando se encontraba esperando afuera del consultorio del doctor. Stella, la secretaria de Mingus, hablaba con el médico por teléfono.

Stella: sí doctor, el señor Rivera le espera... no tengo ninguna llamada del banco... ¿Bordin? No, no se ha comunicado todavía... ok, por nada...

Orlando cruzó el pasillo y entró en la lóbrega oficina del eminente Charles Mingus. Estaba muy motivado por la excentricidad del personaje.

Orlando: es un placer conocerle señor, he leído algunos de sus artículos, es usted un gran científico!

Mingus: bien, bien...

Orlando: Orlando, señor.

Mingus: Orlando, tome asiento, póngase cómodo... ¿Por dónde comenzamos?

Orlando: bueno, vengo del norte de México.

Mingus: ¿En verdad? ¿Cómo es el clima allá?

Orlando: podría ser mejor ¡Es muy caliente!

Mingus: viajé a una playa de por allá el año pasado... ¿Qué le trae a mi consultorio?

Orlando: es una larga historia doctor, voy a tratar de ser lo más breve posible

Mingus: bien, bien... soy todo oídos.

Orlando: mmm es sólo que no sé por dónde empezar.

Mingus: empiece por el principio.

Orlando: muy bien, muy bien, ja, ja ja ese es su mantra ¿Verdad? (dijo con una risa nerviosa)

　　　Mingus no hizo comentarios.

Orlando: bueno, yo era un hombre muy diferente un par de meses atrás. Tenía mucho poder, mujeres, carros, lujos, todo lo que quería; también tenía una familia. Era mafioso… estaba pesado, era jefe pues… de pronto todo se vino abajo frente a mis ojos...

Mingus: muy bien, continúe.

Orlando: una vecina mía, Doña Lupita, yo pensaba que estaba loca, ella es cristiana, vino a mi casa uno de esos días y empezamos a platicar acerca del bien y el mal, Dios y el diablo. Yo estaba un poco borracho pero no tenía nada mejor que hacer, así que decidí escucharla con atención por primera vez.

Mingus: bien.

Orlando: pasaban los días y ella regresaba a mi casa a la misma hora... una mañana me pidió que me recostará en el sillón y así lo hice... comenzó a repetir palabras raras mientras me golpeaba despacio con unas ramas apestosas... usted me dispensará si le sueno muy "primitivo" pero le juro por Dios que enfrente de mis ojos vi las sombras de tres demonios ¡saliendo de mi pecho! ¡Jesús es mi señor!

Mingus: está bien, ¿Seguro que no estaba bajo la influencia de alguna droga?

Orlando: ¡por supuesto que no! Desde ese día me salí del business, dejé el alcohol, dejé el tabaco... (Después de una pausa) para mi familia fue difícil aceptar mi nueva forma de vida, por lo que decidieron darme la espalda... me abandonaron.

Mingus: es posible que también necesiten un exorcismo.

Orlando: todavía me duele doc...

Mingus: disculpe.

Orlando: ¿Quién sabe? No pude convencerlos de seguir mi ejemplo, así que los perdí... pero me he reencontrado ¿Entiende?... Jesús, mi señor, me ha iluminado... estoy aprovechando esta segunda oportunidad para hacer las cosas bien… quiero hacer el bien... ese es el dilema... yo y Dolores, mi nueva novia, hemos estado pasando por cierta clase de problemas últimamente... aaaaa…

Mingus: ¿Qué clase de problemas?

Orlando: problemas en la cama.

Mingus: conozco a un buen vendedor de muebles.

Orlando: no es lo que quise decir.

Mingus: estoy bromeando señor Rivera, continué.

Orlando: sí lo sé, je je... no sé cómo decirlo, no es tan fácil explicarse... yo... he perdido la capacidad de tener una erección... especialmente cuando estoy adentro de ella.

Mingus: bien ¿Qué tan seguido pasa esto?

Orlando: casi cada vez que intentamos tener relaciones sexuales, es terrible, porque sé que todo está en mi mente... de alguna manera esos demonios se llevaron algo de mí... ahora no me extraña que en nuestra cultura se asocie el sexo con el diablo.

Mingus: estoy de acuerdo en eso, de alguna manera el instinto sexual ha sido demonizado por ciertos tipos de dogmas y religiones… por otro lado, tal vez es algo de lo que usted convenció a su mente como una verdad.

Orlando: ¿Usted cree?

Mingus: quizá Dios le quitó sus orgasmos.

Orlando: ¿Dios? ¿Cómo puede ser?

Mingus: bien, no necesariamente Dios sino una representación de lo que concebimos como dicha entidad lo que está causando este problema... vamos a hacer esto como si fuera una tarea… tiene que escribir sobre los recuerdos espirituales más importantes que ha experimentado, en sus primeros años... nuestro tiempo se ha terminado por ahora, nos vemos la semana que viene... Stella le programará una cita... y recuerde lo que dijo Nietzsche.

Orlando: ¿Qué?

Mingus: "ándate con cuidado cuando expulses tus demonios, no vayas a desechar lo mejor de ti".

Orlando: no es mi caso, yo solo necesito volver a ponerme en forma… de cualquier manera, ha sido un placer hablar con usted don Mingus. Estoy comenzando a sentirme mejor, por el simple hecho de dialogar sobre esto...

Días después Mingus platicó sobre el nuevo caso con Dominique en el teléfono. Ella era una terapeuta francesa que solía compartir su práctica profesional con él. Estaba pasando unos días en La Habana pero siempre tenía tiempo para viejos colegas.

Mingus: te estoy diciendo este señor piensa que Dios, o unos demonios, le arrebataron sus orgasmos porque era un mal hombre. Tengo algunas dudas sobre la dinámica de este caso.

Dominique: relájate amigo, es sólo el principio del tratamiento.

Mingus: bien, estoy tratando de encontrar la clave, intentar reunir más información para completar este rompecabezas.

Dominique: ¿Le pediste sus memorias como dijiste que harías?

Mingus: lo hice, estamos trabajando en ello, pero me faltan pistas.

Dominique: a lo mejor sólo tienes que relajarte, dejar que las cosas fluyan en su curso natural.

Mingus: sí, puede ser que este un poco estresado por el caso debido a la profesión de mi cliente.

Dominique: ¿En qué trabaja?

Mingus: es la versión mexicana de Tony Montana.

Dominique: ¿Es un traficante de drogas?

Mingus: solía serlo, hasta que alguien le practicó un exorcismo... parece que ahora está jubilado... temo que empiece a extrañar los lujos y regrese a su antiguo estilo de vida...

Dominique: podría buscar una oportunidad en la política.

Mingus: ¡muy simpática Dominique!

Dominique: tienes un caso muy interesante Charles, ¿Un exorcismo? Este tipo podría ser peligroso, cuidado con él.

Mingus: lo sé, es lo que he tratado de decirte... aunque estoy acostumbrado a lidiar con todo tipo de gente, supongo que esa es la razón por la que estoy intentando forzar una estrategia.

Dominique: orar antes de "hacerlo" podría ser una alternativa.

Mingus: ja ja ja no es mala idea, ¿Y si reza durante el acto?

Dominique: solo estaba bromeando Charles.

Mingus: bien, es que no sé qué pensar, ni qué hacer...

Más tarde esa noche, mientras Mingus dormía en su recámara, una sombra oscura caminaba alrededor de su lecho, en cámara lenta. La pequeña imagen de Jesús Cristo, que colgaba de su cuello, realizó un giro extraño mientras la sombra se acercaba cada vez más. El rugir de hélices girando llenaba la habitación. Las agujas del reloj en la pared se movían con dificultad. Jesús comenzó a gritar mientras el demonio estaba tratando de entrar en su pecho. Mientras el diablo empezó a arrancar su piel Mingus despertó sudando y pensando en el caso Rivera. Estaba considerando la posibilidad de escribir un libro acerca de la manera en que los pacientes "afectan" o "influencian" la vida personal de los terapeutas. Trató de llamar a Dominique pero nadie contestó el teléfono, debía estar dormida.

Sonrió para sí, al pensar en la existencia del demonio, recordó la etapa de su infancia cuando no podía dormir a obscuras estando solo.

Una semana después Orlando llegó con algunas de sus notas escritas en una pequeña libreta.

Orlando: buenas tardes doc.

Mingus: ¿Cómo ha estado señor Rivera?

Orlando: bien señor, muy bien, lleno de fe.

Mingus: bien, bien, veo que ha hecho su tarea, muy bien.

Orlando: a decir verdad, he estado teniendo problemas con Dolores.

Mingus: ¿Qué tipo de problemas?

Orlando: no lo sé, estamos siempre muy tensos... estoy gritándole más seguido... usualmente estoy de mal humor cuando ella está cerca...

Mingus: bien, bien eso es completamente natural, te sientes un poco inseguro, tus reacciones agresivas en un período de abstención son completamente normales, pero debes mantener el control de tu estado de ánimo ¿Sabes a que me refiero?

Orlando: sí, por supuesto, estoy visitando la iglesia casi todos los días y le doy gracias a Dios por darme la oportunidad.

Mingus: ahora que lo mencionas ¿Le has preguntado por tus orgasmos?

Orlando: ¿Qué?

Mingus: sobre sus orgasmos, señor Rivera... ¿Ha considerado la posibilidad de rezar para que vuelvan?

Orlando: ¡de ninguna manera doctor! ¡No le pediría a Dios por algún problema de tipo sexual! No, yo no hablaría con él acerca de sexo en primer lugar.

Mingus: ¿Por qué? ¿No es acaso Dios el origen de la vida?

Orlando: de acuerdo... pero siempre que se nos ofrece hablar sobre ese tipo de cuestiones buscamos a los terapeutas... cuando tenemos una crisis espiritual o dudas existenciales buscamos a Dios.

Mingus: bien, sólo estaba tratando de romper el hielo con una pequeña sugerencia.

Orlando: ok, me atrapó en esa.

Mingus: veo que traes tus notas.

Orlando: ah sí, vamos a ver. Escribí acerca de un recuerdo importante de cuando tenía seis años. Mi padre había muerto recientemente. Mi familia buscó consuelo en la religión así que pasaba mucho tiempo en la iglesia. Un niño que se ofrecía para ayudar al sacerdote en la misa no se presentó, y a alguien se le ocurrió la idea de que yo podía ser un buen reemplazo. Me hicieron ponerme una estúpida sotana, nadie me dijo qué hacer hasta que la ceremonia comenzó. El sacerdote no parecía estar consciente de que yo era una especie de novato y pensó que estaba tratando de hacer reír a la gente deliberadamente. Un error tras otro, hasta que todo había acabado. El cura enojado me llevó a una habitación en la parte de atrás, me pidió que limpiase los muebles que tuvieran suficiente polvo. Parecía un castigo manejable para un chico de mi edad, después de todo. Encontré una pequeña cortina en medio de un armario. No se suponía que la debiera abrir pero lo hice. Descubrí la imagen más aterradora que he viso de Jesús: "La carcajada de Cristo". Era una pintura muy distorsionada de la versión occidental de Jesús. Pensé que se estaba riendo de mí, había sangre en su rostro y llevaba la corona de espinas. Corrí a mi casa con los puños cerrados. Sigo soñando con esa misma imagen en mis pesadillas.

Mingus: bien, incluso cuando usted hizo algo bueno, Dios y sus representantes le castigaron por alguna razón, además se rieron a carcajadas ¿Es lo que me está tratando de decir?

Orlando: es gracioso que diga eso porque desde ese día en adelante empecé a perder la confianza en la religión.

De vuelta en casa, Mingus se confesaba con su terapeuta Dominique una vez más. Mientras ella hacía ejercicio en su bicicleta estacionaria, en su apartamento de París, Charles estaba recostado en su diván Freudiano describiendo su sueño más reciente.

Mingus: aterricé mi avión en un camino viejo y abandonado. Salía humo del motor y necesitaba repararse. Me acerqué a una casa deshabitada. Mis artículos de arte estaban esparcidos por el lugar. Me sentía preocupado por saber dónde y cómo iba a conseguir ordenar mis cosas. Me metí en la cama y me cubrí quedándome dormido. Entonces una mujer entro, yo desperté con un grito pero ella me ordenó callar, y dijo: "¿No te acuerdas de mí?" No tenía idea de quién era, aunque le dije que sí, y entonces me pidió levantarme, a pesar de que estaba nervioso, accedí y me incorporé.

Dominique: es obvio que te sientes desequilibrado, buscando el orden externo que no tienes en tu interior.

Mingus: ella dijo: "me alegra que estés aquí. Quería irme a la cama con alguien esta noche". Me sentí un poco preocupado. Caminamos a través de unas puertas francesas a otra habitación de la residencia. Había varios pollitos allí. Eran negros, unos diez aproximadamente. Me di cuenta que tenían hambre, así que abrí la bolsa de su comida y el alimento no estaba, sólo encontré pájaros muertos. Experimenté una profunda tristeza que me consumía, le dije a la mujer que los animales tenían que ser alimentados. Entonces otro hombre y dos mujeres desnudas aparecieron en ese mismo instante. Actuaban como si me conocieran. Yo había decidido volver a la cama para terminar con todo eso de una buena vez. El trío atrajo a la mujer. Ella estaba haciendo cosas con ellos. Entonces ella entró en mi habitación, estaba encima de mí y me dijo: "¡ahora tengo que matarte!". Me levanté y corrí en la bicicleta... me desperté sudando...

Dominique: es interesante, este paciente tuyo abrió una puerta dentro de ti que creías haber cerrado.

Mingus: pensé que había superado ese periodo de mi vida...

Dominique: y esta extraña mujer se veía exactamente como...

Mingus: como mi ex esposa.

Dominique: eso de los pájaros muertos ¿Podría asociarse a un símbolo fálico? La pérdida de la erección de tu cliente detonó la ansiedad en tu problema de eyaculación precoz.

Mingus: baja la voz Dominique, eres el único espécimen del sexo femenino al que me atrevo a confesar ese tipo de asuntos.

Dominique: no es para tanto Charles, tenemos ya suficientes mitos que derribar.

Mingus: pertenezco a una especie en peligro de extinción.

Dominique: por favor Charles... también percibo un miedo manifiesto al asesinato... en este caso, sexo y muerte están conectados...

Mingus: el sexo es muy parecido a la muerte.

Dominique: ¿En qué sentido?

Mingus: Buñuel dijo que el sexo era como una pequeña muerte... mueres por unos segundos, luego tus ojos se vuelven hacia arriba.

Dominique: una muerte muy rápida je je je.

Mingus: está bien, deja de burlarte de mí "complejo de rapidín".

Dominique: (Ríe a carcajadas) disculpa Charles.

****

De vuelta en la terapia el señor Rivera se disponía a compartir otro recuerdo.

Orlando: esta historia es del día en que estaba a punto de hacer mi primera comunión. Alguien me habló acerca del paraíso, de cuanto debía esforzarme por ser honesto y decir la verdad sin importar qué. Así que tuve que confesar mis pecados. Le conté a este joven clérigo que había peleado con mi hermano, hecho trampa en la escuela y mentido a mis padres. Pero él solo me preguntaba acerca de la masturbación y los "pensamientos lascivos", recuerdo que declaré: "sí padre, tres veces al día... una después de cada comida". Él se molestó. Me pidió levantar mis dos manos con los dedos cerrados hacia arriba. Tomó una varita y me golpeó repetidas veces hasta que el cansancio fue más grande que su ira. También me hizo rezar por un par de horas.

Mingus: bien ¿Así que aprendiste que el sexo era un tema tabú para tu religión?

Orlando: no sólo para la religión padre, sino para Dios,

verdaderamente creía que estaba tratando con sus representantes.

Mingus: me llamaste padre, ¿Te fijaste?

Orlando: ¿De verdad?

Mingus: lapsus linguae.

Orlando: ¿Qué es eso?

Mingus: un error en el habla de una persona manifestando deseos inconscientes.

Orlando: ¿Cómo?

Mingus: probablemente porque esperas mi desaprobación.

Orlando: o probablemente, porque creo que usted es un representante de Dios.

Mingus y Orlando se echaron a reír. Solían remediar situaciones incómodas riéndose de ellos mismos. Más tarde por la noche, Mingus hablaba de nuevo con Dominique acerca de su paciente.

Mingus: el catolicismo siempre se relaciona con la culpa.

Dominique: dime algo nuevo, Charles.

Mingus: quiero decir, yo soy católico, es por eso que entiendo. También tengo algunos sentimientos de culpa... me llamó padre.

Dominique: ¿Padre? ¿Como un sacerdote?

Mingus: sí, ese tipo es demasiado inteligente para ser narco.

Dominique: los tiempos han cambiado... los carteles de la droga se han profesionalizado, te sorprenderías al descubrir la cantidad de personas astutas que trabajan para estas organizaciones.

Mingus: prefiero no enterarme.

Dominique: cuídate mucho Charley.

****

La próxima semana la terapia continuó.

Orlando: tuve un sueño, doc.

Mingus: ¿Un sueño? ¡Qué bien! Eso de tratar de interpretar el simbolismo de los sueños es la mejor parte de mi trabajo.

Orlando: estaba en casa de un amigo en la sala de estar. Lo esperaba porque me invitó a comer. El lugar parecía estar deshabitado, de pronto, una puerta, al final del pasillo, se abrió sola. Me encontraba un poco atemorizado, pero la curiosidad me guió hasta ahí para ver qué había detrás. Observé un par de enormes pilares acomodados, uno al lado del otro. En la parte en que se unían a la tierra, estas columnas estaban adornadas con cintas como las de una sandalia. Al final de las sandalias había un par de dedos de pie que me saludaron con un ligero movimiento. Retrocedí y divisé a un gran gigante postrado frente a mí, lo único que podía percibir eran sus pies. Una voz distante me pidió que me sentara, así que me ubiqué cerca del pie derecho.

Voz: ¿Qué estás haciendo aquí, hijo?

Entonces me di cuenta de que no podía pronunciar palabra, así que tuve que valerme del lenguaje de señas, mirando hacia el cielo. El gigante pareció entender y me ofreció una nuez gigante. Hice esfuerzos tratando de comerla, pero ¡la maldita cosa no se abría! Una mano gigante tomó la nuez gigante y la partió en dos, con un golpe gigantesco. Escuché una risa lejana y fue entonces, cuando me di cuenta de que estaba delante de Dios.
Mingus: ¿Cómo lo supiste?
Orlando: la imagen de "la carcajada de Cristo" se me vino a la mente al instante, aunque esta vez yo no tenía miedo en absoluto.
Mingus: interesante punto, continúa.
Orlando: estaba tratando de preguntarle acerca de los misterios de la vida, pero con el lenguaje de señas era un poco complicado, así que él continuaba riendo. Alargué los brazos tratando de imitar las manecillas de un reloj, con el fin de preguntarle acerca de la vida después de la muerte. El creyó que le preguntaba acerca del tiempo, respondió que éste era como una resortera y nosotros éramos la piedra. Recordé que en mi niñez tenía un gallo de mascota, mi papá me lo regaló cuando cumplí siete años. Cuando el animal murió, traté de reanimarlo con descargas eléctricas. Le quité la batería al carro, conecté los cables, y luego puse en práctica la terapia de electroshock, al cadáver del ave. Representé este evento como un ejemplo de la muerte y comencé a imitar el particular andar de los gallos. Noté que Dios se estaba riendo de manera histérica cuando remedé las convulsiones del animal, para ese entonces ya había perdido el control.
Cuando esa analogía no funcionó traté de preguntarle acerca de mi futuro, así que puse la mano derecha sobre mis ojos, como si

estuviera tratando de observar a la distancia y entonces dijo:

Voz de Dios: pretendes mirar a través de la palma de tu mano.

Orlando: traté de preguntar algo más, pero mi brazo estaba aplastando mi boca.

Mingus: por eso no podías hablar.

Orlando: exactamente, es por eso que las palabras no me salían... como quien dice tuve la oportunidad de hablar con Dios pero se me fue el sonido.

Mingus experimentó una sensación de vacío en el fondo de su alma. La racionalización lo había atado más de la mitad de su vida. Flotaba con sus pensamientos, mientras escuchaba las palabras de Orlando a la distancia. Recordó un día que fue de picnic con su familia. Él y su padre trataban de cazar perdices. Colocaron trampas para liebres y terminaron persiguiendo gallinas solo por diversión. Solo tenía cinco años. Esa fue la última vez que se sintió conectado con su papá. Charles buscó a Dominique para contarle acerca de su reminiscencia.

Dominique: esa es la conexión entre tú y tu paciente.

Mingus: ¿Qué quieres decir?

Dominique: ambos padres los abandonaron.

Mingus: cuando experimentas esas vivencias dolorosas, las asumes como parte de la normalidad.

Dominique: ¿Es difícil?

Mingus: no te das cuenta, pero creces en desventaja.

Dominique: las circunstancias son determinantes, creo.

Mingus: cuando miras hacia atrás, te das cuenta que no tuviste la oportunidad de tener un desarrollo normal...

Dominique: de pronto en vez de estar preocupado por encontrar la manera de sanar las heridas... las manifiestas a través de otros síntomas.

Mingus: puedo ver la conexión entre Orlando y yo...

Dominique: tendemos a construir nuestras representaciones de Dios a partir de la figura paterna, en su caso tuvieron que crearla en ausencia de sus padres.

Mingus: es sorprendente como cada ser humano, en busca de ayuda, es capaz de despertar un recuerdo personal que creías olvidado.

Dominique: de algún modo vives el dilema del abandono de Dios.
Mingus: la incertidumbre se vuelve parte de tu personalidad.
Dominique: da origen a personalidades autenticas.
Mingus: trato de construir mi propio Dios en la incertidumbre del postmodernismo.

Una de esas noches, el señor Rivera estaba orando y recordó la sugerencia, de Mingus, acerca de pedir por el regreso de sus orgasmos. Y finalmente se animo a pedir por ellos.

Orlando: no lo estoy pidiendo por mí, Dios, hazlo por Dolores, ¿Podrías?

Esa noche Mingus se sentía exhausto. Necesitaba dormir pero su mente estaba corriendo tan de prisa que no podía detenerse. Mientras leía un libro de Carl Jung en la cama, comenzó a bostezar. Se dio cuenta de que era una buena oportunidad para ganarle la guerra al insomnio. Así que se fue a la cocina, tomó un vaso de agua, fue al baño y mientras orinaba observó un par de dedos gigantes moverse levemente. No entró en pánico. Levantó la vista al cielo y escuchó:
Voz: siempre he estado aquí, por eso sientes escalofríos al entrar en tu dormitorio.
Mingus: prefiero ignorarlos. Ellos son el límite de mi cordura.
Voz: tu mente tan sujeta a los estándares occidentales.
Mingus: Dios está dentro de nosotros.
Voz: dejaste la luz del patio encendida.
Mingus: lo sé, me mantiene a salvo de ladrones y espíritus chocarreros.

Voz: necesitas respirar profundamente… relajar tus pensamientos.
Mingus: siempre estoy razonando… con el tiempo se vuelve aburrido.
Voz: lo sé, coff, coff... te amamos Charles.
Mingus: también yo Señor.

De regreso en el dormitorio, Orlando y Dolores se encontraban dando vueltas bajo las sábanas. La imagen de Jesucristo sobre la cama le daba un aire sagrado a la atmósfera. Una música norteña mexicana sonaba en el fondo. En la televisión se proyectaba una película de terror ochentera. Cuando el reloj se detuvo, a las cuatro y media de la madrugada, Orlando gritó: "¡Gracias a Dios!", mientras experimentaba su primer orgasmo en meses.

Necesitas volverte loco

Si la libertad escribiera su propia historia, esta podría comenzar en África. Las colonias europeas dejaron su marca bien pintada. Tanto así, que sus mismos habitantes tienen dificultades para desprenderse de la influencia colonial. En el tema político, la luz de las ideologías nubla la vista de las inequidades, perpetrando todo tipo de trasgresiones con tal de conservar el poder. Los líderes se han convertido en maestros del arte de seducir al pueblo con promesas de igualdad, mientras gobiernan a favor de intereses extranjeros. Reciben un porcentaje de las ganancias de la explotación de los recursos naturales, repartiéndolo en las manos de una clase política que ha sido enriquecida con la pobreza de sus ciudadanos.

Dos viejos amigos angolanos hacen fila al amanecer, permanecen a la sombra de un muro de piedra. Uno de ellos, Andrade, usa bastón, lleva puesta una especie de túnica que le cubre del frío y la tierra que arrastra el viento. Paulo, el otro, viste con un gorro que le cubre casi toda la cabeza. Algo de aire fresco les recorre, a ambos, los huesos y se sienten obligados a frotarse las manos para generar algo de calor.

Paulo: tiempos difíciles se acercan, mi hermano.

Andrade clava su mirada al frente como si no escuchará a su interlocutor.

Paulo: tienes razón, no puede ponerse peor la cosa…

Esta vez Andrade le mira directo a los ojos como tranquilizándole.

Paulo: si, te entiendo, está la guerra y eso, pero, quizás solo se trate de una larga tregua.

El silbido del viento interrumpe el monólogo, mientras el sol no termina por asomar los primeros rayos del día.

Paulo: recuerdo cuando nuestros ancestros lograron la autosuficiencia en la agricultura... eey *bantú!! Kibuka!! wakker!! eeehhh despierta!!* ¿Los portugueses hicieron todo lo que vale la pena en mi país? ¿Todos los avances culturales son atribuidos a los colonos y el primitivismo asociado a los africanos? ¿Por qué? Estábamos muy bien antes de que llegaran, nuestras técnicas agrícolas bastaban para alimentar a toda nuestra gente... no había hambruna, ni avaricia, ni guerra... de pronto todo lo "malo" ¡es causado por los angoleños! Es una puta la historia, hermano, se vende al mejor postor.

Andrade emite un sonido con la garganta como expresando un tono de afirmación.

Paulo: todo se cuenta a partir de la verdad del hombre blanco, mi hermano, y nos llaman "paranoides". Al negro no le es permitido razonar, su "primitivismo" no va acorde con ese ejercicio... eurocentrismo... pásame un cigarro... carajo.
Andrade: mmm.
Paulo: camels, ni si quiera producimos la mierda que nos mata *kamba.*

Mientras enciende el tabaco, un hombre cargando gallinas se les acerca.

Paulo: ¿Y este *maluco,* a que viene?
Mingus: ¿Para qué es está fila?
Paulo: para todo, para nada, depende de lo que estés buscando ¿Qué se te ofrece?
Mingus: llevo a estos animales para pagar mis impuestos.
Paulo (a Andrade): pobre imbécil, ja ja ja, vives en medio de una abundante economía petro-diamantífera ¿A quién chingados le importan los impuestos? Tú pagas tributo a los elegidos de los dioses meu filho.

Mingus agacha su cabeza y les pide cuidar a sus animales mientras busca algo de agua. Andrade y Paulo acceden con algo de molestia y extrañeza ante la petición del hombre, pero su intuición les impide negarse. La luz de los primeros rayos se asoman en sus rostros, la sombra de otro individuo se aproxima a lo lejos.

Paulo: nunca dejan de llegar hermano, mira, ahí viene otro, ja ja ja ¿Sabes por qué la educación es tan pobre en Angola? ¿Por qué el agua es un servicio básico negado? ¿Por qué el desorden de las calles que ni si quiera tienen nombre? ¿Por qué la miseria de millones de hombres sustenta la riqueza de unos cuantos "elegidos por los dioses"? ¿Es el poder una precondición para un tipo de enfermedad mental? Amargo el don, del hombre, de hacerse preguntas y no poder contestarlas con el mismo ímpetu.

El silencio de Andrade precipita las palabras de Paulo una vez más.

Paulo: ese idiota va como hoja al viento, míralo, está a la deriva del destino, de fuerzas superiores que se apiaden de él o que lo aplasten como a un grillo... o tal vez me equivoque... pero guarda silencio, amigo, que el nuevo intruso se acerca...

Andrade, que no había musitado palabra, le miró con extrañeza. Esperan al hombre, el uno frente al otro, abrazando con su brazo derecho a su respectiva gallina, al llegar el extraño las aprietan un poco contra su pecho.

Extraño: ¿Para qué es esta fila, hermanos?
Paulo: mis hermanos están en casa descansando y otros trabajando de sol a sol en los campos de café ¿Los tuyos Andrade?
Andrade: mmm.
Extraño: ¿Para qué es esta fila, caballeros?
Paulo: así está mejor, ahora descubre la túnica para que podamos verte a la cara.
Extraño: lo siento, no puedo, por lo menos no por ahora.
Paulo: entonces no podremos responder tus preguntas... por lo menos no por ahora.

El extraño se dirige a Andrade, al ver fracasado su intento con Paulo: ¿Para qué es la fila, buen hombre?

Antes de que Andrade reaccione Paulo interrumpe.

Paulo: "para qué" es la pregunta incorrecta.
Extraño: ¿Cómo dices?
Paulo: digo que lo correcto sería preguntar "porqué".
Extraño: ¿Por qué está fila?
Paulo: ¿Por qué esta fila? ¿Por qué esta fila? Dices... Mbanza Angola, Mbanza Kongo, Mbanza Ndongo, Mbanza Luanda... San, Bantú, Mani... los angolanos están atrapados en el pasado, en esa lógica pos colonial del "amo súbdito" que se les ha impuesto. Es un pueblo habituado a las desigualdades, a los atropellos, a las marginaciones. Esto se ha convertido en su cotidianidad, ¿Cómo pueden aspirar a una mejor vida si esa es la única realidad conocida? ¿Por qué esta fila? ¿Esa es su pregunta? La espera se ha tornado eterna, Kimanaueze!! Las identidades están en juego. Han arrancado el espíritu de nuestras tierras.
Extraño: ¿Todo eso, tiene que ver con esta fila?
Paulo: tiene todo que ver, estamos aquí para que se nos haga valer el derecho a trabajar nuestras tierras, que un día nuestros abuelos cultivaron con sus propias manos. El santo rey ha facilitado las condiciones para compartir la riqueza de nuestro pueblo con el extranjero, así todos buscan su botín, mientras mi gente estira sus manos en todas direcciones y no les toca nada---estamos condenados a formarnos en está fila infinita, hasta que el espíritu retorne.
Extraño: ¿Infinita?

Andrade señala con el dedo hacia el sol muriente, descubre a miles de hombres y mujeres que se amontonan alrededor de un muro. Una larga fila de rascacielos se asoma a la distancia. La luz naranja los hace entrecerrar los ojos.

Extraño: ¿Qué puede hacer su rey? ¡Es la tendencia del orden mundial vigente!
Paulo: un hombre ordinario con poder extraordinario, un poder

legitimado por los grandes tiranos.

Extraño: he sabido que el pueblo angolano es marxista, busca la igualdad de condiciones.

Paulo: la única igualdad que conocemos aquí es la de la miseria.

Extraño: Lenin dijo que la clase obrera…

Paulo: la clase obrera está cansada del endocolonialismo.

Extraño: la división de clases, según Marx…

Paulo: ¡a la chingada las ideologías!

Paulo desciende un escalón para hablar con el extraño. Lo sermonea.

Paulo: Marx, Lenin y Mao Tse Tung se diluyen con el oro negro y los diamantes, esas son las ideologías que dominan a nuestros líderes, amigo.

Extraño: usted es lo que algunos llaman afro pesimista…

Paulo: ¿Afro pesimista? ¿Existen los afro pesimistas? En ese caso, los afro optimistas deben estar viviendo en Europa. Occidente mantiene a una élite africana, a cambio de convertir al continente en una sucursal de recursos naturales ¿Y usted, me llama afro pesimista?… nuestros hermanos piensan que no hay otra manera de ser gobernados, como si la desigualdad social impuesta, fuese parte de nuestro destino, una maldición de los dioses ¿Y cómo no lo van a pensar? Si esa es la fórmula que han implementado los opresores. Los súbditos dan forma a esa tiranía, y las multinacionales complementan la explotación de las masas.

Andrade: ¡se olvidan, ustedes, de un factor clave!

Extraño: pensé que el señor no hablaba, que curioso.

Adriano: no existen los reyes de sangre azul.

Mientras conversaban, tres figuras gigantes se formaron, en silencio, tras ellos. Estas vestían largas túnicas que no les cubrían por completo el rostro. Se ubicaban justamente a espaldas del Extraño, su aliento despedía un vapor fétido, alternando rítmicamente profundas exhalaciones. Paulo, Andrade y el Extraño no se atrevían a dirigirles la palabra, debían mirar hacia arriba para intentar dar una ojeada a sus pálidos semblantes.

La figura de en medio se inclina hacia ellos y pregunta: ¿A dónde lleva esta fila, buen hombre?

Andrade: a decir verdad, llevamos aquí treinta y tres años y no nos hemos movido del mismo sitio, señor, puede ser para el reparto de las piedras…

Figura 2: ¿Diamantes?

Andrade: esas piedritas que ve usted ahí.

Los hombres observan decenas de diamantes regados sobre el suelo sin que nadie los reclame… un par de gallinas picotean las joyas como si fueran maíz.

Extraño: ¿Quiénes son ustedes? ¿Por qué no muestran sus rostros?

Figura 2: algunas personas me confunden con una ballena, ja ja ja (las tres figuras ríen en coro)… revelaremos nuestra identidad a su debido momento.

Figura 3: ¿Por qué andas entre los corderos, lobo? Tu piel de borrego es demasiado falsa para engañarnos, no puedes ocultarte de nosotros.

Figura 2: homo, homini lupus.

Extraño: no entiendo latín ¿A qué se refiere?

Paulo: es Hobbes, el hombre es el lobo del hombre.

Las figuras murmuran entre sí, una de ellas lanza un rugido como el de un felino en lo profundo de la selva. Paulo, Andrade y el Extraño se quedan helados de miedo.

Figura 2: ¿Cuáles son tus planes para estas tierras?

Extraño: eeeeh… ¿Cuáles son mis planes? Es absurda la pregunta… ¿Qué importa la vida de un hombre, en comparación al destino de un país?

Figura 3: ¡exacto!

Figura 2: el fin se acerca ¿Escuchan el redoble de los tambores a lo lejos?

Extraño: ¿Tambores? ¿Qué tambores?

Figura 3: ¿Por qué todos llevan ese tubo rojo pegado a los pies, menos tú?

Extraño: ¿Cuál tubo rojo? El Extraño alza su pie izquierdo.

Al mirarse a los pies, Paulo y Andrade descubren una especie de manguera escarlata que les sale de la parte superior del talón y se clava dentro de la tierra. Un líquido entre rojo y negro recorre el interior.

Figura 3: me asquea la opulencia, los lobos no atacan a los lobos, el hombre es el único animal que mata por ambición.
Figura 2: ¡te lo dije! Te equivocaste Ernesto, es como un vampiro, un vampiro humano... te observamos a la distancia.
Extraño: ¿Ernesto? ¿Te llamas Ernesto? Descubre tu cara para poder verte, alguna vez conocí un Neto. Esta tierra, como tantas en África, tiene muchos retos por delante, Angola intenta hacer realidad el sueño de Marx.
Figura 2: Marx buscaba equilibrio entre clases, no la esclavitud.
Figura 3: cuando un gobierno se vuelve tirano, es el deber del pueblo derrocarlo.
Extraño: Lenin decía que...
Figura 2: deja que nos lo llevemos, Ernesto, ¡deja que nos lo llevemos de una buena vez!
Figura 3: demasiado pronto, el destino tiene reservadas otras circunstancias para él.

La figura 1 levanta su mano apuntando hacia el horizonte, su túnica asoma su mano cadavérica y el rostro de Roberto Holden. El Extraño retrocede como buscando la protección de los hombres.

Extraño: ¿Qu-qu-quien era ese? ¿Qué era eso?
Figura 2: ¿Cuál es el destino común de los reyes, Ernesto?
Figura 3: ¿Morir en las manos de los oprimidos?
Figura 2: la identidad de los opresores se forja desde la civilización occidental. El juego de poder tiene sustento euro-céntrico, falo-céntrico, antropocéntrico. El odio sembrado por los colonizadores rindió fruto y se disfraza con el folklore y el anhelo de lo tradicional.
Figura 3: me asquea su avaricia.
Figura 2: el hambre y la sed del pueblo son saciadas con la sangre y la sal de los ancestros.

Mata un mosco y lo muestra aplastado en la palma de su mano.

Figura 2: ¡miren! Un mosquito real... este animal alguna vez hundió su pico en la noble piel de un rey, supongo que llevaba sangre azul...

no creo en la inmortalidad.

Extraño: yo tampoco... nunca hable de eso...

Figura 3: me canse de este juego.

Las tres figuras descubren la identidad del Extraño, su cabello cubierto de canas, su cuerpo desnudo, sangre roja sale de su boca... el dictador alimentado con la sangre del pueblo.

Figura 2: hemos desenmascarado al lobo.

Figura 3 levanta al dictador como si se tratase de un muñeco, este no opone resistencia.

Figura 3: ¿Qué hacemos con él?

Figura 2: no lo sé, se lo dejo a tu libre albedrío, no me compete decidir el destino de los hombres.

El gigante se acerca a una fuente, mientras carga al hombre que patalea como si se tratase de un berrinche. El dictador se convierte en un niño de ocho años, el gigante le pega unas nalgadas, el llanto del chiquillo resuena hasta el fondo de la calle. Los testigos oculares ríen a carcajadas mientras el chico pide misericordia. El gigante finalmente lo deja ir. El agua de la fuente crece formando una figura humana. El espíritu de *Kianda,* la sirena, se eleva tomando al viejo dictador entre sus brazos, hace un gesto de bienvenida y dirige sus palabras a los hombres de la fila que le contemplan asombrados:

Bendije a esta tierra con el don de la reproducción, el alimento y los recursos suficientes para todos. Ahora regreso y veo tristemente que los hombres no son capaces de organizarse. Ahora que regreso, veo tristemente que los gobernantes se enriquecen con la pobreza de su pueblo. Ahora que regreso, observo tristemente que el pueblo ha sido seducido con la frivolidad, la individualidad y la apatía. ¿Han olvidado la voluntad para pelear por la libertad? ¿Igualdad y justicia? Les ordeno que restablezcan el equilibrio con la naturaleza, den el poder a los ciudadanos, ¡reorganicen el Ondjangu!

La libertad es un don divino, hay que conservarlo. El poder es una ilusión, debe ser equilibrado... la gente precisa unión, fuerza, consciencia. Cosechémoslo.

El espíritu de *Kianda* se desvanece llevándose consigo al pequeño dictador en los brazos…

Le roi est mort

Mingus se encontraba resolviendo un problema de ajedrez. Cuando de pronto observó, a detalle, el acomodo de las piezas, hipnotizado por la lógica del juego.

Caballo blanco: las calles bañadas en sangre.

Alfil negro: exhalo el olor a humo, como todas las mañanas, y sin embargo no alcanzo a percibir las manchas de sangre desde el púlpito.

Torre blanca: he estado aquí durante un tiempo… y no logro comprender.

Dama blanca: el eco de sus palabras reverbera como un zumbido en mis tímpanos…

Rey negro: me confunde ese aullido, ¿Es de un niño o acaso el de un perro?

Peón blanco: no entiendo nada… así se vive más feliz…

Peón negro: no hay mucho que decir ni entender, solo palabras…

Caballo negro: ayer trotaba por la misma senda y mis huellas teñían, de rojo, la tierra que pisaba, tengo varios años dando vueltas en círculos, ya me duelen las piernas…

Dama negra: escucha el crujir del fuego que late bajo sus pies.

Alfil blanco: esos aborígenes no han sido civilizados, ¡bestias de carga es lo que son!

Torre negra: las apariencias engañan, el ojo vigilante goza contemplándose a sí mismo (ríe burlesco)

Rey blanco: ¡basta ya con la perorata! ¡Que dé comienzo la partida!

Acto I. Las delicias del poder

Los peones negros y blancos se encuentran reunidos sobre los escaques, discuten acerca de la naturaleza de su organización social y su rol dentro del juego.

Peón negro: el peón es la pieza más débil sobre el tablero, somos los más frágiles, los peregrinos…

Peón blanco: aun así, esmerándonos podemos aspirar a convertirnos en cualquier pieza mayor, coronarnos, capturar, avanzar, tenemos posibilidades ilimitadas…

Peón negro: eres un soñador, no cabe duda… pero acepta que estamos en desventaja respecto a los caballos y alfiles, fuera del alcance del inmensurable poder de la torre y, ni se diga, de la sublime dama.

Peón blanco: poder.

Peón negro: poder, quisiera disfrutarlo aunque sea por poco tiempo. Las delicias del poder…

Peón blanco: si las condiciones no están dadas para lograr esos fines, por las vías legales, buscaremos poder en la ilegalidad ¿A ti en qué te gustaría convertirte?

Peón negro: siempre he aspirado a ser un caballo, su movilidad dentro del tablero, el batir de sus patas chocando contra el suelo, su crina en armonía con el viento, en resumen: la máxima expresión de libertad… es simplemente un sueño…

Peón blanco: se supone que soy yo el iluso.

Peón negro: vaya, acepto que se trata de una utopía, un ideal inalcanzable, solo hay que ver en qué condiciones vivimos, somos la carne de cañón.

Peón blanco: ¿Carne de cañón?

Peón negro: las estadísticas no mienten, el peón es la pieza más intercambiada.

Peón blanco: bueno si, pero hay peones de avance, ¡recuerda el en passant!

Peón negro: seamos realistas ¿Cuántos peones llegan a lograr el en passant? ¿Cuántos de ellos sobreviven a ese movimiento? ¿Nunca te lo has preguntado?

Peón blanco: bueno, hay que ser conscientes que somos una clase subordinada, los lacayos, la fuerza de trabajo, el llamado "pueblo".

Peón negro: ahora nos estamos entendiendo ¿Y las condiciones para ascender en el escalafón social?

Peón blanco: obstaculizadas, negadas, impedidas…

Peón negro: nulas o inexistentes, por la naturaleza de la organización social y sus estructuras de poder, limitadas a un acto heroico, en otras palabras, una remota posibilidad estadística aprovechada por las élites para perpetuar las condiciones de explotación.

Peón blanco: ¡explícate!

Peón negro: chaturanga.

Peón blanco: ¿Cómo?

Peón negro: ¡chaturanga! ¡La clave es el número cuatro!

Peón blanco: ahora entiendo menos.

Peón negro: se dice que el origen del juego se ubica en la India, se llamaba chaturanga. Significa cuatro miembros: los carros de combate devenidos en torres, los alfiles o elefantes según la palabra árabe. Sin olvidar la caballería en la que el número cuatro acabó con la vida del Rey Ricardo III, en la batalla de Bosworth, e infantería o la clase a la cual pertenecemos tú y yo…

Peón blanco: ¿Y cómo es que el número cuatro terminó con el Rey?

Peón negro: te estás dejando llevar por los detalles pero te lo voy a explicar; se dice que Ricardo III se preparaba para la batalla más importante de su vida, el herrero montaba las herraduras para el caballo, el enemigo se acercaba y las ansias carcomían la mente del Rey. Lamentablemente se habían quedado sin clavos ni tiempo para proteger la cuarta pata del animal. El herrero se las ingenió como pudo. Este simple hecho fue decisivo en la lucha, ya que al perder la herradura en el combate, el Rey quedó a merced de sus enemigos. De ahí la frase: ¡mi reino por un caballo! Que se podría cambiar a ¡mi reino por una herradura! o ¡mi reino por un clavo!

Peón blanco: o ¡mi reino por un herrero competente!

Peón negro: entendiste la idea.

Peón blanco: aun tengo muchas dudas en mi cabeza ¿Qué es lo esencial aquí?

Peón negro: lo esencial aquí, mi amigo, es que nuestra organización social está orientada por la milicia. Sociedades militares compitiendo entre sí para lograr ejercer dominio sobre los otros, así es la lógica de los dedos que mueven las piezas. Civilización es negación de la propia naturaleza… ¿Civilización? no me hagas reír, en el fondo seguimos estancados en la lógica primitiva, el ser humano es un suicida colectivo.

Peón blanco: ¿No es acaso la historia una prueba de ello?

Peón negro: forma parte de nuestra esencia, una suerte de dicotomía como el día y la noche… en todo caso, la fuerza de los peones radica en la unión.

Peón blanco: y su posición sobre el tablero.

Peón negro: evidentemente, somos los peones avanzados los que podemos cambiar la situación.

Peón blanco: no existiría este juego sin nosotros.

Peón negro: a lo que aspiramos es a una mejor calidad de vida.

Peón blanco: no a la vida de un peón doblado… hay que contagiar a nuestros hermanos con esta locura.

Peón negro: la libertad es la más sublime de las locuras.

Peón blanco: aspirar al equilibrio del poder o expirar… expirar…

Acto II. Elucubración de los alfiles

Un grupo de piezas conversan acerca del origen del juego y la identidad de cada una de ellas.

Dama negra: estamos aquí reunidos para hablar sobre nuestra identidad, es el turno de nuestro amigo el alfil.

Alfil negro: bueno no hay mucho que decir sobre mí, algunos me adjudican una identidad de elefante, otros de un arquero y otros, incluso, ¡de obispo!

Dama negra: ¿Cómo está eso?

Alfil negro: recuerden esa leyenda sobre nuestro origen, esa proveniente de la India, se dice que un brahmán llamado Sissa Ben Dahir inventó este juego para entretener a no sé qué Rey… el brahmán le da una lección al noble ridiculizando su poder.

Peón blanco: ahí está la palabra clave: ¡poder!

Dama negra: ¿Qué quieres decir con eso compañero?

Peón blanco: muy sencillo, se le atribuye un origen hindú a nuestro juego.

Dama negra: si ¿Pero eso qué tiene que ver?

Peón blanco: ¡la lógica de castas!

Alfil negro: ¡explícate lacayo!

Peón blanco: la casta se refiere a cualquier forma de estratificación que valora al individuo a partir de factores de herencia para clasificarlo socialmente. Impidiendo su desarrollo desde el plano ideológico.

Dama negra: ¿Y eso se relaciona con nosotros exactamente cómo…?

Peón blanco: en todos los sentidos, si el creador de chaturanga, que devendría en el ajedrez actual, estaba permeado por la naturaleza del sistema de castas, terminaría por entender el porqué… pareciera que nuestras identidades están estructuradas para ¡no aspirar al crecimiento personal! Como si nuestra partida se encontrará predeterminada y nosotros no la estuviéramos generando con nuestros movimientos…

Dama negra: interesante, pero hay algo que no me cuadra…

Peón blanco: veamos el caso del alfil, es una pieza de largo alcance que usualmente protagoniza las partidas, a veces no precisamente en el cierre pero siempre en el juego medio… ya sea que se le perciba de la manera clásica, como un arquero, como un jinete que galopa en su elefante o como un hombre de fe post-occidentalizado… es así como lo vamos a concebir por ahora…

Dama negra: tenemos un conflicto de identidad… obispos, arqueros o elefantes.

Alfil negro: ¿Obispo? En Francia soy bufón, en Italia un anciano, en Alemania un mensajero y un vulgar camello en el Tíbet...

Peón blanco: lo importante es que el alfil tiene como antecedente a Ganesha, el Dios hindú con cabeza de elefante… el alfil y sus derivados no están tan alejados de ese origen: es "el que limpia los obstáculos", acompaña el ataque de piezas mayores y menores, como la dama y su servidor aquí presente… el papel de la religión en el ejercicio del poder, aquellos que predeterminan la lucha entre el bien y el mal, condicionan el comportamiento humano… no se trata de las manos que mueven las piezas del tablero sino de la deidad que las mueve a ellas: ambición, poder, ambigüedad… reyes y damas que utilizan la fe como una herramienta de dominio… aquellos que prohíben "jugadas ilegales" con una mano, cuentan sus ganancias con la otra…

Alfil negro: todo esto es muy confuso.

Peón blanco: ahora, en lo que respecta a la dama ¿Cuál es su identidad? ¿Por qué termina siendo la pieza más poderosa del tablero?

Alfil negro: es el rey el más poderoso.

Peón blanco: puede que tengas razón pero ¡es la dama la más poderosa en la actualidad! Simplemente hay que ver como se desplaza, imitando los movimientos de un alfil e igualando la horizontalidad y verticalidad de una torre. No tiene comparación sobre el tablero…

Dama negra: eso es relativo, dependo totalmente de mi ubicación…

Alfil negro: no sea tan modesta, su majestad.

Dama negra: no es modestia, es realismo, pero dejemos continuar al caballero con su monólogo…

Peón blanco: gracias su majestad… al hablar de la dama hablamos necesariamente del papel de la mujer en la sociedad, su evolución como pieza está relacionada a la historia de la cultura "oriental" y "occidental". Eso por tratar de establecer un parámetro de análisis, si lo recuerdan, los movimientos de la dama solían ser limitados y torpes, era la compañera del rey y su papel podía ser relegado, reprimido, no solo en cuanto a sexualidad se refiere. No quiere decir que occidente le otorgó la libertad, pero si adquirió ¡movilidad! En todo caso, lo que nos ocupa en este diálogo es el del papel de la mujer en la sociedad ¿Cuál es su rol? ¿Reproducción? ¿Termómetro de la selección natural? ¿El equilibrio social?

Dama negra: son demasiadas preguntas sin respuesta… la dama también hace la guerra…

Alfil negro: vaya que la hace y la provoca… y el amor…

Peón blanco: su antecedente el Farzín persa, masculino, pasaría a ser la reina con los monarcas medievales o la compañía del Dominus o la Donna italiana, la dama española… ágil, poderosa, ¡clave dentro del juego de poder!

Dama negra: por ahora no hay nada más que decir… tomen sus cosas y recuéstense sobre aquel promontorio, el amanecer trae consigo el rugido de una nueva batalla…

Acto III. El rey ha muerto

Torre blanca h1: era un gran héroe.

Alfil blanco f1: sin duda el mejor de los monarcas.

Caballo blanco g1: si tan solo los peones de enroque ¡hubiesen hecho su trabajo!

Peón blanco: nada se pierde, nada se pierde… las piezas cambian y el juego continúa…

Dama blanca: jamás la historia había conocido un ser como él… envestido por una naturaleza casi divina…

Torre blanca a1: quisiera ser como él, quisiera ser él…

Alfil blanco c1: es el deseo de todos.

Peón blanco: muere la carne de cañón pero no la mano que las avanza, muere la voz de los que claman justicia, vive la desigualdad… muere la esperanza de pueblos, vive la avaricia de unos cuantos…

Dama blanca: dolor que retuerce las entrañas, dolor que inyecta dolor con dolor…

Torre blanca a1: empuño la espada con fuerza, como si la sangre corriera por entre mis dedos…

Alfil blanco f1: es la voluntad de Dios.

Caballo blanco b1: tus dioses no tienen injerencia en esta batalla ¡alfil!

Peón blanco: no son los dioses ni los demonios… no es el fin, es la compulsión a la repetición… el poder no es legal ni ilegal, es simplemente poder… un ciclo se repite tras otro… el tablero se limpia al terminar la partida… los reyes nos mandan a la guerra en nombre del status quo… el dominio se perpetúa…

Torre blanca a1: sin saciar mi sed de sangre, envaino mi espada… escucho el aullido de su filo…

Alfil blanco c1: ora pro nobis.

Caballo blanco g1: ¡muera el rey¡ ¡viva el rey!

Dama blanca: necesitamos un nuevo señor que adorar… dominus…

Alfil c1: ¿Quién nos guiará por el valle de las sombras?

Peón blanco: la inercia del juego hace imposible el final de la partida… existe tolerancia a la sangre cuando la sangre alimenta la riqueza de los reyes… la partida ya finalizó, sin embargo… "una vez terminado el juego, el rey y el peón vuelven a la misma caja"… Proverbio italiano.

La culpa es de Stanislavski

Ficción y realidad interactúan en espacios tan estrechos que no siempre es posible distinguir los límites entre una y otra. La identidad depende de aspectos como nuestra historia personal o de los roles que, ordinariamente, desempeñamos en sociedad. Géneros como el teatro juegan con la ficción, pero la realidad siempre espera más allá del proscenio. ¿Normal? ¿Quién se puede decir normal? ¿Los que se adaptan más rápido a las reglas? Hay ciertos personajes que viven en el borde solo para poner a prueba los límites de nuestras creencias.

No necesitan saber mi nombre, voy a intentar narrar esta historia como la recuerdo. A pesar de que estoy consciente que la memoria puede traicionarme, vale la pena arriesgarse y describir los hechos desde un punto de vista subjetivo. Trabajaba como reportero en ese tiempo, Jesse era el nombre del nuevo ídolo de nuestro pueblito. Estudió artes escénicas en la capital. Era un lector asiduo desde edades tempranas. Le gustaba el deporte, el ajedrez y beber vino tinto ocasionalmente. Era más o menos robusto, no demasiado alto, con cabello castaño rizado y de ojos brillantes.

Comenzó a ser reconocido gracias a producciones teatrales de bajo presupuesto. Sus interpretaciones eran buenas, por lo que fue bien recibido por el público. Personalmente no me gustaba el teatro, no soportaba a la gente que se inmiscuía en el; actores, directores, dramaturgos, productores, etcétera... todos parecían haber sido cortados con la misma tijera. Esa gente relacionada con el medio me enfermaba. Todo era falsedad y apariencia; todo en nombre del ego, la vanidad y el narcisismo. Gente que no es real, evocando e imitando palabras y acciones de gente real.

Los peores eran los directores, parecían tener una visión "fragmentada" de la realidad. Narcisistas jugando el papel de "semidioses" en una vida que no eran capaces de dirigir bajo el escenario. Podría haber algunas excepciones, pero la mayoría de las veces era como el Bolero de Ravel, repitiéndose una y otra vez, obsesivamente, sin el encanto de la música. Cascarones vacíos danzando en un círculo eterno, con algo de belleza incluida.

A pesar de mis ideas negativas acerca del mundo del teatro, acudí a la ciudad de Nueva York para entrevistar al personaje conocido como Jesse. En ese tiempo, yo trabajaba para un periódico local. En una de las notas recientes, un reportero se refería a la tercera visita de Jesse, nuestro actor, al hospital psiquiátrico.

Al parecer, el joven artista sufría de afectividad bipolar, condición que le había perseguido desde que tenía dieciocho años. Edad en la cual, los síntomas se manifestaron de forma tan severa que le fue imposible negar su padecimiento.

"El espíritu santo" se llamaba el hospital en el que Jesse había sido recluido. El doctor en turno, accedió a recibirme para llevar a cabo una entrevista con el más popular de sus pacientes. Prometió conceder una hora para tener a Jesse conmigo.

"Actor local asegura ser Jesús, nuestro salvador", se leía en la nota. Entre otras cosas, decían que Jesse había abierto un centro de atención para enfermos e indigentes, con el fin de hacer algo por ellos, lo curioso es que el centro se encontraba a rebozar la mayor parte del tiempo.

Algunos de los habitantes del pueblo, aseguraban que Jesse mantenía contacto con seres de otro planeta, pero no se trataba de Dios, se trataba de algún otro tipo de vida en lo más remoto del universo. Cuando llegué a Nueva York, visité la escuela de teatro. El director me recibió amablemente.

Director: Jesse tiene mucho potencial como actor. Es un muchacho fuerte. En realidad no nos preocupa su enfermedad. Quiero decir, que de algún modo, nosotros sabemos que tarde o temprano se va a recuperar y no es una limitante que interfiera con su carrera de estudiante, en nuestra institución.

Yo: ¿Cuál es su versión acerca de lo que sucedió?
Director: bueno, Jesse interpretaba a Jesús en "El juicio de Jesús".
Yo: ¿Quiere decir que esta obra tuvo algo que ver con su enfermedad mental?
Director: bueno, no sería la primera vez que un actor se queda "anclado" en un personaje.
Yo: ¿Anclado?
Director: Stanislavski ¿Me comprende?
Yo: ¿En qué consiste?
Director: requiere que el actor detone las emociones de su personaje, de manera interna.
Yo: ¿Un proceso interno?
Director: un proceso muy interno, si no estás preparado

psicológicamente te puedes quedar anclado en la identidad del personaje.

Yo: ¿Anulando la propia?

Director: nulificando, fusionando o adoptando una nueva.

Yo: en este caso ¿Qué clase de Jesús interpretaba?

Director: un mesías encarando el poder, espiritualidad, incertidumbre... Poncio Pilatos "tratando de salvarlo" a pesar de su antisemitismo.

Yo: si él piensa que es Jesús de Nazaret, ¿Hay alguna manera en que podamos revertir este proceso y convencerlo de ser Jesse el humano otra vez?

Director: bueno, eso es en lo que los doctores están trabajando ahora, allá en el manicomio. En cierto modo nos afectó la crisis de Jesse. Renunció a la escuela porque necesitaba más tiempo para trabajar con enfermos y vagabundos. No fuimos capaces de luchar en contra de su enfermedad, en ese sentido, espero que los médicos lo puedan ayudar. Bueno, como le estaba diciendo, Jesse se involucró profundamente en el método Stanislavski, su apariencia física y su personalidad comenzaron a transformarse, de forma significativa, frente a nuestros propios ojos. Así que nunca pudimos detenerlo, se convirtió en un completo extraño. Comenzó a realizar largos peregrinajes en el desierto, y a ofrecer extensos sermones acerca del ego y el amor al prójimo. Estoy orgulloso de que haya estudiado aquí, quiero decir, sé que está en el psiquiátrico y todo, pero también sé que se recuperará. En definitiva sé que regresará e interpretará otros personajes.

Terminé la entrevista más temprano de lo que pensaba, estaba agotado y tenía hambre, le di las gracias al director y me fui a desayunar. Quizás habría tiempo para visitar a Maggie, la ex novia de Jesse. Además, este director comenzaba a irritarme hablando como un sabelotodo.

Maggie vivía en un pequeño departamento en el centro de la ciudad; estuvo de acuerdo en concederme una entrevista, siempre y cuando la dejará elegir las preguntas. Era verdaderamente una mujer atractiva, no solo en apariencia sino en su interior. Tenía una hermosa sonrisa y unos ojos que hacía brillar con cada gesto.

Maggie: ¿Por dónde comenzar?

Yo: tú dime.

Maggie: nos llevamos muy bien desde el inicio, pero…

Yo: si.

Maggie: pero me siento que dejamos algo incompleto… se convirtió en otra persona.

Yo: ¿Como era antes?

Maggie: un buen muchacho, amable y educado.

Yo: ¿Por qué terminaron?

Maggie: él pasaba todo el día en la escuela, yo pasaba todo el día en mi trabajo. No encontramos tiempo para nosotros.

Yo: ¿A qué te dedicas?

Decidí preguntarle, aunque sabía la respuesta de antemano.

Maggie: soy bailarina en un bar, stripper. Bueno, llevo ya dos años, mientras termino la universidad.

Yo: ¿Qué carrera estudias?

Maggie: comunicación.

Yo: ¿Y se conocieron en tu trabajo?

Maggie: nos conocimos en un taller de actuación, el teatro es otra de mis pasiones. Me dio la impresión de que era el ser más solitario del planeta, y decidí hacerle algo de compañía.

Yo: ¿Se llegaron a querer mucho?

Maggie: al principio no, más adelante. Era un poco introvertido, pero con imaginación y afectuoso al mismo tiempo, como un niño. Eso me gustaba de él. Era espontáneo y nada malo como amante…

Yo: ¿Convirtió el agua en vino, o, multiplicó el pan o el pescado?

Maggie: que tonto… lo que sí recuerdo es que curaba a través de la palabra.

Yo: ¿Palabra?

Maggie: las palabras, ya sabes, sabía cómo escuchar.

Yo: ¿Lo viste curar a alguien?

Maggie: vi a mucha gente buscándolo.

Yo: ¿Buscando a Jesús?

Maggie: ¿Para alcanzar un pedazo de fe? Recuerdo que un día, un grupo de personas con discapacidad llenaron el lugar. Vinieron de todas direcciones: este, oeste, sur y del norte... vestidos con ropa vieja, sus rostros quedaron marcados como una fotografía en mi mente. Sus semblantes ásperos, toscos y pálidos. La historia de la clase obrera podía leerse entre los surcos de sus arrugas. Su suave andar resonaba en las paredes de los oídos como una estampida de elefantes. Escuchaba los huesos crujir como bastones que sostienen el peso del mundo. Recuerdo la cara de uno de ellos en particular, su bigote negro estaba completamente cubierto de gris. Su mirada afligida reflejando la pérdida de fe en el hombre y sus profetas. No tuvo la oportunidad de recibir educación básica, sin embargo, su voz tiene más franqueza que la de un político. Ha cultivado la tierra desde que puede recordar. Eso había sido suficiente para alimentar a su familia y considerarse a sí mismo un hombre feliz. Hasta hace un par de días atrás, cuando un oficial del gobierno, vestido con un traje elegante, le exigió modernizar sus técnicas de cultivo, con el fin de competir con la gran industria del norte. Ahora su risa torcida parece dejar una sensación de desaliento. Los hombres se reúnen en silencio, mirando alrededor de la sala amarillenta. Un rayo de sol se filtra a través de las cortinas. No tienen fuerza alguna, en absoluto, por eso se quedan situados ahí, apoyando la barbilla con sus muletas. De pronto, una nota musical en la parte de atrás de la sala, una banda interpreta un ritmo contagioso. Jesse está tocando la guitarra con un grupo de voluntarios, la suave música se introduce en los oídos de los presentes. La gente ahora se encuentra bailando, haciendo caso omiso de sus dolores y limitaciones físicas. Mientras algunos ríen a carcajadas, otros se deshacen de sus apoyos y sillas de ruedas. Un cojo baila tap sobre el piano, utilizando una sombrilla para detener su peso y tocar las teclas de manera intermitente. El suave murmullo de las trompetas derrite a la audiencia, hundiéndola en un silencio apacible. El milagro fue real y sólo necesitaba un poco de música para emerger.

Yo: es difícil creer que un actor, cualquiera, interprete un personaje como este en "la vida real".

Maggie: vivimos en el clímax de la razón, pero la razón nos engaña, nos ciega.

Yo: la humanidad intenta reconstruir a sus dioses en la posmodernidad.

Maggie: se trata de ser capaces de crear "momentos mágicos".

Yo: es difícil completar este rompecabezas.

Maggie: necesitas verlo por ti mismo.

Yo: ¿Sabes dónde puedo encontrar a sus papás?

Maggie: creo que sí.

La entrevista terminó ahí. Maggie me dio la dirección de los padres, decidí no perder el tiempo y correr hasta encontrar las raíces de este singular personaje.

Horas después, me encontraba esperando frente a la puerta de los padres de Jesse. Ambos aparentaban ser muy agradables y bastante normales, para mí.

Yo: gracias por dejarme entrar en su casa.

Madre: por favor, siéntase con la libertad de preguntar cualquier cosa.

Yo: ¿Qué me puede decir acerca de su hijo?

Madre: ¿Qué es lo que le interesa saber de él?

Yo: deme una descripción completa.

Madre: bueno… es un buen hijo, un buen artista también…

Yo: ¿Cuando decidió que iba ser actor?

Madre: disfrutaba de hacer reír a la gente desde que era apenas un niño. Acomodaba sabanas y cobijas, simulando un escenario y así interpretar historias que improvisaba para nosotros. Su imaginación era desbordante, había ocasiones que nos preocupaba. Como este personaje que inventó, el viejo barbón, ¿Lo recuerdas?

Padre: ¿Cómo podría olvidarlo? Todo el vecindario comenzó a buscar al amigo imaginario de Jesse.

Madre: convenció a los otros niños de la existencia del personaje. Tratamos de ignorarlo al principio, pero de repente nuestros vecinos se encontraban organizando brigadas de vigilancia en el área.

Padre: estaba descubriendo sus habilidades como narrador ¿Mencioné que estudiaba manuales de magia e ilusionismo?

Yo: suena muy interesante ¿Lo vio actuar en el juicio?

Madre: me recuerda al tal Welles, no recuerdo su nombre. Lo apoyamos desde un principio.

Padre: Orson… siempre lo apoyamos.

Madre: ha estudiado y se ha capacitado en diferentes técnicas actorales, desde pequeño.

Padre: a veces pienso que está fingiendo esa enfermedad mental, si he de ser completamente sincero. Si Jesús descendiera sobre la tierra, tal vez terminaría en un hospital psiquiátrico.

Yo: ¿Ha notado cambios en él?

Madre: si, cada vez que interpreta un personaje distinto en el teatro.

Y estamos orgullosos.

Yo: ¿Ha escrito algo acerca de su infancia?

Madre: mmm, recuerdo una historia en la que un miembro de la familia murió. Comenzaba hablando sobre insectos:

Siempre he asociado la muerte con grandes conglomeraciones de cucarachas. La noche en que murió mi tío, yo era muy pequeño y mi madre me contó que sintió un escalofrío recorriéndole la espalda…

Ella vio lo que parecía ser la silueta de un hombre rodeando su cama y decidió despertar a mi padre. Prendieron la luz y encontraron docenas de insectos paralizados sobre el suelo de la recámara. Mataron a todas y cada una de ellas, ninguna hizo el intento de huir… era el fantasma de mi tío, creo… por supuesto que la historia es un poco diferente, pero ese es el mensaje principal.

Yo: ¿Cómo consideran que Jesse superó su relación edípica?

Padre: no tenemos más tiempo ahora.

Madre: si, tenemos que irnos a misa.

Padre: usted perdone.

Madre: pero gracias por la entrevista.

Padre: regrese a visitarnos algún día, ¡para que pueda conocer a nuestro hijo!

Me percaté de que mis preguntas comenzaban a ponerlos nerviosos, así que les agradecí por la entrevista y me encaminé al hospital donde el actor se encontraba recluido.

Comí un poco de sushi antes de entrar al lugar. Esperé en el recibidor dos o tres minutos antes de que un tal Mingus me recibiera en su oficina.

Este excéntrico médico me hizo una serie de preguntas y recomendaciones antes de encontrarme con su paciente, no porque fuera peligroso en modo alguno, sino porque había un procedimiento que debía seguir. Además, parecía que Jesse estaba bajo medicamento, por lo que no sería sencillo entablar una conversación con él.

Cuando llegué al patio principal del hospital, una enfermera me dio la bienvenida y me guió a través de los pasillos de la institución.

Encontré al fulano sentado en una mesa de picnic, bajo un naranjo. Estaba rodeado por un grupo de enfermeras. Había perdido su larga cabellera, no manifestaba expresión alguna. Mantenía la atención absoluta de cinco o seis mujeres que disfrutaban de sus habilidades narrativas y de su enigmática personalidad.

La enfermera que estaba a mi lado interrumpió el monólogo de Jesse, sobre la importancia de la meditación y los centros energéticos. Me presentó con el personaje.

Enfermera: este hombre vino a entrevistarte, Jesse.
Jesse: es verdad. La entrevista. Lo había olvidado.

Me miró sonriendo, con sus grandes ojos y sus dientes amarillos. Se disculpó con su audiencia cuchicheándoles palabras en los oídos. Las enfermeras le sonrieron mirándole como si se tratase de una estrella de rock. Me presenté formalmente, y le pedí permiso para grabar la sesión completa; él accedió, empecé a bombardearle con preguntas:

Yo: ¿Me puedes dar tu nombre completo, por favor?
Jesse: vamos a centrarnos en los hechos relevantes, si no te molesta.
Yo: ¿Por dónde empezar, entonces?
Jesse: no tengo idea, pero ciertamente no por nuestros nombres.
Yo: nuestros nombres definen lo que somos.
Jesse: también se puede decir que tratan de definir lo que somos.
Yo: ¿Quién eres?
Jesse: soy un ser humano.
Yo: ¿Qué clase de ser humano?
Jesse: uno determinado por sus circunstancias.
Yo: ¿Qué quieres decir?
Jesse: yo juego un rol importante en la vida, tanto como tú y los demás.
Yo: ¿Cuál es tu papel en la vida?
Jesse: no tengo un rol definido. Trato de tener un impacto en el mundo que me rodea.
Yo: ¿Por qué no tienes un rol definido?
Jesse: nací en circunstancias muy especiales... se generaron muchas expectativas.
Yo: ¿Crees que puedas ser más específico?
Jesse: créeme no es relevante, en lo absoluto.
Yo: deja que nuestros lectores decidan lo que es, o no es, relevante.
Jesse: siempre jugamos roles en la familia, la escuela, la vida... ahora

mismo.

Yo: ¿Qué tipo de roles estamos jugando ahora?

Jesse: tú eres el periodista apasionado y se supone que yo debo ser el loco.

Yo: o el visionario.

Jesse: tal vez.

Yo: ¿Te has descubierto a ti mismo tratando de jugar ese rol?

Jesse: trato de corresponder a las expectativas en términos de la conducta.

Yo: ¿Es por eso que estudiaste artes?

Jesse: probablemente, en el teatro se vive un rol diferente, dependiendo del personaje que te toque interpretar.

Yo: es imposible anular nuestra propia identidad.

Jesse: los países también juegan roles.

Yo: ¿En la política quieres decir?

Jesse: los medios de comunicación masivos construyen una identidad que asimilamos como real... ni siquiera se trata de un proceso racional.

Yo: te refieres al bien y el mal.

Jesse: me refiero a las identidades, el bien y el mal son ornamento para la política y las religiones.

Yo: ¿Crees en Jesús?

Jesse: siempre he sido un hombre de fe.

Yo: ¿Pero eres consciente de tu enfermedad mental?

Jesse: ¿Cuál enfermedad mental?

Yo: bueno, echa un vistazo a tu alrededor, estamos dentro de un hospital para enfermos mentales.

Jesse: eso no me convierte automáticamente en un enfermo.

Yo: bueno, déjame lo pongo de otra manera. ¿Estás consciente de tu problema de identidad?

Jesse: yo sé quién soy.

Yo: ¿Quién eres?

Jesse: ya te lo dije, un hombre determinado por sus circunstancias.

Yo: ¿Y qué se supone que significa eso exactamente? ¿Eres un Dios?

Jesse: la llama de Jesús arde dentro de mí.

Yo: ¿Qué quieres decir?

Jesse: yo podría afirmar: "Yo soy Dios", y no necesariamente ser un lunático.

Yo: suena como una tontería para mí.

Jesse: Dios está dentro de mí, tanto como dentro de ti.

Yo: pero yo no voy por ahí tratando de curar a la gente, ni hago actos de ilusionismo.

Jesse: echa un vistazo a ese manzano, ¿Qué puedes decirme acerca de él?

Yo: se ve seco, casi no hay hojas.

Jesse: pero…

Yo: ¡espera un minuto! ¡Parece que hay algunas manzanas rojas que cuelgan de sus ramas!

Jesse: ¡las ves!

Yo: ¡es increíble!

Jesse: tratamos desesperadamente de buscar respuestas a través de la razón, pero nos olvidamos de nuestra esencia.

Yo: ¿Y cuál es nuestra esencia?

Jesse: somos seres radiantes, más cercanos a la magia de la fe, que a la frivolidad de la ciencia.

No habíamos terminado de hablar cuando una pareja de enfermeros se lo llevó a su terapia física. Se despidió con un guiño, de su ojo izquierdo, mientras se iba. Me quedé sentado organizando mis notas, cuando me percaté de la cosa más rara que he visto en toda mi vida: ¡las manzanas del árbol se habían convertido en flores rojas! ¿O no había observado bien desde un principio? La verdad es que nunca publiqué la entrevista. Me quedé con una sensación de vacío. Lo último que supe de Jesse, fue que viajaba en una gira a lo largo del país con un espectáculo circense. No es que dudará que estuviera haciendo un buen papel para entretener a la gente, pero ¿Acaso podríamos culpar a Stanislavski por todo esto?

La divina tragedia

"Up in the morning, out on the job, work like the devil for my pay… but that lucky old sun got nothing to do, but roll around heaven all day". Louis Armstrong.

¿Quién puede saber lo que sucede cuando nos quedamos atrapados en el medio de la vida y la muerte? ¿Qué procesos mentales se ponen en juego para tratar de organizar nuestra percepción? El hecho es que el protagonista de nuestra historia murió durante algunos minutos y obtuvo el privilegio de realizar una pequeña gira por el inframundo. Ya sea destino o determinismo, su vida no volvería a ser la misma después de ese viaje.

Mingus se encontraba inconsciente en la cama de un hospital. Apenas se había ido por unos cuantos minutos. Una enfermera escuchaba "That Lucky Old Sun", de Louis Armstrong. No sé qué tan cierto sea, pero se dice que el doctor Mingus visitó el paraíso y encontró a Woody Allen tocando su clarinete, en un lugar semejante a un teatro griego, con una banda compuesta por los grandes representantes de la música norteamericana.

Nuestro personaje caminó a lo largo de un pasillo que parecía tener la tonalidad de las nubes. Se dirigió a uno de los ángeles reunidos en el círculo.

Mingus: ¿Es ese el director de cine?
Ángel: ¿Quién?
Mingus: el pequeñito de los lentes gruesos.
Ángel: no estoy seguro. ¿Cómo se llama?
Mingus: Woody Allen.
Ángel: ah, sí, es el famoso comediante.
Mingus: ¿Crees que me puede ayudar a echar un vistazo por él paraíso? Sólo tengo unos minutos para...
Ángel: ¿Quién es usted?
Mingus: me llamo Mingus, lo siento. Yo era, soy un terapeuta...
Ángel: escucha, voy a preguntar, pero está tocando ahora... no estoy seguro de que este de humor para dar una vuelta.
Mingus: ok ¡gracias!

El ángel subió al escenario y susurro en el oído derecho de Woody.
Ángel: hay un médico por ahí solicitando un tour con usted, señor. Viene sólo de paso, él todavía se encuentra vivo.
Woody: ¿Un tour? Ahora estoy tocando. Dile que no es posible, ¡no es posible! ¿Qué clase de médico es?
Ángel: un terapeuta, señor...
Woody: un terapeuta, ahh... ¿Es Freudiano? ¿Junguiano? ¿Y está vivo?... me lo hubieras dicho. Le voy a dar una vuelta por ahí,

entonces.

Tomó su clarinete y pidió disculpas a la audiencia. Woody se aproximó y estrechó la mano del doctor.

Mingus: es un honor conocerle, señor Allen. Soy un gran admirador suyo, mi nombre es Charles... Charles Mingus.

Woody: interesante, ¡como el hombre enfadado del jazz!

Mingus: a mi padre le gustaba mucho el Jazz, señor Allen.

Woody: solo dime Woody, por favor. ¿Me han dicho que buscas un rápido recorrido?

Mingus: si Woody ¿Por dónde comenzamos?

Woody: no lo sé. ¿En qué departamento estas interesado? ¿El infierno, el paraíso o el purgatorio?

Mingus: ¿Se pueden visitar los tres?

Woody: ¡por supuesto! Pero tendrás que elegir una sola persona en cada uno. Es la regla para los visitantes con un "tiempo corto".

Mingus: supongo que eso será suficiente para mí.

Woody: entonces, ¿Qué tipo de personajes buscas? ¿Terapeutas? ¿Escritores? ¿Pintores? ¿Chatarreros? ¿Falsos profetas? ¿Padrotes? ¿Papas? ¿Asesinos en serie? ¿Músicos? ¿Con quién te interesa hablar?

Mingus: es una decisión difícil... ¿Hay un límite de tiempo?

Woody: tan sólo menciona alguno.

Mingus: ¿Wilhelm Reich?

Woody: lo siento, no es posible está midiendo orgasmos en el purgatorio.

Mingus: ok ¿Qué hay del Marqués de Sade?

Woody: aaah mmm, no es muy fácil de encontrar. Está trabajando en el infierno con Satanás, en el departamento de asuntos europeos. El problema es que rara vez se halla disponible. Pero al menos podemos intentarlo.

Ambos intrusos se aproximaron a los límites entre el purgatorio y el infierno. Un gran desierto de arena separaba los dos mundos. El brillo de una estrella iluminaba la atmósfera del inmenso lugar. A diferencia de los espacios iluminados por el sol, aquí la luz era de un tono rojizo pálido. Las huellas de sus zapatos se hundían en el suelo haciendo más difícil el andar. Mingus escuchó su propia respiración agitada. Se detuvieron para tratar de recuperar el aire.

Finalmente, observaron una extensa fila de hombres a la altura de una montaña de arena.

Primera visita, en la cual Mingus y Woody encuentran un furioso marqués en las entrañas del infierno.

La línea de individuos se perdía en la entrada de una gran caverna. A juzgar por las caras parecían ser desterrados. Uno de ellos extendió su mano hacia Mingus como pidiendo ayuda. Éste trató de alcanzarlo pero Woody lo detuvo, se suponía que debían interactuar lo menos posible. Se acercaron y preguntaron su nombre. Él respondió: en vida fui conocido como Karl.

Mingus: ¿Karl?

Woody: ¿Karl Popper?

Karl: Karl Marx

Mingus: ¡Karl Marx!

Woody: ¿En verdad? Su barba es más larga en las fotos.

Mingus: ¿Qué hace usted aquí?

Woody: ¿Es broma? Este señor produjo más ateos que el diezmo cristiano.

Karl: la religión es el opio del pueblo.

Mingus: encuentro su teoría sencillamente fascinante.

Woody: ¡Wow! ¡Wow! ¡Wow! ¡Détente! El marxismo es como el judaísmo, cuenta con apasionados feligreses dispuestos a morir en nombre de un concepto abstracto, pero...

Mingus: es como un apóstol iluminado, lleno de predicciones, sus escritos están fuera de este mundo.

Woody: como documento histórico de acuerdo, pero déjenme decirles algo acerca de lo que sucede cuando se aplica el marxismo como modelo de gobierno. No te lo tomes personal Karl, me gusta el corte de tu barba de cualquier modo. Número uno: el marxismo ha contribuido a consolidar a los fascistas de extrema derecha, vendiendo la libertad de un sistema opresivo. El fracaso de uno, se convierte en la afirmación del otro. Número dos: los líderes carismáticos de diferentes latitudes justifican la existencia de sus dictaduras con la promesa de alcanzar el sueño de Marx. Vamos a ser iguales en la pobreza, dicen algunos. No me importa que mi gobierno sea diestro o zurdo, o ambidiestro, ¡quiero y merezco un buen gobierno! Número tres: estoy consciente de la basura teórica acerca del concepto de estado, las clases dominantes etcétera, etcétera, pero ¿Por qué hay que ponerse en contra de la fe del hombre? Usted se adelantó a su tiempo, debió admitir que la religión es una pasión básica ¿Cómo podemos reemplazarla? No nos gusta, bueno, pero las masas necesitan creer en algo más. Es inherente a nuestra naturaleza, la sociedad se diviniza a sí misma, a través de la religión, dijo Durkheim.

Mingus: de alguna manera, Karl estaba tratando de reemplazar la pasión de la religión, con el equilibrio de la razón. Jesús estableció una serie de mandamientos para tratar de asegurar una buena convivencia entre los hombres. Karl sentaba las bases de un modelo económico, un modelo social para reorganizar nuestras comunidades y hacerlas un poco más justas.

Karl: no perdamos de vista el contexto en el que vivía.

Woody: Jesús buscaba tener un impacto social y político. Estaba confrontando a la clase dominante. Inspirando una revolución espiritual, en la que la gente humilde poseía el reino de los cielos. ¡Fue de alguna manera el primer militante comunista!

Karl: buen escrutinio el de ambos.

Mingus: también incluyó un tipo de análisis acerca de la influencia del pasado en la forma de pensar del hombre moderno.

Karl: todos tenemos "anclas".

Woody: "La tradición de todas las generaciones muertas oprime, como una pesadilla, el cerebro de los vivos".

Mingus: me encanta esa cita, muy profunda, una especie de psicoanálisis de las masas.

Karl: der Volksgeist.

Woody: Hegel.

Mingus: Zeitgeist.

Karl: ha sido un placer hablar con ustedes señores, me tengo que retirar.

Woody: Dios lo bendi... ¡Perdón!

Mingus: gracias, señor.

Un fuerte viento llenó sus ojos y los orificios de sus oídos con arena. Un zumbido se hacía cada vez más fuerte a medida que avanzaban. La fila de sombras-hombres parecía no tener fin. Encontraron una cara familiar que coordinaba el flujo de la muchedumbre. Se aproximaron. Se trataba de Judas Iscariote, el apóstol que traicionó a Jesús. Su mirada no era nada amable, llevaba consigo una bolsa con monedas y un trozo de papel.

Woody: ¿Podemos hablar con usted, señor?
Mingus: (voz baja) pensé que estaba en el infierno.
Woody: (voz baja) ¡Lo sé! ¡Déjame hablar con él!
Judas: ¿Qué puedo hacer por ustedes señores?
Woody: en realidad estamos en busca de un personaje en particular.
Judas: ustedes no son de por aquí, se puede ver.
Mingus: ¿Realmente traicionó a Jesús?
Judas: esa es la pregunta que todos me hacen, yo no soy nada más que un actor, una parte dentro del plan, un libertador.
Woody: sabía que treinta monedas de plata no te corromperían.
Judas: las escrituras han sido malinterpretadas, no soy el que traiciona, soy el que entrega.
Mingus: pero ¿Por qué te suicidaste?
Judas: es parte de un acto de la estructura religiosa hegemónica. La historia requiere de villanos y culpables para controlar la mente de las personas.
Woody: ¡lo sabía! La mayor parte del tiempo ¡lo sabía!
Judas: ¿Sin mis acciones, Jesús hubiera muerto y resucitado?
Mingus: hubiésemos tenido una religión muy diferente.
Woody: ¡sin duda! Sin pasión de Cristo, no habría semana santa.
Judas: celebraríamos el júbilo de Getsemaní o algo parecido.
Judas: me ofrecí para tratar de guiar a esas almas perdidas. Sigan ese sendero sobre la colina. Ahora discúlpenme, tengo mucho trabajo por hacer.
Woody: ¿Hablaste con Jesús después de eso?
Judas: estaba ahí cuando pronunció sus palabras de perdón.

El apóstol dio la espalda a los intrusos que se alejaron de ahí, impresionados con la escena.

Mingus: ¿A qué palabras de perdón se refería?
Woody: "padre, perdónalos. No saben lo que hacen".
Mingus: ¡lo recuerdo! Es una oración a través de la cual perdonó a quienes le condenaron.
Woody: ¡exacto!
Mingus: el mensaje, de perdonar a nuestros enemigos, no ha

alcanzado a la tierra.

Woody: la pasión de la religión es utilizada para enriquecer las arcas de la industria armamentista.

Mingus: es triste que no hayamos aprendido que nuestras diferencias nos enriquecen, podríamos compartir nuestros dioses.

Woody: pero las iglesias no compartirían sus ganancias, ya estamos cerca, preguntemos a aquellos viejos de allá.

Un grupo de ancianos pasaban por ahí acercándose a la muchedumbre. Uno de ellos jalaba a un burro por la rienda.

Mingus: ¡espera un momento! Parece que conozco a ese señor de pelo blanco.

Woody: ¿Te has dado cuenta que el purgatorio está lleno de judíos?

Mingus: sé que han contribuido a la humanidad con su pensamiento.

Woody: ¡por favor! Judas vendió a Jesús a sus verdugos, Karl generó un conflicto social con su utopía y Albert, bueno, a él no lo puedo culpar pero…

Mingus: la teoría de la relatividad de Einstein cambió nuestra manera de vivir.

Woody: exacto, y nuestra manera de morir, pregúntale a los Japoneses qué es lo que piensan de ese gran invento… ¡Mira! los que caminan junto a él son Leo Szilard y Enrico Fermi.

Mingus: ¿Quiénes son esos?

Woody: participaron en el proyecto Manhattan. Un plan en el año de 1939 para construir la bomba atómica, antes que los Nazis.

Mingus: ¡hablemos con ellos!

Woody: me gustaría pero ¡se nos acaba el tiempo!

Mingus: solo unos minutos ¡Anda! ¿Cuál es el sentido del tiempo en este lugar?

Woody: unas cuantas palabras y nos vamos ¿Ok?

Mingus: ¡ok!

Woody: ¡Caballeros! Pueden decirnos dónde estamos, ¡por favor!

Albert: estamos caminando entre los límites del purgatorio y el infierno ¿Quién pregunta?

Woody: solo un par de errabundos, buscamos un alma perdida.

Albert: si siguen caminando en esa dirección encontrarán muchas.

Mingus: ¿Qué hace aquí? Pensé que estaba en…

Woody: mi amigo quiere decir ¿Qué sucedió?

Albert: tratamos de evitar lo que ocurrió en Hiroshima y Nagasaki. Intentábamos detener un desastre mayor y fracasamos.

Leo: si hubiera sabido que la bomba iba a ser usada...

Albert: nunca hubiéramos ayudado a construirla...

Leo: ahora vagamos...

Albert: perdidos en el purgatorio...

Leo: tratando de encontrar respuestas...

Woody: pero ¿Porqué? ¡No son políticos! ¡Son científicos brillantes! ¡No se sientan culpables! ¿Dónde está Roosevelt? ¿Dónde está Truman?

Enrico: no sabemos donde están... tratamos de pelear por la paz.

Albert: a través de la ciencia.

Leo: pero el hombre-lobo impuso su naturaleza predadora.

Albert: yo no participé directamente. Pero mi investigación facilitó la creación de la bomba. Somos víctimas de nuestras circunstancias, caminamos en un círculo dentro de este laberinto gigante.

Leo: las cartas.

Albert: las cartas.

Mingus: ¿Qué cartas?

Leo: miren hacia el horizonte.

Una columna gigante de humo se elevaba en el cielo rojo. El rumor de un estruendo acompañaba la figura en forma de hongo. Los cinco hombres atestiguaban el fenómeno en silencio. Permanecieron por largos minutos contemplando. Uranio y plutonio sembraron muerte en nombre de excusas cobardes.

Albert: Ich habe einen fehler gemacht, ich habe einen fehler gemacht.

Habiendo dicho esto, las almas dieron vuelta y caminaron cabizbajas. Los intrusos les observaron partir. Apenas retornaron al camino, se percataron de que este se volvía cada vez más estrecho.

Woody: ¿Qué es lo que dijo?

Mingus: Ich habe einen fehler gemacht.

Woody: muy chistoso ¡En español!

Mingus: significa cometí un error, cometí un error.

Woody: ¿Porque tienes que repetirlo dos veces?

Mingus: ¡es lo que él hizo!
Woody: ¡Por favor! ¡Vámonos de aquí!

El suelo arenoso comenzó a convertirse en roca sólida. En la medida que avanzaban experimentaban una considerable falta de audición. Movían sus bocas pero no escuchaban sonidos. Escalaban las colinas de una enorme montaña. Un viento frío congelaba sus cuerpos dificultando su lento avance. La luz roja se había transformado en un purpura azulado. Acercaron sus cuerpos buscando un poco de abrigo contra el clima extremo. Finalmente, encontraron una pequeña abertura a la mitad de la montaña. No era la entrada principal pero se percataron de que era la única manera de conseguir su objetivo. Los mortales no eran bienvenidos en el infierno. Ambos debieron postrarse en cuclillas para entrar al lugar. No habían terminado de acceder, cuando experimentaron un golpe interno, como si alguien robara su oxigeno. Cuanto más se adentraban en la caverna está se volvía más grande. Cuando pudieron caminar en dos pies sintieron un hueco en el estómago. A donde fuera que volvieran sus ojos, lo único que veían era obscuridad, aunque habían recuperado algo del sentido de la escucha. Las paredes parecían algo falsas entre las estalactitas y estalagmitas. Gotas de agua caían en el suelo ocasionalmente. Comenzaron a sospechar que se encontraban en un set de filmación.

Mingus: espero no tener que volver aquí.
Woody: casi llegamos. Nada puede lastimarnos. Bueno, no que yo sepa.
Mingus: recuerdo esa película tuya, Los enredos de Harry, en la que presentas a Satanás como un amigo tuyo que roba a tu ex novia.
Woody: Billy Cristal interpretó al demonio, no me gustó tanto el resultado de esa película.
Mingus: ¿Lo dices en serio? ¡Estuvo genial!, me recordó a Bergman. La mejor parte de tus películas es cuando haces que algo mágico ocurra. Como esa a blanco y negro, acerca del circo con Mia Farrow y John Malkovich.
Woody: se llama Sombras y Niebla, estaba tratando de rendir homenaje a artistas como Fritz Lang.
Mingus: la cámara usa técnicas del expresionismo alemán. Kafka está presente en la atmósfera también.

Woody: me alegra que la hayas disfrutado.

Mingus: ¿Recuerdas Zelig? ¿Cuando comienza a transformarse en un ser humano diferente?

Woody: camuflajeándose como un camaleón.

Mingus: cuando vi a Bruno Bettelheim, pensé que era un verdadero documental.

Woody: gracias, esa era la intención.

Mingus: ¿Tú inventaste el pseudo documental?

Woody: no sabría decirte ¿Lo inventé?

Mingus: recuerdo Manhattan con ese gran finale en la estación de tren, con la rapsodia azul de Gershwin.

Distraídos con la conversación, los intrusos ignoraron a los personajes que vagaban alrededor de ellos. Docenas de espectros revoloteaban sobre sus cabezas. Woody fue el primero en mirar la sombra del obscuro Marqués, a la distancia.

Woody: ¡Mingus! ¡Escucha! Me puedes mandar una carta describiendo tus escenas favoritas pero ahí está nuestro amigo. ¡Aquél que está escribiendo en la esquina!

Después de una larga caminata, los dos visitantes encontraron al famoso escritor, en un rincón del abismo. Mingus caminaba detrás de Woody, pero al aproximarse; el comediante optó por esconderse a las espaldas del terapeuta.

Mingus: disculpe la molestia.

Sade: ¡merde! Je suis entrain d'écrire la plus grande histoire et vous ¿Qui êtes vous ? ¡Vous m'interrompez !

Woody : no hablo francés. No puse atención cuando estaba en la escuela.

Mingus: creo que quiere que nos vayamos. Está muy enojado.

Woody: ¡creo que entendí esa parte a la perfección!

Sade: ¿Vous êtes anglais?

Mingus: nouns ne parlons pas français Monsieur Sade.

Woody: ¿Por qué leías a Sade? ¿Qué tipo de infancia tuviste? ¿Por qué no elegiste a Dickens o Proust, al menos?

Sade: ¿Qu'est ce que vous voulez Monsieur?

Mingus: solo queremos hablar sobre su vida.

Woody: yo te puedo prestar una buena biografía ¡pero vámonos de aquí!

Mingus: acerca de los motivos que le trajeron hasta aquí, y, si acaso pudiera cambiar algo de lo que le paso cuando estaba vivo.

Sade: Je ne veux rien changer, je ne veux pas changer un seul moment de ma vie! Ce que j'ai été, et ce que je suis, et ce que je suis, c'est ce que je serai.

Mingus: dice que no cambiaría nada de su pasado.

Sade : maintenant je vais vous accompagniez et regarder la salle de Sade.

Mingus: quiere que lo sigamos a su sala privada.

Woody: yo los espero aquí, gracias. Mi doctor me recomendó nada de orgías y definitivamente nada de escenas de terror.

Y en verdad aquello se trataba de una película de horror. Los visitantes escucharon un coro de lamentos en la lejanía. Se adentraron en la primera sección de la sala y no pudieron creer lo que vieron ahí. Una fila interminable de cruces invertidas se encontraban acomodadas en el perímetro de la habitación a oscuras. Varios personajes colgaban de ellas. Los intrusos caminaban sujetándose el uno al otro, intimidados por el aterrador espectáculo.

Sade: j'ai baptisé cet cote de la salle comme le monde à l'envers.

Mingus: dice que el nombre de este lado de la sala es el mundo al revés.

Woody: muy creativo.

Mingus: ¿Recuerdas que Pedro, el apóstol, fue crucificado de cabeza?

Woody: bajo las órdenes de Nerón, soy Judío ¿Lo recuerdas?

Mingus: la historia dice que esto fue a petición propia.

Woody: interesante.

Mingus: no quería morir de la misma manera que Jesús.

Woody: ¿Sugieres que esta galería está llena con?

Mingus: ¿Con chivos expiatorios?

Woody: no.

Mingus: ¿Anticristos?

Woody: no estoy seguro ¡Pregúntale al señor!

Mingus: muy bien… Monsieur Alphonse ¿Qui sont ces esprits?

Sade: vous demandez.

Mingus: él dice que debemos preguntar nosotros mismos.
Woody: ok ¿Con cuál te gustaría empezar?
Mingus: vamos con el tipo de allá, parece un poco familiar.

Se acercaron a un rincón de la sala. El espíritu se quejaba constantemente. Por el traje que llevaba, parecía un romano.

Mingus: se ve como un emperador.
Woody: a este individuo le gustaba jugar con fuego.
Mingus: ¿Qué?
Woody: pregúntale.
Mingus: disculpe ¿Podemos hablar?
Espíritu: agua, por favor, se lo suplico.
Mingus: ¿Cuál es su nombre señor?
Espíritu: Claudio.
Mingus: Claudio.
Woody: ¡es Nerón!
Mingus: ¡Claudio!
Woody: ¡César Augusto Germánico! ¡Es Nerón!
Mingus: ¿Por qué se encuentra aquí señor?
Nerón: tengan piedad de mí.
Mingus: ¿Es verdad que le prendió fuego a la ciudad?
Nerón: solo trataba de reconstruirla, para bien.

Woody: ¿Como terminó así? ¿Eligió a Pedro como su chivo expiatorio?
Nerón: estaba tratando de sofocar una rebelión.
Woody: ¿Crucificando a un apóstol?
Nerón: el cristianismo se había convertido en una amenaza.
Mingus: leí que mato a su madre ¿Lo hizo?
Nerón: me juzgan fuera de contexto ¡no es justo! ¿Quiénes son?
Woody: ¡lo hizo!
Nerón: ¡ella estaba tratando de poner a Plauto en el trono!
Mingus: arrebataste muchas vidas con tal de mantener el poder.
Woody: ese es el modelo posmoderno para los políticos, Mingus.
Nerón: sáquenme de aquí ¡por favor!
Woody: ha sido un placer hablar con usted señor, regresaremos cuando este de mejor humor.

Los intrusos se retiraron a hablar con Sade. Éste les mostró otra de sus salas de tortura. En este caso llena de pequeñas cuevas húmedas. El olor era insoportable. El marqués les condujo a una de las catacumbas donde les mostró el espíritu de un líder importante.

Sade: dans cette salle, j'ai plusieurs dirigeants meurtriers.
Mingus: dice que hay varios líderes asesinos en esta sala.
Woody: Adolfo y Benito deben andar por aquí.
Mingus: ¿Qué hay de Franco?

Una sombra se movió de una esquina de la habitación a la otra. Era un hombre robusto y con bigote. Se le aproximaron.

Woody: ¿Cuál es su nombre, señor?
Espíritu: Joseph.
Mingus: ¿Joseph Conrad?
Espíritu: ¡Joseph Stalin!
Woody: ¿Stalin?
Stalin: es quien yo fui.
Woody: ¿Qué pasa con usted? ¿Las caídas de los caballos le volvieron loco?
Stalin: siempre hice lo que creí mejor para mi país.
Woody: pero mataste a veinte millones de personas, debe existir un pequeño signo de arrepentimiento en tu alma. Quiero decir ¡superaste la marca de Hitler!
Stalin: estás empezando a hacerme enojar.
Mingus: háblenos de su relación con Lenin.
Stalin: estábamos muy de acuerdo al principio, pero nos separamos al final.
Woody: ¿Separados? ¡Probablemente el lo mató! Lenin era un verdadero demócrata, un intelectual Joseph aquí presente ¡un dictador cruel! No es nada personal.
Stalin: ¡las cosas deben ser puestas en su contexto!
Woody: ¿Sabes qué hizo para resolver los problemas de las minorías? ¡Las exterminó!
Stalin: ¡voy a tener que pedirle que se calle!
Mingus: por lo menos le debemos la derrota de los nazis.
Woody: ¡por favor! Hizo un pacto con Herr Adolph y convirtió las escuelas en una maquiladora de ateos... eso es lo que quise decir

cuando criticaba el marxismo, suele atraer megalómanos.

Mingus: por lo menos ellos enseñan a sus hijos a pensar, juegan ajedrez y...

Woody: ¡el ajedrez es una herramienta revolucionaria!

Mingus: ¿Qué se supone que significa eso?

Woody: peones que se convierten en nobles, obispos y reyes y torres, al final del día el juego se basa en derrocar al rey.

Mingus: interesante.

Stalin intenta tomar a Mr. Allen por el cuello, Sade interfiere sujetando al dictador por los ojos. Estaba a punto de torturarlo. Woody y Mingus corren hacia la salida cuando el marqués les da la espalda, no se detienen hasta llegar a las puertas del purgatorio.

Atravesaron el lugar casi corriendo. El realizador no dejaba de reclamar a su acompañante por escoger un personaje tan bizarro.

Woody: tus padres deben de haberte introducido a Kafka o Edgar Allan Poe, ¿Pero Sade? ¿Qué clase de infancia tuviste?

Mingus: me siento como si estuviera en una de tus películas.

Woody: si estuvieras en una de mis películas estarías interpretando el rol de un analista regular.

Mingus: ¡es una buena idea!

Woody: ¿Qué?

Mingus: ¿Por qué no buscar un terapeuta?

Woody: me parece bien, siempre y cuando esté dentro de los límites del purgatorio.

Mingus: ¿Qué tal el padre de la psicoanálisis?

Woody: ¿Freud?

Mingus: ¡Por supuesto!

Woody: voy a hacer lo mejor que pueda, pero no puedo prometer nada, imagínate todos los visitantes que vienen en busca de él.

Mingus: por lo menos podríamos intentar.

Woody: vamos.

A medida que avanzaban, sus pies se sumergían en la arena. La luz roja dominaba el ambiente de nuevo. Cansados de caminar se detuvieron en un oasis donde se encontraban armadas, en fila, un grupo de tiendas de campaña. En el centro había una media docena de hombres sentados alrededor de una hoguera. De vez en cuando extendían sus manos acercándolas al fuego para mantenerse calientes. Woody y Mingus se colocaron al lado de ellos.

Mingus: debíamos de haber hablado con Mussolini.
Extraño: ¿Ha parlato con Mussolini?
Mingus: si potrebbe dire che ci sono stati vicini.
Woody: ¿Qué está diciendo?
Mingus: se interesa por Benito Mussolini.
Woody: ¡pregúntale su nombre!
Mingus: ¿Qual è il tuo nome?
Extraño: Antonio.
Mingus: ¿Antonio Gramsci? ¡Antonio Gramsci!
Woody: ¡ma che cosa!
Mingus: soy un asiduo lector de quaderni del carcere.
Woody: su concepto de hegemonía es muy útil.
Mingus: ¿Cómo lo explicarías?
Woody: es una manera de tratar de entender los mecanismos de conformación y consolidación de la dominación.
Antonio: grazie.
Woody: es muy pequeño.
Mingus: también un gigante.
Woody: pregúntale sobre su visión de la época en que vivió.
Mingus: ¿Che mi può raccontare del suo tempo?
Antonio: la società italiana è stata dominata dal melodrama.
Mingus: está explicando cómo la sociedad italiana estuvo dominada por el melodrama.
Woody: creo que lo explica en uno de sus libros, la novela de folletín gobernaba el sentido común.
Mingus: es más fácil para las clases dominantes gobernar a una masa melodramática, pregunta a los ciudadanos latinoamericanos.
Woody: deberíamos de ser capaces de razonar, al menos en períodos electorales.
Mingus: es esencial.
Woody: vamos a dormir un poco, necesitamos recuperar nuestra fuerza, podemos seguir hablando mañana por la mañana con Antonio.
Mingus: buona notte, dormiamo ágora.
Antonio: buona notte.

A la mañana siguiente los espíritus habían desaparecido. Woody y Mingus caminaban a través del desierto rojo. Llegaron a un punto en donde sublimes jardines cubrían el suelo con diferentes colores. Lagos de agua clara, intersectados de manera indefinida. Diminutos peces de colores parecían estar nadando en la superficie baja. Un anciano con un cuaderno parece clasificarlos. Los caminantes se acercaron a él tratando de conocer la ubicación de Freud.

Woody: buenos días, señor.
El viejo: buenos días.
Woody: estamos un poco perdidos, estamos buscando a Freud.
El viejo: ¿Sigmund?
Woody: ¿Lo conoce?
El viejo: algunos dicen que él estuvo influenciado por mis teorías.
Woody: ¿Sus teorías? ¿Quién es usted?
Anciano: trabajé con la naturaleza.
Mingus: ¿No reconoces al señor?
Woody: ¿Quién es?
Mingus: patillas, observación de la naturaleza, evolución.
Woody: ¡Darwin!
Charles: ¿Me conocen?
Mingus: ¡su teoría es uno de los pilares del pensamiento moderno!
Woody: y no es Judío, por cierto.
Charles: ¡me siento abrumado!
Woody: le dio a la iglesia un dolor de cabeza permanente con eso del Origen de las especies.
Charles: ¿De verdad?
Mingus: imagine el golpe sufrido por nuestro narcisismo.
Woody: nosotros, las criaturas de un origen divino, con la civilización de la súper inteligencia…
Mingus: a fin de cuentas emparentados con el chango.
Charles: no era mi intención.
Mingus: con todo respeto para los changos.
Woody: no se disculpe, usted es un científico que abrió los ojos de muchas maneras. Además, la iglesia es una institución millonaria que predica pobreza y ni hablar de la ignorancia que genera.
Charles: ¿Cuál de ellas?
Woody: ¡todas!

Charles: "si la miseria de nuestros pobres no es causada por las leyes de la naturaleza sino por nuestras instituciones, cuán grande es nuestro pecado".
Woody: ¿No te encanta la humildad de este señor?
Mingus: desde luego.
Woody: escucha Charles, ha sido un placer, andamos contra reloj ¡pero no te sientas culpable! ¡Eres un genio!
Charles: gracias caballeros, ha sido un placer.
Mingus: ¡y disculpe a nuestros cerebros de reptil!

Segunda visita, en la cual Mingus y Woody encuentran a Freud tomando una siesta en un jardín Japonés, a las afueras de una estación de trenes.

Encontraron un hermoso paisaje entre el purgatorio y el cielo. Había árboles enormes a través de cuyas ramas se filtraba la luz solar. El paraíso tenía el color de los océanos verdosos. Algunos animales salvajes vagaban entre los fantasmas sin miedo a ser heridos. Flores coloridas adornaban el suelo que caminaban. Un edificio semejante a una estación de trenes llamó su atención. Se adentraron en el lugar y se percataron de que estaba lleno. Un montón de espíritus iban y venían deambulando por los pasillos. Hallábase una sala de espera en el centro y a las orillas pequeños compartimentos donde las almas se orientaban sobre la dirección que debían seguir. Un reloj analógico, inmenso, se alzaba cerca del techo. Caminaron en dirección a la sala de espera tratando de echar un vistazo a la hora. Dos espectros advirtieron su atención. Parecían dos burgueses del Mediterráneo, en el siglo veinte.

Woody: disculpen señores ¿Han visto a Freud por aquí?
Extraño: en realidad no, hemos estado esperando aquí durante horas... ¿Woody?
Woody: ¡conozco esa voz y ese acento! ¿Quién es usted?
Mingus: ¿Quién es usted?
Stranger: mi nombre es Federico y este es Pier Paolo.
Woody: ¡Fellini! ¡Passolini! ¡Por supuesto! ¿Puedes creerlo? Una de mis influencias más fuertes en el cine.
Mingus: ¡hemos tenido mucha suerte hasta ahora!
Woody: ¿Qué estás haciendo aquí? ¡Usted debería estar en el cielo!

Fellini: estamos planeando hacer un documental.

Mingus: ¿Aquí, en el purgatorio?

Fellini: si, es una producción con recursos del paraíso, sólo se nos permite filmar en ciertos lugares.

Woody: ¿De qué trata?

Fellini: análisis del arte en el siglo diecinueve.

Woody: ¿Italiano?

Fellini: no, aquí los países y las nacionalidades no significan nada.

Mingus: ¿Consideras tus películas algo nacionalistas?

Fellini: no del todo, siempre consideré a Roma como un personaje más en mis historias.

Woody: puedo identificarme con eso.

Mingus: lo que sí percibo es cierta nostalgia por el imperio romano.

Fellini: ¿En qué película?

Mingus: no en una película en particular, sólo hay que ver la escenografía, por ejemplo.

Fellini: me pasa como a los pintores que tienen diferentes técnicas para realizar su arte, diferentes herramientas. Yo soy muy autobiográfico como director, puedo usar mis recuerdos de infancia. Las ciudades en las que crecí, ¿Me entiendes? Nuestro trabajo se puede interpretar de manera muy diversa.

Mingus: la primer película que vi fue Le notti di Cabiria y me quedé con la impresión de que Fellini era un director de cine social.

Woody: ¿A qué te refieres con eso de director de cine social?

Mingus: me refiero a un director describiendo las desigualdades en nuestras sociedades, hablar de la brecha entre ricos y pobres ¿Me explico?

Fellini: no me considero un director social, pero nací en una familia de clase media ¿Lo recuerdan? Muchas de esas escenas están basadas en experiencias personales. Aunque soy consciente de que puedo ser clasificado en esa etiqueta.

Woody: nos estamos quedando sin tiempo, quería preguntar acerca de la época que se distanciaron entre sí ¿Fue por la homosexualidad de Paolo?

Paolo: non credo.

Fellini: eran otros tiempos, yo era otro hombre en ese entonces.

Paolo: il tempo guarisce tutte le ferite.

Fellini: estoy de acuerdo.

Woody: ¿Qué dijo?

Fellini: el tiempo cura todas las heridas.

Mingus: y ahora están trabajando juntos, de nuevo.

Fellini: también logramos equilibrar nuestros egos, ese es otro factor.

Woody: nos vemos pronto, ha sido un placer.

Paolo: ¡arrivederci!

Fellini: ¡hasta luego!

Avanzaron fuera de la estación de trenes. Un jardín ubicado en una columna se alzaba al otro lado de las vías. Los intrusos caminaban sobre los rieles. Una fila de grandes edificios de madera se avistaba en todas direcciones. Había todo tipo de florestas con espíritus errantes que yacían en el suelo. De pronto se percataron de una cara conocida.

Mingus: ¡Mira! ¿Quién es ese? ¡Es Hemingway! Pensé que estaba en el infierno. ¿Se quitó la vida, no?

Woody: en realidad viene del infierno. Contempla su expresión. Pero está inscrito en algún tipo de programa en el que está autorizado a visitar el purgatorio para recibir terapia. Un hombre les informó que vieron al padre de la psicoanálisis tomando una siesta en un gran jardín japonés al exterior. Se acercaron hasta ahí encontrando dormido a Freud y se miraron sin atreverse a acercarse al famoso terapeuta.

Mingus: disculpe, señor... señor Sigmund Freud... discúlpeme, señor.

Freud: ¿Quién eres?

Woody: Woody Allen, señor, un gran admirador.

Mingus: Charles Mingus, señor.

Freud: ¿Qué hora es?

Woody: el tiempo se ha detenido por un lapso, señor.

Freud: estamos en el purgatorio. Sí, siempre lo olvido.

Woody: pensé que estaba usted en el cielo. ¿Por qué lo expulsaron?

Freud: nadie me expulsó. Estoy trabajando aquí como terapeuta y supervisando el trabajo de un par de estudiantes.

Woody: esto es como en la cárcel, no encuentras ningún culpable allí.

Mingus: ¿Sigue usted fumando, señor?

Freud sacó un cigarro de su bolsillo. Sin responder a la pregunta, comenzó a caminar con Woody y Mingus. Otros espíritus observaban, intermitentemente, tratando de reconocerles.

Mingus: ¿Por qué eligió una estación de tren para tomar una siesta, señor Freud? Pensé que odiaba los trenes.

Freud: yo solía temerles, pero el miedo, amigos míos, al igual que la distancia y el tiempo, en este lugar, no tienen ningún sentido.

Mingus: hay un montón de cosas que me gustaría preguntarle señor Freud, pero supongo que... ¿Cree usted en la magia? Quiero decir, ¿creía en la metafísica cuando estaba vivo?

Freud: yo creía en la ciencia, caballeros. Expliqué mi teoría en el lenguaje de la ciencia. Admito que conocí a un par de médiums y me sentí interesado por sus habilidades, pero con el debido respeto, no me pareció nada especial.

Mingus: ¡Dios! Es difícil hacer que los espíritus se abran... señor Allen ¿Quiere preguntar algo?

Woody: (voz baja) no admiro al hombre. Nunca he tenido ningún resultado a pesar de años de visitar terapeutas. Freud inventó una forma sofisticada de hacer dinero.

Mingus: ¿La psicoanálisis es una élite dirigida a ciertas clases sociales?

Freud: me temo que se necesita de un cierto nivel de educación para este tratamiento. Por desgracia, la pobreza y la ignorancia suelen ir de la mano, por lo que no se puede predeterminar el tipo de pacientes que te consultan.

Woody: la psicoanálisis nos da una mejor comprensión de nosotros mismos, pero nos vuelve un poco cínicos y al final seguimos siendo los mismos.

Freud: siento que no haya funcionado para usted, hay otros métodos.

Mingus: ¿Crees que no hayas contemplado, ni incluido, las relaciones entre hermanos debido a tu propia experiencia?

Freud: a decir verdad, no había pensado en eso.

Mingus: tal vez eso explica todos los problemas con Jung, Reich o Ferenzci, podría ser un reflejo inconsciente de esa experiencia familiar con tus hermanos.

Woody: ¿Qué estás tratando de decir, Mingus?

Mingus: quiero decir, el señor Freud compitió con sus propios hermanos, de una manera inconsciente y todos esos conflictos que tuvo con sus condiscípulos, podrían haber sido explicados por esas circunstancias.

Freud: me agradaban Jung, Wilhelm, Otto y Sandor sobre todo, pero en realidad no los veo como hermanos. ¡Pueden preguntarles! Deben estar cerca de aquí.

Mingus: detecto una suerte de negación inconsciente.

Freud: no quisiera ser descortés, pero ahora tengo que irme, señores, ha sido un placer conocerles. Pero antes, me preguntaba, ¿Mi teoría sigue siendo validada en la tierra?

Woody: bueno, han sido enriquecidas por un par de terapeutas que siguieron ¡sus métodos!

Mingus: está Hellinger, quien recientemente habló de una teoría que él denomina constelaciones. Es terapia familiar que incluye a los sistemas, la psicoanálisis y Woody Allen dirigiendo películas psicoanalíticas.

Freud: suena bastante interesante. No quisiera ser impertinente pero me tengo que ir, debo tomar el próximo tren. Ha sido un placer hablar con ustedes dos, los veo luego.

Freud dejó a Woody y Mingus en el jardín japonés discutiendo entre sí. Mingus afirmaba que la psicoanálisis era un gran descubrimiento y Woody que era un paquete de racionalizaciones que ayudaba a perfeccionar los mecanismos de defensa.

Tomaron el primer tren en dirección al paraíso. Decidieron instalarse en uno de los últimos vagones para evitar marearse. Era un pequeño furgón con capacidad para cuatro personas. Los únicos viajeros que lo ocupaban en ese momento eran Mingus y Woody, ambos esperaban que continuara siendo así. El paisaje era muy similar al de la tierra, pero las dimensiones se avizoraban un poco más grandes. Árboles gigantescos y cascadas azures dominaban la escena. Aves formidables circundando el cielo llamaron su atención. De pronto, atravesaron un túnel extenso e hicieron otra parada. Un espíritu que cargaba un par de maletas pidió permiso para hacerles compañía. Usaba un sombrero y una gabardina color marrón. Se sentó dejándose caer en el asiento y fue en ese preciso momento cuando lograron reconocer al extraño.

Woody: Eric Arthur Blair.

George: encantado de conocerles, caballeros.

Mingus: pensé que era George Orwell.

Woody: ese es un seudónimo.

George: ¿Quién es usted?

Mingus: un viajero.

Woody: usted es un símbolo de libertad.

George: gracias, ¿Han leído mis libros?

Mingus: ¡en efecto! ¡1984 es mi favorito! ¿Cómo te las arreglaste para describir el totalitarismo?

Woody: vivió el Estalinismo y el Nazismo de cerca ¡no podía tener mejores maestros!

George: recuerden que también experimenté la vida de la clase obrera en Londres.

Mingus: pero naciste en la India, ¿Verdad?

George: Motihari, una colonia británica.

Woody: luchó contra el imperialismo británico.

Mingus: percibo un sentido muy elevado de la justicia social a través de sus novelas.

George: gracias, caballeros.

Woody: fuiste una especie de visionario, Foucault habló de sociedades panópticas y todo eso, pero tú describiste al gran hermano antes de que fuésemos capaces si quiera de ponerle nombre.

George: lo siento, no entiendo.

Woody: la relación entre el control y la vigilancia que describiste está realmente presente en nuestras sociedades.

George: ¿Es eso posible?

Woody: las redes sociales, por ejemplo, bueno... son cosas modernas que tendrías que experimentar por ti mismo. Pero nuestra educación, los medios de comunicación y las religiones ¡han convertido tus pesadillas en realidad!

Mingus: cuando nos referimos a una sociedad totalitaria la llamamos orwelliana.

George: me siento halagado y aterrorizado al mismo tiempo.

El tren se detuvo en ese momento por lo que los personajes se vieron obligados a retirarse. Mingus y Woody agradecieron a Orwell sus palabras y salieron de la cabina con un montón de preguntas en la cabeza.

Tercera visita, en la cual Mingus y Woody entran al paraíso; ahí encuentran a Luis Buñuel bebiendo un martini seco y fumando un puro mientras habla con García Lorca y Breton.

Las puertas del cielo se abrieron para recibir a nuevos inquilinos, visitantes de la tierra y el purgatorio. La entrada tenía forma de un enorme ovalo, misma que era custodiada por una pareja de ángeles que vigilaban la zona. Cientos de espíritus sobrevolaban el lugar atraídos por una energía poderosa.

Woody: ¿Estás listo para hacer tu última elección?
Mingus: estaba pensando en otro cineasta, alguien como Orson Welles o tal vez Chaplin.
Woody: es imposible. Chaplin canceló sus visitas el mes pasado porque está haciendo trámites para volver a la tierra de nuevo. Y Welles y yo no hablamos desde que invité a Dolores del Río a mi departamento de soltero. Pero si te interesan los cineastas te puedo llevar a visitar a Luis Buñuel, por ejemplo. Es muy buen amigo mío y está aquí en el paraíso.
Mingus: ¿En el paraíso? Pensé que él no creía en Dios.
Woody: un no-creyente como yo, "gracias a Dios, desde que nací soy ateo" decía él.
Mingus: tengo dificultades para entender los criterios de ingreso al infierno, purgatorio y paraíso.
Woody: nunca terminarás de entender... estaba pensando que no abandonaré el paraíso otra vez. Olvídate de mí, Mingus, no soy tan buen guía.
Mingus: ¡es nuestro último! ¿Dónde podemos encontrar a Buñuel?
Woody: creo que sé donde está. Le gusta mucho el jazz y los martinis. Está en el paraíso pero a menudo visita el purgatorio porque las corridas de toros son legales ahí. ¡Sígueme!

Después de caminar un largo pasaje de jardines y lagos de agua cristalina encontraron un gran número de lonas blancas, que servían para proteger a los espíritus contra la intemperie. Dentro de una de ellas se hallaba un número considerable de hombres reunidos para beber y hablar, como en un bar. Una banda de jazz interpretaba algunas canciones de los años treinta. En una de las mesas estaban Antonin Artaud, Frida Kahlo y Pablo Picasso.

Encontraron a Buñuel en otra mesa. Estaba bebiendo un martini seco y fumando un puro con André Breton y García Lorca.

Mingus: disculpe, don Luis.
Buñuel: ¿Y tú quién eres? ¿Qué haces aquí hombre?

Se dio cuenta que hablaba demasiado fuerte, subiendo el tono de voz.

Woody: hemos venido aquí a buscarle, señor Buñuel.
Buñuel: Woody, ¿Cómo estás? Por favor. Toma asiento (a sus amigos) ¡Attendez s'il vous plait!

Los tres personajes se dirigieron a otra mesa y pidieron bebidas diferentes. Buñuel seguía fumando. Parecía un poco confundido.

Mingus: hemos venido aquí a hablar un poco, acerca de sus películas y recuerdos.
Buñuel: ok, pero por favor no hablen sobre Breton, Dalí o Lorca.
Woody: mi película favorita de Buñuel es El ángel exterminador, la que filmó en México.
Mingus: no la conozco.
Woody: se trata de un grupo de burgueses reunidos para cenar en una residencia. De pronto, son incapaces de salir, a pesar de que no existe ningún impedimento físico para hacerlo. Simplemente no tienen voluntad.
Mingus: eso suena interesante.
Woody: esa mano caminante me impresionó. Y el oso en la cocina estuvo genial.
Buñuel: todo está en la biblia, cuando no podíamos encontrar un nombre para una película abríamos la biblia y buscábamos una frase al azar.
Woody: es como un experimento antropológico, en el que el sector más "civilizado" de la sociedad se ve forzado a exteriorizar sus instintos más primitivos, poéticamente.
Buñuel: estoy obsesionado con el tema de la naturaleza humana, su ambigüedad.
Woody: lo único que tengo que preguntarle es ¿Por qué no escribió más? Usted era un gran escritor.

Buñuel: gracias, Woody, pero nunca me he considerado un buen escritor. Soy bastante visual. No me llevo bien con las palabras.

Mingus: ¿Creías o no creías en Dios cuando estabas vivo?

Buñuel: ¿Creía? No lo sé. Yo fui un completo ateo, desde mi punto de vista. ¿No tienes algo más interesante que preguntar?

Mingus: sé que no te gusta hablar de Dalí, pero vi Le journal d'une femme de chambre y me surge una pregunta, en particular.

Buñuel: ¿Qué pregunta?

Mingus: ese cisne, que un personaje mata con una hoja de afeitar, ¿Es una referencia al "divino cisne"? ¿Cómo se conocía a Salvador Dalí?

Buñuel: si quieres verlo de esa manera, está bien. Yo no, pero reconozco que odié a Dalí por un largo tiempo, desde que se unió a Gala.

Woody: ¿Podría ser una agresión de tipo inconsciente?

Buñuel: estaba a punto de golpearlo, pero me arrepentí en el último minuto, me metió en problemas cuando trabaje en Nueva York.

Mingus: ¿Qué me dice de Simón del desierto? ¿Fue una buena experiencia?

Buñuel: una gran experiencia que me dejó insatisfecho. No la pude terminar.

Woody: ¡es una obra maestra! Esa mujer demonio tentando al monje.

Buñuel: es Silvia Pinal. Me vi obligado a forzar el final de la película. Es el tipo de proyecto que prefieres olvidar.

Woody: a pesar de eso le ganaste a Bertolucci en el festival de Venecia.

Buñuel: nunca puse tanta atención en festivales o premios, haces lo que haces porque te gusta.

Woody: háblanos de los grandes sueños en tus películas. En Los olvidados y Le charme discret de la bourgeoisie ¿Son sueños autobiográficos?

Buñuel: no todos. El del soldado buscando a su madre es mío, el de Los olvidados es producto de la imaginación.

Woody: he escuchado que dejó un proyecto sin terminar, ¿Nos puedes hablar respecto a eso?

Mingus creyó observar una gallina a la entrada del lugar. Estaba a punto de decirle a Woody y Buñuel pero ellos estaban demasiado metidos en su conversación. Se puso de pie buscando al animal. Levantó la vista al cielo y vio la figura del hongo generado por la bomba atómica. La banda comenzó a hacer sonar el jazz "That Lucky Old Sun"..."Up in the mornin', Out on the job, work like the devil for my pay…

Mingus sabía que el viaje de su vida había acabado y que debía irse. Experimentó una sensación de vacío en el estómago. Quería quedarse en ese lugar. Se volvió para mirar la mesa en la que Woody y Buñuel se encontraban conversando, pero todo lo que distinguió fueron las ramas de los árboles que jugaban con el viento. Pensó en los personajes con los que habían tenido la oportunidad de hablar. Pensó en el amor, "el amor que mueve el sol y las demás estrellas". Dante Alighieri.

Los ojos de mi madre

Acababa de interpretar Edipo y yo era Edipo… Mingus era el nombre de nuestro director y realmente era pésimo. Solía hablar de Sófocles como si lo hubiera conocido en persona, insistió en interpretar el papel del Oráculo de Delfos. Ni siquiera el productor pudo persuadirle de evitar dirigir y actuar al mismo tiempo. Frecuentemente me repetía, al terminar el ensayo: ¡Te sacas los ojos, al final!¡ Recuerda, es como una ceremonia de expiación, ¡que no se te olvide!

Sin dirección alguna, la obra parecía ir por buen rumbo. Todos ahí estaban comprometidos con su trabajo. En mi caso, me dejé envolver en el complejo proceso de Stanislavski. Para ser breve, esto implicaba que de algún modo, yo tendría que sentir como Edipo sentía, pensar como Edipo pensaba, comportarme como Edipo se comportaba, etcétera.

Mis padres siempre me habían apoyado en lo que respecta a mis estudios escénicos. Ambos parecían estar muy interesados en mi carrera desde que decidí iniciarme en la profesión. Mi papá intentó incursionar en el mundo de la música, por varios años, cuando era joven. Pero la medicina representó una opción más redituable, por lo que terminó convirtiéndose en el cirujano de una enorme clínica. A pesar de ello, no había dejado de tocar el piano y procuraba mantenerse en contacto con la literatura y las artes en general. No podía creer la vez que encontré a mis padres sentados en el sofá de la sala después de un exhaustivo ensayo. Parecían como asustados, tenían una extraña mirada en los ojos. Mi papá se recargaba en el asa de una maleta que rara vez usaba, a él no le gustaba viajar; mi mamá clavaba su mirada en el suelo, sin expresión alguna.

Padre: es inútil que te opongas, hijo. Tu madre y yo, ya lo hemos decidido y es inevitable. Queremos ayudarte a convertirte en el mejor de los actores. Algún día contemplarás este evento de sacrificio en nuestras vidas, como un impecable acto de coraje.

Ese era el ceremonioso tono en el que mi papá solía hablar. Y mientras conjugaba verbos adornados con adjetivos, jaloneaba su "bigote al estilo Stalin". Mi mamá apenas si hablaba. Era raro escucharla reír a carcajadas, pero cuando lo hacía nos levantaba el ánimo a papá y a mí. Solía usar vestidos de una pieza; a veces muy elegantes, a veces muy cortos. De cualquier modo, se veía muy sensual con su cruzado de piernas.

Madre: así están las cosas hijo. En esta vida debes aprender a tomar decisiones o dejar que otros las tomen por ti ¿Me entiendes?

Sus ojos verdes se clavaban en los míos, no solía dirigir esa mirada muy seguido.

Madre: tu padre y yo hemos llegado a la conclusión de que es tiempo de tomar tus propias decisiones, de que te impulses en la dirección adecuada. En este caso y con esta gran tragedia Griega como tu nuevo proyecto, ese reto tan complejo y tan sublime. En otras palabras, hijo, hemos decidido ayudarte a recrear las circunstancias de tu personaje para que puedas asimilar y alcanzar la construcción de la personalidad de Edipo. Con el fin de que encuentres un proceso más cercano a la realidad, que te de la fuerza escénica y la credibilidad necesaria, que impulse tu carrera como actor. Tu padre está determinado a irse de viaje para que puedas trabajar, tu Edipo, conmigo.

No pude evitarlo, mis ojos se llenaron de lágrimas. Estaba muy emocionado mirando a mis padres. Ahí en el sofá, tratando de ayudarme a perfeccionar y depurar mis técnicas de actuación. Tenía suerte de tener unos padres como los míos, ¡al diablo con el teatro! Me sentía feliz de que estuviéramos reunidos para conspirar a favor de mi felicidad.

Yo: ¡gracias!
Padre: buena suerte. Muéstrales lo que es el teatro, me tengo que ir. Mi tren sale a las 7:30 pm. Debo apurarme. ¡Eres el mejor hijo!

Sin decir adiós y con el personaje de Yocasta en plena introyección, mamá dijo: me voy a dar un baño.

Subí a mi cuarto a releer la obra de Sófocles, me quedé dormido con una sonrisa en la cara. Me sentía muy afortunado, único. Me preguntaba si mis compañeros tendrían padres como los míos. Nadie recibía el apoyo del que yo gozaba, por lo menos eso creía. Soñé con la noche del estreno, el público estaba vestido con la indumentaria Griega. Todos llevaban flores en las manos. Nosotros, los actores, habíamos terminado con nuestra interpretación pero nadie aplaudía. Por alguna razón parecían haber perdido movilidad, se veían casi robóticos. Uno de los actores bajó del escenario enfurecido como perro rabioso. Hasta entonces el público recobró el movimiento y comenzaron a aplaudir. ¡Se trata del imbécil de Mingus! pensé. El público es muy ignorante ¡le aplauden prácticamente a cualquier cosa! ¡No me gustan las ovaciones!
Prefiero una crítica severa y constructiva para perfeccionar mi trabajo. Encuentro absurdos a los aplausos sin fin. Esos promotores de falsas expectativas, han logrado llenarles de mierda la cabeza a innumerables actores y actrices sin talento y, lo que es peor, dramaturgos y directores sin talento. Extasiados con la furtiva recompensa del "éxito" dejan de crecer y se asemejan a las ratas de Skinner, condicionadas de por vida desde sus cajitas, aplastando una palanca para obtener un poquito de azúcar.

Yo: ¡callen hipócritas! ¡No aplaudan esta mierda!

Mi madre y yo decidimos romper el hielo desde la primera noche. Me esperaba bajo las sábanas, con sus medias puestas (conocía mis debilidades). No hubiera imaginado terminar así el día, había una atmósfera helada pero agradable al mismo tiempo, en la recamara de mis padres. Estoy seguro de que hice un buen trabajo, pues recibí varios arañazos de gratitud en la espalda.

Al día siguiente, como era de suponerse; me sentía un poco más como Edipo y un poco menos yo. Mi madre me miraba con extrañeza, o tal vez era que yo me sentía raro. Los días pasaban y la fecha de la noche de estreno llegó. Todo estaba perfecto, excepto la culpa. No estaba ahí, donde debía estar. No estaba ahí. Había superado la parte más difícil y ahora ¿La culpa simplemente no aparecía? Tal vez solo deseo. La culpa era el único elemento faltante para mi Edipo. Todo aquel sacrificio, mi viejo en el exilio, mi mamá caminando desnuda sobre la alfombra. ¡Y yo no podía evolucionar!

Había considerado la opción de no presentarme en la noche del estreno. ¿Cómo podría tener el valor para lastimar mis ojos, si ni siquiera sentir un gramo de culpa en mi conciencia?

Ó quizás, la culpa estaba bloqueada en algún rincón del gigantesco Iceberg, Freudiano del inconsciente, y yo era incapaz de hacerla emerger. Tal vez, yo y mi familia nos equivocamos en el modo en que desarrollamos nuestra estrategia. De cualquier forma, llegué una horas antes de la función, simplemente lo hice. Creo que de algún modo engañé a un sector de la audiencia, pero me defraude a mí mismo. Me hundí en la profundidad de la miseria del arte fraudulento.

Mi mamá lloraba en la primera fila del foro, conmovida por la puesta en escena. Yo me odiaba a mí mismo, pues no era digno de Edipo, no era digno de Sófocles ni de Stanislavski, y lo que era peor, no era digno de mis padres. Ahora yo me llevaba el crédito, ese falso aplaudir y las estúpidas palmaditas en la espalda, como si no fuera suficiente humillación, ¡Era yo escondido detrás de mí propio yo! ¡Yo mismo despojado de la culpa! ¿Acaso era un potencial psicopático? Antes de que bajará el telón, creí ver a mi padre en la última fila del foro; tal vez lo imaginé ¿En realidad valió la pena, todo ese sacrificio? Por Dios. Era una noche fría y me quedé dormido. Mi vida hueca me esperaría paciente, al levantarme de la cama mañana por la mañana.

La intensa luz de una sala de cirugía improvisada me despertó unas horas después; mientras la anestesia me mantenía en un estado semiinconsciente… Observé la hermosa sonrisa de mamá y mi padre sosteniendo un raro instrumento de cirugía, comúnmente utilizado para operaciones estéticas. Entrecerrando mis ojos con un parpadeo, alcancé a leer y apenas escuchar de los labios de mi padre, mientras me desvanecía en la obscuridad: Hijo, de ahora en adelante, estos serán los ojos de tu madre… Hijo, de ahora en adelante, estos serán los ojos de tu madre… Hijo, de ahora en adelante, estos serán los ojos de tu madre… Hijo, de ahora en adelante, estos serán los ojos de tu madre… Hijo, de ahora en adelante, estos serán los ojos de tu madre…

El grupo del eje

Con menor o mayor intensidad, el hombre, usualmente, está determinado por su contexto. En el tortuoso proceso de adaptación social, la experiencia nos ha enseñado que debemos perfeccionar el arte del engaño, para considerarnos exitosos. Pretendemos jugar roles que no siempre son congruentes con nuestras personalidades. Recursos como la terapia nos acercan a conocer nuestra verdadera identidad, a pesar de la resistencia a ser sinceros con nosotros mismos. Nos hemos habituado a interpretar otros personajes, que olvidamos quienes somos. Y la pregunta es: ¿Es la terapia una manera de desenmascarar nuestra alma?

La terapia grupal no era su fuerte, pero desde hacía tiempo pensaba incursionar en este método para expandir sus horizontes. Una mañana, tres peculiares pacientes aguardaban en la sala de espera de Mingus. Stella, su eterna y fiel secretaria, le marcó a su teléfono privado, mientras él tomaba un baño en la tina. Su casa se encontraba a penas a una puerta del consultorio. Había tenido la suerte de comprar dos casas contiguas hacía años, con el fin de mantener su trabajo cerca de casa y su casa no muy lejos de su trabajo.

Stella: ¿Señor Mingus?

Mingus: si.

Stella se sentía un poco confundida por el murmurar de burbujas de jabón que escuchaba, al otro lado del auricular.

Stella: están aquí unos pacientes esperándole para la terapia grupal señor.
Mingus: ¿Alguien que conozca, Stella?
Stella: bueno, no que yo sepa, doctor.
Mingus: muy bien… aaaaaaaaa, estaré ahí en unos minutos; deles una revista o algo así y diles que me esperen en el consultorio, por favor Stella.
Stella: ok, doctor. (Al grupo) ¡Síganme por favor!

El primero de ellos, un hombre de treinta y ocho años, con ojos rasgados. Aparentemente era el más tímido y a Stella, por alguna razón, le dio la impresión de que no era una persona de fiar. Stella tenía muy buen ojo clínico para la gente, ejercitado a lo largo de diez años de trabajo continuo, en el consultorio Mingus.

La segunda, una atractiva rubia; alta y delgada como la modelo estándar. Fumaba cigarro tras cigarro, a pesar de que Stella fingía toser de vez en cuando. La joven le respondía con bocanadas de humo que formaban una pequeña nube de nicotina.

El tercero, un apuesto joven, parecía algo extrovertido desde el primer minuto. Hablaba con Stella y la rubia, pero ninguna de ellas parecía tomarle en serio, "el tímido", por su parte, aparentaba pedirle un poco de silencio con la mirada.

Diez minutos de un incomodo silencio transcurrieron hasta que Mingus ingresó en el consultorio. Los tres pacientes se saludaron de mano con el terapeuta. Antes de que comenzara a hablar, tosió y se puso los lentes, mientras se acomodaba en el sillón.

Mingus: ok ¿Qué tenemos aquí? Un interesante grupo de personas, aa, bien, sentémonos en círculo por favor, damas y caballeros… bien, las damas primero, así que vamos a iniciar con esta bella joven que nos acompaña… ¿Sería tan amable de presentarse y decirnos la razón por la cual viene?
Helga: por supuesto, mi nombre es Helga, Helga Krebs.
Mingus: Krebs, mmm… eso viene de… Alemania ¿Verdad?

Helga: si, quiero decir, mi apellido, pero yo vengo de Francia. Mis padres son Alemanes, ambos, pero yo nací en Marsella.

Mingus: mi esposa, Olga, es de Alemania también ¡es un país maravilloso!

Helga: si pero… como le dije, me críe en Marsella. "Trrrabajo" aquí como modelo y a veces "actrrriz". Vine a verle porque he estado teniendo problemas últimamente, además, siempre quise ser parte de un grupo de "terrrapia" como este.

Mingus: sin ofender, pero las modelos y actrices tienden a la inseguridad.

Helga: bueno, un hombre de ciencia como usted, debe estar consciente de que no pueden existir generalizaciones ¿Verdad?

Edward: ¡por supuesto!

Mingus: lo que estoy tratando de decir, es que, generalmente se valen de su apariencia para satisfacer sus necesidades de aceptación o adaptación.

Helga: también cuenta la forma en cómo fuimos criados en la infancia.

Mingus: no hay generalizaciones, por supuesto, pero hay ciertos rasgos caracterológicos.

Helga: tenía mis dudas en venir acá, solo espero que todo vaya bien.

Mingus: ¿Te gustaría compartir algo más?

Helga: no, ¡yo no quiero compartir nada!

Mingus: muy bien, entiendo que no quiera hablar de su vida sexual desde un principio, es natural, quiero decir, es la primera sesión, después de todo.

Los tres pacientes intercambiaron miradas de sorpresa, tratando de asimilar lo que aquel curioso médico había dicho.

Helga: (un poco molesta pero cruzando las piernas de manera sensual) ¿Quién dijo que tiene algo que ver con sexo?

Mingus: me gusta comenzar con una pequeña broma para romper el hielo, ¡excusez moi!

Helga: ahh... ¿Parlez vous français?

Mingus: (tratando de impresionarla) ein bischen, ein bischen. Aber mein deutsch ¡ist besser!

Un minuto de incomodo silencio, Mingus fijó su mirada en el hombre de treinta y ocho años.

Mingus: ahora es tiempo para el más tranquilo del grupo, ¿Cuál es su nombre, otra vez?

Philip: Nakamura Philip, pero no soy de Japón, señor Mingus, soy un ciudadano americano... mi madre es de Japón, he vivido en este país toda mi vida.

Mingus: bien, olvidaba que el aspecto racial es un tema sensible en Norteamérica... ¡me gustan mucho las películas de Kurosawa! ¿Has visto Rashomon?

Philip: ¡no la he visto!

Mingus: ¡no sabes lo que te pierdes! ¡Una obra maestra!

Helga: tiene algo de relación con nosotros.

Mingus: ¿A qué te refieres?

Helga: cuatro "verrrsiones" diferentes de los hechos... determinados por idiosincrasias, deseos y "experiencias".

Mingus: ¡interesante! No lo había visto desde ese punto de vista... pero díganos, señor Philip ¿Por qué buscó este grupo?

Philip: no estoy muy seguro del porqué. Soy abogado, conocí a alguien que me dio referencias acerca de sus métodos terapéuticos y no pude esperar... mis amigos dicen que llevo un ritmo de vida desordenado, así que...

Esas fueron las primeras frases que salían de la boca de Philip, en mucho tiempo. Mingus se percató que apenas tenía la fuerza para impulsar las palabras fuera de su boca y pensó--una modelo histérica y un abogado depresivo ¿Cuándo me volví tan suertudo?

Mingus: ¿Qué hay respecto a usted, señor?

Edward: Edward Pinelli, señor.

Mingus: (mientras afilaba su bigote) bien, así que podemos bautizar este grupo como el grupo del eje, ¡tenemos a Alemania, Japón e Italia!

A nadie en la sala pareció hacerle gracia el humor ácido de Mingus, pretendía romper el hielo de una forma equivocada, entonces Pinelli contraatacó:

Edward: ¿Y cuál es su apellido, doctor? No nos lo ha dicho.

Mingus: disculpen, lo olvidé, mi nombre es Charles Mingus, eso viene de…

Edward: podemos llamarle ¡doctor chiflado!

Mingus: muy chistoso Edward, estaba a punto de contarles que eso viene de mi padre ¡amaba el jazz! Disculpen si mi broma los ofendió.

Edward: lo siento. He escuchado grandes cosas sobre usted, doc, y... yo soy un pintor. Me estoy expandiendo hacia nuevas técnicas, así que para mí, la terapia es como una llave... vine con usted porque... tengo esta nueva relación con una gran mujer, pero ella es casada y yo…

Mingus: bien, bien, ya nos hablará de eso más tarde.

Mingus pensó para sí mismo, un gigoló que actúa como un artista con la típica pose de Picasso.

El resto de la sesión, Mingus coordinó una serie de ejercicios de meditación. Estaba tratando de hacer fluir la energía o el Kundalini. Años atrás había practicado Siddha Yoga, logrando alcanzar profundos estados de conciencia. Solicitó a los presentes mantener la mente abierta para adentrarse en un proceso lento y progresivo, donde el alivio encontrara su propio camino. Después de una extenuante sesión introductoria, el terapeuta dio algunas instrucciones finales al grupo.

Mingus: creo que es suficiente por hoy. Vamos a estar reuniéndonos los sábados por la mañana... no hay otro espacio disponible en mi agenda. Si alguno de ustedes tiene un problema con el horario, háganselo saber a Stella, o busquen otro terapeuta.

Los tres pacientes mostraron mucho respeto por Mingus, abandonaron la habitación en silencio, satisfechos con lo acordado.

Pasaron los días, el diagnóstico precipitado del terapeuta parecía no estar muy alejado de la realidad. La modelo, Helga, trataba de seducirlo en cada oportunidad. Philip causaba problemas ocasionalmente cuando hablaba, pues era difícil darle seguimiento a lo que decía. Y las "historias de amor" de Pinelli le aburrían un poco. Pero, al mismo tiempo, disfrutaba la manera en que Edward las relataba. Era sin duda un buen narrador de historias, además, no se podía negar que tenía un amplio conocimiento de las artes, un tema que siempre atrajo la atención de Mingus.

Por otro lado, se preguntaba si reunir a estos tres casos era una buena idea. "Nunca se deja de aprender" se dijo a sí mismo para justificar la extraña combinación.

Una mañana cualquiera, Philip sorprendió a todos en el grupo con un discurso muy ágil, se le notaba ansioso, no paraba de hablar y hablar, profería demasiado rápido. Sus movimientos eran un poco ásperos, todo en él parecía ser muy diferente, se le escuchó reír por primera vez y Mingus pensó para sí: un caso bipolar. La depresión, y ahora en hipomanía.

De vez en cuando Mingus realizaba citas individuales con los pacientes del grupo. Ese día Philip llegó con su barba descuidada y el cabello despeinado. El terapeuta prescribió medicamento al abogado que parecía estar pasando por una etapa difícil.

Philip: no sé lo que pasa, a veces tengo mucha energía, fuerzas, la motivación necesaria para comenzar nuevos proyectos, aventuras y de pronto es difícil levantarme de la cama.
Mingus: ¿Cambios de humor?
Philip: sí, es como tener dos personalidades.
Mingus: ¿Cuál te gusta más?
Philip: cuando estoy deprimido siento que tengo el control, pero cuando estoy alterado me siento más aceptado socialmente, aunque a la vez fuera de control ¡no puedo ser estable!
Mingus: muy interesante.
Philip: ¡Está jodido! ¡No hay relaciones a largo plazo! ¡No hay lazos afectivos! ¡Ni familia!
Mingus: conozco a varias personas que pagarían un alto precio por vivir esa vida ¿Me entiendes?
Philip: ¿Nunca se ha sentido así, doctor?
Mingus: todos tenemos nuestros momentos, es como Hamlet, ¿Recuerdas?
Philip: ¿Qué tiene que ver?
Mingus: va de arriba abajo, recorriendo el abanico de emociones.
Philip: pero en su caso, él estaba interpretando un personaje.
Mingus: o tal vez racionalizando su demencia... de cualquier modo, en Hamlet la muerte del padre representa la pérdida que disparó los

episodios de locura.

Philip: estoy de acuerdo.

Mingus: ¿Cuál sería el tuyo?

Philip: no recuerdo alguna pérdida significativa.

Mingus: ¿Alguna ex novia?

Philip: todo lo que puedo recordar es a mi San Bernardo.

Mingus: ¡puede ser!

Philip: o esto podría tener otra explicación ¿Qué no?

Mingus: sin duda, la genética o un hábito familiar para solucionar problemas.

Philip: me interesa explorar otras posibilidades.

Mingus: ¿Cuál era el nombre de tu San Bernardo?

Philip: Rusty.

Mingus: ¿Rusty?

Philip: me ayudaba a equilibrar el ego.

Mingus: ¿Cómo está eso?

Philip: inventé la técnica "perro grande-perro chico".

Mingus: ¿Cómo funciona eso?

Philip: sin duda esto podría ser llevado a la terapia. Visualicé a Rusty como mi ego, y a un pequeño Chihuahua como mi verdadero yo. El ejercicio consistía en organizar una serie de acciones para convertir a Rusty en mi verdadero yo y al pequeño Chihuahua en mi ego.

Mingus: ¿Qué quieres decir cuando dices ego?

Philip: todos los rasgos, las expectativas, las percepciones que se construyen a tu alrededor y que tiendes a retroalimentar.

Mingus: ¡genial! ¡Inventaste tu propio método!

Philip: ¡el problema es reconocer las diferencias entre los perros!

Mingus: debe ser difícil.

Continuaron hablando acerca del método de Philip. Mingus se sintió muy interesado en las ideas de su paciente.

En una de las sesiones los miembros del grupo discutían sus ideas particulares acerca de las relaciones de pareja. Se percibía una mejor dinámica en la interacción.

Edward: siempre elijo a la mujer equivocada.

Helga: o las mujeres equivocadas te eligen a ti.

Edward: quizás tengas razón, aun así me gustaría cambiar.

Mingus: ¿A qué tipo de mujer te refieres?

Edward: la mujer "trofeo".

Mingus: ¿Qué clase de mujer es esa?

Edward: del tipo atractivo ¿Me explico? La que es deseada por todos.

Philip: ¡perro grande!

Edward: ¿Qué?

Mingus: disculpe al señor Philip, solo está bromeando.

Edward: de cualquier modo, me gustaría contactar con mí ser interior.

Philip: ¡Chihuahua!

Edward: ¡cállate!

Mingus: Muy bien ¡Oigan! ¡Oigan! ¡Cálmate Philip!

Philip: disculpen, no era mi intención...

Mingus tomó el control de la situación con la ayuda de Helga. Los miembros del grupo guardaron silencio durante algunos minutos. Llevaron a cabo un ejercicio de relajación y continuaron compartiendo.

Helga: me identifico con los sentimientos de Edward.

Mingus: ¿En qué sentido?

Helga: bueno, me he encontrado en esa situación, siempre busco hombres como si se tratara de una prenda de vestir.

Mingus: al menos has tomado conciencia de tu neurosis.

Helga: consciente, pero aun así atrapada en ella.

Mingus: ¿Por qué te sientes atrapada?

Helga: la "atmósfera" en la que vivo es tan superficial que no hay chance de ser tu misma.

Mingus: ¡no empieces Philip!

Philip: visualizó a Rusty, doctor. No lo niegue... lo que pienso de todo esto, es que el posmodernismo convirtió el amor en una industria.

Mingus: ¿Cómo está eso?

Philip: cambiamos de pareja como cambiar de calcetines... la industria de la pornografía, el látex, el botox, el colágeno, los implantes de senos, nalgas y penes artificiales... diferentes enfermedades enriqueciendo a la industria del "amor".

Edward: el amor es un animal en peligro de extinción.

Philip: el amor está muerto.

Helga: palabras de poetas.

Mingus: de alguna manera estamos tan enfocados en el consumismo que convertimos a la sociedad en un ciclo eterno de repetición. Diferentes personas con nombres diferentes pero con las mismas necesidades e identidades.

Helga: no hay espacio para la individualidad.

Mingus: ¿Qué ha pasado con usted, Helga? ¿Cómo le ha ido en el amor?

Helga le contó al doctor, en una de las sesiones privadas, acerca de su aparente imposibilidad de amar y de mantener una relación "estable". Simplemente brincaba de una relación a otra.

Helga: me siento "mejorr" ahora, Mingus. Verá, he conocido a todo tipo de hombres. Pero hasta ahora, no he encontrado a nadie que realmente me ame. Estuve cerca de odiar el sexo, por no ser capaz de compartir mis emociones con alguien, ya no disfruto del sexo casual.

Edward: ¡qué lástima!

Mingus: ¡por favor! ¡No interrumpa a Helga, Edward!

Edward: (riendo) disculpe, doc.

Mingus: continúe, Helga.

Helga: encontré a alguien que creo amar, pero está comprometido con alguien más, con una persona que conocí hace tiempo. Envidio a mi amiga por tenerle.

Su complejo de Electra llevándola hacia amores platónicos, que la arrastrarán de nuevo al "sexo casual" para tratar de llenar el vacío. Pobre mujer, nunca había visto una persona tan solitaria antes, pensó para sí, el doctor.

Los días pasaron y el excéntrico terapeuta encontró una interesante pieza en la personalidad de Edward, jamás antes revelada ¡era capaz de sentir!

Edward: me siento identificado con el problema de Helga, doc. No somos competentes para establecer relaciones de larga duración con nadie, porque de algún modo, no somos capaces de sentir. Parecemos estar desconectados de nuestros sentimientos, quiero decir.

Philip: no lo voy a mencionar.

Edward: conocí a esta mujer en un club nocturno. Y sentí cosas profundas por ella, cosas que nunca había experimentado antes, el único problema que hay, es que ella, que ella, ella... ella es realmente ca... casada. Ella es infeliz en su matrimonio. Sólo quiero hacer las cosas bien, doc y... y…

Mingus: bueno, está bien, no me gusta usar mi vida personal como ejemplo, pero Olga y yo hemos vivido juntos durante cinco maravillosos años.

Philip: ¿Cuál es el secreto?

Mingus: supongo que mantener viva la relación es una ocupación de tiempo completo.

Helga: ¿Pero no ha notado algún tipo de distancia entre usted y su esposa?

Mingus: de vez en cuando, como en cualquier otra relación.

Edward: ¿Con qué frecuencia se ven? Usted siempre está trabajando.

Mingus: así es Edward, acostumbro trabajar demasiado, pero eso no quiere decir que descuide mi matrimonio ¡Olga es muy feliz!

Edward: ¿Ha hablado usted con ella?

Mingus: ¡caballero! ¡Prefiero dejar mi vida personal fuera de esto!

La terapia de grupo terminó, después de unas semanas los tres pacientes parecieron quedar satisfechos con el método Mingus.

Philip Nakamura.

Su verdadero nombre era Hideo Nakamura. En realidad era un actor que pertenecía a la academia local de teatro. Siempre fue un obsesivo, perfeccionista de sus técnicas teatrales. Decidió ingresar a terapia, con Mingus, ocultando su verdadera identidad para construir un personaje con desorden bipolar. Si lograba convencer a un analista de la sintomatología asociada al trastorno, entonces estaría listo para interpretar su personaje. El reto que implicaba proyectar los altibajos anímicos del padecimiento, había generado un verdadero desorden en su psique. Pasaba de la depresión "inducida" a la hipomanía desenfrenada que le dejaba sin sueño, experimentaba el abanico completo de emociones. Meses después, el doctor le vio en escena y declaró: "¡vaya, este abogado sí que sabe actuar!"

Edward Pinelli.

Era en realidad un pintor y gigoló. Decidió ingresar a terapia con Mingus porque estaba teniendo un romance con Olga, la esposa del terapeuta. De algún modo pensaba encontrar la manera de comunicarle al doctor sobre esa relación secreta tan satisfactoria, pero no quedo más que en insinuaciones que Mingus nunca comprendió. Olga le abandonaría meses más tarde por un exitoso dueño de galerías, que gustaba de hacer esculturas con tubos del papel higiénico. En el fondo, según Mingus, Edward estaba tratando de aliviar su narcisismo, ya que proyectaba sus sentimientos de culpa en la figura paterna representada, ahora, por el terapeuta. Así que, en cierto modo, compensaba a Mingus (el padre) por robarle el afecto de su esposa Olga (la madre).

Helga Krebs.

Su verdadero nombre era Claudia Von Schreyer. Nunca fue modelo ni actriz, aunque en la preparatoria participó en algunas obras teatrales. Realmente había nacido en Francia y sus padres eran de origen teutón. Claudia era una analista, Lacaniana, que solía aprender nuevas técnicas terapéuticas actuando como paciente.

Nunca se había atrevido a acudir a Mingus, hasta que trató a una paciente llamada Olga Mingus, quién le contó acerca de su esposo y le manifestó su descontento con su matrimonio. Decidió viajar temporalmente a Los Ángeles, se construyó este personaje de Helga. Así terminó saliendo con Mingus. Esa fue la última vez que el doctor experimentó con la terapia grupal. En un mundo donde nada es lo que parece, los analistas con frecuencia reciben lecciones acerca de identidad y narcisismo.

El niño que escupía monedas

Erase una vez, en los confines de una tierra desconocida, un niño que escupía monedas. Su nombre era Santiago y había crecido en las proximidades de una mina de cobre. La gente a su alrededor trataba de enriquecerse a través de su particular condición. Al igual que cualquier otro niño, lo único que él buscaba era ser feliz. Comenzó a manifestar un extraño comportamiento desde una edad temprana. Tenía múltiples amigos imaginarios, por lo que era, frecuentemente, sorprendido interpretando soliloquios. Ocasionalmente hacía travesuras y culpaba a alguno de los personajes que había creado.

Su padre era minero y su madre profesora, ninguno de ellos podía explicar la razón por la cual su hijo escupía monedas. Una vez que entró a la escuela, comenzó a hacer preguntas acerca de sí mismo. Estaba acostumbrado a las instituciones médicas, debido a una vida de constante enfermedad. Aprendió a romper el solemne trato de los médicos y las enfermeras. Incluso, llegó a hacer algunos amigos entre los profesionales que le atendían. Sus padres recibían un patrocinio de una compañía de seguros. Esa era la única manera de costear las elevadas facturas que implicaba su tratamiento. En algunas ocasiones, Santiago trataba de vomitar un gran montón de monedas para financiar los gastos de sus padres. Había sido defraudado una y otra vez por todo tipo de terapeutas que le ofrecían una solución a sus problemas. Fue así como arribó a la sala de espera del doctor Mingus.

El excéntrico terapeuta evitaba hablar del caso, hasta que un buen día explotó.

Mingus: muy bien, muy bien, es un caso único. Puedo describirlo pero mentiría si dijera que soy capaz de establecer un diagnóstico... simplemente, no es posible.

Al parecer, los padres del niño pasaban por tiempos difíciles, económicamente hablando. Uno de esos días, la familia estaba comiendo en un restaurante, el padre se dio cuenta que no tenía suficiente dinero para pagar. Acto siguiente, Santiago vomitó una gran cantidad de monedas para cubrir la cuenta y la propina.

Un reportero preguntó a los padres de Santiago lo que pensaban acerca de la enfermedad, a lo que ellos respondieron:

Padre: la verdad, no sabemos por qué Santiago escupe monedas, queremos a nuestro hijo como si fuese un niño normal. Cuando tenía tres años yo buscaba un nuevo trabajo, fue entonces cuando el niño vomitó su primer montón de monedas.
Madre: no, ¡te equivocas! Sucedió cuando tenía dos años, le estaba

dando pecho ¡y vomitó su primera moneda!

Reportero: ¿Es verdad que la enfermedad de Santiago está directamente relacionada con la nutrición?

Padre: mi hijo siempre ha tenido problemas con su estómago y su evacuación, pero nada fuera de lo normal. Su vientre es como una caja mágica que convierte todo en oro, es como el rey Midas que transformaba en oro todo lo que tocaba, y hasta ahora, nadie tiene una explicación científica para este fenómeno.

Reportero: ¿Creen que pueda tratarse de alguna clase de mito bíblico cobrando vida?

Madre: no tengo la menor duda de que se trata de un milagro de Dios. Él bendijo a nuestro Santiago con este don especial. Solía rezar todo el tiempo, por la salud del niño y el resto de mi familia, mi hijo no es un fenómeno. No nos agrada la gente que viene a nuestra casa a exponer su malestar como si fuera un acto de circo. Los caminos del señor son misteriosos, la ciencia no tiene nada que ver con esto.

Padre: lo único que nos preocupa es que casi no tiene amigos, es un chico solitario, siempre ha tenido problemas para adaptarse al resto de los niños.

Madre: es porque es un ser especial. Lo que más me preocupa, a mí, es que esté en una escuela pública, pues sus compañeros ahí tratan de aprovecharse de su condición, quieren que vomite monedas todo el día. Si tan solo alguien nos ayudara a inscribirlo en una escuela particular, ¡los niños pueden ser muy crueles a su edad!

Un año después, un sacerdote, dueño de una escuela privada, escuchó acerca del caso de Santiago e hizo un trato con los padres para inscribirlo en su colegio, en donde recibiría una educación de mejor calidad y, lo que era más importante; una educación basada en la fe católica:

Sacerdote: Aquí, en la escuela de San Pedro, nos preocupa mucho el desarrollo y salud del escupe mone… quiero decir, de Santiago. Tratamos de enseñarle un valioso conocimiento relacionado con sus capacidades especiales. Por ejemplo, lo llevamos al banco, dos veces por semana, y a la iglesia de Santa Teresa, casi todos los días. Nos preocupa su formación como ser humano y como católico, por supuesto. Le damos el mismo trato que al resto de los niños, además ayudamos a Santiago a mejorar sus habilidades sociales. En la escuela de San Pedro, seguimos las más innovadoras corrientes ideológicas de los grandes pensadores y contamos con múltiples programas, como líderes de la educación básica. Santiago es un alumno muy brillante, especialmente en ciencias sociales, pero se pierde un poco en matemáticas, como cualquier otro niño. No le está yendo muy bien en su clase de interpretación bíblica. Se supone que debía entregar un ensayo acerca del sermón de la montaña, pero le fue muy mal. Disculpe, me cuesta trabajo hablar acerca de eso.

Un médico, que desde tiempo había estado siguiendo de cerca el caso de Santiago, hizo un trato con los padres del niño para brindarle atención médica y cuando le preguntaron por qué había accedido a trabajar gratis, respondió:

Decidí hacerme cargo de la salud de Santiago, porque pienso que nadie puede ser tan útil como yo para el caso. Ningún otro doctor entiende el fenómeno de la forma en que yo lo hago. Nosotros los especialistas e investigadores, usualmente, nos interesamos sobre la génesis de los síntomas, explicados a través de hechos concretos, pero en este caso en particular, con Santiago y el capital que produce, yo y un grupo de profesionales realizamos estudios innovadores respecto al estómago del niño.

Una serie de publicaciones aparecieron en los periódicos. Mostrando a Santiago abrazado a su doctor. Hablando acerca de una investigación que el gobierno estaba financiando. En la opinión de Mingus, este doctor trataba de sacar ventaja de la fama del pequeño. Dijo que lo único que buscaba era reconocimiento público y, tal vez, propagar la enfermedad de Santiago en otros niños, con el fin de volverse millonario. Por su parte, intentando psicoanalizar el caso, declaró:

Mingus: desde un punto de vista Freudiano, el escupe monedas se encuentra fijado en el complejo edípico. Sus relaciones objétales nos llevan, una y otra vez, a la etapa antes mencionada. El niño compite inconscientemente por el afecto y cuidado de la madre. En el lenguaje de los símbolos, comete el parricidio o la anulación-negación de la figura paterna, a través de la compulsiva producción de monedas. En otras palabras, económicamente (que para el caso es la misma que el aspecto sexual) él es "mejor" o es más "capaz" que su propio padre, como proveedor de la familia. A pesar de que la homeostasis es alcanzada gracias a la idea, de que la producción de dinero se realiza con el propósito final de ayudar a la misma figura paterna, a la que trata de anular. Hay una evidente ambivalencia. La personalidad de Santiago y su pose "altruista" le permiten generar un auto concepto de proporciones mesiánicas. Hay algunos síntomas emergentes de autismo. Es como "El beso del buitre" de Leonardo Da Vinci, reflejado en el manto sagrado de Santa Ana. El buitre representa a la verdadera madre, tanto como a la verdadera muerte.

Era una mañana de sábado y Santiago jugaba a apilar el cambio que había vomitado la noche anterior. Le comentó a sus papás que quería operarse del estómago para ser un niño normal, se percató de que ya no quería escupir monedas, sus padres estaban asustados. Un economista realizó un análisis del fenómeno tratando de explicarles lo que el pequeño representaba para la sociedad:

La repentina e increíble aparición de un niño escupiendo monedas podría generar un colapso a la economía nacional y global. Al aumentar la cantidad de efectivo en circulación, aumenta la cantidad disponible de dinero. En consecuencia, habrá "capital extra" en las calles comprando mercancía, lo que provocará un aumento en los precios del mercado. Lo que en consecuencia nos llevará a la inflación, que crecerá a niveles inimaginables y dañará todos los objetivos generales de la política nacional.

El reportero preguntó a los padres si aprobarían un tratamiento para detener la producción de monedas de Santiago:

Madre: no sabemos si es en serio. Siempre toma nuestras dificultades y las carga consigo. Siempre está preocupado por algo nuevo, tratando de resolver los problemas él solo, con el dinero que expulsa de su boca.
Padre: no le permitimos expulsar demasiadas monedas, pero a veces se vuelve loco y desobedece nuestras órdenes, más seguido de lo que la gente cree. Estamos acostumbrados a una cierta cantidad de dinero al día y Santiago tiene sus límites ahora. No estamos sacando

ventaja de la enfermedad de nuestro hijo, pero vamos a decir que usamos el efectivo que nos da para su propio beneficio, para alimentarlo, para darle educación, una casa donde vivir, así como otras comodidades.

Madre: somos sus padres, ¿Usted cree que nos gustaría que le pase algo? Por eso siempre estamos al pendiente de las personas que le rodean, ¿Usted cree que nos gustaría que los niños, a su alrededor, lo trataran como una especie de fenómeno? (llorando) ¡nadie lo quiere más que nosotros!

El médico se aprovechó de la necesidad de aceptación de Santiago y trató de ganar un poco de protagonismo, se ofreció para llevar a cabo la cirugía:

En mi opinión, la mejor manera de solucionar el problema es la cirugía. Es un verdadero reto, e implica riesgos como cualquier operación. Por supuesto que estamos hablando del estómago y el cerebro, pero trabajo, muy de cerca con un grupo de expertos. Con mi experiencia tendremos una mayor oportunidad de éxito. La producción de monedas tiene lugar en el estómago, sin duda, pero la orden viene directamente del hemisferio derecho del cerebro. Así que debemos considerar todos los factores para encontrar la razón de su producción orgánica de monedas.

Los padres, hartos del acoso de los reporteros, organizaron una reunión para emitir un comunicado de prensa. El papá de Santiago, visiblemente nervioso se atragantaba con galletas de chocolate. La madre se tomaba fotografías con personalidades distinguidas de la alta sociedad. Decenas de periodistas y demás invitados entraban y salían de la azotea de la casa de dos pisos. Por alguna razón fortuita, la mayoría de los invitados se vistieron de blanco y negro. Allí, aparecía el cirujano rodeado de cámaras, ofreciendo una explicación fisiológica del fenómeno. Mingus estaba rodeado de un grupo de curiosos, bebiendo vino rojo en el centro de una mesa. El sacerdote bendecía la comida de la mesa principal, pedía orar a los presentes. De pronto, una sombra redonda circundando en las alturas cubrió los rostros de la multitud. El cielo azul lucía con algunas nubes algodonosas que permanecían estáticas. Los invitados se cubrieron, de la luz, llevando su mano a la frente. El padre escupió la galleta que masticaba, la madre posaba de espaldas para una foto, mientras un periodista señalaba con el dedo a Santiago que se despedía, elevándose al cielo en un globo de aire caliente.

¿Qué ha hecho usted por usted en este día?

El doctor Mingus gozaba de cierta reputación entre los profesionistas de su gremio. Había escrito varios textos acerca de sus insólitos métodos terapéuticos. El libro más reciente, de su autoría, se llamaba: "¿Qué ha hecho usted por usted en este día?". En dicha obra, detallaba algunos de los casos clínicos, más interesantes, a los que se enfrentó como psiquiatra. Hablaba principalmente de la auto percepción, la autoestima y la, poco explorada, capacidad auto curativa de los seres humanos.

Nataniel, había sido tratado bajo el método Mingus desde hacía un año. Tenía treintaiocho años de edad, dos veces divorciado, clasificado con la etiqueta de "adicción al sexo". Provenía de una familia católico-irlandesa. En busca de una explicación de su conducta compulsiva, decidió buscar al doctor Mingus; para tratar de entender las razones de su comportamiento y conservar a Laura, su tercera esposa, por el resto de su vida. El día que llegó a la oficina del terapeuta, tuvo que esperar una hora, pues el curioso doctor hablaba con un colega por teléfono. Él no intentaba cambiar la naturaleza de su libido, pero si intentaba modificar lo que hacía con ella.

Mingus: bien, muy bien, Nataniel ¿Verdad? Como ese escritor inglés de la novela Grandes Esperanzas, ¿Por eso te pusieron ese nombre?
Nataniel: ese es Charles Dickens, doctor, usted quiere decir Hawthorne.
Mingus: bien, muy bien, tienes razón es un error, pero no puedes negar que es una gran novela. Grandes Esperanzas y la de los fantasmas de navidad me gustan mucho. Así que, Nat, ¿Me decías que tu libido esta fuera de control?
Nataniel: si doctor, ese siempre ha sido mi problema. Simplemente no me puedo detener, es como una enfermedad que siempre me está forzando a ser infiel con mi pareja. No me siento bien, quiero ser

una persona normal.

Mingus: bueno, eres una persona normal; el sexo es como la comida, Nat. Algunas personas se llenan con un pedazo de pizza, otras con dos, o tres, o cuatro. Otros como en tu caso, se comen la pizza entera para satisfacerse. Tal vez se trata de encontrar a la mujer indicada para ti, una con tu mismo apetito.

Nataniel: la otra cosa es que me siento emocionalmente bloqueado. Siento amor, pero no sé cómo expresarlo y mi esposa piensa que soy "frío".

Mingus: no deberías preocuparte por lo que la gente dice, deberías preocuparte por lo que tu esposa piensa.

Nataniel le contó a Mingus acerca de sus recientes aventuras. Le contó sobre Cynthia, Gina, Maggie, etcétera. Todo en relación a sus locas fantasías, como la de Gina en el lodo.

Sentía que estaba caminando en un círculo eterno del cual no podía salir. Mingus le habló de la "compulsión a la repetición" y de cómo las personas transformaban en actos su contenido inconsciente, dando forma a su neurosis. El terapeuta había trazado todo un patrón acerca de la personalidad de este sujeto.

Los meses pasaron y Nataniel abandonó la terapia, como solía hacer con todo. El paciente se sorprendió un año más tarde, cuando Laura le pidió el divorcio, después de leer el libro de Mingus. Ella había descubierto todas, y cada una, de las infidelidades de su esposo, de cómo se expresaba de su cónyuge como una "madre castradora". Intentó convencerla de que se trataba de una confusión, pero no lo logró.

Había un episodio en el libro que se titulaba: "El vengador Irlandés", este era el modo en que el doctor llamaba a su paciente en secreto. Desde que lo descubrieron con una prima, jugando juegos de adultos en el baño de su casa, el paciente disfrutaba de ser sorprendido, por sus parejas, en el acto sexual. Parece que necesita provocar un desprendimiento emocional con las figuras maternas, explicaba Mingus, se trata de una especie de venganza por ser abandonado. Disfruta de relaciones sexuales "prohibidas", más que de una relación estable. Afirma la necesidad de sentirse normal, pero a la vez no es capaz de dar afecto.

Ahora, gracias al talento literario de Mingus, la mujer, que Nataniel más quería, se había convertido en su tercera ex esposa. El hombre no sabía qué hacer o dónde buscar ayuda. Recordó que su terapeuta le habló del nuevo libro en una de las sesiones y, que de cierto modo, le insinuó su autorización con indirectas.

Mingus: estoy tratando de escribir este nuevo libro, Nat, acerca del proceso terapéutico. No soy muy talentoso como escritor, no tengo un estilo definido, la verdad, ni una pizca de imaginación, pero se trata de un libro científico. Muchas personas podrán leer y encontrar tips para ayudarse a sí mismos. Por supuesto que tendré que describir mi experiencia profesional con mis pacientes, pero eso no representará un problema ¿Verdad?

Nataniel nunca imaginó que fuera uno de los casos elegidos para aparecer en este nuevo libro y simplemente respondió: no doctor, no hay problema.

Mingus: está inspirado en años y años de labor terapéutica, una obscura fuerza me impulsa a escribir y a escribir sin usar el filtro de la razón. Escribir es como cocinar, Nat, hay muchas formas de preparar el mismo platillo, con el mismo gusto y sabor, dando el toque personal, por supuesto.

Por alguna razón Mingus siempre estaba hablando de comida.

Mingus: tu Nataniel, me recuerdas al ajonjolí, que sirve para acompañar muchas comidas. Se trata de que aceptes y asimiles tu naturaleza "ajonjoliesca" y dejes de complicarte la vida.

En ese tiempo, Mingus también trabajaba como catedrático en una importante universidad. Nataniel descubrió su foto en el periódico. Al parecer, el célebre terapeuta, había sido elegido como maestro distinguido y daba un breve discurso en honor a la nueva generación, de egresados, de psicología. El ex paciente deliberaba acerca de la posibilidad de visitar a su antiguo amigo en la graduación.

¿Cómo podría ingeniárselas para asesinarle frente a la audiencia y salir impune? Una navaja representaba demasiada violencia, un revolver era muy sangriento y llamativo. Así que decidió llevar una botella de chardonnay y resolver el problema. Lo voy a envenenar pensó. Ahora este irlandés le va a dar una lección de venganza a ese medicucho.

Llegó a la ceremonia con su botella de vino. Permaneció en la entrada del auditorio. Estuvieron a punto de impedirle el paso, pero aseguró conocer a Mingus y pagó propina a un estudiante para que finalmente lo dejase pasar.

Mingus: muy bien, veo a mucha gente aquí reunida, comprometida con el estudio de la mente…

Así que ahí estaba; rodeado por sus discípulos, tratado como si fuera una especie de noble o un genio. El mundo de la terapia no extrañará a este tipo, pensaba Nataniel, al tiempo que surgían dudas sobre convertirse en asesino. Tal vez no sea tan malo. Tal vez solo sea ingenuo o estúpido.

Estaba a punto de retirarse cuando vio a la esposa de Mingus abrazándole, el recuerdo imborrable de su propia mujer se adhirió a su mente en un reflejo automático. Recordaba su olor por las mañanas, su cabello y especialmente su manera de sonreír. Nataniel caminó guiado por su ira. Se aproximó al terapeuta entre un mar de gente que le rodeaba y le abrazó.

Nataniel: felicidades doctor, lo vi de lejos y no pude esperar para saludarle.

Mingus: bien, muy bien ¿Y usted es?

Nataniel: soy Nataniel, doctor ¿No me recuerda? ¡Su ex paciente!

Mingus: Nataniel es verdad, me acuerdo de usted. Es el paciente con las fantasías sexuales más alocadas, lo recuerdo bien, ¿Cómo ha estado?

Nataniel: estoy bien, me he tranquilizado por un buen tiempo ¿Cómo está su esposa?

Mingus: bien, bien, aquí estamos celebrando esta generación de psicólogos. Espero que su esposa este bien, ¿Está bien?

Nataniel: si, ella está absolutamente bien. Mi esposa es increíble.

Mingus: el matrimonio es maravilloso ¿Verdad? Helga y yo hemos estado juntos más de un año, parece como si fuera una nueva mujer cada semana. A veces es misteriosa, otras maternal, luego dócil o un animal salvaje.

Decidió abortar la misión cuando escuchó a Mingus hablando de su esposa, o tal vez fue por falta de un "instinto homicida". Caminaron juntos hacia la cocina. Nataniel estaba convencido de que sólo iba a hablar de lo que pasó como una persona civilizada y para tratar de entender los motivos del doctor.

Nataniel colocó la mano en el hombro derecho del terapeuta diciendo: doctor hay algo de lo que me gustaría hablar con usted.

Mingus: bien, bien, no son horas de trabajo. Pero le escucho.
Nataniel: se trata de ese libro suyo.
Mingus: ¿Libro? ¿Cuál libro?
Nathanial: el más reciente.

Los camareros y cocineros estaban mirando de reojo la escena. Mingus comenzaba a ponerse un poco nervioso.

Nataniel: ¡es mi vida personal, doctor! Todo lo que le conté ¡está en ese maldito libro! Y lo peor de todo, es que mi esposa leyó todo esa basura ¡y ahora estamos divorciados! Así que por favor, dígame, ¿Cómo a un terapeuta profesional, como usted, se le ocurre una cosa así?

Después de un largo silencio, Mingus sintió el sudor de su frente y comenzó a hablar: bien, bien. No era mi intención ofenderlo señor Nataniel. No sé cómo explicarle esto... yo... yo no escribí ese libro.

Nataniel no podía creer lo que estaba escuchando, sabía que tenía que mantener la calma, pero su ira iba en aumento.

Nataniel: si usted no lo escribió, ¿Cómo es que su pinche nombre aparece en la portada del libro?
Mingus: escucha Nat, no sé cómo explicarme. Traté de evitarlo pero no pude, ese libro no fue escrito por un servidor, mi amigo, eso te puedo lo puedo asegurar. ¡Juro por Dios que no pude detenerle! Y tal vez me tomes por un loco; pero ese libro mi amigo... ese libro fue escrito por Satanás en persona.

El doctor había ido demasiado lejos con su particular sentido del humor y fantasía. Nataniel estaba realmente furioso, sintiendo que Mingus estaba tratando de burlarse. ¿Por qué no simplemente le pedía perdón?

Nataniel: ¿Escrito por Satanás?
Mingus: (con cara de loco) ¡escrito por el mismísimo diablo! No tengo pruebas, pero te puedo asegurar que lo redactó de principio a fin. En realidad no he hablado de esto con nadie. Oh, sí que es bueno hablar de esto. En realidad es terapéutico. Perdona la ironía, ni siquiera mi mujer sabe acerca del asunto.

Nataniel destapó la botella de vino en ese momento, convenció a Mingus de beber una pequeña porción mientras hablaba.

Mingus: escribía compulsivamente. Noche tras noche, tras noche, en contra de mi propia voluntad, totalmente en contra de mi voluntad y mi razón... y espíritu... Nataniel se lo juro, yo era otro ser, no necesariamente humano. Me había transformado en un demonio o un monstruo.
Nataniel: ¿Y cuál es el aspecto del diablo?
Mingus: oh, por favor no se burle de este pobre viejo. No necesariamente se manifestó físicamente, pero él estaba allí. Oh, sí que lo puedo asegurar porque lo he vivido. Su voz, su olor y sus palabras impulsando mis manos, ¡obligándome a escribir toda esa mierda que usted conoce y yo detesto!

El veneno comenzó a hacer efecto en el doctor y le hizo desfallecer en el suelo de la cocina.
Nadie estaba muy sorprendido. Probablemente porque pensaban que se trataba de un borracho. Nataniel sintió piedad por Mingus quien ahora yacía en sus brazos.

Mingus: veneno ¡Me has asesinado!
Nataniel: no se preocupe doctor, llamaré a una ambulancia. No tengo las agallas para asesinarlo. Sólo estoy provocándole un leve dolor de estómago. Por favor, no hable, usted no es tan malo, después de todo.
Mingus: bien, bien, yo sólo estaba tratando de ayudar.

Nataniel: a pesar de que no ser un gran escritor, el diablo sabe cómo vender sus mentiras ¿Qué ha hecho usted por usted en este día Mingus?

Mingus: dejarme matar en manos de un loco ¿Qué hay de ti, Nat? ¿Qué ha hecho usted por usted en este día?

Estaba tratando de penetrar en la mente de su paciente a pesar de su estado crítico.

Nataniel: traté de matar al pinche del diablo.

Y el terapeuta perdió el conocimiento, desvaneciéndose en una obscuridad casi completa.

Gurú

Una película independiente se filmaba en el desierto del norte de México. Un director sin experiencia trataba de hilvanar una trama emocionante acerca de la espiritualidad y la naturaleza humana. La personalidad de los actores, es constantemente, confrontada con la ficción de los personajes. La ficción se convierte en realidad y la realidad se mezcla con la ficción para dar lugar a nuevas identidades. Algunos de los extractos de esta narración fueron recopilados de notas o entrevistas.

Las notas de Mingus:

Siempre soñé con hacer una película al estilo de Ingmar Bergman. No niego su influencia ¿Me entiendes? Decidí elegir a Tony para el rol de Gurú porque pretendo reflejar algo de farsa dentro del filme ¿Un hombre simple? ¿Un semidiós? ¿Quizás un verdadero Gurú? No hemos hablado de esto. Lo elegí también porque creo que es un gran actor. Por otro lado, estoy consciente de que su vida personal, quiero decir, está lejos de ser un ejemplo. He visto al tipo perderse en el alcohol y las drogas, perder hasta el último grado de conciencia. Sé que es una profesión difícil que tiende a la inestabilidad pero… ¡ah, sí! Lo olvidaba, es padre de una niña de cinco años, divorciado, con tendencias narcisistas… a pesar de todo, cuando se para frente a la cámara el hombre hace su magia.

A veces es un poco difícil de dirigir por su alocado estilo de vida, pero vale la pena por su talento. Es una especie de Peter Pan viviendo en la tierra del nunca jamás.

Lourdes es otra, es una persona muy espiritual, talentosa, sencilla y profesional. Además una gran actriz. Ha practicado yoga desde que tenía… trece años, creo. Se acerca mucho más a un Gurú que el mismo Tony, pero esa es la ironía de la película ¿Me entiendes? El personaje de Lourdes; Sahara, es una especie de hippie posmoderna, un alma atormentada, una drogadicta en su break de rehabilitación. Ha estado siguiendo a este Gurú por dos semanas a través del desierto de Sonora. Una alcohólica compulsiva, frecuente usuaria de mariguana, "fiestera"; su mente siempre está volando. Un día despierta tratando de convertirse en santa y a la siguiente mañana quiere ser una estrella de rock. Lourdes es más que una cara bonita, enfoca todo su talento histriónico e inteligencia en la construcción de sus personajes. El teatro es su vida.

El guión definitivamente no es la fuerza vital de este proyecto. Los intérpretes, la fotografía, eso es lo que me animó a enfocarme en el filme desde un principio. Quiero decir, ¡Por supuesto que me gusta! ¡Yo escribí la historia! lo que trato de decir, es que tiene otras fortalezas. Imágenes como la del Gurú, comunicándose con un pescado en medio del desierto me motivaron a hacer realidad estas escenas oníricas.

Las notas del actor: Tony Staley

Es una película independiente, en efecto, leí el guión y me gustó, estoy acostumbrado hacer lo que me gusta. Siempre he querido participar en un proyecto así, será todo un desafío darle vida a un personaje tan complejo como este ¿Sabes? Quiero decir, ¡Ya tuve suficiente de la mierda estereotipada de las películas comerciales! ¡Quiero hacer algo de ruido! Dejar por lo menos un par de escenas para ser recordado. ¿Mingus? Sé que el señor es un director sin experiencia, pero estoy convencido de que tiene la visión suficiente para guiarnos en esta producción. A Mingus le gusta adentrarse profundamente en el análisis, lo que permite acercarte a las emociones de tu personaje. Te da la estructura del personaje y después te deja hacer tu trabajo. No es un director muy obsesivo, le gusta imprimir un sello de "frescura" en sus escenas, muy cercano a la improvisación.

No estamos trabajando por el dinero o para la fama, está no es una película comercial, ¡hacemos esta mierda por el placer del arte! Lourdes es una gran artista y una gran amiga. La conocí hace cinco años en una versión teatral de "Le tentazioni del dottor Antonio", de la adaptación que Fellini hizo de la obra de Boccaccio. Evidentemente ha evolucionado mucho. También es una mujer muy espiritual y comprometida con su profesión.

Es curioso que Mingus la haya elegido para interpretar a Sahara pues no tiene nada que ver con ella. Se obsesiona con sus personajes y los vive con mucha intensidad. Construye a sus personajes. Es el tipo de actriz a la que le gusta involucrarse profundamente en su profesión. Una actriz nata, ¡es lo que ella es!

Notas de la actriz: Lourdes Ferrer

Estoy muy orgullosa de formar parte de este proyecto. He practicado yoga desde que tenía diecisiete años, eso cambió mi vida en todos los aspectos. Nuestro director tiene un gran poder de persuasión. Pero en el fondo, la verdadera razón por la cual decidí participar en esta producción, es el reto que representa interpretar a un personaje tan complejo y lejano de mi realidad, como es el de Sahara. La mujer no tiene límites ni equilibrio interior. Ella está buscando algo a que aferrarse. Es mi opuesto, me recuerda a mí en la adolescencia.

La mujer salta de un estado de ánimo a otro sin encontrar estabilidad. Pero en el fondo solo busca la felicidad. Mediante la búsqueda compulsiva de placer está esclavizada por su propio ego. Es un círculo vicioso. ¿Tony? Es un gran actor pero no somos amigos cercanos, él tiene, no sé cómo decirlo, un estilo de vida un poco desordenado.

La historia

Es un soleado amanecer de domingo en el desierto de Sonora. Gurú, Sahara y el resto del grupo de seguidores avanzan en dirección al Pinacate, un antiguo cráter de volcán.

Una gran fila de cráteres alineada en el horizonte. La superficie de la tierra de color negro es bastante similar al suelo lunar. Algunos de los caminantes se encontraban visiblemente cansados pero su curiosidad los forzaba a dar el siguiente paso.

Paula: ¿Por qué tenemos que caminar tanto cuando podemos manejar?

Sahara: si vamos en carro ¡nos perdemos de toda esta naturaleza salvaje!

El Gurú escuchó la conversación e hizo un alto.

Gurú: es divertido caminar ¿No es así? Ya estamos muy cerca del Nazareno.

Su dedo apuntó hacia el horizonte, en dirección donde se ubica la famosa montaña. Llegaron a descansar alrededor de uno de los cráteres más grandes. Todos miraban el agujero sorprendidos por su gran circunferencia. Algunos de ellos tomaban fotos mientras otros exhaustos se sentaron en busca de un lugar para descansar.

Rafael: es más grande de lo que pensaba… mamma mia.

Francisco: debes tardar una hora en rodear este hoyo gigante.

Todos contemplan en silencio durante algunos minutos.

Gilberto: tengo mucha hambre, ¿Por qué no comemos algo?

Sahara: tenemos que meditar primero, para eso vinimos hasta acá ¿Recuerdan?

Gurú: los que tengan hambre tomen algunas de nuestras provisiones, llevamos mucho tiempo caminando. Voy a rodear este cráter para meditar un poco.

Sophie: ¿Est ce que nous n'avons pas médité?

Gurú: attendez, je vais aller au marché pour entourer le cratère… restez ici s'il vous plaît. Sahara ¿Podrías?

Sahara: denos aunque sea algunas palabras maestro.

Sophie: oui, s'il vous plaît monsieur Guru.

Gurú: después, después… ne me dite pas monsieur!

Paula: ¿Qué chingados dijo?

Sahara: es un pinche mantra ¡idiota!

Paula: te crees mejor que yo ¿No?

Sahara: ¡la verdad es que ni siquiera tengo que pensar en ello!

Paula: ¡vine a divertirme y esto no me gusta!

Sahara guardó silencio mientras observaba al Gurú alejarse. Tenía sus brazos cruzados y su expresión parecía la de una niña.

Pierre: (tomando fotos del cráter) ¡le paysage est vraiment magnifique!

El grupo de seguidores permanecieron en la orilla del cráter, susurrando hasta que la voz de Sahara interrumpió el suave cuchicheo.

Sahara: ¡tenemos que meditar! ¿Para eso vinimos hasta acá o no?
Paula: yo estoy cansada, además el Gurú se fue a caminar…
Pierre (a Sophie): ¿Qu'est ce qu'elle a dit?
Sahara: bueno, ¡yo voy a meditar! El que quiera meditar ¡que me siga!

Todos la siguieron a excepción de Paula.

Gurú observó al grupo con una mirada por encima de su hombro mientras continuaba caminando a la distancia. Sonrió con algo de satisfacción. Eligió una pequeña circunferencia formada por un grupo de rocas, se sentó y tomó una posición de loto. Se dedicó por unos minutos a contemplar la naturaleza a su alrededor. Dejó caer su espalda en una de las rocas y echó otra mirada a sus seguidores. Cerró los ojos y realizó una serie de profundas inhalaciones.

En el otro extremo del cráter, Sahara había tomado el liderazgo y guiaba el proceso de meditación. Paula la miraba como con aire de envidia, mientras Rafael parecía sentirse atraído a ella. Pierre y Sophie disfrutaban de la nueva experiencia. Francisco y Gilberto se reían infantilmente de la escena "tan solemne". El desierto de Sonora es visitado por cientos de europeos y norteamericanos que buscan una especie de experiencia "chamánica". Desde el boom de Castaneda todos parecían interesados en los Yaquis, una etnia local. Algunas tribus incluso preparaban supuestos rituales espirituales con la finalidad de impresionar a los turistas, mientras que algunos otros impartían conferencias y entrevistas alrededor del mundo basándose en lecturas y programas de televisión.

Este grupo de personas no buscaba una experiencia "chamánica" y definitivamente tampoco "espiritual". Estaban ahí por la aventura. Del otro lado del cráter, Gurú se adentraba en un profundo estado de meditación. Una extraña voz lo distrajo al poco tiempo: ¿Qué estás haciendo hermano Gurú?

Gurú: estoy meditando ¿Qué hay de ti?

Un coyote le miraba y le hablaba sin mover el hocico.

Coyote: estaba caminando, buscando algo de agua cuando te vi parado aquí ¿Aquellos son tus amigos?

Gurú: si hermano, vienen conmigo.

Coyote: diles que no se queden mucho tiempo, por favor.

Gurú: yo les diré, coyote. ¡No te preocupes!

Coyote: casi se me olvida (mientras se aleja), trata de ir hacia el mar hermano Gurú.

Gurú: ¿Al mar? ¿Para qué?

Coyote: algo te está esperando ahí.

Gurú se puso de pie y comenzó a caminar mientras pensaba en las palabras del Coyote:

¿Para qué querrá que vaya al mar? ¿Algo me está esperando allí?

Rodeó la enorme circunferencia y encontró al grupo en la hora del almuerzo. Antes de que se comiera una manzana hizo algunas observaciones sobre el clima y dijo: no podemos quedarnos mucho tiempo aquí, vamos a buscar caballos en un rancho cerca del Nazareno.

Pierre: ¡El Nazareno! je veux la connaître, cest la c'est la montagne du Kino ¡Sophie!

El Nazareno es la más alta de las montañas que rodean al desierto de Altar. Alrededor del siglo diecisiete, el padre Kino subió y se dio cuenta de que Baja California era una península y no una isla. Sophie abrazó a Pierre entusiasmada con la aventura. Rafael y Gilberto estaban muy emocionados, también. Sahara no manifestaba expresión alguna. Más tarde se sintió mejor cuando Gurú la llevó montando en su caballo. Viajaron con un guía de una ranchería cercana con el que arribaron al lugar. Se prepararon para subir a la cima de la montaña. Mientras avanzaban, se encontraron con un hombre pequeño que iba en descenso, este les pidió agua y se ofreció a contar una historia:

Antes de que las manecillas del reloj girarán hacia la derecha, antes de que el aliento del hombre fuese exhalado, antes de que el pez saliera a caminar fuera del mar, había dos clases de entidades; los seres de arena y los seres oscuros del agua. Esos nombres no son más que una interpretación de su apariencia. No eran necesariamente enemigos, pero tampoco tenían algún tipo de interacción entre ellos. Los gigantes de arena se consideraban seres superiores, hasta que un evento desencadenó un cambio radical en su evolución. Uno de ellos nació con una condición particular: entendía el lenguaje de los seres oscuros. De pronto, las entidades unieron sus fuerzas para encarar la adversidad. Los años pasaron y lograron consolidar una profunda unión como no se había visto antes. Gradualmente, se percataron, de que el responsable de su alianza se convertía en sólida piedra. Con el pasar de los días, los miembros de ambas comunidades observaron al ser de la unión petrificarse sin remedio. Cuando el último parpadeó de sus ojos anunció su completa transformación, los seres permanecieron observándose unos a otros durante un lapso de tiempo. Caminaron con la cabeza hacia abajo dándose la espalda, jamás se reunirían otra vez. Desaparecieron condenados a la extinción. Su incapacidad de coexistir les llevó a la muerte.

El grupo permaneció en silencio durante algunos minutos, agradecieron al enano por su historia y continuaron caminando hasta llegar a la cima del Nazareno. Todos estaban emocionados descubriendo la panorámica. Tomaron un paseo en la cúspide de la montaña e hicieron un pequeño campamento.

Francisco y Gilberto sacaron sus guitarras e interpretaron algunas melodías. El Gurú estaba sentado en una piedra alejado del bullicio del grupo. Pensaba en la anécdota del hombrecito y el consejo del coyote. Un rato después, comenzó a meditar dentro de la tienda de campaña, encendió una vela. Los gritos y risas de afuera no le dejaban concentrarse. Decidió salir de la tienda para reencontrarse con el silencio pero entonces algo sucedió. Observó la silueta de una mujer bailando alrededor del fuego.

Era la figura de Sahara, danzando de manera sensual y entonces gurú comprendió. Regresó a la tienda y escribió:

El coyote quiere que vaya hacia el mar con el propósito de que me enfrente a mis miedos. No le temo al océano, bueno, le temía cuando era un niño. Pero tal vez tengo miedo de ella, no de Sahara en particular, de mis deseos, ahora, revelados de manera abrupta ¿Todavía lucho en contra de mi propia libido?

El grupo de seguidores despertó alrededor del fuego, Sahara en los brazos de Rafael, Pierre y Sophie abrazados también. El resto quedaron regados alrededor, en círculo. Se incorporaron poco a poco, pero las abejas empezaron a perseguirles por lo que no podían mantenerse quietos. A su regreso no hubo problemas, de alguna manera Gurú perdía el control de sus pensamientos.

Llegaron a las orillas de la ciudad de Puerto Peñasco. La mayoría de ellos se desvistieron corriendo para zambullirse en el mar, incluyendo al Gurú, que observaba el cuerpo desnudo de Sahara. Tengo que liberarme de esta obsesión o esto va a acabar mal, pensó. Hombres y mujeres comenzaron a jugar juegos tontos. Gurú salió del mar intentando secarse. El grupo tendía imitar sus acciones incluso en detalles como este, por lo que salieron detrás de él. Él solía reaccionar un poco irritado cuando lo hacían. Nadie entendía su enfado pero tampoco era capaz de expresarlo abiertamente. En algunas ocasiones, simplemente parecía que estaba cansado de ser un líder, una autoridad. Se sentó en la arena un poco frustrado por su compañía. ¡Si pudiera estar solo otra vez! Caminar hasta que sus pies dolieran. Pero el viaje era demasiado largo para detenerse, habían llegado a la ciudad. Pensó que podría regresar a su soledad después de haber cumplido con su misión. Sus pensamientos retumbaban en la cabeza como un martillo: mi ego, mi ego, mi ego, adora cobrar forma de humildad. Entonces decidió su próximo destino.

Gurú: hay una familia de pescadores aquí cerca. Vamos a hacer una parada ahí.

La familia de pescadores observó al grupo aproximarse, y los recibieron con una entusiasta bienvenida, como si se conocieran de toda la vida. El grupo de seguidores permaneció a sus espaldas, mientras gurú se comunicaba en español con los anfitriones. Después de unos minutos, Lupe invitó a todos a sentarse y preparó un pescado frito.

Mateo: estoy contento de que nos visiten, ¡bienvenidos! Lupe les preparó un filete fresco, muy rico, que pescamos apenas ayer ¡ojalá que lo disfruten!

Gurú observó el pescado que tenía en su plato. Los pescadores veían como todos en el grupo comían como animales hambrientos. En la mitad de la noche, uno de ellos despertó con dolor de estómago. Gurú dormía profundamente sobre una hamaca, estaba teniendo una pesadilla.

Caminaba por el desierto en la noche. Mis pies se hundían en la arena como si fueran jalados por una mano invisible. Un leve zumbido en el oído me guiaba en la distancia. El cielo pasó de una oscuridad total a una ligera claridad. La escena de mis pies caminando sobre la arena se hizo cada vez más clara, como si se enfocarán por la luz del sol. Di unos cuantos pasos, encontré una especie de mantel extendido sobre el suelo con una botella de vino blanco, pescado, vegetales y frutas, un suculento manjar justo frente a mí. Tomé un cuchillo tratando de probar el pescado, pero este dijo:

Pescado: ¡Ne me mange pas! ¡Sil te plaît! ¡Je vais te récompenser!
Gurú: ¿Pouvez vous parler? ¡Mais si vous êtes un poisson!
Pescado: l'après midi vous allez parler à un Coyote... ¿Pourquoi la surprise?
Gurú: ¡parce que tu est mort! Et la cuisine aussi.
Pescado: c'est cela que je veux te dire mon ami je ne suis pas mort...
¡Maestro!
¡Maestro! ¡Maestro! Las voces de Mateo y Lupe despertaron al Gurú.
Gurú: ¿Qué está pasando?

Mateo: ¡es una emergencia! ¡Nuestra hijita! ¡Está enferma! ¡No podemos encontrar la cura! ¡Tiene una crisis ahorita mismo! Le dije a la Lupe que no debíamos molestarlo pero ¡usted es nuestra única esperanza maestro!

Gurú: no soy médico, Mateo, ¡y no me llames maestro!

A pesar de la negativa de Gurú caminaron hasta la habitación de la niña.

El pálido cuerpo de la pequeña estaba tendido sobre las cobijas del catre. La encontraron muy desencajada.

Gurú: ¡no puedo hacer esto!

Mateo y Lupe le miran confundidos. Mingus detiene la acción con un efusivo: ¡corte!

Mingus: ¿Qué pasa Tony? ¿Se te olvidaron los diálogos? ¿Te sientes bien?

Tony: perdóname Charles, no puedo hacer esto, deja me tomo un descanso, estoy exhausto.

Mingus: bien, muy bien, pero es la última toma del día, no me hagas esto ¿Qué pasa?

Tony: ¡no sé! no puedo con esta escena ¿Qué quieres que te diga?

Mingus: muy bien, muy bien ¡gente!, ¡todos afuera! Vamos a tomar un descanso.

Mingus saca a todos de la habitación y platica con Lourdes acerca de la crisis nerviosa de su actor. El director y la actriz regresan con Tony al lugar y le encuentran llorando con su indumentaria de Gurú. Lourdes lo abraza mientras Charles abandona el lugar para darles un poco de privacidad.

Lourdes: ¿Por qué lloras Tony?

Tony: porque no soy más que una mierda ¡por eso!

Lourdes: ¿Por qué dices eso? ¿Qué quieres decir?

Tony: es solo que esa niñita me recordó a mi propia hija… no la he visto en más de un año ¿Sabes?

Lourdes: ok ¿Pero le has hablado por teléfono, verdad?

Tony: no, su mamá… no quiere que le hable.
Lourdes: lo tienes que intentar Tony. Relájate y llámale cuando llegues a tu cuarto de hotel.
Tony: gracias por escuchar Lou.

Se abrazan y comparten un momento de silencio.

Más tarde en el cuarto de hotel, Tony ofrece una gran fiesta con el equipo de filmación. El alcohol, la cocaína y las mujeres abarrotan el lugar animando la reunión. Turistas y admiradoras también se encuentran ahí, algunas medio desnudas tropiezan entre sí. Lourdes se despierta con el ruido en una habitación contigua. Decide tocar la puerta del actor y no puede creer lo que ve. El director también baila. Lourdes se acerca a Mingus para tratar de entender lo que sucede.

Lourdes: ¿Cómo es que cambia de un estado de ánimo a otro tan rápido?
Mingus: ¿Bipolaridad? O tal vez sólo la forma en que maneja sus emociones con regularidad. Las niega. Desciende y estalla como un maníaco y vuelve a bajar y luego...

Antes de que Mingus terminara de explicar Lourdes estaba caminando por el pasillo. Tony la siguió y trató de regresarla a su habitación. Ella se negó y él aprovechó para darle un beso. Antes de que Tony pudiera hablar, ella le dio una bofetada en la mejilla.

Lourdes: ¡pendejo!

Él no se lo tomó personal y regresó a la habitación riendo y bailando.

Tony: ¡lo siento Lou! Estoy un poco borracho. ¡Pero sabes que te quiero!

Lourdes regresó a su habitación pensando: como si ocupara alcohol para ser más estúpido de lo que ya es... me pregunto por qué me debería de importar.

De vuelta en la fiesta todo el mundo grita y baila un ritmo

Serbio. Tony pareció entristecerse, en un abrir y cerrar de ojos, pero la celebración continuó hasta la mañana siguiente. Tony despertó al mediodía, junto a una mujer desconocida en la tina de baño. Contemplaba su cara reflejada en una copa mientras trataba de acomodar su pelo despeinado. Estaba descansando sus pies en el revestimiento de la bañera.

Lupe lavaba los pies del Gurú, le agradecía por la ayuda que le brindó a su hija la otra noche. Él trataba de mostrarse simple. Sahara intentó ayudar a Lupe con su trabajo y comenzó a lavar los pies de Gurú. Él de por sí ya estaba incómodo con las atenciones de la señora, por eso pidió a las mujeres que lo dejaran solo.

Gurú y sus seguidores ayudan a limpiar el lugar y se despiden de Mateo, Lupe y su familia. Finalmente llegaron al hotel para organizar un evento. Gurú explicó que esperaba a un grupo de hombres de fe provenientes de todo el mundo. Ellos serían registrados en el mismo hotel, con el fin de esperar un gran fenómeno que se produciría en pocos días; "la aparición de una gran fuente de energía, generada por un eclipse total de sol". Esa no era la primera vez que el desierto de Sonora representaba el lugar ideal para meditar. Siempre había sido un centro natural de energía. Los hombres de fe habían planeado reunirse para orar, trataban de encontrar la unión entre las diferentes culturas e ideologías. Gurú dio a sus seguidores una semana de vacaciones para organizar todo el evento. Ninguno quería irse, pero no tuvieron más remedio que obedecer. Sahara quería permanecer cerca y se ofreció a ser una especie de asistente personal. El guía espiritual accedió con ciertas dudas pero finalmente la aceptó como asistente y traductora.

Mingus gritó corte, de nuevo, el equipo de filmación estaba cansado debido a las numerosas horas de arduo trabajo y escaso sueño. Otro factor negativo era que el productor no había pagado los salarios de la semana. La película se extendía más de lo previsto. Los productores comenzaban a perder la fe en el filme y trataban de ahorrar un poco de dinero.

Mientras tanto, Tony le ofrecía disculpas a Lourdes y explicaba sus cambios repentinos de humor, a la vez que curaba su resaca con un vaso de whisky. Después de escuchar sus razones, ella trataba de hacerlo consciente de su inestabilidad emocional. Lourdes explicó como el mundo, en el que los actores se desenvolvían, se encuentra fuera de la realidad por lo que debe hacerse un gran esfuerzo para tratar de mantener los pies sobre la tierra. Tony se sintió muy conmovido y abrazó a Lourdes de nuevo. Llorando le confesó que buscaba cambiar para siempre. Ella creyó en sus palabras, y le invitó a participar en una sesión de meditación. Se reunieron en el cuarto de la actriz y empezaron el ejercicio bajo su guía. Se pusieron cómodos, sentados sobre la alfombra de la sala, cubiertos con el vestuario de la película. El actor intentaba desahogar sus más profundas emociones, mismas que jamás se había atrevido a externar.

Tony: toda la vida he estado buscando algo a que aferrarme, Lou.
Lourdes: todos hemos pasado por ahí.
Tony: lo sé, pero es difícil ¿Sabes?
Lourdes: entonces deberías intentar con más ganas.
Tony: he estado en más tratamientos de rehabilitación de lo que puedo recordar.
Lourdes: tal vez intentas llenar un vacío con tus adicciones.
Tony: probablemente... ¿Cómo te las arreglas para encontrar estabilidad?
Lourdes: trato de equilibrar mi ego a través de la meditación.
Tony: ¿Y te funciona?
Lourdes: me ha funcionado hasta ahora, vamos a poner nuestra mente en blanco.

Se mantuvieron meditando durante un par de horas más, después se dirigieron a un restaurante a comer algo de fruta. Tony se sentía un poco incómodo con la presencia de Lourdes, ya que le hacía sentir vulnerable. Estaba acostumbrado a tener el control de la situación. Los lazos emocionales definitivamente no eran su área. Por otro lado, se sentía atraído por su conversación intelectual.

Tony: ¿No sientes como si tus personajes se apropiaran de una parte de tu personalidad?
Lourdes: a decir verdad, a veces siento como si uno no buscará a los personajes, sino que los personajes te buscarán a ti.

Tony: ¡exacto! Algunos te hacen confrontar problemas no resueltos en tu comportamiento.

Lourdes: o ponerte retos que creías superados.

Tony: ¡siempre he interpretado personajes que viven en el límite Lou! Este Gurú representa alguna clase de evolución en mi carrera.

Lourdes: te voy a contar un secreto, desde que empecé a preparar el personaje de Sahara empecé a fumar mariguana ocasionalmente.

Tony: ¿En serio? ¡Por favor! ¡No trates de engañarme!

Lourdes: ¡lo juro! ¿Por qué iba a mentir?

Tony: es sólo que no pareces encajar en ese "rol" ¿Y te gustó?

Lourdes: me sentí mareada y un poco eufórica.

Tony: ¿Lograste conectarte con tu personaje?

Lourdes: me ayudó a entenderlo un poco mejor.

Tony: ¡todavía no me lo creo! Supongo que tendría que verlo con mis propios ojos.

Lourdes: uno de estos días probablemente... volviendo a nuestro tema, a veces son sólo rasgos de la personalidad, hábitos que forman un todo.

Tony: y si no estás emocionalmente preparado es complicado encontrar el equilibrio.

Lourdes: el equilibrio.

Gurú: nuestro equilibrio.

Sahara: mi equilibrio.

De pronto, en una brusca transición Tony y Sahara se transformaron en los personajes de la película, quienes mantenían una conversación en el restaurante. Sus diálogos parecían corresponder a los de la vida real pero a la inversa.

Gurú: inestabilidad emocional que predispone a las adicciones, intentas llenar un vacío en tu interior.

Sahara: no lo sé, tal vez tengo que tocar fondo para aprender mi lección.

Gurú: estas siendo muy dura contigo misma.

Sahara: siempre lo he sido, necesito que me enseñes a amarme.

Gurú: no puedo hacer eso.

Sahara: se supone que tú eres el iluminado.

Gurú: eso es lo que la gente elige creer, al final del día, sólo soy un hombre común y corriente.

Sahara: sé que me puedes ayudar.

Gurú: eso es lo que estoy tratando de decirte, estas tratando de buscando afuera algo que tienes que encontrar dentro de ti.

Sahara: me siento mejor tan solo por estar cerca de ti.

Gurú: tienes una llama encendida en tu interior, sólo tienes que aprender cómo ¡hacerla arder!

Sahara: ¡enséñame cómo! (mientras lo toma de la mano).

Mientras tanto, en el escenario del restaurante un espectáculo está a punto de comenzar. Un par de hermosas edecanes ayudan a armar la escenografía. Una caja negra en el centro, reflectores de luz y una cortina blanca eran los elementos principales del truco. La atención del Gurú se desvió a la escena que se desarrollaba. Las luces se apagaron, un hombre mayor, con traje elegante, apareció con un fondo musical que recordaba al circo. El poco pelo que tenía en su cabeza estaba cubierto de canas. Mientras introducía su acto, interactuaba con sus bonitas ayudantes y mantenía una tensa risa. No se daba cuenta de que su rostro se había entristecido con el pasar de los años, ahora su sonrisa producía un efecto inverso. Hacía casi sentir pena por él. El juego de luces se convirtió en juego de sombras detrás de la cortina blanca. Gurú y Sáhara se quedaron mudos mirando el espectáculo. Finalmente, la película había alcanzado algún tipo de atmósfera mágica con la ayuda de la conexión entre los actores. Y entonces las palabras sabias del Gurú: "un acto de ilusionismo, es lo que es la vida".

Mingus estaba muy emocionado con el resultado de las escenas de la semana, en especial después de todos los problemas que había tenido la producción. La buena vibra había regresado, aprovechando el buen momento, el director, contrató a una banda de Tarantela para celebrar una pequeña reunión con el equipo de trabajo. Estaba tan contento que dirigió unas palabras a los ahí reunidos:

"Sé que nuestro pequeño proyecto no ha caminado en la dirección que todos deseamos. Cuando empecé con esta película, la pasión de contar una historia era suficiente para ir sorteando las adversidades. Ahora esto se ha convertido en una lucha colectiva para lograr un objetivo en común. Sólo quiero agradecer a los que han estado luchando junto a nosotros y los invito a hacer un último esfuerzo para terminar la última parte de este filme. ¡Muchas gracias a todos!"

La banda comenzó a tocar una alegre melodía, la fiesta comenzó ofreciendo todo tipo de bebidas y embutidos. Tony y Lourdes también estaban felices con los resultados, hasta bebieron algunas copas de vino. Tenían tantas cosas que decir que decidieron continuar su conversación dentro de la piscina. Tony se sentía de muy buen estado de ánimo. Ser capaz de externar algunos de sus problemas le había hecho sentirse en libertad, sin tanta incertidumbre. No era necesario adoptar poses frente a Sahara, ella le permitía ser él mismo. Podía dejar de adoptar la actitud arrogante de un narcisista seductor.

Tony: algo ha cambiado dentro de mí desde que empezamos a compartir, tengo que admitirlo.
Lourdes: ¡me alegra oírte hablar así! Tú has hecho posible el cambio, no yo.
Tony: de veras, no estoy diciendo que soy un hombre nuevo. Es sólo que me siento "más ligero".
Lourdes: has abierto tu conciencia, ese es un buen comienzo.
Tony: ¿Y tú? ¿Acaso he producido algún cambio interesante en ti?
Lourdes: he experimentado una sensación de libertad.
Tony: ¿Cómo la libertad de compartir un cigarro de mariguana con tu alma gemela?

Lourdes no se esperaba la invitación. Pero no pudo negarse, la noche era tan brillante y tan joven que tenía ganas de perderse por un momento.

Lourdes: voy a hacer esto en el nombre de Sahara.
Tony: y yo voy a ser tan respetuosos como el Gurú.

Tony no pudo soportar la atmósfera. Mariguana, unas copas de vino, una alberca y una mujer hermosa, simplemente era difícil controlarse. Se acercó tomándola de la mano y se besaron. Su momento de debilidad tuvo un alto costo, se dio cuenta de que había hecho sentir incómoda a Lourdes. La actriz trató de decir algo pero no pudo soportar la situación, se salió de la piscina y subió a su cuarto. Tony se rió de sí mismo cuando la vio alejarse, especialmente cuando observó a una pareja susurrando. Experimentó una serie de emociones encontradas que le hicieron llorar mientras flotaba en el agua. Fumaba unos cuantos toques antes de tratar de poner su mente en blanco. El cielo se reía de sus esfuerzos por llegar a ser un mejor hombre. Intentaba meditar.

Las escenas de los visitantes religiosos arribando a la ciudad fueron filmadas al día siguiente. Este conjunto de escenas incluían a Gurú y Sáhara recibiéndolos en el aeropuerto. La congregación incluía: un swami de la India, un budista de Japón acompañado por un monje tibetano, dos musulmanes de Palestina, tres Judíos de Israel, dos católicos de Irlanda y un Bautista de Tennessee. Un sinnúmero de lenguas se hablaban en una de las salas de espera de la aduana mexicana. La gente a su alrededor les miraba con curiosidad por lo llamativo de su vestimenta. Caminaron por el pasillo llevando sus maletas y pertenencias. Se sentían cansados, con hambre, con ganas de tumbarse en el suelo para descansar un poco. Sin embargo, parecían estar emocionados por el arribo al nuevo país. El gran número de turistas norteamericanos daba un toque de frontera al aeropuerto.

De pronto, observaron a un grupo de personas que se arremolinaban en torno a una tienda de licores. Dos policías apuntaban a un asaltante que fue sorprendido, mientras amenazaba con disparar a un empleado. El conjunto de místicos se unieron al grupo de testigos que arriesgaban sus vidas, ubicados demasiado cerca de la tienda, a pesar de las advertencias de la policía. La mayoría de viajeros se colocaron sobre las espaldas de los curiosos. El swami de la India, por el contrario, avanzó hacia la acción, Gurú trató de detenerlo agarrándolo por el hombro pero fue inútil. Caminó lentamente diciendo: "él no quiere hacer daño a nadie, solo está buscando una manera desesperada de acabar con su vida". El asaltante le apuntó con su arma, advirtiéndole no acercarse.

Swami: I just want to talk.

Gurú trataba de traducir las palabras del valiente swami.

Gurú: ¡solo quiere hablar contigo!

Asaltante: ¡que no se acerque o me lo chingo!
Gurú: he says stop or I'll shoot!
Swami: he doesn't want to harm anyone I can see it in his eyes.

El swami rebasaba la ubicación de la policía, que a su vez encañonaba al asaltante exponiéndose en la línea de fuego. La policía trató de advertirle.

Policía 1: ¡hágase un lado!
Policía 2: ¡agáchese pendejo!
Gurú: step back! Get down you idiot!
Swami: relax I know what I am doing.
Gurú: relájense, yo sé lo que hago.

El agresor estaba temblando con la pistola, dudando entre apuntar el arma al swami, a los policías o al empleado. El hindú se detuvo a pocos pasos de distancia del asaltante. Gurú debió aproximarse a la escena para traducir la conversación.

Swami: don't be afraid.
Gurú: no tengas miedo.
Asaltante: ¿De dónde se les escapo este pinche loco?
Gurú: solo quiere evitar una tragedia.
Swami: I know what you're feeling.
Gurú: sabe lo que estas sintiendo.
Asaltante: hace dos años que no tengo trabajo, mi esposa me dejó ¡y no puedo comprar una pinche botella de licor para olvidar!
Gurú: he is unemployed, his wife left him and he is ashamed he cannot afford alcohol to try to forget.
 Swami: keep making him talk!
Gurú: What can I tell him?
Swami: ask him why his wife left him.
Gurú: ¿Por qué te dejo tu esposa?
Asaltante: no encontraba trabajo y comencé a tomar casi a diario.
Gurú: he couldn't find work, and he began drinking every day.
Swami: need balance.
Gurú: necesitas equilibrio.
Asaltante: necesito un nuevo trabajo, una nueva esposa.
Swami: you have time to start things over!

Gurú: ¡estas a tiempo de comenzar de nuevo!
Asaltante: ¿Cómo salgo de esta?
Gurú: How can I get out of this?
Swami: give me your gun!
Gurú: ¡entrégame el arma!
Asaltante: ¿Me da su palabra que me ayudará? ¡No quiero ir a la cárcel!
Gurú: you give me your word that you will help? I don't want to go to jail!

El agresor entregó su arma y la policía se abalanzó hacia él, arrojándolo contra el suelo. El rehén se derrumbó, lloraba, mientras un par de paramédicos medían sus signos vitales. Con su cabeza contra el piso, el asaltante miró al swami como si estuviera dándole las gracias por su intervención. Mingus terminó la escena usando un megáfono. Se sentía como Pier Paolo Pasolini, quien solía utilizar gente ordinaria para interpretar un determinado personaje. De hecho, la mitad de los personajes religiosos no eran actores profesionales. Mingus consiguió un permiso especial de una correccional para contratar a un grupo de prisioneros. Trataba de proyectar un contraste, total, entre el hombre espiritual y el hombre que vive al margen de la ley. Buscó rostros desesperados, marginales, como si la película fuese un lienzo de Goya.

Alfredo, el tipo que estaba interpretando el papel del monje, tibetano, era uno de los prisioneros. Dio un paso al frente y le confesó a Mingus que la escena le parecía demasiado falsa. Argumentó que él solía robar tiendas de licor cuando no estaba en la cárcel. El director le preguntó cual parte de la escena encontraba poco creíble.

Alfredo: nadie en la vida real reaccionaría como el agresor que usted está describiendo, ¡nadie!
Mingus: ¿Por qué? Quiero decir, la mayoría de los delincuentes son personas marginadas ¡tratando de encontrar una oportunidad!
Alfredo: no sé nada de eso, pero usted hace que un simple delincuente piense mucho, ¡son mamadas!
Mingus: bueno, esa es la forma en que el swami le salva la vida.
Alfredo: en su película, pero no en la vida real.

Mingus: ok, le agradezco su opinión.

Alfredo: en la vida real ese señor podría terminar con una bala en la cabeza.

Mingus: en otra película, probablemente.

Tony: ¡tiene razón, Mingus! ¿Por qué no rodamos una escena alternativa?

Mingus: ¿Y hacer morir al swami? ¡Necesito este personaje para las próximas escenas!

Tony: ¡sería como un experimento!

Mingus: no lo sé, necesito tiempo para pensarlo.

Tony: si no te gusta la idea de que muera ¡podemos decir que salió herido!

Mingus: vamos a filmar las escenas del banquete y entonces podré tomar una decisión.

Tony: ok, es tu decisión.

A Mingus no le gustaba seguir las sugerencias de otras personas, en cuanto al proceso creativo. Se sentía como si distorsionaran la idea original. Además, su orgullo no le permitía reconocer que podría estar equivocado.

Por la noche, el equipo de filmación organizaba el rodaje de la cena. El grupo de religiosos aparecía en la secuencia en que Gurú y Sahara ofrecían un festín cocinado por ellos mismos. El menú consistía en un suculento pollo con crema de cacahuate, acompañada con espárragos a la parrilla. Los once actores que representaban al grupo de religiosos se reunieron en la mesa a la hora del almuerzo. Mingus les advirtió que no se terminaran la comida antes del rodaje de las escenas. Alfredo, quien había permanecido en silencio, continuó discutiendo sobre el limitado realismo de la escena del asalto.

Alfredo: no es real, ¡esa escena de mierda es demasiado falsa!

Prisionero 1: calma ¡el director podría escucharte!

Alfredo: ¿Y qué?

Prisionero 1: vamos a volver a la cárcel y no podremos comer este delicioso alimento.

Alfredo: ¡a la mierda!

Prisionero 2: ¿Quieres ver una escena falsa? Estoy representando a un musulmán sentado a un lado de un judío.

Preso 3: ¿Y qué?

Alfredo: judíos y musulmanes se odian a muerte ¡ignorante!

Preso 3: ¿Pero por qué?

Alfredo: yo que sé, esa mierda está escrita en la biblia hombre: "no quedará piedra sobre piedra".

Tony: esas culturas se heredan sus odios. Sus dioses son un pretexto para justificar el odio.

Alfredo: ¿Y las razas?

Tony: un pretexto más.

Alfredo: las desigualdades.

Lourdes que escuchaba atentamente intervino para expresar su punto de vista.

Lourdes: el tema es bastante complejo, pero no se olviden de un hecho clave: la industria de las armas se alimenta de esos antiguos odios.

Tony: y la rueda de la fortuna sigue girando.

Lourdes: es una paradoja, dos profetas que predican el amor al prójimo son utilizados como escudos de guerra.

Tony: como espadas.

Mingus estaba estresado. Los técnicos de iluminación fallaron al tratar de regular la cantidad de luz. A medida que se agotaba el tiempo se las arreglaron para grabar de esa manera. El realizador gritó ¡acción! y la filmación, finalmente, comenzó.

Gurú y Sahara servían la cena. El grupo de hombres religiosos saboreaba del plato principal. El comedor rectangular estaba hecho de madera. A manera de cortesía, los religiosos reservaron el centro de la mesa para los anfitriones. Los dos católicos miraban inquisitivamente a la pareja. Gurú se sentía un poco incómodo, pero finalmente se ubicó en el centro, Sahara se sentó a su derecha. Uno de los Judíos pidió al Gurú una oración para bendecir los alimentos. Gurú se negó al principio, pero tuvo que ceder ante la insistencia.

Gurú: oh gran creador del universo gracias por reunir a estos hombres y mujeres de diferentes religiones y lenguas. Nos sentamos con humildad en esta mesa, felices de haberte encontrado a través de diversas formas y nombres. Oramos por aquellos que ven en la religión una forma de dividir... bendice nuestra comida y permítenos seguir creciendo y superando nuestros defectos...

Comenzaron a disfrutar del banquete mientras hablaban sobre él clima y el color del mar. Los católicos susurraban sospechosamente pero el Bautista fue el primero en hacerlo evidente.

Bautista: ¿Se han dado cuenta de que somos trece?
Musulmán 1: ¿Trece?
Bautista: cuenta por ti mismo.
Budista: ¡es verdad! ¡Somos trece!
Monje: ¿Y qué?
Judío 1: por favor, de seguro que has escuchado la historia.
Budista: esta es la segunda vez que sale de su monasterio, así que...
Judío 1: bueno, es una larga historia, pero ¿Recuerdas el episodio de la última cena?
Budista: estudiamos algunas etapas de la vida de Jesús.
Judío 1: ¿Qué pasó después de esa cena?
Budista: ¿Jesús murió?
Católico 1: aunque realmente resucitó al tercer día.
Gurú: ¡no te olvides de Judas!
Monje: ¿Qué paso con él?
Budista: deben disculpar a mi amigo, a veces hace preguntas conociendo de antemano la respuesta.

Antes de que alguien pudiese contestar, Gurú recibió una llamada para que moviera el auto que alquiló a otro lugar. El anfitrión se disculpó y se dirigió al estacionamiento un poco molesto. Mientras tanto, los religiosos continuaban argumentando.

Swami: los misterios de la fe van más allá de los límites de la razón.
Musulmán 2: ¿Se supone que debemos tener miedo de morir por el número de personas situadas alrededor de la mesa?
Judío 2: no es tan simple.
Musulmán 1: y se supone que nosotros somos considerados "primitivos".
Monje: no lo entiendo.
Judío 3: como tú lo dices hermano, las supersticiones no tienen el

fundamento de la lógica.

Judío 1: "en verdad os digo que uno de vosotros me entregará".

Monje: recuerdo esa línea, pero ¿Es una orden o una premonición?

Católico 2: ¿Cómo que una orden? ¡Una premonición!

Sahara: tiene sentido lo que dice.

Swami: le temo menos a la muerte que a la traición.

Musulmán 1: ¡es verdad! Ni siquiera sabemos a qué temerle.

Budista: si Jesús regresó de la muerte...

Monje: ...o tal vez nunca murió.

Budista: ¡lo que sea! No entiendo por qué sé tiene que contemplar este evento como un incidente desafortunado. Si resultó ser el hecho más significativo en la vida del mesías.

Gurú regresó del estacionamiento visiblemente cansado. Trató de seguir la conversación, pero de alguna manera estaba ausente, ido. Se hizo un poco de silencio, como esperando sus palabras.

Musulmán 2: se sacrificó por los hombres.

Católico 1: murió por nuestros pecados.

Monje: ¿Así que, los cristianos consideran el sacrificio una práctica importante en su religión?

Católico 2: de hecho.

Sahara comenzó a servir el vino tinto a los comensales. La mayoría de ellos accedió a tomar una copa o dos, excepto los musulmanes. Un reportero llamó a la puerta para pedir una fotografía del evento privado. La mayoría de ellos no le prestó mucha atención al desconocido, no hasta que trató de conseguir que posaran para la foto. El monje del Tíbet pensó que era una buena idea imitar la posición de los apóstoles en la imagen de la última cena.

Antes de que el reportero pudiera tomar la fotografía, llamaron a Gurú por teléfono para pedirle que moviera su auto, de nuevo. Sahara ofreció su ayuda pero él le ordenó que se ocupara de los huéspedes. Los religiosos se sentían un poco confundidos, sospechaban que Gurú estaba incómodo con su presencia, por lo que consideraron volver a sus habitaciones. De pronto el swami se puso de pie llevando una servilleta en la mano izquierda.

Swami: damas y caballeros, me gustaría compartir mi último poema con ustedes.

Budista: ¡genial!

Católica 1: ¡fantástico!

Judío 3: ¡adelante!

Swami: morte d'ogni giorno...

Judío 1: ¡en italiano!

Swami: morte d'ogni giorno... lugubre e sciatta... mostra la sua risata e io le faccio in faccia la risata... io voglio ascoltare i tuoi denti e mormorare nei tuoi orecchi... la tua vecchia mascella, digrignare di vipera... della mia ultima battaglia... morte d'ogni giorno io ti faccio in faccia una risata...

Judío 1: ¡es un bello poema!

Bautista: yo no sé italiano ¿De qué trata?

Judío 1: se trata de la muerte, la muerte nuestra de cada día.

Monje: ¿Alguien puede traducir el poema completo para mí?

Sahara: voy a hacerle llegar una copia.

Monje: ¡gracias! El tema de la muerte siempre me ha obsesionado.

Sahara: es una especie de tabú.

Budista: no entendemos la muerte.

Swami: nos pasamos la vida tratando de negarla.

Monje: ¿Nuestro cuerpo es como la cárcel del espíritu?

Swami: yo no me aventuraría a llamarlo prisión, pero...

Budista: pero de alguna manera la muerte libera nuestros espíritus.

Swami: depende de cómo vivas tu vida.

Monje: ¿Cómo está eso?

Gurú regresó y se sentó en la mesa, su rostro estaba pálido y cansado. Preguntó acerca del tema qué discutían. Sahara le sirvió un poco de pollo y jugo de melón.

El jugueteó durante algunos minutos con la comida en su plato. Escuchó las voces de los religiosos a la distancia. Estaba a punto de comer cuando el portero salió en su búsqueda por tercera vez, algunos de los presentes rieron por lo absurdo de la escena.

Al día siguiente la producción continúo en exteriores. La escena final del eclipse tendría lugar en la playa, al filo del amanecer. Eran las cuatro de la mañana y el equipo de filmación ya trabajaba en el set. Los actores se resguardaban de la brisa del mar en el interior de una carpa, mientras bebían un poco de café. Sé escuchaba el estallido de la marea en la distancia. La primera toma mostraba la escena de Gurú y los religiosos meditando en la arena, con las olas cerca de sus pies. Esto incluía a Sahara, quien disfrutaba mojando sus piernas en el agua. Poco a poco, los hombres se fueron dispersando en busca de soledad. La actriz corrió detrás del budista tratando de tener una conversación con él.

Sahara: ¡disculpe señor! ¡Disculpe!

Budista: ¿Qué pasa?

Sahara: ¿Puedo hablar con usted?

Budista: por supuesto que puede.

Sahara: ¿Cuándo decidió que quería ser un monje?

Budista: ¿Cuándo?

Sahara: ok... ¿Qué le hizo tomar esa decisión?

Budista: eres curiosa, percibo una luz tratando de iluminar tu yo interno.

Sahara: me gustaría tener todas las respuestas.

Budista: cuando yo tenía tu edad pensaba que tenía todas las respuestas, pero la vida es un maestro implacable.

Sahara: ¿Qué pasó?

Budista: aunque no lo creas yo era un exitoso abogado en mi juventud.

Sahara: ¿Y?

Budista: y acostumbraba trabajar en los casos de las grandes empresas del país. Un grupo de amigos y yo teníamos una firma de abogados.

Sahara: ¡Que bien!

Budista: algunas universidades nos llamaban para solicitar conferencias. Un día tuve un duro caso y traté de manipular los hechos para ganar. En pocas palabras, me descubrieron y finalmente perdí el juicio.

Sahara: ¡Que mal!

Budista: mi carrera comenzó a desmoronarse... yo y mi esposa... no pudimos mantener el alto nivel de vida que teníamos... nos divorciamos... debo confesarte que llegue a considerar el suicidio por varios días.

Sahara: por Dios, sí que debe haber sufrido...

Budista: la mayoría de las veces mantienes a la mente distraída, imaginando tus posibles intentos de suicidio.

Sahara: ¿Quiere decir que en el fondo no lo deseaba?
Budista: quiero decir que me obsesioné con la idea. Tenía miedo de la vida. Llegué a repetir la línea tantas veces que se convirtió en mi realidad.
Sahara: ¿Qué lo detuvo?
Budista: mi silencio interior.
Sahara: ¿Su silencio interior?
Budista: pensé que mi vida había terminado, pero apenas era el comienzo.
Sahara: ¿Un despertar?
Budista: un despertar.
Sahara: sigo esperando mi propio despertar.

El día se transformó en noche clara. La suave brisa se convirtió en un fuerte viento que arrojaba arena en los ojos de los hombres. El viento obstruía la visión y la audición, de pronto tenían que gritar para comunicarse.

Musulmán 1: ¡vamos a juntarnos en el centro!
Bautista: ¿Qué?
Musulmán 1: ¡vamos a juntarnos todos!
Católico 2: ¡Unámonos!

Los hombres avanzaron lentamente hacia el lugar donde comenzaron a meditar. Túnicas y ropajes diversos golpeteaban sus cuerpos con la fuerza del viento. La arena empezaba a cubrirles la cara de color marrón. Gurú se adentraba en el océano, cargando un objeto oscuro bajo el agua, parecía un animal a la distancia. La congregación ya se reunía en un pequeño círculo mirando hacia el horizonte sin dejar de cubrir sus ojos. Sintieron que el viento comenzó a enfriarse. Una serie de columnas de agua clara emergieron a la distancia. Era como si el agua hubiese cobrado vida y estuviera formando figuras simétricas deliberadamente. Swami tomó la mano del budista, el budista tomó la mano de Sáhara y al poco tiempo todos estaban formando una circunferencia. Vieron a Gurú caminando hacia ellos, sonriendo. Un conjunto de luces en el horizonte iluminó la superficie del océano. Era como un juego de luces. Algunos de ellos estaban riendo, otros llorando. Sahara sintió la luz del sol en su cuello. Una suave llama la cubrió iluminando su cuerpo y espíritu ¿La llegada de su anhelado despertar? Gurú se unió al círculo tomando a Sahara de la mano. Observan el eclipse desvanecerse en la luz, protegen sus ojos a través de una delgada pieza de vidrio oscuro.

"Te amo", dijo Tony, vestido con su traje de Gurú.

"Yo también te amo" dijo Lourdes, caracterizada de Sahara.

Poco después de terminar las escenas del eclipse, la producción organizó una conferencia de prensa para dar, a la película, un poco de difusión. Una ráfaga de flashes iluminaba la habitación. Mingus, Tony y Lourdes contestaban algunas preguntas a los periodistas. Se les notaba cansados y optimistas al mismo tiempo. Tony había bebido demasiado café, mientras Lourdes usaba sus gafas para evitar lastimarse con los destellos de luz. Mingus no tenía la costumbre de hablar frente a las cámaras, estaba muy ansioso.

Reportero A: ¿De qué trata la película?
Mingus: hay muchos temas alrededor de la película, no podría reducirlo a uno.
Tony: un Gurú haciéndose una serie de preguntas acerca de su estilo de vida. Es acerca de la fe, el amor y la vida ¿Sabes?
Lourdes: ¡por supuesto! Acerca de los roles que desempeñamos en la vida, la espiritualidad, el egocentrismo, la naturaleza humana.
Reportero B: ¿Cuáles son sus influencias en esta película, señor?
Mingus: aaaa, recuerdo que estaba pensando en Ingmar Bergman cuando escribí el guión.
Reportero B: ¿Se trata de una película religiosa entonces?
Mingus: no necesariamente, me gusta la forma en que Lourdes lo pone; es acerca de la naturaleza humana.
Reportero B: ¿Alguna otra influencia?
Mingus: ¡son demasiadas! Esta escena en la que los religiosos están compartiendo una cena. Tenía en mente las imágenes de la última cena de Luis Buñuel, en "Viridiana".
Reportero C: también veo el ambiente del neorrealismo italiano.
Mingus: ¡por supuesto! ¡Mis películas favoritas vienen de esa etapa!
Reportero A: ¿Se ve usted retratado en este Gurú? Quiero decir ¿La película es autobiográfica?

El director se sintió como Guido Anselmi, en la película de Fellini "Ocho y medio", y pensó en la escena en la que Marcello Mastroianni se esconde bajo la mesa. Se imaginó a sí mismo haciendo eso, sonrió para sus adentros. Se levantó y se encerró en el baño, después de lavarse la cara, susurró y se miró al espejo. Estaba listo para desnudarse a si mismo frente a las cámaras, se dirigió de nuevo a la rueda de prensa para tratar de responder a las preguntas personales, dio un trago a su vaso de agua y sintió como poco a poco se relajaba hasta hundirse en su silla. Un silencio incomodo invadía la atmosfera. Flashes de cámara intermitentes retrataban el cuadro sin mucho sentido. El director creyó escuchar un mantra a lo lejos, o quizás emanaba desde lo más profundo de su mente: om mani padme hum, om mani padme hum, om mani padme hum... la realidad pareció ralentizarse como la secuencia de una película. En medio de los reporteros, un policía se aproximó hacia los entrevistados. Su rostro era semejante al del actor de la escena en el aeropuerto ¿Acaso una broma de la producción? El hombre se acercó al oído de Mingus y susurró: ¿Qué te falta para completar la escena? El director pensó: ¿Escena? ¿Qué escena? Y entonces recordó a Guido, el personaje de Fellini, dándose un tiro en la sien. Arrebató la pistola del gendarme y se escondió bajo la mesa, avanzó de rodillas hasta una orilla, cerró los ojos y jaló del gatillo.

El mantra no cesaba, Mingus iba por un camino arenoso. Hacia su derecha una especie de enorme telón rojizo ocultaba el azul del océano, el sonido del mar era inconfundible, se mezclaba con el om mani padme hum, exaltando el espíritu del realizador. A lo lejos, un hombre ataviado en una túnica blanca se aproximaba. Una suave brisa helaba las mejillas de Mignus, quien trataba de pasar desapercibido. Jaló su saco como para resguardarse del clima, hasta que el individuo de la túnica se paró frente a él. El director avanzó para evitar el intercambio de palabras. El personaje caminó a su lado para hablarle.

Personaje: ¿Por qué tanta prisa?
Mingus: debo salir de aquí.
Personaje: ¿Salir a dónde? Esta es tu casa.
Mingus: qué cosas dices, yo vivo del otro lado del mar.
Personaje: este es tu mundo, tú ayudaste a construirlo.

Mingus: ¿A qué te refieres?

Personaje: mira ese caballo a medio trote, intentando atravesar el aro de fuego ¿Reconoces al jinete?

Mingus: es el príncipe Hamlet montando al... ¿As de oros? ¡Imposible! ¡Debo estar soñando!

Personaje: si esto fuera un sueño, ¿podría hacer esto?

El personaje dibujó un número ocho con su dedo sobre la arena. El doctor miraba confundido sin saber que pensar.

Mingus: si, tienes razón, pero ¿Cómo puedo hacer para bajar ese telón?

Personaje: mira, allá te hablan.

El personaje señaló con el dedo, a un joven adolescente brincando sobre una plataforma.

Personaje: ¿Lo recuerdas?

Mingus: me parece reconocer su cara, pero...

Adolescente: (gritando) ¡doctor Charles! ¿Ya no me recuerda?

Mingus: ¡Tengo mala memoria! Dame una pista.

Adolescente: usted fue nuestro big brother.

Mingus se talló los ojos para observar más detenidamente el rostro del muchacho y creyó reconocer a un viejo paciente.

Mingus: ¿Mike? ¿Michael?

Mike: je je, el mismo.

Mingus: eras apenas un niño, ahora eres...

Donald: un hombre.

Mingus: ¿Donald?

Brenda: ¡Charles!

La pareja abraza efusivamente al doctor; éste reconoce a la familia que, años atrás, dio origen al proyecto Philips. Hay risas por doquier.

Donald: ¡encantado de verte, Charles! ¿Cómo has estado?

Mignus: bien ¿Ustedes?

Donald: ¡muy bien!
Mingus: ¿Y las chicas?
Donald: aquí están con nosotros.

Mingus no pudo creer cuando observó a dos pequeñas, menores de diez años, tomadas de la mano de sus respectivos padres.

Mingus: Mike era el menor ¿Qué no?
Brenda: ¿De qué hablas Charles?
Mingus: tus hijas, eran ya jóvenes adolescentes ¿No es así? ¿Cómo es que…?

Las niñas corrieron a brincar junto a Mike, el doctor contemplaba el acto visiblemente confundido. Miró a su derecha y ahí estaba Orlando, el ex narcotraficante, lanzando aros hacia el cielo, montado sobre un monociclo. Su esposa Dolores, a su lado, haciendo las veces de asistente.

Orlando: he logrado el equilibrio ¡doctor Pingus! Ja ja ja.

Mi mente está jugando trucos sucios- pensó Mingus. No muy lejos de ahí, observó a varios personajes rodeando una pequeña mesa con un tablero de ajedrez. Su curiosidad lo llevó hasta el lugar, reconoció a dos angolanos cargando una gallina: Agostinho Neto y Jonás Savimbi. Dos hombres reflexionaban acerca de la partida, se trataba de Luis Buñuel y Woody Allen.

Jonás: que daño nos han hecho las ideologías, Neto.
Neto: la libertad tiene un alto precio.
Jonás: libertad, independencia, anticolonialismo… occidente y oriente siguen cobrando renta por dejarnos vivir en nuestra propia tierra.
Neto: el marxismo requiere un proceso de maduración.
Woody: ¿Viste dónde colocó su caballo?
Buñuel: está buscando la horquilla ¿Qué diferencia hay entre el ajedrez y la política?
Woody: el ajedrez funciona en base a esquemas… racional o no, el juego requiere de habilidades del pensamiento.
Buñuel: ¿Y la política?

Woody: dejando de lado los pequeños partidos populares de izquierda, usualmente son los miembros de la clase dominante los que luchan por dirigir el estado.

Buñuel: de acuerdo ¿Y?

Jonás: mientras nos anuncian el vertiginoso ritmo de desarrollo y las organizaciones internacionales aplauden el crecimiento económico de nuestro estado, el ciudadano carece de los servicios básicos... jaque.

Neto: el futuro me dará la razón, amigo.

Jonás: me preocupa que te equivoques en la elección de tu sucesor, podrías llevar el país al caos.

Mientras tanto, los observadores continuaban su conversación.

Woody: bueno tu me puedes dar cátedra sobre la clase burguesa, aunque Europa es un caso aparte... ser adinerado no equivale a ser inteligente y eso se acentúa en los juniors... somos una generación gobernada por juniors que desesperados buscan acrecentar la fortuna familiar...

Buñuel: ¿Entonces?

Woody: tanto el ajedrez como la política requieren de un ejercicio intelectual.

Buñuel: por lo menos precisan de una habilidad creativa.

Woody: creativa o destructiva je je je.

Buñuel: mira ese peón, va coronar.

Mingus, quien contemplaba en silencio, fue distraído por una voz.

Mujer: acá arriba ¡doctor! ¡Observe nuestro acto!

El sorprendido médico giró de espaldas y elevó su mirada al cielo. Sobre un pedestal se encontraban Edward, Hideo y Claudia, anteriores miembros de su grupo de terapia, vestidos como acróbatas circenses. Olga, su ex esposa, se ubicaba en el otro extremo a punto de lanzarse en uno de los columpios.

Mingus: ¡Olga! ¡No lo hagas!

Olga: ¿Quién eres tú para darme órdenes? Te ves tan pequeño desde aquí.

Mingus: entiendo que estés molesta conmigo, ¡pero no hay red!
Olga: ja ja ja, el brillante terapeuta no es capaz de superar sus propios miedos.

Olga se lanzó al vacío. El doctor cerró los ojos e intentó alejarse de la escena caminando a ciegas. El personaje lo siguió de cerca para evitar la huída.

Mingus: no quiero ver más, no quiero ver más ¡no me sigas por favor!
Personaje: no temas, ya puedes descubrir tus ojos.
Mingus: solo si prometes ayudarme a salir de aquí antes de volverme loco.
Personaje: calma, ya falta poco.

El director no tuvo más remedio que descubrir sus ojos. Su acompañante lo ubicó frente a lo que parecía ser una casa rodante. Detrás de ahí, salió un mago con la tradicional caja agujerada para insertar cuchillos y espadas. Una vuelta por aquí, otra vuelta por allá, para demostrar la validez del acto. El médico reconoció al protagonista del truco, se trataba de Jesse, el paciente que en el pasado adoptó la identidad de Jesucristo. Una mujer madura yacía recostada dentro de la caja, Yocasta, la madre de Edipo. Jesse clavó dos espadas y después giro la caja. Mingus, que observaba sin ganas de observar, creyó notar algo de sangre escurriendo por uno de los agujeros y lanzó un grito de horror.

Mingus: ¡la están matando!
Jesse: ¿Qué pasó?
Mingus: ¡la caja chorrea sangre!
Jesse: señor, le garantizo que este truco de magia cuenta con todas las medidas de seguridad.
Yocasta: el doctor tiene razón, es sangre, mi sangre.
Jesse: ¡no puede ser!

Mingus se aproximó hacia la caja que no era muy distinta a un féretro. Tomó a Yocasta de una de las manos y dijo:

Mingus: mamá.

Yocasta: hijo.

Mingus: siempre viví a la sombra de la culpa…

Yocasta: escucho a las aves revolotear, ya descienden por mi alma.

Mingus: rodeado de fantasmas…

Yocasta: no son aves, ¡son ángeles!

Mingus: nunca supe comunicarme...

Yocasta: spiritus.

Mingus: cada paciente es una oportunidad para encontrarte a ti mismo...

Yocasta: adiós.

Mingus: distante, tal vez solo muestre mis heridas para sanar o las entierre bajo la arena, para que el agua se las lleve y las de a conocer a otros…

Yocasta: libre.

Mingus: estoy encerrado en mi mismo, este ego que es mi ego…

Yocasta: ¡mira, hijo! Es Jesús, intenta decirte algo.

Mingus notó que el mago había cambiado de identidad. No se trataba de Jesse pretendiendo ser Jesucristo. Era Nataniel, el paciente que había intentado matar al doctor años atrás, al ver arruinada la relación con su esposa. El individuo amenazaba con la espada a Mingus. El director se incorporó y comenzó a caminar hacia atrás. Todos los personajes le rodearon de tal manera que no podía escapar, logró filtrarse entre los pies de algunos y corrió por la orilla de la playa buscando una salida. Nataniel corría de cerca, espada en mano, con el resto del grupo persiguiéndoles. El médico apenas comenzaba a agotarse cuando escuchó la voz de un niño gritarle.

Niño: ¡suba doctor!

Se trataba de Santiago, uno de los casos más extraños que el médico hubiera conocido. El pequeño tenía la particularidad de arrojar monedas por la boca, desde temprana edad. En ese momento volaba en un globo aerostático. El chico había arrojado una cuerda al huidizo galeno.

Mingus: ¡Santiago! ¡Qué gusto verte muchacho!

El médico logró subir hasta la barquilla del globo, desde donde lanzaba gritos a sus perseguidores. Santiago tranquilizó al médico que se encontraba muy agitado por la persecución. Mingus contempló el mar más allá del telón y pidió al muchacho encaminarse en esa dirección.

Mingus: ¡debo llegar al otro lado, Santiago!
Santiago: como guste doctor, póngase cómodo.
Mingus: es hermoso el mar azul y ese cielo, ¡qué sensación de libertad!

El doctor se sentó demasiado a la orilla, dejando colgar sus pies al aire. Santiago le advirtió.

Santiago: no es seguro viajar ahí, doctor.
Mingus: no te preocupes, Santiago. Tengo alas, ja ja ja.
Santiago: ¡doctor! Descanse un poco, está muy tembloroso.
Mingus: tienes razón, Santiago, ya habrá tiempo para contemplar la hermosa vista. Te envidio por viajar así.

Dicho esto, el director se acostó a dormir a los pies del muchacho, cayendo en un sueño profundo. El ruido de las olas le despertó a la siguiente mañana. Su cuerpo se encontraba a la orilla, medio mojado, medio enterrado en la arena. No tenía idea de lo que había pasado, ya no se observaba el globo de Santiago circundando el cielo. Sus personajes desaparecieron de la faz de la tierra. Se incorporó, sacudiéndose la arena del cuerpo, caminó por la orilla del mar, entrecerrando los ojos ante los rayos de sol de la mañana. Se sentía un poco confundido por todas las imágenes revoloteando en su mente, había muerto tantas veces que no sentía miedo de encontrarse consigo mismo.

Acerca del autor:

Ricardo Félix Rodríguez nació en 1975 en la ciudad de Caborca, Sonora, México. Estudió psicología y tiene una maestría en ciencias sociales con especialidad en salud. Ha escrito teatro, cuento, texto académico y reseñas de cine para revistas en línea. Dirigió teatro y video digital. Publicó una colección de historias cortas para una editorial local y la historia "As maçãs de Asgard" para una antología en Sao Paulo, Brasil. Le gusta escribir en diferentes idiomas tales como español, Inglés, francés e italiano.

THE SURREAL ADVENTURES OF DR. MINGUS

Jesus Ricardo Felix Rodriguez

Charles Mingus is an eccentric analyst using unorthodox methods in the world of therapy. From a universal nature, the analyst is overwhelmed by surreal characters that fill his mind with experiences, obsessions and diseases testing his skills as a psychotherapist. A family is monitored twenty four hours a day by a team of professionals led by Mingus. In their eagerness to fill the empty spaces left by the history, the doctor describes how Emiliano Zapata's death may have been a travesty to allow the hero to keep fighting from another trench. Prince Hamlet leaves the stage to try to balance his emotions. The Dane is finding answers in his head that help him gauge the scope of ambition for power in men. A northern Mexico drug dealer goes to the doctor's services from an exorcism that changes his life. Two Angolan friends are interacting with a set of historical and political figures of his country, talking about how the exercise of power in Angola and Africa.

A group of chess pieces argue about the nature of the game and the social order in which they operate. Some pawns try to break the logic with which they interact. An actor who plays Jesus gets caught in the character taking the identity of the Messiah. Dr. Mingus takes a journey through purgatory accompanied by Woody Allen. Together they interview a number of historical figures from film, literature and politics. A young actor is trying to build the character of Oedipus as real as possible.

Mingus opens a therapy group where no one seems to be what it appears. A model, a lawyer and a gigolo are patients that make up the cluster. The doctor involved in the case of a child who has the distinction of spitting coins. Nobody knows exactly why, but everyone wants a little cash. Charles writes a book called: What have you done for you on this day? Where describes some of the resources used in therapeutic interventions. One of his patients is not very happy to appear in the publication. Finally, the therapist shows his artistic side, to direct the film about a guru on pilgrimage in the Sonoran Desert. The actors are far from fit the personality of the characters, so the story goes merging fiction and reality.

Dedication:
To my family and close friends, talent hunters like Jon Marcantoni who root for Latin American art. For the children of Caborca, Sonora that they may learn that not everyone coming out of our little town are drug dealers.

The Philips project

The study of conduct has obsessed human thinking through history. The methods have diversified day by day, making use of technological developments. Canons of behavior trying to dictate the way we live with no room for individuality. Religion and sexuality giving shape to our identity. Therapists acting like gods trying to control the most important decisions of our lives. In this domestic laboratory, guinea pigs observe life behind the cameras. Although the boundaries between scientific observation and voyeurism are very narrow, are we willing to lose privacy in the name of mental health?

Charles Mingus was no natural leader, but life had set him in that role. He was a lonely man with poor social skills and a commitment to his profession bordering on the obsessive. Some people explained his behavior by pointing out that when he was a child he was diagnosed with Aspergers, a category of autism. Sometimes his therapeutic method was intuitive, spontaneous, improvised. He used to say that his right hemisphere suggested solutions without going through the filter of reason. For better or worse he had managed to get a reputation in the world of therapy by giving lectures in different languages.

Somewhere in Los Angeles he gathered a group of therapists from around the world to try to lead an experiment that would "revolutionize" psychotherapy and would also help the Philips.

They had been estranged because of several problems that directly affect the family. The research team was conformed by the eminent Hans Egli from Switzerland, Vincenzo Bernardi from Rome, Dominique Bordin from Toulouse and Laura Johnston from Massachusetts.

Donald Philips was a distinguished physiatrist who had visited Charles several times at his private office. He and Brenda, his wife, had been treated under the Mingus method a couple of months ago and suddenly troubles had emerged again.

The Philips had three kids: seven year old Mike, fifteen year old Laurie and seventeen year old Tina.

The team of therapists was led by Egli and Mingus. Any member of the family could communicate with them through the cameras around the house. There was a big screen in the living room where they could see the group of analysts. The one in charge of the mic was Charles but all the members could interact with the family, sometimes language was an obstacle for a fluid communication.

The family used to call them "The team" and they were used to Mingus's voice who was the regular mediator between them and the group of professionals.

One of the main problems, or at least the most evident one in the family, was Tina. She was having drug and alcohol problems so she wasn't doing well in school. One of those days her teachers discovered her and a couple of guys getting high so they decided to ask for professional help.

The Philips lived in a nice two story home. In the first floor was a kitchen, dining area, a main living room equipped with enough technology to keep in touch with the scientists. A library with Moliere's collected works, a little laundry room, a master bedroom and two bathrooms. On the second floor were a couple of bedrooms, two bathrooms, a lounge in which the family gathered to relax watching films or listening to music. The rooms in which the team worked were observed by an operation center in which they spent most of the time. They had half a dozen monitors, microphones, horns, and computer equipment. There was a little dining room in which they could take turns eating, even though there was also a monitor in which they could keep watching their patients. Since it was the very first day, Mingus decided to introduce the group to the family so he asked the Philips to gather in the living room.

Mingus: alright, Donald, Brenda, Tina, Laurie and…mmmm Mike…first of all on behalf of my colleagues I wanted to thank you for this opportunity by welcoming us into your house. We will be working together twenty four hours a day for some months. You'll be able to communicate with us through any of the phones and this screen we are using right now. Any of you can call us at any time of the day. We will be able to reach you as well when we consider it necessary and appropriate. We cannot have access to specific spots in the bathrooms, certain parts of the backyard and closets in the bedrooms of the house.

After a couple of minutes talking about details and recommendations the team ended up with the introductory session. They let the Philips rest while they started exchanging notes about the members of the family.

In the first week of observation there weren't many incidents worthy of mention, probably because every member of the family knew they were being watched. Donald, Brenda and Mike used to talk to the team pretty often. The scientists found out Mike not only suffered from insomnia but also was a sleepwalker.

One of those days, the little kid walked through the dark of the night and he sat in front of the monitor in which the Philips could communicate with the team. Dominique was the only member of the group who was awake. She woke up everyone to let them know about a potential interaction with one of the members of the family. As Mike was staring at the big screen in silence the conversation started:

Mingus: good night young man, what brings you to us this early?

Mike: just hanging around, feels good here at the rocks.

Mingus: At the rocks? (Mingus covers mic with his hand and tells his colleagues) I think the kid is fooling around with us, I am gonna play his game… aaaa, ok, Mikey. Which rocks?

Mike: the rocks from the beach.

Mingus: ha ha, so you mean you are at the beach right now?

Dominique: I think he is asleep doctor.

Mike: me and Guliat, yes.

Mingus: who's Guliat, Mikey?

Mike: my dog.

Mingus: I see, I see. So is the weather any good?

Mike: the sun is too shiny... the waves are reaching my feet and Guliat wants to play with me... water is cold... there's a big black spot coming out of the ocean...

Mingus: big black spot, ha. What do you mean?

Mike: Guliat! Guliat! It's all over us!

Mingus: What Michael? What's over you?

Mike: it's like aaaa, a huge stingray over our heads, beats... its bright skin drops salt water over our faces, Guliat and I we are running under the shadow trying... (Starts crying) Guliat is chasing me.

The team decides to call his parents to help him out. Brenda enters the room in her pajamas and calms the little kid.

Mingus: Is he Ok?

Brenda: yes, he was having nightmares I guess.

Mingus: he was actually describing them. Does this happen very often?

Brenda: once or twice a month.

Mingus: (covers the mic with his hand) interesting gentleman. What do you think?

Hans: ask her about Guliat, that's a loose end.

Mingus: one last question, darling, I know you must be tired. Did you have a pet named Guliat?

Brenda: not Guliat but Goliath, a little dog. Why?

Mingus: oh no big deal dear, let's go to sleep now, we will talk in the morning, good night.

Brenda: good night everyone thanks Charles.

Mingus: you're welcome dear, good night (turns off the mic) Well ladies and gentleman, what do you think?

Laura: Goliath is the one who was killed by David in the Bible, right?

Vincenzo: yes the giant soldier Golia.

Mingus: alright, alright symbols. What can you say about the symbols?

Hans: the sea is obviously a reminiscence of maternal bond.

Mingus: ok Hans.

Mingus: What else?

Laura: I am thinking about Goliath, what can this represent?

Vincenzo: A Christian idiosyncrasy?

Hans: could be... Charles, Philip and Brenda are they...?

Mingus: both of them are Irish.

Hans: I see, Catholics then.

Mingus: Brenda, she's a Catholic, yes, but Donald he's from the Protestant Church.

Laura: What's the difference?

Mingus: we could write a book with that answer young lady but if there's a main difference that could be: "Sola Scriptura".

Laura: What's that supposed to mean?

Hans: comes from Latin Sola means alone, Scriptura means scripture "the only scripture".

Mingus: exactly, Protestants think the Bible is the main source of God's revelation to mankind.

Vincenzo: on the other hand, some Catholic beliefs come from Roman traditions.

Mingus: definitely, like purgatory or praying to the saints.

Dominique: donnez moi le scrabble s'il vous plait! I think Goliath is a key for a better understanding of the Philips.

Laura, Vincenzo and Dominique started playing with word combinations with GOLIATH, like the name of Michael's pet. They formed the following words: tail, goal, loath, lot, toil, etc. None of them seemed to make sense with Michael's dream....

Mingus and Hans were looking at each other and

started looking for word combinations for GULIAT, like Michael said. They formed: glu, tug, lit...

Vincenzo: perhaps we need more information to follow a lead.

Mingus: How about GUILT?

Hans: Guilt?

Dominique: that would make sense with religion.

Mingus: interesting point... I am wondering if guilt is the *leitmotiv* of this family.

Laura: well Dr. Mingus, like Vincenzo said, perhaps we need more information.

The next day, the incident was commented on by some members of the family as they were having dinner.

Laurie: I couldn't sleep last night. What happened, dad?

Donald: Michael was having nightmares so your mother and the team helped him out.

Tina: The team?

Donald: the group of doctors who are watching and listening to us right now...

Tina: so, how did they help you Mike? Did they sing you a lullaby?

Brenda: don't start Tina.

Tina: come on mom, I was just playing with my little bro.

Donald: your little brother doesn't like those kinds of games.

Tina laughs and gets up from the table. The next week Vincenzo noticed Donald and Brenda weren't sleeping together so they decided to interrogate the couple on Sunday evening:

Mingus: alright, alright good morning fellas, how have you been?

Donald: good evening, Charles, nice to talk to you guys. Are you ok there? Are you getting bored?

Mingus: not at all, we used to entertain ourselves with Scrabble, chess and a poker tournament in our free time... so I have to make a question. How often have you been having sex?

Brenda: well, we decided to… we thought, we…

Donald: we decided to take a break, after… you know, we are kind of getting used to the cameras but we plan to…

Mingus: alright, alright, and what about before our presence, how often did you have sex?

Brenda: two or three times a week.

Donald: once a week.

Mingus: alright, alright. Do you want to discuss this difference? Math?

Brenda: don't embarrass me in front of these people, Donald!

Donald: honey, we can use this opportunity to discuss these kinds of subjects.

While the couple continues arguing in low voice, therapists make a zoom to try to follow the dialogue. Brenda screams incomprehensible words while she leaves and everyone in the team stares.

Mingus: ok, ok we are going to leave things like this, we will discuss this matter some other time.

A couple of weeks went by with nothing special to report, routine was exhausting the scientists. That day Tina arrived too late at night like she used to before the team started working with them. Her parents were waiting for her at the living room. Finally the teenager opened the door smoothly trying to enter unnoticed.

The observers were checking the scene through the cameras. Tina was walking funny. Donald was the first one to realize his daughter was drunk.

Donald: it's 6 o'clock in the morning Tina.

Tina: thanks dad, you can't deny I arrived home early.

Donald: Is this a decent hour to arrive young lady?

Tina: I arrived, didn't I?

Donald: In this condition?

Tina: ok, I drank a few cups of wine.

Brenda: you drank the entire bottle!

Tina: listen! Don't make a big deal out of this!

Donald: don't be rude to your mother!

Tina: ok, sorry mom, ey Dr. Tarr! Are you awake? Would you tell my parents this kind of behavior is perfectly normal for teenagers?

Mingus: well as a matter of a fact it is, but...

Tina: thanks doc.

Donald: thanks Charles, but leave this to me.

Mingus: ok Donald.

Tina: listen, can we continue with this in the morning? My head hurts.

The family wrapped up the conversation while the team kept talking to try to explain the scene to themselves.

Vincenzo: Why did she call you Dr. Tarr?

Dominique: it's a comic story from Edgar Allan Poe.

Mingus: that's right.

Vincenzo: What's it about?

Dominique: Tarring and Feathering.

Mingus: the girl did her homework... I remember! Lunatics take control of the asylum.

Laura: replacing doctors.

Hans: Does she feel as though she's taking control?

Mingus: I was flying in the same direction Herr Hans.

This kind of behavior began to increase as the days went by. Each weekend Tina and their parents were arguing for a different pretext. The situation was insufferable.

Weeks before she started calling her sister a fat-girl, Laurie, who was very suggestible, began to stop eating healthily. She also exercised compulsively while her big sister continued mocking her. Their parents discovered Tina's game when Laurie came to Brenda asking for help. The girl denied responsibility, arguing that she was only concerned about her sister's health. Her manipulation skills were becoming a part of her personality. In addition, drug problems turned her into an irritable person.

One day, she convinced Mike to recreate a scene for the team. He pretended he was sleepwalking. The doctors started interrogating him while he was lying on the couch. The girl had prepared for him to describe a dream from a classic movie. When the kid mentioned ants coming out of his hand and an eye being cut with a knife Dominique remembered "Un Chien Andalou". Egli and Mingus conclude they wouldn't make a big deal about the scene realizing Tina's joke revealed a struggle for control.

The next week the team gathered with the whole family. As Tina was the main character at the time, they decided to probe some sort of paradox.

Mingus: good morning everyone. How are you?

Family: good morning Dr.

Mingus: alright, alright hope your breakfast was ok. Ours was fantastic…

Mike: What did you eat doctor?

Mingus: aaaa, let's see, we ate a fry-up with two poached eggs, mushrooms, guacamole, sweet chili sauce and toast, topped with basil leaves. Aaaa, also orange juice, milk and Colombian coffee…

Tina: they actually eat better than us.

Mingus: ha ha ha.

Laurie: shut up Tina!

Donald: be quiet please! We are all yours Charles.

Mingus: well said Donald, well said… listen, to put it simple: from a systemic point of view, your family is "sick" as a group, therefore the treatment cannot be individual, it has to include some sort of techniques that might be difficult to understand… so we ask for your patience and understanding… Donald! Brenda! Mike! Leave us alone please! We would like to speak with Laurie and Tina.

Donald: wait a minute Charles!

Brenda: How come? I thought this was family therapy.

Donald: thought there were no secrets between us.

Mingus: alright, alright, listen as I told you,

sometimes it's better to work with certain members of the family in order to apply some… particular techniques.

Visibly angry, Donald and Brenda take Mike with them. The team keeps quiet while they watch the rest of the family leave the room. After a screech from the microphone Mingus begins talking with the sisters.

Mingus: alright ladies, how have you been?
Laurie: great!
Tina: ok.
Mingus: we decided to talk to you because we see a lot of tension with both of your parents.
Laurie: You do?
Tina: tell me about it… they used to take it all out on me.
Mingus: that's what I was about to ask you young lady. Do you feel like the black sheep of the family?
Tina: sometimes, hell yeah! My parents can be so annoying.
Mingus: we are going to try to change that reality.
Tina: Can you do that?
Mingus: we can make efforts to try to make them conscious of their real problems.
Tina: that would be awesome!
Mingus: based on our observations we are concluding your parents are having serious problems as a couple… they could be experiencing the first's symptoms of the "empty nest" syndrome.
Laurie: What?
Mingus: the empty nest syndrome, this often happens when the children are about to leave home… the problem is they don't dare to solve or even communicate this kind of situation… so they focus on your "adolescence", Tina's behavior mainly… so we need your help to try to make this circumstance evident for them…
Laurie: indeed.
Tina: tell us, how could we…?

Mingus and the girls kept talking for a while. The doctor proposed some kind of paradox on both of the sister's behavior. Tina and Laurie were skeptical at the beginning, but as they discussed the terms of this technique, they understood it was a way to help their family and improve the relationship with their parents. On behalf of their peace of mind, they decided to participate.

Days went by and changes began to manifest in subtle ways. The school director called Donald to ask him about Laurie's absence. Brenda remembered her daughter's clothes started smelling weird as if she was smoking tobacco. Donald and Brenda blamed their oldest daughter when they lost their temper and scolded her. Laurie tried to defend her sister but it was useless. Tina went out of the house visibly angry, promising never to return.

Mingus and the team weren't surprised about the situation. Those kinds of techniques weren't easy to apply in real life. At the beginning, Laurie tried to focus her parent's attention on her behavior but it was useless. They were pressuring the biggest sister, and therefore the one to blame. Hans recommended Mingus have a private conversation with the father. They isolated one of the bathrooms to provide privacy. Only Mingus and Donald were talking and listening.

Mingus: she's out of control Donald.
Donald: I know Charles. Tina, she…
Mingus: I meant Laurie.
Donald: Laurie?
Mingus: no, I meant Brenda… you are so used to scolding Tina that you forget you have another teenager in the house.
Donald: you are probably right Charles.
Mingus: What about her? What she thinks?
Donald: Brenda?
Mingus: yep.
Donald: Tina and Laurie have been… they have been misbehaving since…
Mingus: since…
Donald: it's not easy to balance things in life Charles, you should know… I work hard to try to give my family a better quality of life… but…
Mingus: but quality is not always equivalent to economic success. You give them economic stability but the

cost of your absence is too high… when you spend time at home, you try to be a figure of authority for your children, but they perceive you as distant… you don't know how to communicate with them affectively.

Donald: perhaps you are right Charles, but I cannot allow myself to earn less… my girls are about to choose a university career.

Mingus: I understand.

Donald: it's a social dilemma you know.

Mingus: I know, I know, our time of work has increased, almost doubled…society is completely sick … as Krishnamurti said: "It is no measure of health to be well adjusted to a profoundly sick society"… but when you are not able to give quantity you must give quality. I see you sitting there at the computer when you are around the house… you see? I ask you about Brenda and we end up talking about Tina and Laurie and your work. How about Brenda?

Donald: What about her?

Mingus: you don't sleep together anymore… it's not because of the big bro thing, right?

Donald: we get along pretty well, but relationships have stages, you know?

Mingus: mmm.

Donald: we are getting old and sex has taken a back seat, you know?

Mingus: What does she think?

Donald: we don't talk about these issues, Charles.

Mingus: Why not?

Donald: What do you mean why not? Because…because we…

A long silence came after an uncomfortable pause, Mingus and Donald kept talking for a couple of hours. Charles and the team were confused about the whole picture. The paradox was working to provide a sort of consciousness of the problem, but the iceberg was still there. They felt as if they needed to change direction. The next week Tina came back as her mother had begged her to.

A couple of nights later, Mike was sleepwalking again and Dominique was the first to notice:

Dominique: wake up everyone, Mikey is sleepwalking again.

Vincenzo: damn I was sleeping soundly, is it another scene from a movie?

Mingus: let's see, what have we here?

Laura: I love this kid's dreams.

Dominique: me too.

The little kid went to the kitchen this time. He took a box of cookies, a dish, and a spoon and started acting as if he was eating cereal. This time Hans asked the questions.

Hans: How are you feeling Mikey?

Mike: ok.

Hans: Dinner is good?

Mike: follow the paths of salvation.

Hans: I will young man, where are you right now?

Mike: I am watching the stars.

Hans: Really?

Mike: there's fresh grass in my nose, almost six o clock, sir.

Hans: interesting, six o clock in the morning?

Mike: the clock of the universe is ticking, sir.

Laura: oh my God, he is too little to talk like that.

Mingus: he is playing some role obviously, continue Herr Egli.

Hans: You are running out of time Mikey?

Mike: no sir, human beings.

Hans: Why is that?

Mike: transitions are often compared with death.

Hans: Are we going to die?

Mike: the road to salvation is individual; we must evolve, cross the door individually.

Hans: Which door?

Mike: doors of salvation, sir.

Mingus: (low voice) I think he is talking about Mayan prophecies or something like that.

Hans: What?

Mike: you must cross the door, sir.

Hans: excuse me, Mike, I wasn't talking to you (he

covers the mic with his hand) shut up Charles! I am trying to make the kid talk!

Mingus: sorry, ask him how he knows all of this.

Hans: listen, Mike where did you get this information?

Vincenzo: (low voice) he is probably watching The History Channel

Mike: it's turning on its axis.

Hans: What's turning Mike?

Mike: a wheel.

Hans: Is it the end of times?

Mike: a new cycle, you are going to be able hear people voices.

Hans: Which people?

Mike: those who are not around anymore.

After a couple of minutes Mike woke up and the improvised session was over. The team discussed the content of his dream.

Mingus: there's a Mayan prophecy for December 2012.

Vincenzo: sounds like Nostradamus to me.

Mingus: both of them have marked that day as a transition.

Dominique: I have heard them talk about the end of the world.

Laura: Egyptians have also spoken about it… but none of them talked about the end, Hollywood did.

Dominique: interesting.

Hans: What can we say about Mikey's dream?

Vincenzo: His parents exercise an ideological control over him?

Mingus: religion does… guilt… fear.

Dominique: thanks God I am an atheist, said Buñuel.

In the first dream, the stingray represented the fear of castration. Mike felt persecuted and overwhelmed by maternal overprotection. On the other hand his father's absence gave him ideas of grandeur, omnipotence. In his oedipal fantasies he had defeated the father and kept the mother. Brenda vented her libido with excessive care of her children and religious devotion. The family member's mental scars had become their reality. In the second dream, Mike assumed the role of a prophet, full of religious fervor inspired by his mother. He was trying to save the souls of the scientists. The little kid was identifying himself with the maternal figure and watching far too much of the History Channel.

The next week Hans and Mingus arranged a family session. They were tying up loose ends in order to find a way. Egli had worked with Bert Hellinger's method in several occasions. They asked the family to gather in a line of chairs. Mike was at her mother's left side, Tina at the right. Donald had Tina at his left and Laurie at his right. The session started with a couple of questions, the members of the family were assuming a defensive attitude. They kept silent when they were supposed to talk.

Hans: you need to cooperate with this technique. I can't help you if you don't help yourselves. What do you feel Tina?

Tina: I feel weird…

Laurie: you are weird.

Tina: shut up, bitch. I am talking!

Donald: Tina!

Hans: I am going to ask for respect, when someone else is talking please don't interrupt…Tina don't use that language.

Tina: as I was trying to say, I feel as if I was playing another role… I don't have something or someone to hold on to.

Brenda: God is always the answer, young lady.

Tina: I don't feel as faithful as you mom… that is easy for you to say.

Brenda: easy?

Mother and daughter were having a new discussion.

Hans: (away from the mic) religion again guys… ok Brenda tell us, what you feel?

Brenda: (after a long pause) I feel distance.

Hans: What do you mean distance?

Brenda: well, distance, take a look at us, Tina is

standing between us.

Hans: that's a good start...Why do you think Tina is beside you? I notice you and Donald are not getting along very well.

Brenda: we do get along well, but is hard to explain... we live together but separated.

Hans: How about you Laurie?

Laurie: I get kind of confused, my parents... sometimes I wish they could be more affective.

Hans: interesting. You feel as if they don't love each other?

Laurie: I don't know, affective in every sense, with us.

Hans: Donald?

Donald: well, I didn't know my wife felt distant, but now as I hear you I am conscious we could do better...

Hans: I asked you about Laurie's comment.

Donald: well, I don't know. I am kind of an unexpressive person.

Mingus: come on Donald!

Donald: I am clumsy when it comes to showing my emotions.

Mingus: bullshit! Give us a break, Donald!

Donald: fuck off Charles! You are not in my shoes!

Hans: ok, every one let's keep quiet, Charles please, I am gonna have to ask you to be quiet. Continue Donald.

Donald: sorry for that one, I lost my temper... I am also concerned about the reason Tina is standing between us. What's the problem?

Hans: you tell me.

Donald: I don't know that's why I am asking...

Brenda: I also want to know.

Tina: Can I talk?

Hans: well of course darling, that's why we are here.

Tina: when I talk about playing a role, I don't mean I am acting like someone else deliberately... I feel as if I was replacing my dad.

Hans: Replacing?

Tina: when he is absent I feel like I am in charge.

Mingus: that girl is so clever, (low voice) that is also why she questions her parent's authority...

Hans: The absence of your father affects you?

Tina: I don't know, I guess.

Hans continued interrogating the family. They were becoming conscious about the way absence affected children. However, most of their thoughts remained unconscious. The members of the team were thinking about the next step to follow.

Next strategy would emerge from an improvisation. Laurie and Tina were discussing with their dad about permission to attend an event. Donald seemed to be lost in the middle of his daughter's arguments. Mingus called him on the mic.

Mingus: Donald, can you come up please?

Hans: what are you calling him for, Charles?

Mingus: came to my mind the other day, take a look at this Japanese wonder…

Mingus showed a hearing device to the team. Everyone looked at each other. Donald knocked at the door. Charles opened it and hugging his patient said: Donald my friend, I have a solution for your problems!

Donald: tell me please.

Mingus: we are gonna use this lovely electronic apparatus.

Donald: What is it?

Mingus: a hearing mechanism.

Donald: ok, and?

Mingus: you will wear this thing for a couple of days, we are going to advise you when you don't know how to handle certain situations… like this argument you were having down there…

Donald: if you think this could help. I trust you.

Mingus: it's like riding a monocycle before you learn how to use the bike!

Donald: ok, I will wear it.

Mingus: you put it inside your hearing… we can test it right now, go talk to your kids… this device molds to the shape of the ear. It is so little that it could remain unnoticed.

Donald walks down the stairs and returns to the living room where his daughters keep arguing.

Laurie: dad, can we go?

Mingus talks to Donald through the hearing device: affective and strong remember.

After a long silence:

Mingus: What is it exactly?
Donald: What is it exactly?
Tina: we already told you that it is some kind of artistic experience. It is not a party at all.
Mingus: What kind of art?
Donald: What kind of art?
Tina: dad! Are you deaf? We told you there were gonna be dancers, painters and some happenings going on…
Donald: A happening?
Mingus: is an improvised show…
Donald: shut up Char…!
Tina: What?
Donald: no, no, sorry I didn't mean you shut up is just aaaa, a little buzz I have.
Laurie: Are you ok dad?
Tina: Are you drunk?
Donald: I am ok. I am ok. No drinks, is just that work has been aaa… so tough.
Mingus: sorry pal! Don't say that!
Donald: What can I say?
Mingus: alright, alright I am gonna trust you.
Donald: alright, alright I am gonna trust you.
Tina: dad, you are starting to sound like that wacko!
Mingus: don't start, he is a great doctor… but I want you here at twelve o clock… if I find out one of you has drank no more parties for you ladies!
Donald: don't start, he is a cool guy… but I want you here at twelve o clock… if I find out one of you has…

Mingus: ...has drank, no more parties for you ladies!
Donald: ...has drank, no more parties for you ladies!
Mingus: without the emphasis.
Donald: What?
Mingus: never mind.

The team wasn't so convinced about Mingus's method. He didn't take the time to discuss the decision with them. Hans was very angry, although Dominique and Vincenzo supported Charles's new technique. Laura thought this could be used with psychopaths and other mental patients. The doctor kept dictating what Donald had to say for a couple of days. Although the experiment was about to conclude the team wasn't satisfied at all.

Mingus and Egli had realized Brenda's "catholic inhibitions" had been deteriorating the couple's sex life. The way Donald had reacted was by taking refuge in his work. Charles was trying desperately to make the family aware of the problem but somehow, they were used to suppressing their unconscious emotions. Tina was being forced to adopt "a paternal role" in the absence of her father. That's why she was always under pressure and trying to solve things with alcohol and drugs. Laurie had a free role in the system: she could live the ordinary life of a teenager as long as she could.

The team had to find a strategy to make the invisible visible for the family. Hypnosis was discarded in the nineteenth century because it failed to provide consciousness of "the psychic scars" of patients. Therapists could access the whole picture but the patient couldn't. A number of strategies should be put in play. If they could probe how the Philips's drugs and alcohol were symptoms of the same "disease", they could advance to the next step: find a cure.

Tina was the only member of the family who was willing to break the homeostasis, change balance and break the Status Quo. That's why Mingus and Egli decided to have a chat with her in "private". While she was watching her favorite show in her bedroom, Hans managed to send their image to her TV monitor. Both doctors looked like a pair of Looney's obsessed with the idea of controlling people's lives.

Hans: Tina.

Tina: I am trying to watch my favorite show would you get out my TV? Please!

Hans: sorry Tina, we have to talk.

Tina: Do I have a choice?

Hans: yes, but we will probably insist again later.

Tina: ok try to be brief!

Hans: we are concerned about your drug experiences. Is it true you've used peyote?

Tina: me and a couple of friends. No big deal.

Hans: No big deal?

Tina: just did it out of curiosity. Didn't you guys use any drugs when you were young?

(Low voices arguing) Hans: that's not the point Tina, you're too young...you can't carry the weight of your family's problems on your shoulders.

(After a long silence) Tina: can someone tell me why I act like this?

Hans: you are probably looking for god.

Tina: I am not sure if I believe in god. I know how to read.

Hans: that doesn't mean you don't have the need to believe in something.

Tina: I believe in reason, scientific facts.

Hans: drugs are like a desperate spiritual search.

Tina: give me a break!

Hans: really, Indian tribes used drugs as part of a religious ritual.

Tina: "Indian tribes" ok.

Hans: in the post-colonial era the industrialization of alcohol and drugs took place...

Tina: so...

Hans: so we have developed a number of methods and treatments to try to help addicts and you know which one of them is the most effective?

Tina: no idea.

Hans: double A.

Tina: come on that shit is for losers!

Hans: this method is based on the twelve steps. You need twelve steps to reach heaven.

Tina: I didn't know.

Hans: You see the irony? Alcohol and drugs being used as a way to reach god or to try to fill the gap.

Tina: sounds quite interesting.

Hans: Jungian formula, a spiritual remedy... the eternal struggle against ego.

Tina: I have a big ego myself.

Hans: Don't we all?

Tina: I need to find my peace of mind.

Hans: Where can you look for it?

Tina: you're supposed to be the wise guys I am just an immature teenager.

Hans: sorry to disappoint you, but we don't have the answer for that question.

Meanwhile, Dominique and Laura were talking to Brenda. Her version of the problem was a little bit different:

Dominique: I understand religion is a matter of great importance for you.

Brenda: you could say I am a woman of faith.

Dominique: A woman of faith?

Brenda: I was born and raised as a catholic, and I am very proud.

Dominique: I see. Can you find a relationship between the practice of your faith and your marital problems?

Brenda: of course not. I mean not that I know... what do you mean?

Dominique: I mean your religion has some issues concerning sex.

Brenda: well we believe sex is merely for reproduction.

Dominique: you're not allowed to have some fun in the process?

Brenda: when you're connected to god you don't need that kind of pleasure. John the Baptist didn't have sex...

Dominique: I understand, according to the church, Joseph and Mary did neither but they conceived a little child.

Brenda: absolutely, mother Mary had an immaculate conception.

Dominique: but those conceptions are not necessarily biological.

Brenda: well, pleasure has the sole purpose of increasing the probability of reproducing, but that doesn't mean it is essential.

Dominique: I am just trying to reason here.

Brenda: when it comes to faith science takes second place.

Laura noticed Dominique was pressing Brenda too much so she decided to intervene.

Laura: When did you start having problems with your husband?

Brenda: well... I wouldn't call them "problems", but I started feeling too much pain during sex... so we began to distance ourselves a couple of years ago.

Laura: What happened?

Brenda: I am not sure... I couldn't stop the pain and he was working a lot at the time, I felt depressed.

Laura: Depressed?

Brenda: nothing serious, the doctor prescribed soft antidepressants that eventually solved the problem.

Laura: we are missing something here. Why were you depressed?

Brenda: I don't know, this distance I guess, a lack of interest. Wait! I do remember experiencing a hormonal imbalance, due to menopause.

Laura: that could be it!

Brenda: Could be what?

Laura: I mean you lost the capability to be a mother.

Brenda: I haven't considered it from that point of view.

Laura: once you started having sex "just for fun", your morality generated a reaction of denial, causing your pain.

Brenda: I don't know; is that possible? I am not sure.

Laura: well at least we have something to begin with. We could start from there to try to help you.

Brenda: one thing I am sure of is that I need help.

Days later the family was gathered having dessert. Tina finally found the strength to talk to her parents. She confessed her intention of becoming independent next summer. Donald and Brenda weren't so happy to hear the news but had no other choice but to support her decision. Laurie and Mike were speechless. The big sister was throwing in the towel. The Philips system was following a natural course. But the fact the black sheep was announcing her retirement moved everyone. If the unconscious would turn conscious it would be without Tina's help. Who would take her place?

The next week, the young girls were trying to teach Donald a gypsy dance. They were rehearsing a bohemian dance from Bizet's Carmen. Mingus and Dominique were dancing and singing while they gave instructions from a distance…

(Through the hearing device) Mingus: you have less grace than a circus dancing little dog Donald…

Donald laughed while he tried to reproduce the dance steps.

Laurie: What's so funny dad?
Tina: dad you have two left feet.
Mingus: (close to the mic) "Le même chanson, le même refrain".
Donald: you are making me crazy with this thing.
Laurie: What are you talking about?
Tina: talking to you again, dad?
Donald: it's nothing… I just was thinking our doctor Charles is a great dancer, why don't you ask him to come down?
Tina: great idea!
Laurie: mister Mingus, would you like to come with us? Show us some dance steps perhaps?

Tina: yeeah! Come down and dance with us doc!
Mingus: Who, me?
Hans: go ahead; I can take care of things up here.
Laura: show them how to dance Charles!
Mingus: (to the mic) alright you kids, I am coming!

While the dance was going on, Brenda was finishing baking a turkey. Mike was trying to help her while ignoring the dancers in the living room. Mingus started dancing with Laurie, making fun of Donald, who was dancing with Tina. Upstairs, the scientists were surprised by Charles's dancing skills. Dominique was hypnotized singing the song in the mic: "La danse au chant se mariait, la danse au chant se mariait".

Mingus: great voice Dominique! … A lot of time since I quit dancing!

The dancers moved the sofas on the side of the room. Mingus was now dancing with Tina and Donald with Laurie, in crescendo…

Dominique: "cela montait, montait, montait, montait"!
Mingus: come down and dance with us Dominiqueeee!

Dominique ran to the living room without thinking. Vincenzo and Laura also, so for the first time the observers were interacting directly with their patients. Hans was comfortably seated in his chair recording all of the action while he was eating a chicken salad.

Mingus: tra la la la tra la la la la la la la.

Brenda and Mike heard the noises and screams so they ran to the living room to applaud dancers. The quiet place turned into a ballroom. The rhythm of music increased causing everyone to spin into a hypnotic state.
After the music ended all of them went to eat turkey for dinner. Therapists and family members were sharing a moment and talking to each other in person for the first time without the barriers of mics and cameras. Even doctor Hans came down to spend time

with them. It was also the end of the Philips project although the process of therapy would continue. The members of the family were used to having this group of scientist in their house. A week after they left the house Donald was complaining with Brenda.

Donald: I was really tired of that entire big brother thing.

Brenda: it wasn't easy, not having a moment of complete privacy I mean… but somehow I miss them.

Donald: (hugs her) come on Brenda, we are still able to consult them whenever we want.

Brenda: you are right… we haven't been able to take care of our problems for a while.

Donald: I agree, we are not communicating each other.

Brenda: (hugs him) you learned how to talk like a therapist honey!

Mingus: (inside Donald's ear) tell her you love her god damn it!

Donald: I love you god damn it!

Brenda: What?

Donald: never mind honey, never mind.

The couple melted in a long kiss, Donald took out the electronic hearing device giving full attention to Brenda while the doctor was still yelling:

Mingus: Donald you moron! Affectively strong! Remember? Affectively strong! Hello!! Hello!! Are you listening? Donald!!! Hellooooo!!!!

Donald: we should try to clear things out.

Brenda: I agree it is just that I cannot find the right moment to open myself.

Donald: perhaps we have to push "that right moment".

Brenda: we're getting old.

Donald: I know, don't you hate painting your gray hair? It is like denying your age.

Brenda: I know I hate to make twice the effort my daughters exercising and have half their beauty.

Donald: don't say that, you look wonderful.

Brenda: don't be silly I am nearly a grandma… where did we fail?

Donald: I wouldn't call it failure, a crisis gets closer.

Brenda: be patient Don, I am going through lots of changes.

Donald: our children are starting to leave.

Brenda: it is a life cycle.

Donald: I never meant to cause you pain, I love you.

Brenda: Do you? Sometimes I think work is an excuse for you to run away from me.

Donald: I love you silly.

Brenda: Even if I am a sudden frigid?

Donald: even if you wear a chastity belt!

Brenda: you are incredible.

Donald: you are.

Brenda: we are going to overcome this situation.

Donald: (while kissing) like we always do.

Zapata didn't die when they killed him, did he?

This is not another tale of the death of Emiliano Zapata, a great leader of the Mexican revolution, but also the story of anonymous heroes who gave their lives to the pursuit of a dream. Ordinary or extraordinary men ignored by the lines of history.

There are a set of identities stored on shelves of time. Men fighting for land reforms, justice, freedom, democracy. The right to be governed by members of the people for the needs of the people. The poverty of undeveloped countries supports the wealth of dominant countries. Governors represent the interests of those relations generating personal wealth as a reward. History is not a motionless portrait of the past it is a motion picture on the move, injecting fuel to the engine of the present.

If Charles Mingus had a hobby it was precisely to complete the gaps left by olden times. He could fill complete notebooks with various hypotheses related to historical characters. The subject of

Emiliano's death was an issue that had haunted him throughout the years. His fascination with the topic led him to write the following lines:

Mexico's revolution started in 1910 after the dictatorship of General Porfirio Diaz had lasted more than thirty two years. His government modernized a rural nation through the building of railroad and telegraph lines across the country. He also brought political stability and economic growth. But wealth was distributed in a few hands, so the cost of development was social inequalities, deplorable working conditions, in a few words: human exploitation. A small number of men were owners of extensive territories and peasants worked the land owning nothing.

Francisco I Madero emerged as leader of an anti-reelection movement against Porfiriato. He came from a wealthy family in the north of Mexico. He was a writer who had studied in schools of Paris and California. He was influenced by spiritism and theosophists. He represented the main counterweight against the Diaz regime so he competed against him in elections. After a closed electoral process Diaz took him to jail and declared himself as the winner. Outside the country, Madero said the process was null.

A number of intellectuals emerged to support Madero's cause. Ricardo Flores Magon and his brothers for example, were social reform activists that contributed to the start of the Mexican revolution. Events like the Cananea Strike in 1906 also generated the conditions for the social revolt. While Mexican workers earned three and a half pesos his North American colleagues earned five.

Pancho Villa and Emiliano Zapata were revolutionary leaders who played a decisive role in Mexican history. The first one lead troops in the north, the second one in south. The social revolt had spilled too much blood, had taken too many lives. Villa made a reputation of being a bloodthirsty general, but there's no doubt he was a great strategist. Zapata was a man of ideals, he wanted land and liberty. He had become a symbol of freedom and justice. Zapatistas followed him with the hope of realizing the dream of equality. He and Pancho took the government palace trying to find out what was turning those clever men crazy: Power.

*****

The books of history describe Emiliano Zapata's death as a result of an ambush. Venustiano Carranza was trying to snuff out all dissident movements in order to gain some order in the Republic. He assigned General Pablo Gonzalez to implement a plan to eliminate the spirit of the south. Gonzalez sent Jesus Guajardo "El as de oros" to gain the confidence of Emiliano. He went out acting like if he was discontented with Carranza and willing to join Zapata's cause. He also offered to become a provider of weapons and ammunition. That's what made the leader of south think this could be a great opportunity to kill two birds with one shot.

Emiliano was losing his faith in the revolution. All the bloodshed to keep different governors and the same inequities? He was learning different social theories convincing himself that the revolution had to be fought in the minds of people and not in the battle field. He also was studying books like "One thousand and one nights". Those kinds of stories made him want to read in the first place.

Weeks ago it was rumored that his death was imminent due to the established order of the nation. He along with Pancho Villa represented a source of latent rebellion. Both of them were disappointed in Madero's failure. The dream of democracy couldn't consolidate a state based on blood and fire.

*****

He looked too much like Anselmo, his compadre. While drinking Tequila they remembered the times when they exchanged identities. They were teenagers when they started; Emiliano had a jealous girlfriend named Maria while Anselmo was single at the time. Marias's jealousy was so big that her boyfriend couldn't speak with any girl even if they were relatives or close friends. Young Zapata use to respect her rules but he was getting tired.

Emiliano saw Sofia in the church square but he wouldn't talk to her while her mom was around. She was definitely a beautiful girl, her black hair reached her ribs, her bright eyes showed a piece of her soul. Nothing seemed to be missing in her but the fact that she was a high class lady. Zapata felt like he knew her from the minute he saw her. From that day on he had been obsessed with the girl and tried to find a way to get closer. One rainy day he found his chance: Sofia's mom entered the bakery while she stood outside looking at some sombreros. Emiliano approached and tried on several hats in front of her. She smiled and began talking with the stranger. "Casual encounters" became more frequent between this two. He started dressing in fine clothes in order to be able to walk beside her. They were two kids laughing about social class standards at the time of Porfiriato.

There was another dancing party and Emiliano thought of inviting Sofia. He asked his compadre to help him by taking Maria, his jealous girlfriend, out somewhere in order to distract her. Anselmo arranged the meeting, he was aware she knew Zapata very well so he tried not to talk too much. The night could help small differences go unnoticed. They went to a wedding in a ranch at the edge of town. Everything was going well and the girl was not aware of the whole deception. Suddenly, the crowd overwhelmed them and she suggested her companion to sit under the shadow of a tree. They sat in silence, the impostor felt a little nervous because of the "intimate situation". Maria approached him, but he stepped aside. The girl approached again and Anselmo couldn't stand the pressure, and he ended up kissing her. They rolled on the ground unbuttoning their clothes and then the woman screamed as if she was being attacked. The impostor was lying on the ground with his naked chest lightened by the moonlight the little hand-shaped mole wasn't there.

*****

Emiliano started began to feel paranoid, suspecting conspiracies everywhere. He was aware the government had plans to make him disappear. This situation led him to make critical decisions. People around him started wondering: What's gonna happen when he dies? He needed a set up to make Emiliano Zapata disappear and perhaps be reborn under another identity. His compadre had offered to replace him even if this meant losing his life. A small group of trusted men convinced him this was an excellent plan. To succeed, the substitute would have to be able to convince family members and close friends.

In the village of Tepoztlan there was a farewell ceremony for Emiliano. It was very probable he was destined to return no more. Anselmo had lived in the shadow of his legend. Whenever he was around he simply disappeared, in the eyes of others he was nobody, the close friend of a legend. If people only knew he saved his life when they were little kids, they wouldn't judge him so hard.

He hated him perhaps because he wasn't able to show his admiration. This feeling turned into envy twisting his stomach. If his wife wouldn't stare at him with those eyes! Even though he was willing to give his life for him, people believed blindly in his leadership, he represented more than a cause, a hope, a dream, the will to fight for a better tomorrow. Zapata wasn't aware of the situation. He was used to the admiration of people, particularly women. They usually were looking for a picture or a few words, others a piece of the myth; perhaps turn into the temporary lover of don Emiliano, the legend had grown with as many anecdotes as the wild grass in the ground.

Those last days the leader of south spent time with his family. His friend Toño and brothers tried to persuade him not to attend the meeting with Guajardo. They didn't trust him even though the guy killed fifty of his men just to prove loyalty. The effect was the opposite, created more suspicion in Zapata's crew, since he had betrayed the men who were under his command.

Emiliano remembered the time when he was almost killed by his compadre. Anselmo had a beautiful girlfriend at the time. Zapata used to accompany them every once in a while. It happened on a Sunday afternoon after the horse races, his compadre had to stay attending a horse. He was very good with horses. Emiliano offered to take the girl home, they rode his favorite horse: el alacran. El alacran was a strong and robust horse Zapata raised since he was a little kid. He had won a good number of races with the animal. The girl was riding the horse while he walked carrying the rein. Somewhere near the house, the girl suggested to take a walk at the maize field. They left the horse tied to a tree. The girl asked him to play hide and seek, he was already seduced by her beauty. She asked her companion to turn his eyes shut while she started trotting and taking her clothes off. By the time Emiliano found her it was too late to think, he thought of running back to his horse for a second but he couldn't. Some peasants saw them while they were going out of the maize field. Rumors run faster than the news in a newspaper so Anselmo heard about the incident. Zapata expected to receive a beating from his friend or at least some kind of punishment. Days went by and all he got was silence, his compadre wouldn't speak to him anymore. He was often seen sitting on the bench sharpening a piece of wood as a small stake. Neighbors and friends murmured what happened inventing all kinds of stories.

One Sunday morning Emiliano was riding el alacran through a cobbled street, vendors filled the sidewalks. Women dressed in black slowly walked to church. Cages filled with colorful birds decorating the view. The rider turned down a corner, his horse stopped as they watched Anselmo walking towards them. A big howl was heard, Zapata fell unhurt onto the ground while his horse faded with a wooden stake through the heart. His compadre walked away while Emiliano stroked the back of the lifeless animal, revenge was already taken.

*****

The smell of pouring rain mingled with the steam of beans. The cool breeze of rain was constantly hitting the griddle. The improvised chicken coop made with junk was leaking and the roof from which drops fell in a slower rhythm. Emiliano had been carrying large containers all morning. His family used them to keep rainwater for domestic use as it was cleaner than from the river.

His feet filled with mud when he sank into the floor to support the containers. He didn't know why he was so happy when he worked under the rainfall. A memory hit his head when he sank his knee into the pond, his old scar left hurting. It happened when he was a child, he and his brothers and cousins used to play mud fights when rain puddles were made. Emiliano was the one to beat, mainly because it was hard to throw him down. Anselmo wanted to show he could blow him down.

Zapata had developed a special technique to remain standing on his feet. He planted himself with arched legs, supporting his heels backwards. He had developed this method based in his experience with horses. Once he was touched he did his best to attract the opponent's head under his arm. Prying with his legs he managed a way to drag his adversary. Casting his face into the mud he kept pressuring on his challenger's neck. The strategy worked ninety percent of the time even though some managed to escape. The key was taking his opponent's back to the ground. That day, Anselmo managed to plunge his head in Emiliano's stomach knocking the air out of him.

Zapata thought it was like a football he had to trap under his arms. But the ball nailed him right in the stomach throwing him down on his back. The rest of the kids celebrated Anselmo's strategy. The shouts of support for his rival increased Emiliano's pride, without recovering, he pulled the ear and hair of his adversary. His challenger hit Zapata's arm freeing him temporarily. He gave himself a few seconds to take some breaths when Emiliano was taking him by the neck, entangling his leg against his body. The fight seemed to be reversed now, but Anselmo got him down to the puddle again. The game turned into a fight and ended with a big scream. The time stopped in Anselmo's face as he helped Emiliano stand up, and then noticed his knee was bleeding. A sharp spur had pierced the skin. The other children helped carry off the injured.

Zapata laughed to himself in the middle of the rain. He remembered the smiles of his brothers and cousins covered with mud. He walked down to the porch; he sat on a wooden case to watch the pouring rain, like if it was some kind of private show.

Josefa called him, beans were ready. The smell filled the air of the room. Without hesitation, Emiliano entered the house and fancied for some corn tortillas. The woman felt proud when she could satisfy the appetite of the man. Without many words Zapata finished two dishes of beans, the soup running through his mustache. Josefa watched him in silence and then he passed the back of his hand to clean the rest of food from his mouth. Two little girls entered the house running. They were the living memory of Anselmo…Emiliano promised his compadre he was going to take care of his family.

*****

Emiliano was looking at the cornfield where he worked as a little kid. The darkness of night enabled him to see the blue sky. He felt the strength of air beating his cheeks but he wasn't able to see any part of his body. His conscious was floating in the stillness of the night, as a bird. There was the hacienda of Don Manuel, that old petty doctor who denied his father a medicine for his sick mother. Cows lay down around the waterways. The fence of Don Fermin dropped again so his dogs were unleashed running against the scared chickens.

It was a wonderful picture of earth, green hills with gentle forms interpreting a heavenly piece of music. A deep sensation of liberty. He turned his eyes to the sky looking for the stars but there weren't any, thick white clouds running through him as if they were living things. Zapata closed his eyes and expanded his hands to touch vapors. He perceived drops of water in his moustache. He began to feel that the clouds were solidified while he flapped through the air. Pieces of a soft substance impregnated the palms of his hands. He turned his body down and now the night turned into day. Instead of flying he was making huge jumps through the fields. He almost stepped on a fence at the second jump. On the other one he almost reached "el as de oros", his favorite horse.

He started jumping behind his horse, barely flying. He almost reached the animal but it gave a quick turn which baffled the persecutor. Suddenly the scene switched: El alacran was in the midst of a herd of horses. The dreamer was running down in the middle of hundreds of animals. He heard horses whinnying like screams in his ear. All kinds of equines walking in all directions, he had a slight sensation of anxiety. He finally found him lying there in the middle of a number of horse legs. His friend was lying down in the ground, his heart beating like a musical instrument, the heat of his chest. Emiliano and the animal were alone now, he tried to look at his eyes but a strange thing happened: the horse's eyes turned human… a bullet pierced his neck, was breathing blood, spitting blood… the animal was eating some grass trying to cling to life… full of hope, fear and joy the dreamer stood up and whispered: as de oros…

*****

Salomon, his Arab friend, used to own a drugstore in Huautla. They spent hours and hours talking about politics and society. He helped organize a reading group in which Emiliano used to participate. They love to argue about social analysis and how to contribute to build a healthier democracy. Other books of literature were often used as a pretext to start a debate about different topics.

They ran away to Acapulco ten years ago after the Mexican government was trying to get rid of "undesirable" citizens. Zapata was living in Saudi Arabia, he was married to a girl named Qamra who had three kids. He was celebrating his birthday with family and friends when he felt a blow of saudade with the visit of his old friend coming through the window door of the green terrace.

They greeted each other with a big hug and sat together under the moon light. Salomon handed over a package to his friend while he lit a cigarette. Emiliano noticed the label on the bottle came from his homeland. Islam used to forbid drinking alcohol so it wasn't easy for him to get some cognac.

Qamra had cooked grilled chicken, falafel, Kabsa and Murtabak. The main menu was a typical food from France. Zapata earned his living raising horses, more than a job this was his passion. Some of his race animals were exported to Europe or America. He showed great gratitude to his old friend.

> Emiliano: I am not a religious man but I respect your people beliefs Salomon…but when it comes to good cognac…I don't know…guess I'm a sinner.
> Salomon: don't worry amigo I know that bottle connects you with your memories… Allah can forgive you…
> Emiliano: you know that feeling of nostalgia yourself…
> Salomon: (delivers a note from a newspaper) the world is being divided by greed…
> Emiliano: it's a class struggle… war is the highest expression of that struggle…
> Salomon: call it what you want, you are a Mexican hero.
> Emiliano: that's bullshit! I am no hero… and what's the

obsession with nationalisms? Religions, flags, and homeland… all of them a symbol of belonging used to separate men, creating conflicts in the name of wealth and democracy…Mexicans, Arabians, Americans, Chinese, we are all looking for freedom, justice, equality… the ruling classes feed on our ignorance, our hatred…

Salomon: perhaps you are right my friend, but we have no consciousness of the fact we fight in the name of our gods.

Emiliano: in the name of leaders acting like gods, religion is only a means to an end… somehow man gives more value to the stairs than the roof…

Salomon: I missed these conversations we use to have Emiliano, I get lost in everyday life, routine, you know?

Emiliano's eyes got lost in the horizon as the two friends shared a moment of silence. Night, laughs, and joy last forever. That dawn Zapata galloped his horse, he felt as if he was breaking through the moon and arriving in Mexico. He watched his children Elena and Nicolas sleep. The land belonged to the ones working it, the seed of liberty had been sown, the beating of his heart sounded harder than horse's legs.

****

Anselmo had some kind of a premonition, he felt as he would never come back. He and his family lived in Miacatlan, but now he would say goodbye to wife and daughters. He was conscious that replacing Emiliano could be his last act on earth but was proud of him with this endeavor. He dared not tell his wife the truth, instead he told his family he was gonna make a long journey to the north of the country.

Zapata was waiting for his compadre near a ranch in Chinameca. The gallop of a horse in the distance announced Anselmo's arrival. With agitated breath the rider apologized for his delay.

Emiliano: still time to repent compadre, take your horse and don't look back!

Anselmo: there's no time to talk, let's find out what this guy wants.

Emiliano: you are a brave, you always have been!

Anselmo: you have fought for our people all your life, at least let me fight for a day.

Emiliano: our lives are limited but our ideals are endless.

Anselmo: it is worth dying for someone with ideals, I don't have them.

Anselmo still had his doubts but he understood he could be more useful to the cause. They started changing their clothes. The wind was not blowing; horses were nervous neighing, as if they sensed something. When they took away their shirts they remembered the time they framed Maria, and they laughed when they remembered Emiliano being chased by the girl with a shotgun through the streets.

Anselmo arrived in Chinameca with an escort of men, he was riding el as de oros. The crew let him ride ahead, he felt trouble breathing, he was looking ahead but his thoughts were back at home. The laughter of his daughters sounded like an echo reverberating inside his head. The sweat of his hand was wetting the animal's reins. He felt like he was breathing through the horse's mouth. If he could go back and get away from war and politics, he prayed to the Lady of Guadalupe to protect him. He finally saw the entrance, he stopped el as de oros and dismounted, stroking the back of the stallion. The escort of men stood behind him staring at each other, silently trying to figure out what was going on. Anselmo's spurs sounded like a blacksmith's hammer. He leaned his head on the animal's back and with a sudden movement mounted the horse. The impostor and his crew entered in a slow cadence. As soon as Guajardo recognized the animal he had given to Zapata, he gave a sign to a trumpeter. Anselmo looked at the sky where powder rained down and he saw the shadow of a man shooting him with the sun at the back, rays forming a circle around his head. Seven bullets pierced the rider's body taking his life. Emiliano was an involuntary witness of the final scene at a distance. He felt some sort of rage mixed with impotence when he heard the roar of the shooting. He waited patiently nearby in a well where the water came up to his nose. He lowered his head under trying to vent his anger. Fury turned into tears as he stood still. Hidden behind a tree, he swore the traitor was going to pay. He waited until the afternoon and then, dressed in the clothes of his compadre, went to a nearby community to look for Salomon.

****

The plan had been accomplished. A legend was born while Zapata was really living an "ordinary life". General Eusebio Jauregui, a close collaborator of Emiliano, recognized as legitimate the corpse of his leader completing the act of illusion. The people of the state of Morelos refused to give credit to the death of their leader. Guajardo was shot on government orders, some say for having the wrong corpse. More than hundred years ago, the legend of Emiliano Zapata continues to spread the fight for justice, freedom and equality among men. Needles to say, the little hand-shaped mole wasn't on the corpse.

By Charles Mingus

Hamlet in the exile

Prince Hamlet walks through the streets of the big city remembering Denmark, Ophelia and his father. He finds the house of a recognized medic: Wilfrid Mingus ancestor of our audacious doctor. The prince was trying to vent some of the anger he was experiencing.

Hamlet: finally, the cave of the black magician.

Wilfrid met prince Hamlet when he was barely four years old.

Wilfrid: lord Hamlet, my condolences… I heard about your father… and your uncle…
Hamlet: the first one is alive in death while the second one is walking gloominess in life. But tell me good sir, where did you learn your magic?
Wilfrid: I don't believe in magic, prince, I lean my practice toward science…

Hamlet: you mean lean as we used to lean on somebody's shoulder when we hurt our knee?

Wilfrid: I mean lean as we lean onto words to try to explain ourselves...

Hamlet: But we often get lost in words, don't we sir?

Wilfrid: I am afraid so.

Hamlet: and what could happen if this entity, this body, this friendly shoulder is not entitled enough to support our weight?

Wilfrid: I guess we might fall.

Hamlet: and...

Wilfrid: and we will hit the ground I suppose.

Hamlet: and...

Wilfrid: and we would try to look for another shoulder to lean on I think.

Hamlet: and...

Wilfrid: and we shall seek... I don't understand! Where are you going with this interrogation?

Hamlet: I am going directly to the ground sir, with my hands in the back and my hard head hitting directly onto the floor! A head that is actually harder than yours indeed, but not harder than the soil, if we consider that it tends to follow the inertia of the rest of the body.

Wilfrid: I don't understand.

Hamlet: I am making a simple analogy, sir, simple as a stumble, as serious as the cause of the stagger, as easy and complex as a divine verity.

Wilfrid: With your head?

Hamlet: with my head as the main organ yes, as the intricate instrument of reason, genesis of ideas but science, sir, science, as the so-called "shoulder" trying to support the weight of our perception.

Wilfrid: I am not sure I understand.

Hamlet: then you should hit the floor sir.

Wilfrid smiles.

Hamlet: I am serious.

Wilfrid: but...

Hamlet: I insist. Just put your head against the ground.

Then you shall comprehend.

Wilfrid obeys visually confused.

Hamlet: You hear the voice, sir?
Wilfrid: Voice? Which voice?
Hamlet: listen carefully.
Wilfrid: I can't hear a thing.
Hamlet: (whispers) loooo... loooo... loooost.

After a long period of silence Wilfrid tries to stand up and Hamlet turns his face back toward the floor rapidly.

Wilfrid: sorry!
Hamlet: I am afraid that is not an apology... listen carefully.
Wilfrid: what shall I...?

Hamlet raises his voice while pushes Wilfrid's head.

Hamlet: listen carefully!
loooo... loooo... loooosss... loossss... loooostttt...
Wilfrid: Lust?
Hamlet: no, no! nooooo! Not lust, but lost!!

Hamlet lets Wilfrid loose.

Wilfrid: What's lost?
Hamlet: I have lost the reason, but before that a father and before that a mother, but before that an uncle and a lover... perhaps what's most important... wait! I am going to sing you a song: (sings) "I have lost passion and strength that is used to carries us/ through the dark/I have lost all of my horses/I used to take over the battle of wretchedness/ just to hear the stampede of their ride/I have lost the will that is required to mettre/l épée á sa place/I have lost the spirit that makes the ocean turn into ice/Madness a sort of euphoria that is madness/A sort of discouragement that is sadness... la la la la la la".

Wilfrid: you are crazy!

Overexcited, kissing and holding Wilfrid with all strength.

Hamlet: that is just exactly what I was trying to say to you since I got here! I am crrrrazy as a goat! But not as crazy as a fox… How to define madness in this part of the hemisphere good sir? Through the loss of reason? How to distinguish the healthy from the sick? Sane from insane? Wealthy from pauper? Through the norm? That is just an equation, a quantitative perspective of reality, an interpretation of numbers made by a few men that don't necessarily understand the difference between right and wrong. I have heard and seen the severed steps of a gracious specter… roaming through the halls of my own mind as the worm inside a juicy apple.

The blankness of his eye, the emptiness of his gaze painfully shakes the dew of the morning and claimed the world abandoning wounds from the past. Here he was remembering her pale face before an overflowing gallantry, here he was, trying to close our own wounds with salt water, and here he was waiting for the glorious call, made silent until opening a channel of blood. Seal me forever with foot sores, tired hands …but tell me, am I crazy good doctor?

Wilfrid: probably not in the sense I thought you were.

Hamlet: Which sense then?

Wilfrid: you seem to manifest episodes of abnormally elevated energy levels and mood.

Hamlet: And?

Wilfrid: there's no name for your sickness, could be a period of euphoria… Have you experienced periods of depression lately?

Hamlet: depression? Mmm, I lost a father, a mother and the state of Denmark. Why shall anyone be depressed for those insignificant experiences?

Wilfrid: there's an old disease that seems to attack royalty… Aretaeus of Cappadocia had identified symptoms of cycles of mania and depression in some of his patients.

Hamlet: mania is the trigger of my anger.

Wilfrid: please lie on the couch. I received very good herbs from Asia last week (in other room). Where did I put them?

Hamlet: seems like you're a black magician after all doctor.

Hamlet falls asleep while he waits for doctor Wilfrid to return. A bucket soaks his face waking him up. Barry "bones" Blaylock takes the back of his head and whispers: a prince is worth a pile of gold.

Hamlet: Where is that old fool Wilfrid?

Blaylock: Wilfrid? There is no Wilfrid on this boat!

Hamlet: Boat? Which boat? We are in England!

Blaylock: (laughs) England? Seems like fever is framing your mind... we are in Norway!

Hamlet: Norway? Call up the captain!

Blaylock: we are sailing over Norway but Norway is sailing over Denmark... there is no captain here good prince, we don't follow the logic of your hierarchies...

Hamlet: you are a word player, you know me?

Blaylock: I know your face and name.

Hamlet: Who is the leader of this boat sir?

Blaylock: Leader? What's a leader?

Hamlet: a leader is the person entitled to take decisions.

Blaylock: I am afraid we don't have a leader either your majesty. We have a counsel... we use to follow orders from that counsel.

Hamlet: then you follow orders from somebody.

Blaylock: not some "body" but some "bodies".

Hamlet: Who is the body that comes up with the last word?

Blaylock: the last word is usually spoken by the last person in turn to speak, good prince.

Hamlet: he thinks he is skilled enough to play with the alphabet let's see...

A shadow in the door enters the scene and interrupts the conversation:

Shadow: enough Barry! That is not the proper way to treat our guests. Bring him some of the best food and wine we have! I can assure you all of your questions will be answered tonight, now rest and take a good sleep, you need to recover your strength.

Hamlet: a dog was biting my hand, sinking his filthy eyetooth in the lines of my palm and I believed the taste of his teeth in the skin was the reliable proof of reality. Now I seem to have exchanged fiction for reality or reality for fiction.

Hamlet rests on a bed. The movements and sounds of the boat and sea howl onto the prince's ears. The light of a candle is watched by the figure of a man in the middle of the door.
The mysterious man who promised the Danish the truth enters the room and leans his shoulder on the head of Hamlets bed.

Shadow: How are you feeling?
Hamlet: your voice sounds familiar.
Shadow: we know each other.
Hamlet: Fortinbras, good to see you!
Fortinbras: some of your servants tried to poison you with a strange narcotic.
Hamlet: Really? Which noble soul would benefit from my death?
Fortinbras: you should look for that answer between the walls of your mind's labyrinth.
Hamlet: the kingdom of Denmark and Norway will benefit for sure… King Claudius… I feel as if I was hallucinating.
Fortinbras: we gave you an antidote, but your fever probably will create a few monsters inside your head.
Hamlet: there is no antidote my friend, capable of creating bigger monsters than the ones in front of me.
Fortinbras: I won't trick you I intend to claim back the throne of Denmark.
Hamlet: I worry…
Fortinbras: You worry?
Hamlet: I worry by the time you get there you will find no more than stones.
Fortinbras: Stones?
Hamlet: a stone over another that's how we built our castles in the present times, sir, unless you prefer sand which tends to melt faster than the solid stone… even though if we consider sand is made

of minerals and very small pieces of flint and stones are formed from small pieces of rock we can conclude castles of stone and sand are pretty much the same thing, sir… the difference lies in the weather.

Fortinbras: The weather? Are you delirious?

Hamlet: wind and water sir, wind and water.

Fortinbras: What?

Hamlet: water runs through the ocean, falls from the sky, watering our fields and wetting the walls of our castles shaping this natural phenomenon known as erosion… erosion is caused largely by wind and water… transforms material from which we build our castles… turns a palace into ruins with the ease of an earthquake, hurricane, volcano.

Fortinbras: How about war?

Hamlet: indeed, war is another natural disaster, sir.

Fortinbras: A natural disaster?

Hamlet: if we consider man as a creature of nature and war as a natural effect of our societal organization, then yes, war is indeed a natural disaster sir… man is one of the few animals that kills for pleasure… we have graduated artists in the field, good sir.

Fortinbras: you like to play with words. I have prepared a couple of terms for you to play with. (To one of his men) Bring him to the deck!

A few men surround Hamlet. A wood table lies on the edge of the deck. Fortinbras invites the Prince to take a seat.

Fortinbras: as I told you before I prepared an alphabet menu especially for you… I hope your reason and judgment leads you to make better decisions than your fathers… I don't need to remind you the set of actions displayed by leaders of our lands will be remembered in the books of history, prince of Denmark…

Hamlet: don't put too much faith in those books prince of Norway since the times of Herodotus the rhetoric of historians have avoided abstractions… archaism has characterized their style, limited to perceptible facts… take a look at the history of our fathers for instance.

Fortinbras: my father lost land, throne and life for a stupid bet!

Hamlet: both of them dead for the same reason.

Fortinbras: Same reason?

Hamlet: your father lost a bet, mine gambled for the confidence of his own blood and was finally betrayed... books of history will speak about legendary battles waged in the ocean, their great leadership... but they won't speak about the cowardice of our uncles substituting us in the governance of these lands... You see mon ami? We limp from the same foot!

Fortinbras: I respect the nobility of the range you represent. It is not in my plans to snatch your life... I am convinced you can have a place of honor in my reign... but if you do not sign the transfer of the lands of Norway there's no place for you, not even on the deck of this boat.

Hamlet approached the edge of the boat and said: something's rotten in the state of Norway, sir... the darkness in your Norwegian heart has grown bigger than the light of your thoughts... as your judgment don't support your Norwegian actions, your Scandinavian reason eventually will abandon you as I abandon the deck of this Norwegian boat. Adieu mon ami!

The young prince jumped into the sea under the watchful eye of Fortinbras. He ordered his men to let him go. As he was falling, jellyfish were ascending to the surface. The shadow of the boat was becoming smaller and smaller. The rays of light were fading until he felt a "soft body" hitting his back gently. Was it a carp? A manatee? Or perhaps a jelly fish? He didn't know, the only thing he knew was that a living thing was carrying him up to the surface... during his smooth ascent he wasn't afraid at all... his thoughts were distracting him from danger.

Stronger coral meets stronger coral, weak mollusks meet weak mollusks, beauteous crustaceans meet beauteous crustaceans... social organization is dominated by ambiguity of ignorance... richness in difference, emptiness in parity... a few minutes later he was at the edge of the beach spitting salt water and helped by Horatio... the adventure of returning home was just beginning…

Thanks God!

Each patient who crosses the door represents the awakening of personal conflicts for therapists. Represents also an opportunity to tie up loose ends or understand a part of the deep being. Science had distanced Mingus from his faith in god. He had been an atheist for the half of his life, but certain experiences had guided him in the pursuit of the reconstruction of a new deity. A god that was capable of interacting with him internally. The next patient outside his door was about to change some of his thoughts and praxis. His name was Orlando Rivera, a mob boss from the north of Mexico. In the middle of his career, when he was more successful, he suddenly decided to retire. This is the story of that period of his life.

Apparently a neighbor of his practiced some sort of exorcism pulling three demons out of him. He quit drinking, smoking, drugs, and sex… the last being the reason he waited outside Charles's consulting room. Stella, Mingus's secretary, seemed to be talking with the doctor by the phone.

Stella: yes doctor, Mister Rivera is waiting for you… no I have no calls from the bank… Doctor Bordin? No she hasn't communicated yet… ok you're welcome…

Orlando crossed the hall and entered the darkened office of the eminent Charles Mingus. He was really motivated by the eccentricity of the man.

Orlando: it's a pleasure to meet you, sir I have read a couple of your articles, you are a great scientist!
Mingus: alright, alright, Mr…
Orlando: Orlando sir.
Mingus: Orlando, take a seat, make yourself comfortable… Where can we start?
Orlando: I come from the north of Mexico.
Mingus: Really? How's the weather?
Orlando: could be better, too hot!

Mingus: went to a beach on the north of Mexico last year...
What brings you to my office?

Orlando: it's a long story doctor, I am gonna try to be as brief as possible.

Mingus: alright, alright... I'm all ears.

Orlando: mmm, it's just that I don't know where to start.

Mingus: start from the beginning.

Orlando: alright, alright, ha ha ha that's your mantra, right? (Nervous laugh)

Mingus made no comments.

Orlando: it's just that I was a very different man a couple of months back. I had so much power, women, cars, luxuries, everything I wanted; I also had a family. I was some kind of mob boss... suddenly everything fell into pieces right in front of my face.

Mingus: alright, continue.

Orlando: a neighbor of mine, Doña Lupita, I used to take her for a looney, she's a Christian, came into my house one of those days and started talking about good and evil, God and the devil. I was a little bit drunk but had nothing to do so I was really listening for the first time.

Mingus: alright.

Orlando: days went by and she came back at the same hour... she asked me to lay down onto my couch so I did... she started repeating these strange words while she hit me gently with some stinging plants... now excuse me if I sound too "archaic" for you, but I swear to god, right in front my face, I saw the shadows of three demons coming out of my chest! Jesus is my lord!

Mingus: Were you by any means under the influence of any drug?

Orlando: of course not! From that day on, I quitted drug business, I quitted alcohol, I quitted cigar... (After a pause) my family, they found hard to accept my new way of life... so they decided to turn their back on me... they abandoned me.

Mingus: they might need an exorcism as well.

Orlando: it still hurts doc.

Mingus: sorry.

Orlando: Who knows? I couldn't convince them to follow

my example so I lost them... I have found myself, you know... Jesus my lord has enlightened me... I am taking this second chance to make things better... I wanna be good... but that is the dilemma... me and Dolores, my new girlfriend, we have been experiencing some problems lately... aaaaa...

Mingus: What kind of problems?

Orlando: "bed problems".

Mingus: I know a good furniture dealer.

Orlando: that's not what I meant doc.

Mingus: I am just kidding Mr. Rivera, go on.

Orlando: yes I know, ha ha ha... I don't know how to tell ya, it's not easy to say... I... I lost capability to have an erection... especially when I'm inside her.

Mingus: alright, how often has this happened?

Orlando: almost every time we try to have sex, is terrible 'cuz I know what is on my mind... somehow those demons took away something from me... no wonder why our culture tends to associate sex with the "devil".

Mingus: I agree on that one, somehow the sexual instinct has been demonized by certain dogmas and religions... but perhaps that's something your mind convinced itself is the truth.

Orlando: You think so?

Mingus: perhaps God took away your orgasms.

Orlando: God? How could that be?

Mingus: ok not necessarily God but a representation of him that might be causing you this trouble... we are going to do this for homework... you must write about the most important spiritual memories you have, in your early years perhaps... our time is over now, see you next week... Stella will schedule the appointment... and remember what Nietzche said...

Orlando: What?

Mingus: "be careful about casting out your demon, you might be casting out the best part".

Orlando: not in my case I just need to get back on track... anyway it has been a real pleasure talking to you Mr. Mingus. I am starting to feel better, just by the simple fact of talking about it.

Days later Charles talked about the new case with Dominique on the phone. She was spending a few days in La Habana but always had time for old colleagues.

Mingus: I am telling you this guy thinks some demons took away his orgasms because he was "mischievous". I am having doubts on where the dynamic is in this case.

Dominique: relax mate it is only the beginning of treatment.

Mingus: I am trying to find a hint, and to gather a bunch of information to complete this puzzle.

Dominique: Did you ask him for his memories like you said?

Mingus: I did, we are working on it, but I have a lack of clues.

Dominique: maybe you just need to relax, let things happen on their natural course.

Mingus: yes, I might be a little stressed about the case due to the profession of my client.

Dominique: Where does he works?

Mingus: he is the Mexican version of Tony Montana.

Dominique: Is he a drug trafficker?

Mingus: he used to be until someone performed an exorcism on him. He is retired now. I am afraid if he starts missing luxuries and gets back to his old lifestyle.

Dominique: he could look for a chance in politics.

Mingus: very funny Dominique!

Dominique: you have a very interesting case Charles, an exorcism? This guy could be dangerous, take care!

Mingus: I know, I am telling you, I am used to dealing with all kinds of people but I guess that's the reason why I am trying to precipitate a strategy.

Dominique: praying before "doing it" could be an alternative.

Mingus: ha ha ha that's not a bad idea, what if he prays during the act?

Dominique: I was just kidding Charles!

Mingus: alright, is just that I don't know what to think or

what to do…

Later that night, as Mingus slept in his bedroom, a dark shadow was walking around his bed in slow motion. The small image of Jesus Christ hanging around his neck turned toward the shadow as it came closer and closer. The roar of vibrating blades filled up the room, turning clockwise with difficulty. Jesus started screaming as a demon descended upon Mingus's chest. As the demon began to tear away at his flesh, he woke up sweating and thinking about Rivera's case. He was considering the possibility of writing a book about the way patients "affect" or "influence" the personal life of therapists. He tried to call Dominique but no one answered the phone, she must have been sleeping.

He smiled to himself when he thought about the existence of the devil but he remembered his childhood, he couldn't sleep in the dark when he was alone.

A week later, Orlando arrived with some of his notes written in a small notebook.

Orlando: good evening doc.

Mingus: How have you been Mr. Rivera?

Orlando: good Mr. Mingus, good, full of faith.

Mingus: alright I see you have done your homework, good.

Orlando: to tell you the truth I have been having troubles with Dolores.

Mingus: What kind of problems?

Orlando: I don't know. We are tense. I am yelling at her very often. I am usually in a bad mood when she's around.

Mingus: alright, alright, that's completely natural, you feel a little bit insecure, your aggressive reactions in a period of abstention are completely normal but you must keep control of your mood. You know what I mean?

Orlando: yes of course, I am visiting church almost every day and I am thankful to god for giving me a chance.

Mingus: now that you mention it, have you asked him about your orgasms?

Orlando: What?

Mingus: about your orgasms Mr. Rivera… Have you consider the possibility of praying to get them back?

Orlando: no way doctor! I wouldn't ask God for a sexual issue, no! I wouldn't talk with him about sex in the first place.

Mingus: And why is that? Isn't God the source of life?

Orlando: indeed… whenever we have to talk about those kinds of issues we look for therapists. When we have a spiritual breakdown, existential doubts, we search for God.

Mingus: ok I was just trying to break the ice with a little suggestion.

Orlando: ok, you got me there.

Mingus: I see you brought your notes.

Orlando: oh yes, let's see. I wrote about an important memory back when I was six years old. My father had recently died. My family looked for comfort in religion so I spent too much time at church. A guy who used to help the priest in ceremonies didn't show up and someone thought I could be a good replacement. They made me wear a stupid cassock; no one told me what to do until the ceremony began. The priest wasn't aware I was some kind of rookie with no experience at all and thought I was trying to make people laugh deliberately. I made one mistake after another until the whole thing was over. This angry priest took me to a room in the back, and asked me to clean the furniture which was full of dust. It seemed like a soft punishment for a kid of my age after all. I found a little curtain in the middle of a wardrobe. I wasn't supposed to open it but I did. I saw the scariest image of Jesus I had seen in my entire life: "The laughing Christ". It is a very distorted picture of the western version of Jesus. I thought he was laughing at me, there was blood on his face, and he was wearing the crown of thorns. I ran to my house with clenched fists. I keep seeing that very same image in my nightmares.

Mingus: alright so even when you did something good God and his representatives punished you for some reason, and laughed about you, is that what you are trying to say?

Orlando: it's funny you say so because I started losing my trust in religion since that day on.

Back in his home Mingus was venting to Dominique again. While she was exercising on her stationary bike in her apartment in

Paris, Charles was lying down on his Freudian couch describing his recent dream.

Mingus: I landed my plane on an old broken road. Smoke was coming out of the engine and needed repair. I walked up into this abandoned house. My art supplies were strewn about the place. I felt worried about where and how I was going to get my supplies gathered up. So I got into the bed and fell asleep. Then a woman walked in. I awoke with a scream, but she shushed me and said: "Don't you remember me?" I didn't have a clue about who she was, but I said yes, and then she motioned for me to get up, although I was nervous, I did as I was told.

Dominique: it's obvious you are feeling disturbed, looking for the external order you don't have on the inside.

Mingus: she said "I am glad you are here. I wanted someone tonight to go to bed with." I felt a little worried. We walked through these French doors and into another room of the house. There were baby chickens there. They were black, about ten. I noticed they were hungry so I opened the bag of feed and there was no aliment, only dead birds. I felt an overwhelming sadness consume me so I told the woman that they needed to be fed. Then another man and two naked women came in at that very moment. They acted as if they knew me. I had decided to go back to bed to get this all over with. The trio was luring the woman. She was doing things with them. Then she came into my room. She was on top of me. And she said now I must kill you! I got up and ran to my bicycle, and then I woke up sweating.

Dominique: interesting stuff, this patient of yours opened up a file you had already closed.

Mingus: I thought I had overcome that period of my life…

Dominique: and this strange woman looked exactly like…

Mingus: like my ex wife.

Dominique: dead birds could resemble a phallic symbol. The loss of erection in your client manifested in your recent problem of premature ejaculation…

Mingus: lower your voice Dominique you're the only specimen of feminine gender I dare to talk about these kinds of issues.

Dominique: is not a big deal Charles. We have enough myths to throw down.

Mingus: I belong to an endangered species.

Dominique: give me a break. I also see a manifest fear of murder. In this case sex and murder are connected.

Mingus: sex is pretty much like death.

Dominique: In which sense?

Mingus: well Buñuel said sex was like a little death. You die for a few seconds, then when your eyes turn up…

Dominique: a very quick death he he he.

Mingus: alright stop laughing about my "quickie complex".

Dominique: (Laughing out loud) sorry Charles I apologize.

****

Back in therapy Mr. Rivera shared another memory.

Orlando: this story comes from the time I was about to do my first communion. Someone told me about heaven, and how much he wanted us to be honest and tell the truth no matter what, so I had to confess my sins. I told this young priest that I fought with my brother, I cheated in school, and I lied to my parents. But all he asked me about was masturbation and "lascivious thoughts", I remember I told him: "Yes father, three times a day… one after each meal". After that he got upset. He asked me to raise both of my hands with my fingertips upside. He took a stick and hit me repeatedly until his tiredness was bigger than his anger. He also made me pray for a couple of hours.

Mingus: alright, so you learned sex was a forbidden item for your religion?

Orlando: not just for religion, father, but for God, I truly believed I was dealing with his representatives.

Mingus: you just called me father, did you notice?

Orlando: Did I?

Mingus: lapsus linguae.

Orlando: What's that?

Mingus: a speech mistake in which an individual manifests subconscious desires.

Orlando: How come?

Mingus: probably because you expect my disapproval.

Orlando: or probably 'cuz I think you are a representative of God.

Mingus and Orlando laughed. They used to solve uncomfortable situations by smiling about each other. Later that night, the therapist talked again with Dominique about his case.

Mingus: Catholicism is always about guilt.

Dominique: tell me something new Charles.

Mingus: I mean I was a catholic too, that's why I understand. That's why I have periodic feelings of guilt also… he called me father.

Dominique: Father? Like a priest?

Mingus: yes, this guy is too smart to be a drug trafficker.

Dominique: times they are a-changing. Drug cartels have professionalized, you will be surprised to find out all of the clever people working for these organizations.

Mingus: I'd rather not.

Dominique: take care of yourself Charley boy.

****

The following week therapy continued.

Orlando: I had a dream doc.

Mingus: A dream? Great! It's the best part of my work trying to interpret symbolism from our dreams.

Orlando: I was at a friend´s house in the living room. I was waiting for my pal because I was invited to eat, but the house seemed to be empty. Suddenly a door at the end of the hall opened itself. I was a little bit afraid but curiosity guided me down to the end of the hall to see what was behind the gate. I saw a big a pair of huge pillars lying together. At the point in which they reached the ground these pillars were adorned with ribbons like those of a sandal. At the end of the sandals a couple of toes greeted me with a small movement. I stepped back and saw a great giant was in front of me and the only thing I could perceive was his feet. A distant voice asked me to sit down so I sat down near the right foot.

Voice: What are you doing here son?

Orlando: then I noticed I couldn't say a word so I had to use sign language looking up toward the sky. The giant understood and offered me a huge nut. I tried to eat it but the damn thing wouldn't open. A giant hand took the giant nut and cracked it down with a giant snap. I heard a distant laugh and it was then when I realized I was in front of God.

Mingus: Why is that?

Orlando: 'cuz the image of the laughing God came to my mind instantly, although I wasn't afraid at all.

Mingus: interesting point, continue.

Orlando: I was trying to ask him about the mysteries of life but in sign language was a little bit complicated, so he kept laughing. I lengthened my arms to mimic the hands of a clock trying to ask him about life after death. He thought I wanted to know about time and he said time was like a slingshot stretching on and we are the stone. I used to own a rooster as a pet in my childhood; my dad gave it to me when I was seven. When the animal died I tried to revive him with electric shocks. I had taken off the car's battery, connected power cables on the rooster and then shocked its dead body. I was trying to use this event as an example of death and started imitating the particular walk of roosters, but he was laughing hysterically and when I mimicked the convulsions he lost control. When that analogy didn't work I tried to ask about my future so I took my right hand over my eyes, as if I was trying to look in a far distance and he said: you are not a seafarer. You don't need to do that.

Orlando: I was trying to ask something more but my arm was crushing my mouth.

Mingus: that's why you couldn't talk.

Orlando: yes, exactly, that's why the words wouldn't come out, so I got the chance to talk to God but I lost the words.

Mingus felt a sensation of emptiness deep inside his soul. Rationalization bound him over half of his life. He was floating up with his thoughts hearing Orlando's words at the distance. He remembered a day when he went out on a picnic with the family. He and his father hunted some partridges. They set up traps for hares and ended up chasing chickens just for fun. He was five years old. That was the last time he felt connected with his father. He would abandon them the next summer. Charles looked for Dominique to tell her about his reminiscence.

Dominique: that's the connection between you and your patient.

Mingus: What do you mean?

Dominique: both of your fathers abandoned you.

Mingus: when you live those painful experiences, you assume them as normal.

Dominique: Is it hard?

Mingus: you are not aware that you grew up disadvantaged.

Dominique: circumstances are determinant I think.

Mingus: when you look over your shoulder, you realize you didn't have the chance to have a normal development…

Dominique: suddenly instead of being concerned about a way to heal those scars… you manifested them with other symptoms.

Mingus: I can see the connection between me and Orlando but…

Dominique: we tend to construct our representation of God as from the paternal figure, in both of your cases you had to create them in the absence of your fathers.

Mingus: it is surprising how each human being asking for help awakens a personal memory you thought you had forgotten.

Dominique: somehow you live in the dilemma of the abandonment of God.

Mingus: uncertainty becomes a part of your personality.

Dominique: gives birth to authentic personalities.

Mingus: I try to build my own God in the uncertainty of postmodernism.

One of those nights Mr. Rivera was praying and remembered Mingus suggested him to ask for his orgasms back. And finally he dared to ask for them.

Orlando: I am not asking for myself God, do it for Dolores, would you?

That night Mingus felt exhausted. He needed to sleep but his mind was running so fast he just couldn't stop. While he was reading a book by Carl Jung in his bed, he started yawning. He realized it was time to sleep so he went to the kitchen for a glass of water. Then he went to the bathroom and started urinating and saw to his left, a pair of giant toes making a slow movement. He didn't panic. He looked up to the sky and heard something.

Voice: I've always been here, that's why you feel chills when entering your bedroom.

Mingus: I'd rather ignore them. They're the boundaries of my sanity.

Voice: your mind is configured by "western standards".

Mingus: God is inside us.

Voice: you left the light of your backyard turned on.

Mingus: I know it keeps me safe from burglars and mocking spirits.

Voice: you need to take a deep breath… relax your thoughts.

Mingus: I am always reasoning… gets kind of boring.

Voice: I know, cough cough... love you Charles.

Mingus: love you too sir.

Back in Rivera's bedroom he and Dolores were turning in the sheets. An image of Jesus Christ over the bed gave a sacred air to the atmosphere. Northern Mexican music sounded in background. The television showed an eighties horror movie. When the clock stopped at four and a half, Orlando screamed: thanks god! while he experienced his first orgasm in months.

You need to go crazy

If freedom was able to write its own history, it could start in Africa. European colonies left an indelible mark, insomuch that Africans themselves have trouble getting rid of colonialist influence. The light of ideologies blinds the sight of inequities perpetrating all kinds of crimes as long as leaders can maintain power. Governors have become masters in the art of seducing the people with promises of equality while ruling in favor of foreign interests. They receive a great percentage of earnings of the exploitation of natural resources by spreading it in the hands of a political class that has been enriched with the poverty of its own people.

Two old friends from Angola were waiting in line at dawn, in the shadow of a stone wall. Andrade uses a cane and wears a tunic that covers him from the cold and dust carried by the wind. Paulo wears a hat that covers almost his entire head. Some fresh air gets into their bones and forces them to rub their hands to generate some heat.

Paulo: hard times come bro.

Andrade stares at the horizon in silence as if he couldn't hear his partner.

Paulo: you're right, it couldn't get worse...

This time Andrade looks him straight into his eyes as a sign of tranquility.

Paulo: I understand we are living in a time of war or perhaps we are only living a long truce.

The whistling wind interrupts the monologue while the sun doesn't end to poke the first rays of the day.

Paulo: I remember when our ancestors were able to practice self-sufficiency in agriculture. Eey Bantu! Kibuka! Wakker! Eeehhh Wake up! The Portuguese done everything that is worthwhile in our country? All cultural advances are attributed to settlers and primitivism is associated with Africans? Why is that? We were doing well before they came, our agricultural techniques were enough for supplying all of our people... there was no hunger, no greed, and no war... suddenly all that is "evil" comes from Angolans! History is a bitch bro, sold to the highest price.

Andrade emits out a sound in his throat trying to express a tone of affirmation.

Paulo: every story is told from the white man's voice, oh brother, and they call us "paranoid". The blacks are not entitled to think, as a "primitive" that is not consistent with its nature... eurocentrism... pass me a cigarette... damn.
Andrade: mmm.
Paulo: camels, we don't even produce the shit that kills us kamba.

While lighting his cigarette a man carrying chickens approaches.

Paulo: And what brings this maluco here?
Mingus: Why is this row for?
Paulo: for all, at all, depends on what you're looking for. What are you looking for?
Mingus: I am taking these animals to pay my taxes.
Paulo: (to Andrade) poor fool ha ha ha you live in the midst of a multi-million dollar oil-diamond economy. Who the fuck cares about taxes? You pay tribute to God's chosen man meu filho.

Mingus bows his head and asks them to care for his animals while looking for some water. Andrade and Paulo both are angry and surprised by the request of the man but something within them prevents them from refusing. The light of the first rays peek onto their faces, the figure of a human shadow approaches at the distance.

Paulo: they never stop coming bro, look here comes another one, ha ha ha... You know why education is so poor in Angola? Why water is a denied basic service? Why our streets don't even have names? Why the misery of millions of men support the wealth of a few "chosen by Gods"? Is power a pre-condition for some kind of mental disorder? Bitter is the human gift of asking questions but not being able to answer them with the same will.

The silence of Andrade rushes the words of Paulo again.

Paulo: this idiot walks as if he was a leaf in the wind, he is awaiting the strength of higher forces that take pity on him or at least crush him like a cricket. Maybe I'm wrong, but let's keep silent my friend, the new intruder approaches.

Andrade, who had not said a word, looked on in amazement. They expect the shadow to arrive with their right arm embracing their respective hen, but when the stranger approaches they squeeze the animal harder against their chest.

Stranger: What is this row for brothers?
Paulo: my relatives are at home resting and others working from dawn to dusk in the coffee fields, and yours Andrade?
Andrade: mmm.
Stranger: What is this row for gentlemen?
Paulo: that's better; now take off your coat so we can see your face.
Stranger: I'm sorry I cannot, at least not for now.
Paulo: then we cannot answer your questions… at least not for now.

The Stranger goes to Andrade as he realized his attempt with Paulo failed: What is this row for good man?

Before Andrade could answer, Paulo interrupted.

Paulo: that is the wrong question!
Stranger: What?
Paulo: I say the right question would be to ask "why".

Stranger: Why is this row for?

Paulo: Why is this row for? Why is this line for you say? Mbanza Angola, Mbanza Kongo, Ndongo Mbanza, Mbanza Luanda... San, Bantu, Mani... Angolans are stuck in the logic of "master-servant" post-colonial model that has been imposed for years. People are accustomed to inequalities, abuses, and marginalization has become their reality, how can they long for a better life if that's the only known reality? Why is this row for? Is that your question? The wait has become eternal, Kimanaueze! The identities are at stake. They have stolen the spirit of this land.

Stranger: All is about this row?

Paulo: all is all about; we are here so we uphold the right to work our own land. One day our grandparents grew crops with their hands. The holy king has provided the conditions for sharing the richness with foreigners, so everyone wants a piece of the booty, while my people stretch out their hands and get anything and nothing—we are doomed to be formed in this endless row until the spirit returns.

Stranger: Endless?

Andrade points out his finger towards the dying sun that reveals thousands of men and women gathered around the wall, a long row of skyscrapers seen from afar. The orange light of the sun forces them to squint.

Stranger: What might this king do? This is a tendency of the current world order!

Paulo: an ordinary man with extraordinary power, legitimized power by great tyrants.

Stranger: I have heard that the Angolan people are Marxist; they seek equal conditions for society.

Paulo: the only equality we know here is that of poverty.

Stranger: Lenin said that the working class...

Paulo: the working class is tired of Endo-colonialism.

Stranger: the division of classes according to Marx...

Paulo: fuck ideologies!

Paulo descends a step to talk to the Stranger giving him a sermon.

Paulo: Marx, Lenin, and Mao Tse Tung are diluted with oil, gold and diamonds; these are the ideologies that dominate our leaders my friend.

Stranger: you are what some call an afro pessimist...

Paulo: Afro pessimist? Is there such a thing as an afro pessimist? In that case afro optimists must be living in Europe. The West keeps an African elite living like kings in exchange for turning the continent into a branch of natural resources, and you call me an afro pessimist? Our brothers think there is no other way to be governed, as if imposed social inequality was part of our destiny, a curse of gods, how could they think differently? That's the formula that has always been provided by tyrants. Servants give shape to oppression, and multinationals complete the exploitation of the masses.

Andrade: you are missing an important fact!

Stranger: I thought he couldn't speak, funny.

Andrade: blue blood kings don't exist.

While they were talking three giants formed behind them in silence. They were dressed in long robes that didn't cover their faces completely. They were located at the back of the Stranger. Their breath expelled a fetid steam alternating exhalations rhythmically. Paulo, Andrade and the Stranger did not dare to speak to them; they had to look up to try to stare at their pale faces.

The figure leans between them and asks: Why is this row for good man?

Andrade: we have been here for thirty-three years and we haven't gone anywhere sir... distribution of the rocks perhaps.

Figure 2: Diamonds?

Andrade: those little stones you see there.

The men watch dozens of diamonds scattered on the floor with anyone to claim them... a couple of chickens peck the jewels like corns.

Stranger: Who are you? Why don't you show your faces?

Figure 2: some people call me a whale ha ha ha (the three figures laugh in chorus) we will reveal our identities when the time comes.

Figure 3: Why do you walk among the sheep, wolf? Your sheep skin is too fake to fool us, you cannot hide from us.

Figure 2: homo homini lupus.

Stranger: don't understand Latin, what do you mean?

Paulo: is Hobbes, man is like wolf to man.

The giants whisper to each other, one of them lets out a roar like a cat in the depths of the forest. Paulo, Andrade and the stranger are frozen in fear.

Figure 2: What are your plans for these lands?

Stranger: eeeeh... What are my plans? That is an absurd question... What does the life of a man mean in relation to the destiny of a country?

Figure 3: exactly!

Figure 2: the end is near can you hear the beat of the drums at the distance?

Stranger: Drums? Which drums?

Figure 3: Why does everyone have that red tube attached to the feet except you?

Stranger: (Lifting his left foot) what red tube?

When looking at their feet, Andrade and Paulo discover a kind of red hose going out from the top of their heels to the underground, a red and black liquid runs inside.

Figure 3: opulence disgusts me. Wolves do not attack wolves man is the only animal who kills for greed.

Figure 2: I told you! You were wrong Ernesto, he is like a vampire a human vampire... we see you from the distance.

Stranger: Ernesto? Your name is Ernesto? Reveal your face so I can see you... I knew someone called Neto. This land has many challenges ahead, with Angola trying to make real Marx's dream.

Figure 2: Marx looked for balance between classes, not

slavery.

Figure 3: when a government becomes tyrannical, it is the duty of people to overthrow it.

Stranger: Lenin said...

Figure 2: let's take him now Ernesto, let's take him once and for all!

Figure 3: too early, his fate has reserved other circumstances for him.

Figure 1 raises his hand pointing toward the horizon, the light of day against his robe revealing his cadaveric state, has the face of Roberto Holden. The Stranger walks back as looking for the protection of men.

Stranger: Wh-wh-who was that? What was that?

Figure 2: What is the common fate of kings, Ernesto?

Figure 3: Death in the hands of the oppressed?

Figure 2: the identity of the oppressor is forged in western civilization. The game supports euro-centric, phallus-centric, anthropocentric roots. Hatred is sown by the colonialists being paid off and is now disguised with folklore and longing for the traditional.

Figure 3: their greed disgusts me.

Figure 2: hunger and thirst of our people is satisfied with the blood and the dust of ancestors.

As he speaks he displays a mosquito crushed in the palm of his hand.

Figure 2: look! A royal mosquito... this animal sank its peak one day in the noble skin of a king he carried blue blood I guess... I am a skeptic when it comes to immortality.

Stranger: me neither... I never meant that...

Figure 3: I got tired of this game.

The three giants discover the identity of the Stranger, his hair covered with gray, his naked body, red blood in his mouth—the dictator fed with the blood of his people.

Figure 2: we have unmasked the wolf.

Figure 3 raises the dictator as if he was a doll, offering no resistance at all.

Figure 3: What shall I do with him?

Figure 2: I do not know I leave it to your free will; it is not my task to write the fate of men.

The giant walks to a nearby fountain while charging the man on his back, who is now making a big tantrum, as if he was a little kid. The dictator turns into an eight year old child while the giant spanks him, cries resonate all the way down the street. The eyewitnesses laugh while the kid begs for mercy. The giant finally lets him go. The water in the fountain grows shaping into a human body. The spirit of Kianda, the siren rises, taking the old dictator in her arms, making a gesture of farewell she addresses her words to the crowd in line who gazes upon her in astonishment:

I blessed this land with the gift of reproduction, food and resources, thinking it would be enough for all. Now I am back and sadly realize that man is not able to organize accordingly. I have returned and sadly see that governors are enriched with their people's poverty. I have sadly observed the people seduced by frivolity, individuality, and apathy. Have they forgotten the will to fight for freedom, equality and justice? I command you to reestablish balance with nature, locate power in citizens, and reorganize Ondjangu!

Freedom is a divine gift and we should embrace it, power is a human habit, it must be balanced. People need unity, strength, awareness, and we will harvest them.

The spirit of Kianda vanishes taking the little dictator with her…

Le roi est mort

Mingus was solving a chess problem. Suddenly he stared at the outline of the pieces, hypnotized by the nature of the game.

White horse: the streets are covered with blood.

Black bishop: I can smell the smoke like every morning, yet I fail to perceive the bloodstains from the pulpit.

White tower: I've been here for a while... and still cannot understand.

White queen: the echo of his words reverberates like a sharp ring in my ears.

Black king: that howl confuses me, is it a boy or perhaps a dog?

White pawn: I understand nothing… that's why I live happier.

Black pawn: there's not much to say or understand, just words.

Black horse: I used to trot in the past along the same path and my horse steps dyed red earth beneath my hooves, I have several years going around in circles, my legs hurt.

Black queen: hear the cracking of fire that beats beneath your belly…

White bishop: these natives have not been civilized, beasts of burden is what they are!

Black tower: (laughing) appearances are deceptive; the watchful eye often watches itself.

White king: enough with the rant! Let the game begin!

Act I Gentle delights of power.

The black and white pawns are gathered on squares discussing the nature of their social organization and their role within the game.

Black pawn: the pawn is the weakest piece on the board, we are the weakest, the pilgrims.

White pawn: even though striving we still can become any larger piece, be crowned, capture, advance, we have unlimited possibilities.

Black pawn: you're a dreamer there's no doubt about it... but you must agree that we are at disadvantage to the knights and bishops, out of reach of the immeasurable power of the tower and not to mention the sublime queen.

White pawn: power.

Black pawn: power. I would like to enjoy it even for a short period of time. The gentle delights of power.

White pawn: if conditions to meet those objectives do not exist through legal means, we must seek supremacy through illegality... What would you like to become?

Black pawn: I have always aspired to be a horse, as I admire their mobility within the board. The beating of their legs hitting the ground, hair in tune with the wind, the ultimate expression of freedom... however is just a dream.

White pawn: and I'm supposed to be the idealist.

Black pawn: well, I agree that this is a utopia, an unattainable ideal. You just have to look at the conditions in which we live. We are the cannon fodder.

White pawn: Cannon fodder?

Black pawn: statistics don't lie; the pawn is the most exchanged piece.

White pawn: ok but there are forward pawns, remember en passant!

Black pawn: let's face it, how many pawns come to make en passant? How many of them survive this movement? Have you ever wondered?

White pawn: well, we must be aware that we are such a subordinate class, the servants, the labor force, the so-called "people".

Black pawn: now we are talking, how about conditions to climb the social ladder?

White pawn: obstructed, denied, disabled.

Black pawn: invalid or inexistent because of the nature of social organization and power structures, limited to a heroic act, or in other words a remote statistical chance exploited by elites to perpetuate inequities.

White pawn: explain yourself!

Black pawn: chaturanga.

White Pawn: What?

Black pawn: chaturanga! Number four is the key!

White pawn: now I am completely lost.

Black pawn: it has been said that the origin of the game is located in India, where it was called chaturanga, representing three members: the war cars of the West turned into rooks. Bishops or elephants as the word in Arabic, and cavalry in which the number four killed King Richard III at the Battle of Bosworth. We belong to the infantry class.

White pawn: and how exactly did number four end up with the King?

Black pawn: you're letting yourself get lost by the details, but I'm going to explain—it has been said that Richard III was preparing for the most important battle of his life. The blacksmith set horseshoes for the King's stallion. But as the enemy approached and anxiety gnawed Richard's mind, it has been said that there were no nails left for the fourth horseshoe. So the smith managed the situation as best he could. This simple fact was decisive for the battle since losing the horseshoe in the middle of combat left the King at the mercy of his enemies. Hence the phrase: my kingdom for a horse! That could be modified as my kingdom for a horseshoe or my kingdom for a nail!

White pawn: or my kingdom for a high-quality blacksmith!

Black pawn: you get the idea.

White pawn: although I have many doubts in my head, but what is the essence here?

Black pawn: the key is that our social organization is oriented in the military. Militarized societies compete with each other to achieve authority over the other. That's the logic of the fingers moving chess pieces... civilization is a constant denial of nature... Civilization? Don't make me laugh, at the end were stuck in a primitive sense, mankind is in a collective suicide.

White pawn: Isn't history a living proof of this?

Black pawn: it is part of our essence, a kind of dichotomy as day is to night. In any case the strength of the pawns lies in their union.

White pawn: and their position on the board.

Black pawn: advanced pawns are obviously those who can change the situation.

White pawn: this game would not exist without us.

Black pawn: a better quality of life, that's what we

aspire.

White pawn: not the life of a doubled pawn... we must spread our brothers with our madness.

Black pawn: freedom is the most sublime insanity.

White pawn: claim the balance of power or expire... expire...

Act II Vagary of bishops.

Another group of pieces talk about their origin and the identity of each other.

Black queen: we are here to discuss our identity. It is our friend the bishop's turn.

Black bishop: well there's not much to say about me, some associate me with an elephant identity while others from an archer and even a bishop.

Black queen: How's that?

Black bishop: remember that legend about our origin. The one from India, it has been said a Brahmin named Sissa Ben Dahir invented this game to entertain some king. This Brahmin gives a lesson to the noble ridiculing his power.

White pawn: there's the key word; power!

Black queen: What are you trying to say?

White pawn: the logic of castes!

Black bishop: explain yourself servant!

White pawn: caste refers to any form of stratification that values the individual from inheritance factors to classify him socially. Preventing is development from the ideological.

Black queen: And that relates to us exactly how?

White pawn: in every way, if the creator of chaturanga was permeated by the nature of the caste system it would finally explain why it seems our identities are structured not to aspire to personal growth! As if our game was already determined and we were not generating it with our own movements.

Black queen: interesting but something does not add up.

White pawn: take the case of the bishop, it is a long-range piece that is usually a potential protagonist of games, sometimes not precisely at closing them but always in the middle game... whether it is perceived as the classic archer or as a rider galloping on his elephant or a post-westernized man of faith... is how we are going to conceive him for now.

Black queen: We have a conflict of identity? Bishops, archers and elephants.

Black bishop: Bishop? In France I'm a jester, in Italy I'm an old man, in Germany a messenger, and a vulgar camel in Tibet.

White pawn: the most important fact is that the bishop is antecedent to the Hindu God Ganesha, an elephant-headed deity. The bishop and its derivatives are not so far from that source. He is the one who "cleans the obstacles", and accompanies major and minor pieces as the lady and her servant here with us. The role of religions in the exercise of power; those who predetermine the struggle between good and evil condition relations between men. It is not about the hands moving the pieces on the board but the deity moving them from behind—ambition, power, and ambiguity... ambiguity. Kings and queens who use faith as a tool of power—those prohibiting "illegal moves" with one hand, count winnings profits with the other.

Black bishop: this is very confusing.

White pawn: now regarding the queen, what's her identity? How did she end up being the most powerful piece on the board?

Black bishop: the most powerful piece is the king.

White pawn: the king may be the most valuable piece. But the queen is the most powerful for now. You just have to see how she moves imitating the movements of a bishop or equating the horizontality and verticality of a tower! No one compares with her on the board.

Black queen: it's all relative, depends entirely on my location.

Black bishop: it is not good to be that modest your majesty.

Black queen: is not modesty, it is realism, but let the gentle pawn continue with his monologue.

White pawn: thanks your majesty. When we speak about the queen we don't necessarily speak of the role of women in society. Her evolution as a piece is associated with history of eastern and western culture. I am trying to set a parameter of analysis, if you remember the queen's movements were often limited and awkward. She was the company of the king and her role was that of a limited piece, neglected, repressed not only in terms of sexuality. That doesn't means West granted her freedom, but she won mobility! In any case, what should concern us in this dialogue is the role of women in society, which is her role? Reproduction? Thermometer of natural selection? Balance of society?

Black queen: too many unanswered questions. The queen also makes war.

Black Bishop: makes and causes it... and also love.

White Pawn: its predecessor, the Persian Farzin would become the queen with medieval monarchs. The Dominus companionship, the Italian Donna, the Spanish Dama... so agile, so powerful, it is a key piece in the game of power.

Black queen: there is nothing more to say for now. Take your belongings and lie on that promontory, dawn brings the gently roar of battle.

Act III the king is dead.

White tower h1: he was a great hero.

White Bishop f1: undoubtedly the best of monarchs.

White horse g1: if only the pawns had done their job.

White pawn: nothing is lost, nothing is lost... the pieces change and the game continues.

White queen: history had never known a person like thee. Wrapped into a godlike nature.

White tower a1: would like to be him, I would like to be.

White Bishop c1: wish of all.

White Pawn: cannon fodder dies in the battle field but not the hand that rocks... dies the voice of those who cry out for justice and freedom. Inequality reigns, people's hopes die, and the ambition of a few live on.

White queen: pain twisting guts, pain injecting pain, pain, pain.

White tower a1: I wield the sword with force as if the blood ran through my fingers.

White bishop f1: is God's will.

White horse b1: your Gods have no interference in this battle bishop!

White pawn: not Gods or demons. Not the end but repetitious compulsion. The power is not legal or illegal is just power. A cycle repeats after another. The board is cleaned at the end of the game, kings send us to war on behalf of the status quo, and power persists.

White tower a1: I sheathed my sword without quenching my thirst for blood. I hear the howling of its edge.

White bishop c1: ora pro nobis.

White horse g1: death to the king! Long live the king!

White queen: we need to worship a new master, dominus.

Bishop c1: Who will lead us through the valley of the shadows?

White pawn: the inertia of the game makes the end of the match impossible... there is tolerance for blood when the blood feeds the richness of our kings. Once the game is over, the king and the pawn go back in the same box. Italian proverb.

Blame it on Stanislavski

Fiction and reality interact in such narrow space that it is not always possible to distinguish one from another. Our identity depends on our personal history and the roles we play in society. Theatre works with fiction but reality always waits beyond proscenium. Normal? Who can call himself normal? The ones who adapt faster following the rules? There are certain characters that live on the edge just to put to the test the limits of our beliefs.

You don't need to know my name. I am going to try to tell this story as I remember it. Although I am conscious that memory can deceive us, the risk to describe facts from a subjective point of view is worth understanding this incident. I was a journalist at the time and Jesse was the name of our little town's new "idol". He studied drama in the capital. He was an obsessive reader since his early childhood. He liked to play sports, chess, and used to drink red wine occasionally. He was more or less a hardy man, not too tall with curly brown hair and bright eyes.

He started to become recognized thanks to low budget theatre productions. His performances were ok and always warmly received by the audiences. Personally, I didn't like theatre, not only that but also I hated people from the stage; actors, directors, writers, producers, etcetera. All of those guys involved in show business were too much for me. Everything about them was false. They were all about ego, vanity and self-esteem: people who weren't real, imitating words and actions of real people.

The worst of them were directors; they often had a "fragmented" perception of reality. Narcissists who played the role of "demigods" in a life they were not even able to direct onstage. There could been exceptions but most of the times they were like Ravels' bolero repeated obsessively. An empty shell ostensibly containing a little beauty.

Despite my "negative" ideas about theatre, I went down to the city of New York to make an interview with Jesse. I worked for a local newspaper. In one of last week's notes, some reporter talked about our actor's third visit to the psychiatric hospital.

It appears the young artist suffered from bipolar disorder that had plagued him since he was eighteen years old, an age in which these symptoms manifested themselves as evidence of his mental disease.

"The holy spirit" was the name of this hospital in which Jesse was now admitted. The doctor in charge of him had accepted our visit to do an interview with his most popular patient. He promised an hour between Jesse and me.

"Local actor says he is Jesus our savior" said the note. Among other things, they said he had established a clinic to try to give help to the poor and ill people.

Some of the natives in his hometown said Jesse was receiving messages from another galaxy. But it was not necessarily God to them it was another kind of being living in a remote universe. When I arrived to New York, I went out to the drama school. The director gave me a warm welcome.

Director: Jesse has a lot of potential as an actor. He is a strong guy. We are not really concerned about his disease. I mean, in the sense that we know sooner or later he will recover, and that it is not a handicap that really interferes with his acting career or his status as a student of our institution.

Me: Which method is taught at your school?

Director: we work on the character's construction, kind of like the Stanislavski method.

Me: What's your version about what happened?

Director: well, Jesse he was playing Jesus in "Jesus Trial".

Me: You mean this play had something to do with his mental disease?

Director: well, this wouldn't be the first time an actor gets stuck in a character.

Me: Gets stuck?

Director: Stanislavski, you know?

Me: I don't, that's why I am asking.

Director: as an actor you work with some sort of emotional memory.

Me: Which consists?

Director: it requires actors to set off the emotions of their characters internally.

Me: an internal process.

Director: a very deep internal process, if you are not prepared psychologically you could get stuck in a characters' identity.

Me: Nullifying your own?

Director: nullifying, fusing or adopting a new one.

Me: In this case what kind of Jesus was he playing?

Director: a messiah facing power, spirituality, uncertainty... Pontius Pilate "trying to save him" despite his anti-Semitism.

Me: if he thinks he is Jesus of Nazareth, Is there a way you can reverse this process and convince him to start being himself again?

Director: well, that's what the experts are working on right now, out there in the loony bin. We were affected by Jesses' crisis. He renounced coming to school because his time of helping people wasn't enough. We are unable to fight against his disease in that sense. I hope doctors can help him... Well, like I was saying, Jesse deeply immersed himself in a Stanislavski process and his physical appearance and personality started to change radically in front of our eyes. We just couldn't stop him. He became a total stranger to everyone. He started praying alone in the desert and gave long sermons about ego and love to his neighbors. In a way I am very proud he studied here. I mean, he is in the mental hospital and everything but I know he will recover. He definitely will come back and perform another character.

I finished up the interview earlier than I expected. I was bored and hungry, so I decided to thank the director and then have a quick breakfast. Then maybe I could see Maggie, Jesses' ex-girlfriend. Besides, this director was starting to piss me off talking like a wise guy.

Maggie lived in a little apartment downtown; she agreed to give the interview on the condition that we let her choose the questions. She was a beautiful woman, not only in her appearance, but on the inside. She had a great smile and a nice pair of eyes that shone with every gesture she made.

Maggie: Where shall I start?

Me: you tell me.

Maggie: we got along pretty good since the beginning but…

Me: yes.

Maggie: but I feel as if we left something opened… he turned onto another person.

Me: How was he like before?

Maggie: a good guy, kind and educated you know?

Me: Why did you guys break up?

Maggie: he spent all day in school and I spent all day at my job. We couldn't find time for us.

Me: What's your occupation?

I decided to ask her even though I knew the answer for that one.

Maggie: I am a dancer at a strip club. At least I have been for a couple of years, to finance my studies at the university.

Me: Which major do you study?

Maggie: communication.

Me: So did you guys meet at your work?

Maggie: we met at an acting workshop. Theatre is also one of my passions. I got the impression he was just the loneliest person in the world, and I decided to keep him company.

Me: Did you guys get pretty close?

Maggie: not at the beginning, but later, we did. He was kind of introverted, but imaginative and affectionate at the same time; like a little kid. That's what I liked about him. He was spontaneous and not a bad lover...

Me: Did he turn water into wine or multiply bread or fish?

Maggie: that's silly... I do remember him healing through words.

Me: Words?

Maggie: words. You know... he knew how to listen.

Me: Did you see him curing any people?

Maggie: I saw people looking for him, yes.

Me: Looking for Jesus?

Maggie: To catch a piece of faith? I remember one day a group of people with physical disabilities filled the place. They came from all directions: east south and northwest... dressed in old clothes... I remember their faces like a picture in my mind. Their countenances looked hard, rough and pale. The history of the working class could be read between their wrinkle lines. Their soft step echoed in the ears of the walls like an elephant stampede. I could hear the bones crunching like canes holding the weight of the world. I remember the face of one of them in particular, his black moustache was completely covered in gray. His sad look reflected that he had lost faith in man and prophets. He didn't have the chance to receive basic education yet his voice had more truth than a regular politician. He had harvested land since he could remember. That had always been enough to feed his family and consider himself happy, until a couple of days back when a government officer dressed in a suit demanded that he modernize his crop techniques in order to be able to compete with the big industry. Now his twisted smile seemed to leave a sense of hopelessness. They gathered in silence looking around the yellow hall. A little sunlight filtered through the curtains. They had no strength at all that's why they remained seated supporting their chins with their walking sticks. Suddenly a note was heard in the back of the hall, a band was playing a contagious rhythm. Jesse was playing guitar with a couple of volunteers, sweet music coming into the ears of everybody. The crowd danced ignoring their pains and physical limitations. As some of them laughed others threw away their crutches and wheelchairs. A lame man danced tap on the piano using an umbrella to hold his weight and hit the keys. The soft murmur of trumpets melted the audience in a gentle stillness. The miracle was real and just needed a little music to emerge.

Me: it is hard to believe an actor goes out to play a character like this in the real life.

Maggie: we live amongst the height of reason, but somehow reason deceives us.

Me: human kind is trying to reconstruct their gods.

Maggie: it is about being able to create magical moments.

Me: it is hard to complete the puzzle.

Maggie: you need to see it for yourself.

Me: You know where can I find his parents?

Maggie: I actually do.

The interview ended there. A couple of hours later I was waiting in front of the door of Jesses' family house. Both of his parents seemed to be nice and pretty ordinary to me.

Me: thanks for letting me into your house.

Mother: please feel free to ask anything.

Me: What can you tell me about your son?

Mother: What do you want to know about him?

Me: just give me a whole description.

Mother: well… he is a good son, a good artist too.

Me: When did he decide to become an actor?

Mother: he enjoyed making people laugh since he was a little kid. He used to manipulate sheets and blankets simulating a scenario or performing an improvised story for us. His imagination was overflowing; there were times when we worried. Like this character he invented: the bearded old man, remember?

Father: How could I forget? The whole neighborhood started looking for Jesse's imaginary friend.

Mother: he convinced the other kids about the existence of this character. We tried to ignore him in the beginning but suddenly our neighbors were organizing surveillance brigades in the zone.

Father: he was discovering his skills as a storyteller. We never mentioned that he also studied books of magic and illusionism.

Me: that's sounds quite interesting did you see him performing Jesus Trial?

Mother: he reminded me of that guy... Welles... I don't remember his name. We support him all the way.

Father: Orson... we certainly do.

Mother: he has studied and followed theatre techniques since he was a little kid

Father: sometimes I think he is probably faking this so called mental disease to tell you the truth. If Jesus descends upon the earth he might end up in a psychiatric hospital.

Me: Have you noticed any changes in him?

Mother: yes, every time he plays a different role at theatre. And we are proud.

Me: Has he written anything about his childhood?

Mother: mmm... I remember that little story about the night a member of the family died. It started by talking about insects:

I have always associated death with a large conglomeration of cockroaches. One night an uncle of mine died, I was just a kid... and my mother told me she felt a cold sweat on her back...

She saw what seemed to be the silhouette of a man rounding her bed, and decided to wake up my father. They turned up the lights and dozens of insects were paralyzed at the center of the bedroom... they killed every single one of them and none of them resisted or tried to escape from their destiny. It was my uncle's ghost I think...

Mother: of course the tale goes a little bit different

but that's the main issue.

Me: Have you considered that Jesse hasn't surpassed the oedipal relationship?

Father: we are running out of time now.

Mother: yes we have to go to church mister.

Father: you most forgive us.

Mother: but thanks for the interview.

Father: come back to visit us some day, so you can meet our son!

I realized my questions were starting to make them nervous so I thanked them for the interview and arrived at the mental institution in which our actor was admitted.

I ate some sushi before I got into the place. I stood at the waiting room for two or three minutes before a guy named Mingus received me at his office.

This eccentric doctor asked me a number of questions and gave me recommendations before I saw his patient, not because he could be dangerous in any way, but because there was a procedure I had to follow. Besides, it seemed like Jesse was under medication and it might be harder to communicate with him.

When I arrived at the main yard of the hospital, a nurse gave me a nice welcome and guided me through the halls of the mental institution.

I found the guy seated at a little picnic table under an orange tree. He was surrounded by a group of nurses. He had no hair at all; no hair and no visible expressions. He had the total attention of five or six nurses. They seemed paralyzed by his narrative skills and his enigmatic personality.

One of the nurses interrupted his monologue about the importance of meditation and energy centers and introduced me to him.

Nurse: this man came to interview you Jesse.

Jesse: that's right, the interview. I had forgotten.

He looked at me smiling with his big eyes and his yellow teeth. He apologized to the crew whispering words in their ears. The nurses smiled like he was some kind of famous star. I introduced myself formally. I asked him to let me record the whole session. He agreed and I started asking questions:

Me: Can you give me your complete name please?

Jesse: let's focus on the key facts.

Me: Where shall I start then?

Jesse: I don't have a clue but certainly not our names.

Me: our names define who we are.

Jesse: one could also say they try to define who we are.

Me: Who you are?

Jesse: I am a human being.

Me: What kind of human being?

Jesse: one determined by circumstances.

Me: What do you mean?

Jesse: I play a role in life as much as you and the others.

Me: What's your role in life?

Jesse: I don't have a defined role. I try to have an impact on the world I live.

Me: Why don't you have a defined role?

Jesse: I was born under particular circumstances… quite a lot of expectations.

Me: Would you be more specific?

Jesse: it is not important at all.

Me: let our readers decide what's important.

Jesse: we are always playing a role in family, school, life… right now.

Me: What kind of roles are we playing right now?

Jesse: you are the enthusiastic journalist and I am supposed to be the wacko.

Me: or visionary.

Jesse: both maybe.

Me: Have you discovered yourself trying to play that role?

Jesse: I try to correspond in the terms of the behavior of that role.

Me: Is that why you studied the arts?

Jesse: probably, in theatre you live a different role

depending on the character.

Me: it is impossible to discard our own identity.

Jesse: countries also play roles.

Me: In politics you mean?

Jesse: the mass media builds an identity which we assimilate… it is not even a rational process.

Me: you mean good and evil.

Jesse: I mean identities, good and evil are ornaments for politics and religions.

Me: Do you believe in Jesus?

Jesse: I've always been a man of faith.

Me: But are you aware of your mental disease?

Jesse: Which mental disease?

Me: well, take a look around, we're inside a mental hospital.

Jesse: that doesn't turn me into insane automatically.

Me: well, let me put it this way. Are you aware of your identity problem?

Jesse: I know who I am.

Me: Who you are?

Jesse: I told you, a man determined by circumstances.

Me: And what's that supposed to mean exactly? Are you a God?

Jesse: Jesus's flame burns within me.

Me: What do you mean?

Jesse: I could affirm "I am god" and not necessarily be a lunatic.

Me: sounds like nonsense to me.

Jesse: god is inside me as much he is inside you.

Me: but I don't go around trying to heal people or perform acts of illusion.

Jesse: take a look at that apple tree, what can you tell me?

Me: looks dry, barely any leaves.

Jesse: but…

Me: wait a minute! Looks like there are some big red apples hanging from its branches!

Jesse: you got it.

Me: that's awesome!

Jesse: we try desperately to look for answers through reason but we forget about our essence.

Me: And what's our essence?

Jesse: we are radiant beings closer to the magic of faith than from the coldness of reason…

We couldn't finish talking because a couple of nurses took him away to his physical therapy. He winked his left eye while he was leaving. I stood there organizing my notes when I saw the weirdest thing in my entire life: the apples from the tree had become red flowers or was it just that I had not observed well at first? The truth is that I never published the interview. I was left with an empty feeling. The last thing I heard about Jesse is that he was touring the country with a big circus show. No doubt he was doing a good job entertaining people but could we blame Stanislavski for all of this?

Divine tragedy

"Up in the mornin', out on the job, work like the devil for my pay… but that lucky old sun got nothin' to do, but roll around heaven all day." Louis Armstrong.

Who knows what happens when we are stuck in the middle of life and death? What kind of mental processes are brought into play to try to organize our perception? The fact is that the protagonist of our story died for a few minutes earning the right to take a small tour in the underworld. Fate made sure his life would not be the same after this journey.

Mingus was unconscious in a hospital bed. He had been gone for only a few minutes. A nurse was listening to "That Lucky Old Sun". But Mingus, it has been said, visited heaven and found Woody Allen playing his clarinet in a space that resembled a Greek theatre with a crew of musicians from every major era of American music.

Our character walked way down a long hallway that seemed to have the colour of clouds. He asked one of the angels gathered in the little circle.

Mingus: Is that the filmmaker?

Angel: Who?

Mingus: that little guy with the thick glasses.

Angel: I am not sure, what's his name?

Mingus: Woody Allen.

Angel: oh yes, the famous comedian.

Mingus: you think he can help me take a look around heaven? I have just a few minutes so...

Angel: Who are you?

Mingus: my name is Mingus, sorry. I was a, I am a... therapist.

Angel: oh, listen I am going to ask the guy, but he is playing right now... I am not sure he is in the mood for a round.

Mingus: ok thanks!

The angel stepped onto the stage and spoke into Woody Allen's right ear.

Angel: there is a doctor out there asking for a quick tour with you sir. He is just visiting, he is still alive.

Woody: A quickie? But I am playing right now. Tell him is not possible, is not possible! What kind of doctor is he?

Angel: a... therapist sir.

Woody: a therapist, ahh... Is he Freudian? Jungian? And he is alive... you should have told me so. I am going to give him a quick tour then.

He took his clarinet and apologized to the crew. Woody approached and shook hands.

Mingus: it's an honour to meet you Mr Allen. I am a big fan of yours, my name is Charles... Charles Mingus.

Woody: interesting, like the angry man of jazz!

Mingus: my father liked him very much Mr. Allen.

Woody: call me Woody please. They tell me you want a quick tour?

Mingus: yes Woody, where shall we start?

Woody: I don't know. What department are you interested in? Hell, heaven, or purgatory?

Mingus: Can we visit all of them?

Woody: of course! But you will have to choose only one individual in each of the different places. It's the rule for visitors with a "short time".

Mingus: I guess that will be enough for me.

Woody: so what kind of characters are we going to look for? Therapists? Writers? Painters? Scrap dealers? False prophets? Pimps? Popes? Serial killers? Musicians? Who are you interested in talking to?

Mingus: that's a tough decision... Is there a time limit?

Woody: just mention someone.

Mingus: Wilhelm Reich?

Woody: sorry not possible he is measuring orgasms in purgatory.

Mingus: ok then, how about Marquis de Sade?

Woody: aaah mmm, he's not very easy to find. He is in hell working along with the devil in the department of European affairs. The problem is that he is rarely available. At least we can try.

A great sandy desert separated the two worlds of purgatory and hell. The shine of a star illuminated the atmosphere of the immense place. Unlike the sun its light was pale reddish. The footsteps of their shoes sank into the sand making it harder to walk. Mingus heard his own breath stir. He stopped to try to retrieve the air. They finally see long lines of men at the height of a mountain of sand.

The first visit: In which Mingus and Woody find an angry Marquis deep in the bowels of hell.

The large line of men ended up in the entrance of a big cavern along the road that divided purgatory and hell. Judging by the faces of those men they were apparently evicted. One of them extended his hand to Mingus asking for help. He tried to reach him but Woody stopped him, they were supposed to interact as little as possible. They approached and asked him for his name and he answered: in life I was known as Karl.

Mingus: Karl?

Woody: Karl Popper?

Karl: Karl Marx.

Mingus: Karl Marx!

Woody: Really? His beard was longer in pictures.

Mingus: What are you doing here?

Woody: Are you kidding? This guy produced more atheists than Christian tithing.

Karl: "religion is the opium of the people".

Mingus: I find your theory to be fascinating.

Woody: Wow! Wow! Wow! Hold it there! Marxism, like Judaism has passionate parishioners willing to die for an abstract concept but...

Mingus: he is like an enlightened apostle full of predictions; his writing is out of this world.

Woody: as an historic document I agree, but let me tell you about what happens when you apply Marxism as a government model. Don't take it personal Karl, I like the way you cut your beard anyway. Number one: Marxism has contributed to consolidating right wing fascists selling the liberty of an oppressive system. The failure of one becomes the affirmation of the other. Number two: charismatic leaders in different latitudes justify the existence of dictatorships with the promise of the pursuit of Marx's dream. Let's be equal in poverty some say. I don't care if my government is righty or lefty or ambidextrous, I want to have and deserve a good government! Number three: I know that crap about the state, the ruling classes and so on and so on. But why did you have to take it against men's faith? You were ahead of your time, you should have known religion is a basic passion, how can we replace it? We don't like it ok, but the masses need to believe in something! It is inherent to our nature; man divine's himself through god like Durkheim said.

Mingus: the way I see it, Karl was trying to replace the passion of religion for the balance of reason. Jesus set a number of commandments to try to assure good among men. Karl was trying to set an economic model, a social model to reorganize our societies and make them a little bit more equal.

Karl: besides, let's not lose the context of the time in which I lived.

Woody: Jesus was trying to have a social and political impact too. He was confronting the ruling class. Inspiring a spiritual revolution in which poor people owned the kingdom of heaven. He was somehow the first Marxist!

Karl: good scrutiny, both of you.

Mingus: you also included some kind of analysis in the influence of the past on the way of thinking of modern man.

Karl: we all have "anchors".

Woody: "the tradition of all the dead generations weighs like a nightmare on the brain of the living".

Mingus: I love that quote, very deep stuff, some kind of psychoanalysis of the masses.

Karl: der volksgeist.

Woody: Hegel.

Mingus: der zeitgeist.

Karl: it has been a pleasure talking to you gentleman, but I must go now.

Woody: god bless y... excuse me!

Mingus: thank you sir.

A strong wind filled their eyes and ears with sand. A buzz grew louder as they walked on further. The row of shadow-men seemed endless. There was a familiar face coordinating the flow of the crowd. They approached him. He was Judas Iscariot the apostle who betrayed Jesus. His look wasn't friendly at all as he was carrying a bag with coins and a piece of paper.

Woody: Can we talk to you sir?

Mingus: (low voice) I thought he was in hell.

Woody: (low voice) I know! Let me talk to the guy!

Judas: What can I do for you gentleman?

Woody: we are actually looking for a particular character.

Judas: you're not from around here, I can tell.

Mimgus: Did you really betray Jesus?

Judas: that's the question everyone makes. I am nothing more than an actor, a part of the plan, a deliverer.

Woody: I knew thirty silver coins wouldn't corrupt you.

Judas: the scriptures have been misunderstood. I am not the one who betrays, but the one who hands over.

Mingus: But why did you commit suicide?

Judas: that's a part of the act; religion became a structure of power. I didn't commit suicide; I probed the spirit that is eternal in all of Judaism and Christendom. History needs villains and guilt to control people's minds.

Woody: I knew it! The whole time I knew it!

Judas: without my actions Jesus would not have died and risen.

Mingus: we would have a very different religion.

Woody: indeed! No passion of Christ, no spring break!

Mingus: we would celebrate the joy of Gethsemane or something like that.

Judas: I volunteered to try to guide these troubled souls. Follow that path over the hill. Now you must excuse me, I have a lot of work to do.

Woody: Did you ever talk to Jesus after that?

Judas: I was there when he pronounced his words of forgiveness.

The apostle turned his back to the intruders who walked away impressed by the scene.

Mingus: Which words of forgiveness did he meant?

Woody: "father, forgive them. They don't know what they do".

Mingus: the message of forgiving our enemies has not reached life on earth.

Woody: the passion of religion is used to enrich the pockets of the arms industry.

Mingus: it's sad we haven't learned our differences enrich us so we could share our gods.

Woody: but churches wouldn't share profits. We are getting close let's ask those old men.

A group of elderly men were passing by trying to reach the crowd. One of them was pulling the rein of a donkey.

Mingus: wait a minute! I happen to know that guy with white hair!

Woody: Have you noticed purgatory is crowded with Jews?

Mingus: all I know is that they contributed to the human race with their thinking.

Woody: come on! Judas sold Jesus to his enemies, Karl made a social mess writing about his crazy utopia and Albert, well I can't blame him but...

Mingus: Einstein's theory of relativity changed our way of living.

Woody: exactly and our way of killing each other. Ask the Japanese what they think about that breakthrough... look! The ones walking beside him are Leo Szilard and Enrico Fermi.

Mingus: Who are they?

Woody: they took part in Manhattan Project.

Mingus: let's talk to them!

Woody: I would like to but we are running out of time!

Mingus: just a couple of minutes, come on! What's the meaning of time in this place?

Woody: a couple of lines and we are on our way, ok?

Mingus: ok!

Woody: gentleman! Can you tell us where we are please?

Albert: we are walking the boundaries between purgatory and hell, who asks?

Woody: just a pair of wanderers looking for a lost soul.

Albert: if you keep walking in that direction you will find so many.

Mingus: What are you doing here? I thought you were in...

Woody: my friend here means, what happened?

Albert: we tried to avoid what happened in Nagasaki and Hiroshima. We were trying to stop a major disaster and we failed.

Leo: if I had known the bomb was going to be used...
Albert: we would never have contributed building it.
Leo: now we wander...
Albert: lost in purgatory...
Leo: trying to find answers...
Woody: But why? You are not politicians! You are brilliant scientists! Don't feel guilt! Where is Roosevelt? Where is Truman?
Enrico: we don't know where they are... we tried to fight for peace.
Albert: through science.
Leo: but the wolf-man imposed his predatory nature.
Albert: I didn't participate directly. But my research facilitated the bomb creation. We are victims of our circumstances. We walk in circle inside this giant maze.
Leo: the letters.
Albert: the letters.
Mingus: Which letters?
Leo: take a look at the horizon.

A giant column of smoke rose in the red sky. A rumble accompanied the figure in the form of a mushroom. The five men silently witnessed the phenomenon. They stood for several minutes contemplating destruction. Uranium and plutonium sowed death on behalf of coward's excuses.

Albert: ich habe einen fehler gemacht, ich habe einen fehler gemacht.

Having said this they turned around and walked away crestfallen. Woody and Mingus watched them leave. As they returned walking, the road in front of them became narrower.

Woody: What did he say?
Mingus: ich habe einen fehler gemacht.
Woody: very funny, English!
Mingus: means I made a mistake, I made a mistake.
Woody: Why do you have to say it twice?
Mingus: that's what he did!
Woody: oh come on! Let's get out of here!

Sandy soil began to become rock solid. As they walked they started to feel a lack of sound. They moved their mouths but they couldn't hear a thing. They were climbing the hills of a big mountain. A cold wind froze their bodies hindering their slow walk. The red light had turned into a bluish purple. They approached their bodies looking for a little shelter from the cold. They finally got into a tight slot in the middle of the mountain. That wasn't the main entrance but they realized that it was the only way to reach their goal. Mortals weren't allowed in hell. Both of them had to get on their knees to enter the place. They hadn't finished entering when they experienced an internal coup as if someone stole their oxygen. As they advanced, the cave became bigger and bigger. When they were able to walk on their feet they experienced a vacuum in their stomachs. Wherever they turned their eyes the only thing they could see was darkness. A few moments later they had recovered some hearing. The walls seemed artificial between all of the stalactites and stalagmites. Water drops fell occasionally on the floor. They began to feel as if they were in a film set.

Mingus: I hope I never have to come back here.

Woody: we are almost there. Nothing can hurt us. Well, not that I know of.

Mingus: I remember that film of yours, Deconstructing Harry in which you paint the devil as a friend who stole your girlfriend.

Woody: Billy Crystal played the role of the devil. I didn't like the result of that movie.

Mingus: Are you kidding? It was great! It reminded me of Bergman. The best scenes in your films come when you make something magical happen. Like that circus film with Mia Farrow and John Malkovich.

Woody: Shadows and Fog, I was trying to pay tribute to artists like Fritz Lang.

Mingus: the camera uses tricks of German expressionism. You use a little of Kafka as well.

Woody: I am glad you enjoyed it.

Mingus: Remember Zelig? When he starts transforming into a different human being?

Woody: camouflaging like a chameleon.

Mingus: when I saw Bruno Bettelheim I thought it was a real documentary.

Woody: thank you, that was my purpose.

Mingus: Did you invent pseudo documentaries?

Woody: I don't really know, did I?

Mingus: I remember Manhattan with that great finale at the train station with Gershwin's blue rhapsody.

Distracted by their conversation the intruders ignored the characters wandering around them. Dozens of shadows were hovering over their heads. Woody was the first to see the shadow of the dark Marquis in the distance.

Woody: Mingus! Listen! You can write me a letter with all of your favourite scenes but there is our guy. The one who is writing in that corner!

After a long walk, the two visitors found Sade in a little corner of hell. Charles was walking behind Woody but when they came closer; Mr Allen hid himself behind Mingus' back.

Mingus: sorry to disturb you.

Sade : merde! Je suis entrain d'écrire la plus grande histoire et vous qui êtes vous ? Vous m'interrompez !

Woody: I don't speak French. I didn't pay attention when I was in school.

Mingus: I guess he wants us to leave. He is very angry.

Woody: I understood that part!

Sade: Vous êtes anglais?

Mingus: nouns ne parlons pas français Monsieur Sade.

Woody: Why did you read Sade? What kind of childhood did you have? Why didn't you pick Dickens or Proust at least?

Sade: Qu'est ce que vous voulez Monsieur?

Mingus: we just want to talk about your life.

Woody: I can lend you a very good biography, but let's get out of here!

Mingus: about the things that really brought you here, and if you would change anything you did when you were alive.

Sade: je ne veux rien changer, je ne veux pas changer un seul moment de ma vie! Ce que j'ai été, et ce que je suis, et ce que je suis, c'est ce que je serai.

Mingus: he is saying he wouldn't change anything from his past.

Sade : maintenant je vais vous accompagniez et regarder la salle de Sade.

Mingus: he wants us to follow him into his own private hall.

Woody: I'll wait for you guys here, thank you. My doctor recommended no orgies and definitely no horror scenes.

They heard a chorus of moans and whining of people, some of them crying. They entered the hall and couldn't believe what they saw there. An endless row of inverted crosses were staked along the perimeter of the darkened room. Several characters were laying on them. The intruders passed by clutching each other, disgusted by the appalling spectacle.

Sade: j'ai baptisé cet cote de la salle comme le monde à l'envers.

Mingus: he says the name of this side of the hall is the world upside down.

Woody: very creative.

Mingus: Remember Peter the apostle was crucified upside down?

Woody: under the orders of Nero. I am a Jew, remember?

Mingus: well history says this was at his own request.

Woody: interesting.

Mingus: he didn't want to die the same way Jesus did.

Woody: So you assume this gallery is filled with?

Mingus: With scapegoats?

Woody: no.

Mingus: Antichrists?

Woody: I am not sure, just ask the guy!

Mimgus: alright... Monsieur Alphonse qui sont ces esprits ?

Sade: vous demandez.

Mingus: he says we should ask for ourselves.

Woody: ok, which one would you like to start with?

Mingus: let's ask... that guy over there looks kind of familiar.

They approached a corner of the hall. The spirit was constantly moaning. By the outfit he wore he looked like a Roman.

Mingus: looks like an emperor.

Woody: this guy liked to play with fire.

Mingus: What?

Woody: ask him.

Mingus: Excuse me can we talk to you?

Spirit: water please I beg you.

Mingus: What's your name?

Spirit: Claudius.

Mingus: Claudius.

Woody: is Nero!

Mingus: Claudius!

Woody: Caesar Augustus Germanicus! He is Nero!

Mingus: Why are you here sir?

Nero: have mercy of me!

Mingus: Is it true you burned down the city?

Nero: I was trying to reconstruct the city for good.

Woody: Why did you end up like this? Did you choose Peter to be your scapegoat?

Nero: I was trying to suffocate a rebellion.

Woody: By crucifying an apostle?

Nero: Christendom was becoming a threat.

Mingus: I read you killed your mother as well?

Nero: you are judging me out of context, that's unfair! Who are you?

Woody: he did!

Nero: she was trying to put Plautus on the throne!

Mingus: you took so many lives in order to preserve power.

Woody: that's a model for postmodern politicians Mingus.

Nero: get me out of here please!

Woody: it's been a pleasure talking to you sir we will come back when you are in a better mood.

The intruders went to talk to Sade. He showed them another hall of torture. This one was filled with little dank catacombs. The smell was unbearable. The Marquis led them into one of the caves where he showed the spirit of an important leader.

Sade: dans cette salle, j'ai plusieurs dirigeants meurtriers.

Mingus: he says there are several assassin-leaders in this hall.

Woody: Adolph and Benito must be around.

Mingus: How about Franco?

A shadow moved from one corner of the room to the other. It was a robust man with a moustache. They approached it.

Woody: What's your name sir?

Spirit: Joseph.

Mingus: Joseph Conrad?

Spirit: Joseph Stalin!

Woody: Stalin?

Stalin: that's who I was.

Woody: What happened with you? Falling from horses drove you crazy?

Stalin: I always did what I thought best for my country.

Woody: but you killed about twenty million people, there must be a sign of regret in your soul. I mean, you beat Hitler's mark!

Stalin: you are starting to piss me off.

Mingus: tell us about your relation with Lenin.

Stalin: we agreed at the beginning, but separated at the end.

Woody: Separated? You probably killed him! Lenin

was a real democrat, an intellectual while Joseph here was a cruel dictator! Not that you should take that personally Mr Joseph.

Stalin: things should be put in context!

Woody: You know what he did to solve the problems of minorities? He exterminated them!

Stalin: I am going to have to ask you to shut up!

Mingus: at least we owe him the defeat of Nazis.

Woody: come on! He made a pact with Herr Adolph and he turned schools into a manufacture of atheists… that's what I meant when I criticized Marxism for attracting megalomaniacs.

Mingus: at least they teach their children to think. They play chess and…

Woody: chess is a revolutionary tool!

Mingus: What's that suppose to mean?

Woody: pawns turning into nobility, bishops and kings and rooks at the end of the game are meant to topple the king.

Mingus: interesting.

Stalin tries to take Mr Allen by the neck but Sade interferes, taking the dictator by the eyes. The intruders bolted for the exit when the Marquis turned his back on them and they didn't stop until they reached the gate.

They went back through purgatory exhausted and stumbling upon one another. Woody wouldn't stop berating his partner for picking such a strange character.

Woody: your parents should have introduced you to Kafka or Edgar Allan Poe, but Sade? What kind of childhood did you have?

Mingus: I feel as if I was in one of your films.

Woody: if you were in one of my films you would be playing the role of a regular analyst.

Mingus: that's a good idea!

Woody: What?

Mingus: Why don't we look for a therapist?

Woody: sounds good to me, as long as he is inside the boundaries of purgatory.

Mingus: How about the father of psychoanalysis?

Woody: Freud?

Mingus: absolutely!

Woody: I am going to do my best but I can't promise you anything. Imagine all of the visitors searching for him.

Mingus: at least we could try.

Woody: let's go.

As they advanced they dipped their toes in the sand. Red light dominated the atmosphere again. They got tired of walking so they stopped at an oasis where a group of tents were arranged in a row. There was about a half a dozen men at the centre sitting in silence around a bonfire. Occasionally they extended a hand to keep it warm. Woody and Mingus sat beside them.

Mingus: we should have talked to Mussolini instead.

Stranger: Ha parlato con Mussolini?

Mingus: si potrebbe dire che ci sono andato vicino.

Woody: What is he saying?

Mingus: he is interested in Benito Mussolini.

Woody: ask him his name!

Mingus: Qual è il tuo nome?

Stranger: Antonio.

Mingus: Antonio Gramsci? Antonio Gramsci!

Woody: cosa!

Mingus: I am an assiduous reader of his quaderni del carcere.

Woody: his concept of hegemony is very useful.

Mingus: How would you explain it?

Woody: it's a way to try to understand the mechanisms of conformation and consolidation of domination.

Antonio: grazie.

Woody: he is so little.

Mingus: but also a giant.

Woody: ask him about his view of the time he lived.

Mingus: Che mi può raccontare del suo tempo?

Antonio: la società italiana è stata dominata dal melodrama.

Mingus: he is explaining how Italian society was dominated by melodrama.

Woody: I think this is in one of his books, feuilleton novels ruled the common sense.

Mingus: it's easier for ruling classes to govern a melodramatic mass. Ask Latin-American citizens.

Woody: we should be able to reason at least in election periods.

Mingus: it is essential.

Woody: let's nap we need to recover our strength so we can keep talking with Antonio tomorrow morning.

Mingus: buona notte, andiamo a dormire ora!

Antonio: buona notte!

The next morning the spirits were gone. Woody and Mingus walked through the red desert. They reached a spot in which beautiful gardens covered the floor in different colors. Clear water lakes intersected indefinitely. Small goldfish were swimming in the low surface. An old man with a notebook seemed to be classifying them. They approached him trying to inquire about Freud's location.

Woody: good morning sir.

Old man: good morning.

Woody: we are kind of lost here. We are looking for Freud.

Old man: Sigmund?

Woody: You know him?

Old man: some people tell me he was influenced by my theories.

Woody: Your theories? Who are you?

Old man: I work with nature.

Mingus: Don't you recognize the guy?

Woody: Who?

Mingus: sideburns, observation of nature, evolution!

Woody: Darwin!

Charles: You know me?

Mingus: your theory is one of the pillars of our way of thinking!

Woody: he is not a Jew by the way.

Charles: I am overwhelmed!

Woody: you gave church a perpetual headache with On the Origin of the Species

Charles: Did I?

Mingus: imagine the blow suffered by our narcissism.

Woody: we the creatures with divine origin and "the super brilliant civilization"...

Mingus: ...are actually monkey related.

Charles: it wasn't my intention.

Mingus: with all my respect for monkeys.

Woody: don't apologize, you are a scientist. You opened our eyes in many ways. Besides, church is a millionaire institution preaching poverty and causing ignorance.

Charles: Which one of them?

Woody: every one!

Charles: if the misery of our poor be caused not by the laws of nature, but by our institutions, great is our sin.

Woody: Don't you love the humility of this guy?

Mingus; certainly!

Woody: listen, Charles it's been a pleasure but we are in a hurry. You are a genius!

Charles: thank you gentleman, it's been a pleasure talking to you.

Mingus: and excuse our reptilian brains!

The second visit: In which Mingus and Woody found Freud taking a nap in a Japanese garden outside a train station.

There was a beautiful landscape between purgatory and heaven. There were huge trees that sunlight filtered through. The sky had the colour of green seas. Some wild animals roamed among spirits without fear of being hurt. Colourful flowers adorned the floor they walked. A building resembling a train station caught their attention. They entered the place and noticed it was crowded. Lots of spirits were coming and going down the halls. There was a waiting room at the centre. Small compartments where the spirits were oriented about the direction they should follow. A huge analogue clock loomed near the ceiling. They walked in the direction of the waiting room trying to take a look at the hour.

Two spirits called their attention. They seemed like two Mediterranean bourgeois from the twentieth century.

Woody: excuse me gentleman, have you seen Freud around?

Stranger: not really, we've been waiting here for hours... Woody?

Woody: I know that voice and accent! Who are you?

Stranger: my name is Federico and this is Pier Paolo.

Woody: Fellini! and Passolini! Of course! Can you believe this? One of my strongest influences in films.

Mingus: we've been very lucky so far!

Woody: What are you doing here? You should be in heaven!

Fellini: we are kind of planning to do a documentary.

Mingus: Here in purgatory?

Fellini: yes, it's a production from heaven and we are only allowed to film in certain places.

Woody: What is it about?

Fellini: analysis of nineteenth century art.

Woody: Italian?

Fellini: there are no countries up here. Nationalities don't mean a thing.

Mingus: Would you consider your films to be nationalistic?

Fellini: not at all. I always considered Rome as another character in my stories.

Woody: I can identify with that.

Mingus: what I do perceive is certain nostalgia for the Roman Empire.

Fellini: In which film?

Mingus: not a film in particular, just scenarios.

Fellini: we are like painters using different techniques to make their art, different tools. I am very autobiographical as a director. I use my childhood memories, the cities in which I grew up, you know? Our work can be interpreted in many different ways.

Mingus: the first film I saw was Le notti di Cabiria and I was left with the impression Fellini was a social filmmaker.

Woody: What's a social filmmaker?

Mingus: I mean a director pointing out inequities in society, the gap between rich and poor, you know?

Fellini: I don't consider myself a social director but I was born in a middle class family. Many of the scenes are based on personal experiences. Even though I am aware I've been considered as one.

Woody: we are running out of time now, I wanted to ask about the time you two had a falling out, was it because of Paolo's homosexuality?

Paolo: non credo.

Fellini: it was another time. I was another man back then.

Paolo: il tempo guarisce tutte le ferrite.

Fellini: I agree.

Woody: What did he say?

Fellini: time heals all the wounds.

Mingus: and now you are working together again.

Fellini: we also managed to balance our egos. That's another reason.

Woody: see you later then, it's been a pleasure.

Paolo: arrivederci!

Fellini: see you later!

They walked outside the train station. A column of gardens loomed across the tracks. They walked upon the tracks and saw all kinds of gardens with wandering spirits lying on the ground. Suddenly they noticed a familiar face.

Mingus: look! Who is that? It's Hemingway! I thought he was in hell. He took his life, didn't he?

Woody: he actually comes from hell. Look at his expression. But he is in some kind of program in which he is authorized to visit purgatory in order to get some therapy.

A man told them he saw Freud taking a nap in the big Japanese garden outside. They walked there and they found the psychoanalyst sleeping soundly and they looked at each other without daring to approach the famous doctor.

Mingus: excuse me, Mr. Sigmund... Mr Freud... excuse me sir...

Freud: Who are you people?

Woody: Woody Allen, sir, a big fan.

Mingus: Charles Mingus, sir, a bigger fan.

Freud: What time is it?

Woody: time has been stopped for a while, sir.

Freud: we are in purgatory. Yes, I always forget.

Woody: I thought you were in heaven. Why did they throw you out?

Freud: no one threw me out. I am just working here as a therapist and supervising the work of a couple of students.

Woody: This thing is like jail, is there anyone guilty around?

Mingus: Do you still smoke sir?

Freud took a cigar out of his pocket. He didn't answer the question and started walking with Woody and Mingus. Other spirits observed, intermittently trying to recognize them.

Mingus: Why did you choose a train station to take a nap in Mr Freud? I thought you hated trains.

Freud: I used to fear them, but fear, my friends much like distance and time in here, makes no sense at all.

Mingus: there are a lot of things I would like to ask you Mr Freud, but I guess... Do you believe in magic, sir? I mean, did you believe in metaphysics when you were alive?

Freud: I believed in science, gentlemen. I explained facts in the language of science. I admit I knew a couple of mediums and felt interested in their skills, but with all due respect, I didn't find anything special!

Mingus: God! It's hard to make spirits open up with you... Woody, do you want to ask him something?

Woody: (low voice) I don't admire the guy. I never had any results despite years of visiting therapists. Freud just invented another sophisticated way to make money.

Mingus: Is psychoanalysis an elite focused on certain social classes?

Freud: I am afraid you need a certain level of education for this therapy. Unfortunately poverty and ignorance are often related so I can't determinate the kind of patients we have.

Woody: psychoanalysis gives us a better understanding of ourselves but we tend to get a little cynical and remain the same.

Freud: I am sorry if this method has not worked with you, there are other alternatives.

Mingus: Do you think you didn't study or include relations between brothers because of your own experience?

Freud: I hadn't thought of that to tell you the truth.

Mingus: and maybe all those troubles with Jung, Reich or Ferenzci could be an unconscious reflex of that relative experience with your family.

Woody: What are you trying to say Mingus?

Mingus: I mean Freud competed with his own brothers in an unconscious way and all of the conflicts he had with his partners could've been explained by this.

Freud: I did like Jung and Wilhelm and Otto and especially Sandor, but... I didn't actually see them as brothers. You can ask them! They must be around.

Mingus: I detect a sort of denial.

Freud: I don't mean to be rude but I have to go now gentleman, it has been a pleasure to meet you. But first, I was wondering, is my theory still valid on earth?

Woody: well, I have enriched a couple of therapists who followed your methods!

Mingus: there is Hellinger who recently talked about something he calls constellations, sir. Is family therapy which includes systems, psychoanalysis and Woody Allen directing psychoanalytic films.

Freud: that sounds quite interesting. I don't mean to be rude but I got to go now, I have to take the next train. It's been a pleasure talking to you both, see you later.

Freud left Woody and Mingus in the garden discussing among themselves. Charles said that psychoanalysis was a real breakthrough and Mr Allen affirmed this method offered a rationalization package and a way to perfect defence mechanisms.

They took the next train travelling straight to heaven. They decided to take one of the last wagons to avoid getting dizzy. It was a small cabin with four people. They were the only travellers at the time and they expected to keep it that way. The landscape was quite similar to earth but the dimensions were much bigger. Giant trees and blue waterfalls dominated the scene. Huge birds circling the sky called their attention. Suddenly they approached a long tunnel and made another stop. A spirit carrying a couple of suitcases asked for permission to give them company. He was wearing a hat and a light brown gabardine. He leaned down to sit and it was at that very same moment when they recognized the guy.

Woody: Eric Arthur Blair!

George: nice to meet you gentleman.

Mingus: I thought he was George Orwell.

Woody: that's his pseudonym.

George: Who are you?

Mingus: just... travellers.

Woody: you are a symbol of freedom.

George: thank you! Have you read my books?

Mingus: indeed! 1984 is my favourite! How did you managed to comprehend totalitarianism?

Woody: he lived through Stalinism and Nazism from up close he couldn't have had better teachers!

George: remember, I also experienced the life of the working classes in London.

Mingus: Even though you were born in India right?

George: Motihari, a British colony.

Woody: he fought against British imperialism.

Mingus: I get a very high sense of social justice through his novels.

George: thank you gentleman!

Woody: you were some kind of visionary. Foucault told us about panoptical societies and so on but you described the big brother before we were able to name it.

George: I am sorry, I don't understand.

Woody: the relation of control and surveillance you described is actually familiar in our societies.

George: Is that possible?

Woody: social nets for example, well... modern stuff you would have to experience for yourself. But our education, mass media and religions have made your nightmares come true!

Mingus: when we try to describe a totalitarian society we call it Orwellian.

George: I feel terrorized and flattered at the same time.

The train stopped at that moment so the characters were forced to leave. Mingus and Woody thanked Orwell for his words and they left the place with a lot of questions in their heads.

The third visit: In which Mingus and Woody enter heaven and find Buñuel drinking a dry Martini and smoking a cigar while he talks with Lorca and Breton...

The gates of heaven opened receiving new tenants and visitors from earth and purgatory. The entrance was like a huge oval shape in which a couple of angels monitor the area. Hundreds of spirits flowed over attracted by a powerful energy.

Woody: Are you ready to make your last pick?

Mingus: I was thinking about another filmmaker, someone like Orson Welles or maybe Chaplin.

Woody: that's impossible. Chaplin cancelled his visits last month because he wants to go back to earth again. And Welles and I don't talk to each other since I invited Dolores del Rio to my single apartment. But if you are interested in filmmakers I can take you to visit Luis Buñuel. He is a very good friend of mine and he is right here in heaven.

Mingus: In heaven? I thought he didn't believe in God.

Woody: a non-believer like me thanks God I am an atheist, he used to say.

Mingus: I am having trouble understanding the criterion of hell, purgatory and heaven.

Woody: you will never understand completely... I was thinking I am never going to leave heaven again. Forget about me Mingus, I am not such a good guide.

Mingus: this is our last one! Where can we find Buñuel?

Woody: I think I know where the guy is. He likes jazz music

very much and martinis too. He is in heaven but he often visits purgatory because bull fights are allowed there. Follow me!

After walking through a long passage of gardens and lakes of clear water they found a large number of white tarps that served to protect people from the weather. Inside one of them, a considerable number of men gathered to drink and talk like in a regular bar. A jazz band played some tunes from the thirties. In one of the tables were seated Antonin Artaud, Frida Kahlo and Pablo Picasso.

They found Buñuel at another table. He was drinking a dry martini and smoking a cigar, with Andre Breton and Garcia Lorca.

Mingus: disculpe don Luis
Buñuel: ¿Y tú quién eres? ¿Qué haces aquí hombre?

He noticed he spoke too loud, raising his voice.

Woody: we came here looking for you Mr Buñuel.
Buñuel: Woody? How are you? Come on. Take a seat (to his friends) Attendez s'il vous plait!

The three fellows took another table and ordered different drinks. Buñuel kept smoking. He seemed a little confused.

Mingus: we came here to talk a little about your films and memories.
Buñuel: ok, but please don't talk about Breton or Dali or Lorca.
Woody: my favourite film of yours is Exterminating Angel, the one you shot in Mexico.
Mingus: I haven't seen that one.
Woody: it's about a group of bourgeois gathered together in a big house having dinner. They are unable to leave, despite the fact that there is no physical impediment to do it. They just have no will.
Mingus: that sounds quite interesting.
Woody: that walking hand impressed me. And the bear in the kitchen was great. Buñuel: everything is in the bible

when we couldn't find a name for a movie we
used to open the bible and look for a random phrase.

Woody: is like an anthropologic experiment in which
the most "civilized" class of society is forced to act out their
most primitive instincts, poetically.

Buñuel: I'm obsessed with the subject of human
nature, its ambiguity.

Woody: the only thing I have to ask is why you didn't
write more? if you were such a great writer.

Buñuel: thank you, Woody, but I have never
considered myself a good writer. I am pretty visual. I don't
get along with words.

Mingus: Did you or didn't you believe in God when
you were alive?

Buñuel: Did I? I don't know. I was a complete atheist from
my point of view. Don't you have something more interesting to
ask?

Mingus: I know you don't like to talk about Dali, but
I saw Le journal d'une femme de chambre and I have a
particular question.

Buñuel: What about it?

Mingus: is that swan a character kills with a razor
blade, a reference to the 'divine swan'? As Salvador Dali
was known as?

Buñuel: if you want to see it that way it's alright with
me. I just don't, but I recognize I hated Dali for a long time
since he was with Gala.

Woody: So that might be an unconscious aggression?

Buñuel: I was about to give him a beating but I
relented at the last minute and he got me into trouble when I
worked in New York.

Mingus: What about Simón del desierto? Was that a
good experience?

Buñuel: a great experience that left me unsatisfied. I
could not finish that one.

Woody: but it's a masterpiece! That devil girl
tempting the monk.

Buñuel: That was Silvia Pinal. And I forced the finale
of the movie. It's the kind of project you'd like to forget.

Woody: Even though you beat Bertolucci at the Venice film festival?

Buñuel: I never put so much attention to festivals or awards you do what you do because you like it.

Woody: tell us about the great dreams in your films. The ones in Los olvidados, and Le charme discret de la bourgeoisie, are those personal dreams of yours?

Buñuel: not all of them. The one with the soldier calling his mother is mine, but the one in Los olvidados is just a product of my imagination.

Woody: I heard you left an unfinished project. Tell us about that.

Mingus believed he observed a hen walking into the entrance of the place. He was about to tell Woody and Buñuel but they were too engrossed in their conversation. He stood up looking for the animal. He looked to the sky and saw a mushroom figure like the one generated by the atomic bomb. The jazz band started playing "That lucky old sun"... "Up in the mornin', Out on the job, work like the devil for my pay... Mingus knew the trip of his life was over and he had to leave. He experienced a sensation of emptiness in his belly. He wanted to stay in this place. He turned his head looking for the table in which Mingus and Buñuel were chatting, but all that he saw were branches of trees playing with the wind. He thought about the characters they had the chance to meet. He thought about love, "the love that moves the sun and the other stars". Dante Alighieri.

My mother's eyes

I had just interpreted king Oedipus and I was Oedipus... Mingus was the name of this play's director and he was awful. He used to talk about Sophocles like he had known him in person and he insisted on playing the role of Delphos, the oracle. Not even the producer could discourage him from acting and directing. He would say after we finished every rehearsal: you take your eyes out at the end! Remember that. It's like a confessional ceremony, don't forget!

Without any direction at all, the play seemed to be moving in the right direction. Everyone there was committed to his or her part and I let myself evolve using the Stanislavski process. To put it simply, this meant that I had to feel the way Oedipus felt, think the way Oedipus thought, behave the way Oedipus behaved, etcetera.

My parents had always supported me with regard to my theatre studies. Both of them seemed to be very interested in my career from the beginning. My father tried to become a musician when he was younger, but he decided medicine was a more profitable occupation and finally ended up a surgeon in a private clinic. Still he played the piano and tried to keep in touch with literary and cultural events.

I couldn't believe my parents when I found them sitting in the living room one afternoon. They seemed kind of frightened with a strange look on their faces. My father was holding up an old suit case he rarely used to travel; and my mother was staring at the floor, with no expression at all.

Father: it's useless trying to refuse son. Your mother and I have made our decision and it is irreversible. We want you to become the best actor of all time. Some day you will look at this act of sacrifice as an incredible act of courage.

That's the ceremonious way he liked to talk. And while he combined verbs and words he shaped his "Stalin's moustache". My mother barely even spoke. Yet the few times she would allow herself to laugh, it lifted the spirits of both my father and I. She used to wear those one piece dresses; sometimes so elegant, sometimes so tiny. She looked very sensual when she crossed her legs.

Mother: that's the way it is. In this life, you have to make decisions or let others make them for you.

Her green eyes bore into me. Since she had begun to lose her sight, she rarely looked directly at me anymore.

Mother: your father and I have agreed it's time for you to make your own decisions, and that you also strive for the right direction. In this case, with this great Greek Tragedy as your new project. It is so complex and beautiful. In other words, son, we have decided to help you recreate your character's circumstances so you may assimilate and achieve his construction in a real process that will give you credibility, and a big push in the right direction with respect to your career as an actor. Your father has decided to take a trip abroad so you can work on Oedipus with me.

I couldn't help it. My eyes welled up with tears. I was so excited looking at my parents there trying to help me perfect my acting techniques. I was very lucky for having a family like that. To hell with theatre, I felt happy they were working together for my happiness.

Me: thank you!
Father: good luck. Show them what acting is all about. I have to leave now. My train departs at 7:30 PM. I must hurry. You're the best son!

Without saying good bye and already acting like Jocasta, my mother said: I am going to take a shower.

I went up to my room to read Sophocles again and fell asleep with a smile on my face. I felt so lucky, so unique. I wonder if the others guys in the play had parents like mine. No one received the support I did. At least that's what I believed.

I dreamt of the play's opening night. The audience was dressed up in antique Greek costumes, every one of them holding up a flower in their hands. We, the actors, had already finished our interpretation and people were not clapping. For some reason they couldn't move at all. One of the actors walked down the stage like a mad dog, and then the audience started to move and clap. It was that idiot Mingus! I thought. People here are used applauding to everything! I don't like ovations!

I prefer constructive criticism to improve my work. I found exaggerated applauses to be absurd and filled with ignorance. Those promoters of false expectations had framed untalented actors and actresses, and even worse, playwrights and directors with no talent. They get dazzled with the furtive reward of "success". They stop growing and resemble Skinner's rats, remaining conditioned for life in their little boxes crushing a little lever to get a little sugar.

Me: shut up you hypocrites! Don't applaud this shit anymore!

My mother and I decided to break the ice from the first night. She was waiting for me under the sheets with her stockings on -she knew my weakness- I couldn't imagine where the slightly cold atmosphere in my parent's bedroom came from, but it was comfortable at the same time. I am pretty sure I did a good job because my mom left signs of gratitude on my back.

The next day, as it was supposed to be; I felt a little more like Oedipus and a little less like me. My mother was looking at me kind of strange or maybe I just felt weird.

Days passed and the date of the opening show arrived. Everything was perfect except for guilt. It didn't seem to be where it was supposed to be. It was not there. I had been through the toughest part and now I couldn't feel guilt? Perhaps desire but not guilt. That was the only element missing for my Oedipus. Through all this sacrifice, my old man in the exile, my mother walking naked through the house, but I just couldn't evolve!

I had considered not acting in the opening function. How could I make my eyes tear up without an ounce of remorse in my conscience?

Or maybe guilt was sleeping somewhere in the giant Freudian iceberg. Maybe my family and I made a mistake in the way we developed our strategy. Anyway, I arrived a couple of hours before show time, and I just did it. I captured the audience, but I let myself down. I sank deeper into the misery of being a fraudulent artist.

My mother was crying in the first row of the auditorium and I was hating myself

because I was not worthy of Oedipus, was not worthy of Sophocles or Stanislavski. Worst of all I was not worthy of my parents. I was the one who was taking the credit, that fake clapping and stupid congratulations! Myself hidden behind my own self! Myself without any guilt at all. Was I a psychopath? Before the curtains went down, I thought I saw my father in the last row of the auditorium. Maybe it wasn't him, but was it worth it? All this sacrifice for God's sakes?

It was a cold night and I fell asleep. My empty life would be there for me in the morning I thought.

The intense light of an operating room woke me up the next day; while the anesthesia kept knocking me down...

I saw the beautiful smiles of mother and my father was holding up a weird surgical instrument commonly used for aesthetic procedures... in the blink of an eye I read my father's lips and barely heard him say while I drifted into darkness: son, from now on, these will be your mother's eyes... son, from now on, these will be your mother's eyes... son, from now on, these will be your mother's eyes... son, from now on, these will be your mother's eyes... son, from now on, these will be your mother's eyes...

The axis group

With lesser or greater intensity man is usually determined by his context. In the devious adaptation process, experience has taught us that we must perfect the art of deception to become successful. We pretend to play roles not always congruent with our personalities. Resources like therapy force us to know our "true identities" even though we are not always willing to be sincere with our own selves. We are so used to playing roles that we forget who we really are. Is therapy a way to unmask our souls or a way to suppress individual differences?

Group therapy was really not Mingus's strength but he had been thinking for a long time of opening one to expand his horizons. One morning three particular patients were waiting in his waiting room. Stella, his faithful, lifelong secretary, called him on his private phone while he was bathing in his tub. His house was just a door away from his office. He had bought two houses a long time ago in order to work close to home.

> Stella: Mr. Mingus?
> Mingus: Yes?

A little puzzled by the bubbling noises she heard on the other end of the line.

> Stella: you have some patients coming for the therapy group in the waiting room, sir.
> Mingus: Anyone I know Stella?
> Stella: well, not that I know sir.
> Mingus: alright... aaaa, I'll be there in a couple of minutes. Give them a magazine or something, and tell them to wait in the therapy room please Stella.
> Stella: ok, doc. (To the group) Follow me please!

The first was a thirty eight year old man with slanted eyes. He was the shyest of the group and gave Stella the impression of an untrustworthy person. She had a great clinical eye for people, honed over ten years of working in Mingus's practice.

The second one, an attractive blonde girl, was tall and skinny like the standard model. She never put out her cigar even though Stella was evidently faking "cough-coughs". The whole time the young woman assaulted her with a cloud of smoke and nicotine.

The third one, a good looking young man, seemed to be very extroverted from the first minute. He was talking with Stella and the young girl, but none of them seemed to take him seriously and the "shy" guy seemed to be asking him for silence with his gaze.

Ten minutes of uncomfortable silence went by until Mingus entered the room. The three patients shook hands with him. Before he started talking he coughed and put on his glasses while he was sitting in his chair.

> Mingus: ok, what have we here? An interesting group of people, ha, well let's make a circle please ladies and gentleman... so I am going to start with this beautiful woman here... would you like to introduce yourself please darling,

and tell us why you are here?

Helga: of course, my name is Helga, Helga Krebs.

Mingus: Krebs mmm... that comes from... Deutschland right?

Helga: yes. I mean my last name, but I was raised in France. My parents were Germans, both of them, but I was born in Marseille.

Mingus: my wife Olga she also comes from Germany, such a wonderful country!

Helga: yes indeed but… like I said, I was raised in Marseille. I work "herre" as a model and "actrress". I came to see you, because... I... seem to be experiencing some sort of problems lately... and... I have always wanted to experience a "therrapy" group like this.

Mingus: models and actresses. No offense, but they tend to be insecure.

Helga: well, a man of science like you must agree there cannot be generalizations, no?

Edward: of course!

Mingus: what I meant is that they're usually habituated to satisfy their need for acceptance or adaptation through appearance.

Helga: it is also the way you're raised from infancy.

Mingus: there are no generalizations of course but there are certain characterological traits.

Helga: I had my doubts about coming. I hope we get along well.

Mingus: Would you like to share something else?

Helga: no, I don't want to share anything!

Mingus: it's alright if you don't want to talk about your sex life. I mean it is the first session after all.

All of three patients looked at each other's faces trying to understand what they had just heard and Helga smiled. Helga: (upset yet crossing her legs sensually) who said it's got anything to do with sex anyway?

Mingus: I just like to start with a little joke to break the ice, excusez moi!

Helga: ahh... Parlez vous français?

Mingus: (trying to impress her) ein bischen, ein bischen. Aber mein deutsch ist besser!

A minute of uncomfortable silence and Mingus turned to the thirty eight year old man.

Mingus: so, now it's time for the quietest one in the group. What's your name again?

Philip: Nakamura, Philip, but I am not from Japan mister Mingus, I am an American citizen... my mother is from Japan but I have lived in this country all my life.

Mingus: alright. I forgot race is still a sensitive subject in North America... I like Kurosawa's films a lot! Have you seen Rashomon?

Philip: not really.

Mingus: boy you don't know what you've been missing! A masterpiece!

Helga: has a lot in common with us.

Mingus: What do you mean?

Helga: four different "verrsions" of the facts... determined by idiosyncrasies, desires, "experiences".

Mingus: interesting! I had not seen it from that point of view... but tell us Philip, why did you look for this therapy group?

Philip: ah… I am not exactly sure. I am a lawyer and I met someone that gave me references about your therapeutic methods and I couldn´t wait... my friends tell me I have a very messy life so…

Those were the first words that had come out of Philip's mouth in a long time. Mingus noticed that he barely had the force to push the words out of his mouth and thought—a hysteric model and a depressive lawyer. How did I get so lucky?

Mingus: So, what about you mister…?

Edward: Edward Pinelli sir.

Mingus: (shaping his moustache) alright, so I guess we can baptize this group as the Axis group, because we have Germany, Japan and Italy!

No one felt comfortable with Mingus' acid joke as he

was trying to break the ice in the wrong way and then Pinelli shot back.

Edward: And what's your last name doctor? You haven´t told us.

Mingus: sorry, I forgot. My name is Charles Mingus, which comes from...

Edward: I guess we can call you doctor loony!

Mingus: very funny, Edward. I was about to say that comes from my father, he loved jazz! I apologize if my joke bothered you.

Edward: sorry. I have heard great things about you doc and... I am a painter. I am opening myself to new techniques so therapy seems like a key... I came to you because... I have this new relationship with this wonderful woman, but she is married and I...

Mingus: alright, you will tell us about that later.

He thought to himself—a gigolo who acts like an artist with the typical Picasso pose.

The rest of the session Mingus coordinated a number of meditation exercises. He was trying to make energy or Kundalini flow. Years ago he had practiced Siddha Yoga, achieving deeper states of consciousness. He asked the group to keep an open mind to enter a slow and gradual process, where relief found its own way. After a strenuous introductory session, the therapist gave some last instructions to the group.

Mingus: I guess that's enough for today. I am going to be seeing you people on... Saturday morning because I don´t have any other openings in my schedule. If any of you have a problem with that, tell Stella or look for another therapist.

The three patients showed much respect for the doctor and left the room quietly and apparently satisfied with the agreement.

Days went by and Mingus' quick diagnosis seemed to be not too far from reality. The model was trying to seduce him any time she could. Philip caused him trouble when he occasionally spoke because it was hard for the therapist to keep track of what he said. And the "love tales" of Pinelli seemed to bore him a bit, but at the same time he enjoyed the way Edward narrated them. The guy was certainly a good storyteller and he couldn't deny he had extensive knowledge of the arts, a subject that always held Mingus' attention.

On the other hand, he was wondering if gathering these three different cases together was a good idea. "You never stop learning" he told himself to justify this experimental combination.

One morning, Philip surprised everyone in the group because he came very agile, visibly anxious, and he started talking and talking, he spoke way too fast. His movements were kind of rough, all about him seemed to be quite different, they heard him laugh for the first time and Mingus thought to himself—a bipolar case. He was in depression, now I know he is in hypomania.

Every once in a while, the doctor conducted individual appointments with his patients. That day Philip came in with a long beard and messy long hair. Mingus proposed a medication to the lawyer who seemed to be suffering through a hard time.

Philip: I don't know what's happening, sometimes I have lots of energy, strength, and motivation to start new projects and adventures and suddenly it's hard getting up from bed.

Mingus: Mood swings?

Philip: yes it's like having two personalities.

Mingus: Which one you like the most?

Philip: I feel I am in control when I am depressed but when I am altered I feel more accepted socially, but out of control. I can't be still!

Mingus: that's quite interesting.

Philip: it sucks! No long term relations, no emotional ties, no family.

Mingus: I know a couple of people who would pay a high price to live your life. You know what I mean?

Philip: Don't you ever feel like that doctor?

Mingus: we all have our moments like Hamlet, remember?

Philip: What about him?

Mingus: going from the top to the bottom of emotions.

Philip: but in his case he was playing a role.

Mingus: or perhaps he rationalized his madness… anyway, in Hamlet his father's death represents the loss that created his episodes of insanity.

Philip: I agree.

Mingus: What would be yours?

Philip: I don't remember any significant loss.

Mingus: Not even an ex girlfriend?

Philip: all I can remember is my St Bernard.

Mingus: that could be it!

Philip: Or this could have another explanation right?

Mingus: indeed, genetics or an inherited familial system to solve problems.

Philip: I am interested in exploring other possibilities.

Mingus: What was the name of your St Bernard?

Philip: Rusty.

Mingus: Rusty?

Philip: yes, he helped me balance my ego.

Mingus: Balance your ego?

Philip: I invented the technique "big dog-little dog".

Mingus: How does this work?

Philip: this could be brought up in therapy. I visualized Rusty as my ego and a little Chihuahua as my true self. The exercise consisted in organizing a number of actions to turn Rusty into my true self and the little Chihuahua into my ego.

Mingus: What do you mean when you say ego?

Philip: all of the traits, expectations, perceptions that others build around you and you tend to give back.

Mingus: that's great! You developed your own method!

Philip: the problem is telling the difference between both dogs!

Mingus: that must be tough!

They kept talking about Philip's method. Mingus felt very interested in his patient's ideas. In one of the group sessions members were describing their particular thoughts about relationships. A better dynamic was perceived in the group interactions.

Edward: I always pick the wrong woman.

Helga: or the wrong women pick you.

Edward: perhaps you are right, but I would like to change.

Minus: What kind of woman do you mean?

Edward: "trophy" women.

Mingus: What kind of woman is that?

Edward: the one who is attractive, you know? Desired by the rest of men.

Philip: Big dog!

Edward: What?

Mingus: forgive Philips, he is joking.

Edward: anyway, I would like to connect with my inner self.

Philip: Chihuahua!

Edward: shut up!

Mingus: alright you guys, guys! Calm down Philip!

Philip: sorry, it wasn't my intention…

Mingus took control of the situation with the help of Helga. The members of the group kept silent for a few minutes. They did a relaxation exercise and continued sharing.

Helga: I can identify with Edward's feelings.

Mingus: In which sense?

Helga: well I've been there. I always look for a man as if they were something to dress.

Mingus: at least you have become conscious of your neurosis.

Helga: conscious, but still trapped in it.

Mingus: Why do you feel trapped?

Helga: the "atmosphere" in which I live is so shallow, there's no chance to be myself.

Mingus: don't you start Philip!

Philips: you visualized Rusty, doctor, don't deny it. What I think about all of this is postmodernism turned love into an industry.

Mingus: How's that?

Philip: we change our partners like we change socks... industry of pornography, latex, botox, collagen, breast implants, buttocks, and penises... different diseases enriching "the industry of love".

Edward: love is an animal in danger of extinction.

Philips: love is dead.

Helga: words of poets.

Mingus: somehow, we are so focused on consumerism that we turned society into a factory of clones. We are trapped in an eternal cycle of repetition. Different people, with different names, but the same needs and identities.

Helga: there's no space for individualism.

Mingus: so what about you Helga, how have you done with love?

Helga told Mingus in a private session that she couldn't find "the man of her dreams" and that was the reason she had been jumping from one relationship to another.

Helga: I feel a little "betterr" now Mingus. You see, I have met all kinds of men. But I haven't ever found anyone who really loves me. I came close of hating sex because I wasn't capable of finding someone to share my emotions with. I am not able to enjoy casual sex anymore.

Edward: that's a shame!

Mingus: alright, please don't interrupt Helga, Edward!

Edward: (laughing) sorry doc.

Mingus: continue Helga.

Helga: I found someone I think I love, but he is committed to someone else I knew. I am in love with that man, so unique. I envy that friend of mine for having him.

Her Elektra complex, Mingus thought, leading her to impossible loves that will than lead her to "casual sex" again in order to fill the empty void inside. Poor woman, *I* have never seen someone so lonely. Days went by and Mingus discovered an interesting aspect of Edward's personality he had never showed before. He was able to feel!

Edward: I can identify with Helga's problem doc. We are not able to establish long term relationships with anyone, because in a way; we are not able to feel. We seem to be disconnected from our own feelings, I mean…

Philips: I am not going to mention it.

Edward: I met a woman at this night club. And I felt deep shit for her, things I had never felt before, and the only problem there is, is that she, that she, she… she is actually ma… married. She is unhappily married. I just want to make things right doc and...

Mingus: well hold on, I don´t like to use my personal life as an example, but Olga and I have lived together for five wonderful years.

Philips: What's your secret?

Mingus: I guess keeping the relationship alive. It's a full time job.

Helga: but, haven't you noticed some sort of distance between you and your wife?

Mingus: occasionally, like every other relationship.

Edward: How often do you see each other? You are always working.

Mingus: that's right Edward I used to work a lot but that doesn't mean I neglect my marriage. Olga is very happy!

Edward: Have you talked to her?

Mingus: gentleman! I'd rather leave my personal life out of this!

The group therapy ended after a couple of weeks and the three patients left satisfied with Mingus's methods.

Philip Nakamura.
His real name was Hideo Nakamura. He was actually an actor who belonged to the local theater academy. Always had been an obsessive perfectionist of his theatrical techniques. He decided to enter therapy with Mingus hiding his true identity to build a character with bipolar disorder. If he could convince an analyst of symptoms associated with the disorder, then be ready to play his personage. The project involved the challenge of reflecting mood

swings of the disease, this had created a real mess in his psyche. He passed from induced depression to rampant hypomania that left him without sleep, experiencing the full range of emotions. Months later, the doctor saw him performing and said: "boy, this lawyer really knows how to act!"

Edward Pinelli.

He was a painter and a gigolo. He searched for therapy with Mingus because he was having an affair with Olga, Mingus's wife at the time. He was trying to tell the doctor about the secret relationship but he couldn't. Olga left him for the owner of a gallery that made sculptures with toilet paper. In the end, Edward was trying to heal himself from narcissism and projected his feelings of guilt on Mingus who reminded him of his father. So he was trying to pay back Mingus (or his father) for stealing the affection of his wife Olga (or his mother).

Helga Krebs.

Her real name was Claudia Von Schreyer. She wasn't a model or even an actress, although she had participated in a couple of plays in high school. She really was from France and actually had German parents. But she was a Lacanian analyst that used to train new methods of therapy by posing as a patient.

She had never dared to meet Mingus until she treated a patient named Olga Mingus, who told her about her husband and how she didn't feel comfortable with their relationship. She ran away to Los Angeles and had to construct this Helga character. That's how she ended up going out with Charles. That was the last time Mingus experienced group of therapy. In a world where no one is what it seems, therapists often receive lessons about identity and narcissism.

The boy who spit up money

Once upon a time, within the confines of an unknown land, there was a little boy who spit up money. His name was Santiago, he was raised in close proximity to a copper mine. People around him were trying to become wealthy through his extraordinary condition. Like every other kid all he wanted was to be happy, this meant having caring parents, fun with friends and somewhere to enhance his skills. He began to show peculiar behavior from an early age. He had multiple imaginary friends so he was constantly surprised others by talking in soliloquies. Occasionally he was mischevious and blamed any of the characters he created for his actions.

His father was a miner and his mother a teacher, but none of them could explain why this little child was spitting up money. Now that he was in school, he had started asking questions about himself. He was used to medical institutions as his life was based on a series diseases and medical consultations. He learned how to break solemn treatment from doctors and nurses. He even made some friends between all of the professionals he knew. Their parents afforded a sponsorship with a health insurance company. That was the only way they could pay for the high bills the treatment demanded. Once in a while, Santiago would try to puke a big pile of coins to finance what his parents spent on him. He had been frequently frustrated by all kinds of therapists who offered him a solution. That's how he finally arrived to the waiting room of Dr. Mingus. The eccentric therapist had avoided speaking about the case until he finally exploded: ok, ok this is some kind of aaaa unique case. I can describe it, but I would be lying if I said I could establish a diagnosis… it is just not possible.

It seems like the family had been going through a very rough time financially when it started. One day, they were eating at a restaurant and the father realized he didn't have enough money to pay. He looked around, trying to find a quick way to exit without being noticed, when miraculously, the boy threw up a large sum of money; enough to pay for the check and the tip.

Some reporter asked Santiago's parents what they thought about his disease and they replied:

Father: we really don't know why Santiago spits up money. We love him as if he was a regular kid. When he was three years old, I was looking for a new job and the boy threw up his first bunch of coins.

Mother: no, you are wrong! He was two years old when I was breast feeding him and he threw up a ten cent coin!

Reporter: Is it true Santiago's disease is directly related to nutrition?

Father: my son has always had trouble with his stomach and digestion, but nothing out of proportion. His stomach is like a black box that turns everything into gold, he is like King Midas. So far no one has given a clear explanation for this phenomenon.

Reporter: Do you think this is some kind of biblical myth coming alive?

Mother: I have no doubt is a miracle of god. He blessed our little Santiago with this special gift. I used to pray all the time for the health of children and my family. My son is not a freak! We don't like people coming to our house trying to expose his disease as if he was part of some circus show. The ways of the lord are mysterious. Science has nothing to do with this.

Father: the only thing we are worried about is that he almost doesn't have any friends. He is a very lonely kid. He has trouble adapting to the rest of children.

Mother: is because he is special. The thing that concerns me the most is that he is in a public school and the kids take advantage of him. They want him to be throwing up coins all day long. If only someone could help us get him into a private school. Kids can be so cruel at his age!

A year later, a priest who was the owner of a private school, heard about Santiago and made a deal with his parents in order to provide him with private education, and more importantly based in Catholic principles:

Here at Saint Peter School we are very concerned about the health and development of the money spit…—I mean Santiago. We try to teach him valuable knowledge related to his special skills. For example we take him to the bank twice a week and church of Santa Teresa almost every day. We are also very concerned about his instruction as a human being and as a Catholic of course. We treat him as we treat the rest of the children. Besides, we try to help him with a workshop for improving social skills. At Saint Peter School, we follow the ideas of the best thinkers and we have as many programs as leaders in education. Santiago is such a very brilliant student, especially in social science, although he gets kind of lost in math, as most normal kids do. In his Bible interpretation course group he is not doing so well. He was supposed to make a rehearsal of the sermon of the mount, but it went disastrously. Excuse me I still have a hard time talking about it.

A doctor that had been following Santiago's case for a while made a deal with his parents to provide him with medical care and someone asked him why he accepted working with the kid for free:

I decided to take care of Santiago's health because I thought no one could be as helpful as me. No other doctor understands him the way I do. We, the specialists are usually interested in symptoms explained through scientific theories, but in this case in particular, with this boy and the capital he produces, me and a couple of doctors are conducting some interesting studies on Santiago's stomach.

A number of publications appeared in the newspapers, showing pictures of Santiago with his doctor, talking about an investigation a government department was sponsoring.

In the concerned opinion of Dr Mingus, this medic was taking advantage of the child. He said the only thing this guy wanted was public recognition and perhaps to reproduce Santiago's disease in other kids in order to become a millionaire. Trying to psychoanalyze the case he noted:

From a Freudian point of view, the money spitter is stuck in his Oedipus complex. His relation with the object takes us, over and over again, unto the mentioned period. The child competes unconsciously for his mothers' affection and care. In the language of symbols, he commits the murder of his father or the denial of the same through the obsessive production of coins. In other words, economically (which in the case is the same as the sexual issue) he is "better" or more "capable" than his own father to provide for the family. Even though homeostasis is achieved thanks to the idea that his production of cash has the final purpose of helping the very same paternal figure he tries to nullify. There's a significant ambivalence. Santiago's personality and his "altruistic" posse allow him to create a self-perception of messianic proportions. There are some symptoms of autism also. It's like Leonardo Da Vinci's "Vulture kiss" reflected on Saint Ana's mantle. The bird represents the real mother as much as the real death.

It was a regular Saturday morning, and Santiago was playing with his own collection of coins, he had just thrown up the night before. He told his parents he wanted to have stomach surgery in order to try to be an average kid. He realized he didn't want to spit up money anymore and his parents were kind of scared. An economy professor analyzed the case in order to explain what Santiago represented for society:

The sudden and incredible appearance of a little child throwing up money could collapse the national and global economy. He has increased the quantity of money in circulation; which increases the available amount of currency. As a consequence, there will be "extra cash" on the streets buying merchandise, which will bring about a rise in market prices. What we will have, as a result, is inflation, which will grow to unimaginable levels and will damage all of the general objectives of national politics.

The reporter asked the parents if they would allow his son to be treated in order to stop his coins production:

Mother: we don't know if he is serious. He always takes our problems and carries them on his back. He is always worried about something new, trying to solve all of our troubles, by himself, with the capital that comes out of his mouth.

Father: we don't allow him to throw up too much money, but he gets crazy sometimes and disobeys our orders more often than people think. We are used to a regular amount of cash a day and Santiago has his boundaries now. We are not taking advantage of our son's disease, but let's say we use the funds he gives us of his own will to feed him, provide him with quality education and a house to live in, as well as other benefits.

Mother: we are his parents' you think we would like him to get hurt? That is why we are always checking on the people around him. Do you think we like kids treating him as if he was some kind of freak? (Tearing up) No one loves him more than we do!

The doctor took advantage of Santiago's need for adaptation and tried to gain some prominence by volunteering for surgery:

In my opinion, the best way to solve this problem is a surgical procedure. It's a real challenge and it has risks. Of course we are talking about the stomach and the brain, but I am working close with a team of experts. With my experience, we definitely have a better chance at succeeding. The physical production of coins takes place in the stomach, indeed, but the order comes directly from the right hemisphere of the brain. So we have to take into consideration all of the factors to finally come up with the reason for his organic currency production.

The parents, tired of the harassment of reporters, organized a press conference to issue a press release. The apparently nervous father choked down chocolate cookies. The mother enjoyed taking pictures with distinguished people of high society. Dozens of journalists and other guests were walking in and out of the roof of the two story house. For some random reason, most of the guests wore white and black. There was the surgeon surrounded by cameras offering a physiological explanation of the phenomenon. Mingus was chatting at the center of a table drinking red wine and surrounded by a number of guests. The priest was blessing the food on the main table asking people to pray. Suddenly, a round shadow in the sky covered the faces of the multitude. The sky was blue with a few fleecy clouds remaining static. The curious observers covered the light with hands on their foreheads. The father threw up the cookie he was chewing. The mother was posing for a photo when a journalist pointed out his finger at Santiago who was waving goodbye in the sky while he rode a hot air balloon.

What have you done yourself for yourself this day?

Dr. Mingus was very popular at the time. He had written several books about his bizarre therapeutic methods. The most recent of them was called: What have you done yourself for yourself this day? In which he detailed some of the clinical cases of patients who were treated by him. He talked mainly about self-perception, self-esteem and the unknown capability of self-healing in human beings.

Nathaniel had been under Mingus' care for a year. He was thirty-eight years old, divorced twice under the shadow of "sex addiction". He came from a Catholic family from Ireland. He looked to this therapist in search of an explanation for his compulsive behavior; to try to understand the reasons and to try to keep Laura, his third wife, for the rest of his life. The day he arrived at the office of Mingus, he had to wait an hour because the eccentric doctor was talking to a colleague on the phone. He was not supposed to change his libido, but he could change the things he did with it.

Mingus: alright, Nathaniel right? Like that English author who wrote Great Expectations, that is why your parents named you that?

Nathaniel: that is Charles Dickens, doctor. You mean Hawthorne!

Mingus: alright, I guess I made a mistake, but you can't deny it's a great novel. Great Expectations and the one with the ghosts from Christmas, I like them fine. So, Nat, you think your libido is out of control?

Nathaniel: yes doctor. That has always been a problem for me. I just can't stop. It's like a disease that is constantly forcing me to be unfaithful with those I love. I just don't feel right. I want to be a normal person.

Mingus: alright, you are a normal person. Sex is like food my friend. Some people need just one slice of pizza, others two, three or four, and others like your case, need the whole pizza to feel satisfied. So you have to find the right kind of woman for you, some girl with an appetite like yours.

Nathaniel: the other thing is that I am emotionally blocked. I feel love but I do not know how to express it. People think I am a "cold" person.

Mingus: you should not worry about what people say. You should worry about the things your wife thinks you do.

Nathaniel told Mingus about all of his recent adventures. He told him about Cynthia, Gina, Maggie etcetera. All about his crazy fantasies like the one he had with Gina in the mud.

He felt like he was walking in an endless circle that he just could not get out of. And Mingus told him about "repetition compulsion" and how people transformed their unconscious neurosis into acts. He constructed a whole pattern for Nathaniel's personality.

Months went by and Nathaniel abandoned therapy; as he did with everything. He was surprised a year later when Laura asked him for a divorce after reading Mingus' book. She had discovered all about Nat's sexual adventures and fantasies, also the way he referred to his wife as a "castrating mother". He tried to convince her it was a terrible mistake but he couldn't.

There was an episode in the book in which "the Irish avenger", that's the name Mingus used for him. He was surprised by his mother with her cousin playing adult games in the bathroom. The funny thing is, said the book, this patient likes to be caught by his lovers in unfaithful acts. It seems like he has to have this emotional distance with maternal figures. Like some kind of revenge for being abandoned. He enjoys "forbidden" sexual relations more than a stable relationships. He says he wants to be normal but at the same time he is not able to provide affection.

Now, thanks to Mingus' literary genius, Nathaniel's most beloved, and now ex-third wife, had abandoned him. He did not know what to do or where to seek for help. He remembered that Charles had told him about his new book and tried to ask him for permission, in a way.

Mingus: I am writing this new manuscript about therapy. I am not a very talented writer because I don't have a defined style or imagination, but this will be a scientific book. A lot of people will be able to read it and try to find tips on healing themselves. Of course I will have to talk about my personal experience with most of my patients, but I don't think that's a problem, right?

Nathaniel did not expect to be one of Mingus choices to appear in his new book and he answered: no, doctor of course not.

Mingus: it's inspired by years and years of working on therapy. A dark energy pushes me to write and write without even using my understanding. Writing is like cooking, there are a lot of different ways to make the very same meal with same taste and flavor, with the right touch of course.

For some reason the doctor was always talking about food.

Mingus: you, Nathaniel, remind me of an ingredient known as sesame that goes with every single dish. You just have to accept and deal with your "sesamesque" nature and stop trying to complicate your life.

Now Charles was working as a cathedratic at an important university. Nathaniel saw his photo in the newspaper.

The paper said Mingus had been chosen best teacher of the year and would give a speech on behalf of a new generation of psychologists. Nathaniel was thinking about paying the doctor a little visit during this graduation.

How could he kill him in front of all those people and get away with it? A knife would be too violent, a gun too much blood and noise. So he decided to take a glass of chardonnay and solve the problem. I will poison him, thought Nathaniel. Now this Irish avenger would teach that doctor a lesson about revenge.

He came to the ceremony with his bottle of wine. He went there and stood at the entrance of the auditorium. He had to tip a student that was watching the door to get in. He was not going to let him by, but he said he knew Mingus and the student kept the tip Nathaniel offered him.

Mingus: alright, I see a lot of bright people committed to the study of the mind…

So there he was; surrounded by his students, treated like he was a king or a genius. The world of therapy won't miss this guy, thought Nathaniel, while he was having doubts about becoming a murderer. He is not really that bad. Maybe he is just naive or stupid.

As he was about to leave, he saw Mingus's wife hugging him, and then he thought about his own wife, and the way she smelled in the morning, her hair and especially the way she smiled. Guided by his anger, Nathaniel approached Mingus and gave him a hug.

Nathaniel: congratulations doctor, I saw you standing there and couldn't wait to say hello.

Mingus: alright, alright, and you are?

Nathaniel: I am Nathaniel doctor, don't you remember me? I am an old patient of yours.

Mingus: Nathaniel, that's right. I remember you. You are the guy with the crazy sex fantasies. I remember well, how have you been?

Nathaniel: I am ok. I have settled down for a while how's your wife?

Mingus: alright, alright, well we are here celebrating this class of psychologists. I hope your wife is ok… Is she?

Nathaniel: oh, yes. She is absolutely fine. My wife she is great.

Mingus: marriage is a wonderful thing you know? Helga and I have been together over a year now and she seems like a new woman every week. Sometimes she's mysterious, sometimes maternal, docile, or a wild animal.

He decided to abort the mission when he heard the doctor talking about his wife or perhaps by a lack of a "homicidal instinct" and they walked together to the kitchen.

Nathaniel was convinced he just was going to talk about what happened as a civilized person, and try to understand Mingus' reasons.

The ex patient put his hand on Mingus right shoulder saying: doctor there is something I would like to talk to you about.

Mingus: alright, alright, I am not working. But I'm listening.

Nathaniel: it's about that book of yours.

Mingus: Book? Which book?

Nathaniel: the most recent one.

The waiters and cooks were staring sideways at the scene and Mingus was starting to get a little nervous.

Nathaniel: it's my personal life doctor! Everything I told you about me is in that damn book of yours! And the worst thing of all is that my wife read the whole damn thing and now we are fucking divorced! So please tell me how a professional like you comes up with a thing like this?

After a long silence Mingus felt the sweat on his face and started talking: alright, alright. I did not mean to offend you Mister Nathaniel. I do not know how to explain this to you... I ... I didn't write that book.

Nathaniel couldn't believe what he was hearing, he knew he had to remain calm, but his anger was growing.

Nathaniel: if you didn't write it, why is your name on the goddamn cover of the book?

Mingus: listen Nat, I do not know how to explain myself. I tried to stop him but I couldn't! I did not write that book, my friend, I can tell you that. I swear I was not able to stop him! And you might take me for a mad man; I don't blame you, but that book my friend... that book was written by the devil himself.

Mingus had gone too far with his particular sense of humor and fantasy. Nathaniel was furious and felt Mingus was trying to tease him. Why didn't he just apologize?

Nathaniel: Written by the devil?

Mingus: (with the face of a madman) written by the devil himself! I do not have proof, but I can assure you he wrote it from the beginning to the end. I really have not talked about this with anyone. Oh it's good to talk about this with someone. It's actually therapeutic. Forgive the irony, not even my wife knows anything about this.

Nathaniel opened the bottle of wine at that moment, and convinced Mingus to drink a small portion while he was talking.

Mingus: I wrote compulsively. Night after night after night, against my own will, totally against my will and reason... and spirit... Nathaniel I swear, I was another being, and not necessarily human. I had transformed myself into a demon or a monster.

Nathaniel: And what does the devil look like?

Mingus: oh, please do not make fun of this poor old man. He did not necessarily appear physically, but he was there. Oh, I can assure you because I lived it! His voice and smell and words pushing my hands! Forcing me to write all that horrible crap you know and I detest!

The poison started taking effect on doctor Mingus, and made him fall in the kitchen floor. No one in the place was very surprised. Probably because they thought he was just drunk. Nathaniel was having pity on the therapist who was lying in his arms now.

Mingus: it's poison. You murdered me!

Nathaniel: don't worry doctor I will call an ambulance. I don't have the guts to kill you. I am just giving you a little stomach ache. Please don't talk you are not that bad after all.

Mingus: alright, I was just trying to help.

Nathaniel: even though he is not such a great writer; the devil really knows how to sell his lies. What have you done yourself for yourself this day doc?

Mingus: I let myself get killed by the hands of a mad man, and how about you Nat? What have you done yourself for yourself this day?

He was trying to get in to his patient's mind, even in his critical state.

Nathaniel: I tried to kill the devil's little kitchen helper.

And the doctor lost consciousness, nearly fading into a complete darkness.

Guru

An independent film was being shot in the desert of northern Mexico. An inexperienced director was trying to put together an exciting scenario about spirituality and human nature. The personalities of the actors were constantly being confronted by the invention of the characters. Fiction turned into reality and reality mingled with fiction to give birth to new identities. Some of the extracts of this telling are a recompilation of notes or interviews.

Mingus' Notes

I have always dreamed of making a film like Ingmar Bergman. I don't deny his influence, you know? I picked Tony for the role of Guru because I plan to reflect a certain sort of farce, or absurdity in this film. A regular man? A demi god? Perhaps a real guru? We haven't even talked about this. I also chose him because I think he is a great actor… on the other hand I am aware that his personal life, I mean, is very far from being an example to follow. I have seen the guy get lost in alcohol and drugs that he loses the last iota of consciousness. I know that such a difficult profession lends itself to instability but… oh yes! I forgot, he is a father of a five year old girl, divorced, tends to be a little narcissistic too… although, when he stands up in front of the camera the guy simply makes magic. It might be hard to direct him due to his "crazy life style" but his talent is beyond question. He is some kind of Peter Pan living in Never Land you know?

Lourdes, she is another ball game. She is a very spiritual person, talented, and professional. She is also a great actress and a very modest individual. She has practiced Yoga since she was aaa... thirteen years old I think. She's closer to being a guru than Tony is, but that's the challenge, that's the irony you know? The role of Lourdes; Sahara, she's some kind of postmodernist hippie, a troubled soul, a drug addict on break from rehab. She has been following this guru for two weeks through Sonora's desert. A compulsive alcoholic, frequent marijuana smoker, a party girl; her mind is always flying. One day she wakes up trying to become a nun and the next one a rock star. Lourdes is more than a pretty face she focuses all her talent and skill as an actress in building her characters. Theater is her life.

The script is definitely not the strong point of this film. The performers, the photography, that's what made me want to focus on this project from the beginning. I mean, I wrote the damn thing! Of course I like it but I am trying to say it has other strengths. The simple fact that we have scenes like guru talking with a fish in the middle of the desert encouraged me to make these oneiric scenes come true.

Actor's notes: Tony Staley
It's an independent film indeed, but I read the script and I did like it! I am used to doing what I like. I've always wanted to participate in a project like this, being challenged by the construction of a complex character like guru, you know? I mean enough about the stereotyped bullshit of films man! I wanna make some noise! Leave a couple of scenes to be remembered. Mingus? I know the guy is a director with little experience but I am convinced he has enough vision to lead us through this project. Mingus likes to get very deep into analysis and he gets you close to your characters' feelings. We are not working for money, not working for fame, this is not a commercial film. We are doing this shit for the pleasure of art man! Lourdes she is a great artist, she's also a very good friend. I met her five years ago in a theatre version of "Le tentazioni del dottor Antonio" from the adaptation Fellini made from Boccaccio. She has evidently evolved. She is also a very committed and spiritual woman. You know, it is funny Mingus picked her to play Sahara because she actually has nothing in common with her. She becomes

kind of obsessed with personages and she lives them with certain intensity. She constructs her characters. She is the kind of actress who likes to get very involved in her profession. An actress from the cradle that's what she is!

Actress's notes: Lourdes Ferrer

I am very proud to be a part of this project. I've been practicing Yoga since I was seventeen years old and it has changed my life completely. Our director he has an incredible gift for persuasion. But the real reason I decided to play this part is the big difference between me and Sahara. The girl has no boundaries at all. No inner balance. She's looking for something to hold on to. She's my opposite, she reminds me of me when I was a teenager. She jumps from one mood to another without finding stability. But in the end she only looks for happiness. By looking for pleasure compulsively she's enslaved by her own ego. It's some kind of a vicious circle. Tony? He is a good actor but we are not very close friends, he has aaaa I don't know how to put it… a wild lifestyle.

The story

It's a beautiful Sunday sunrise in Sonora's desert. Guru, Sahara and the rest of the group of wanderers walk in the direction of El Pinacate, an ancient volcano's crater. A large group of craters lie down along the horizon. The land is colored black, similar to some lunar soil. Some of the group members are visibly tired but their curiosity forces them to take the next step.

Paula: Why do we have to walk this long when we can drive?
Sahara: if we drive we will miss all of this wild nature!

Guru heard the conversation and stopped.

Guru: it is fun to walk, isn't it? We are very close from El Nazareno.

His finger points to the horizon where the mountain stands. They come to rest in one of the largest craters. Every one stares at the hole, surprised by its big circumference. Some of them take photos while others sit looking for a place to rest, exhausted.

Rafael: this is bigger than I expected… mamma mia.

Francisco: it must take about an hour to circle this huge hole.

Gilberto: I am starving, why don't we eat something?

Sahara: we have to meditate first. That's why we came here, remember?

Guru: those who are hungry eat some of our food supplies we have been walking for a long time. I am going to circle this crater in order to meditate a little.

Sophie: Est ce que nous n'avons pas médité?

Guru: attendez je vais aller au marché pour entourer le cratère… restez ici s'il vous plaît. Sahara, would you please?

Sahara: give us some words at least master!

Sophie: oui, s'il vous plaît monsieur Guru.

Guru: later, later… ne me dite pas monsieur!

Paula: What the heck did he say?

Sahara: it is not a damn mantra you idiot!

Paula: you think you're better than me, don't you?

Sahara: actually I don't even have to think about it!

Paula: I came here to have fun! And I am not having any!

Sahara kept silent while she watched Guru walking away. She had her arms crossed and her face contorted like that of a child.

Pierre: (taking pictures of the crater) le paysage est vraiment magnifique!

The group of followers stood on the side of the crater, whispering until Sahara's voice interrupted the soft murmur.

Sahara: we have to meditate! That's what we came here for right?

Paula: I am tired and our guru is walking away.

Pierre: (to Sophie) Qu'est ce qu'elle a dit?

Sahara: I am going to meditate! Anyone who wants to meditate follow me!

Every one followed her except Paula. The spiritual leader watched the group over his shoulder while he walked at the distance. He smiled; satisfied. He assumed a lotus position and contemplated nature, admiring everything around him. He lay on his back over a stone and focused on the group. Guru closed his eyes and assumed a meditative posture.

Sahara had already taken over the leadership of the group and guided meditation.

Paula was staring at her with some sort of envy while Rafael seemed to have a crush on Sahara. Pierre and Sophie were enjoying the experience. Francisco and Gilberto were laughing at this "severed" situation. Sonora is usually visited by dozens of Europeans and North Americans looking for some sort of "shamanic" experience. Ever since Carlos Castanedas' books, everyone seemed to have an interest in Yaquis, a local Indian tribe. Some of them had developed spiritual rituals prepared to impress tourists and some others even gave conferences and interviews about topics they'd read about or watched on T.V.

This group of people wasn't seeking a "shamanic" experience. They were definitely not "spiritual". They were there for the adventure. On the other side of the crater, Guru entered a deep state of concentration when he heard a voice: What are you doing brother Guru?

Guru: I am meditating. What about you?

A coyote was staring at him and talking without moving its snout.

Coyote: I was just walking, looking for water when I saw you standing here. Are those your friends out there?

Guru: yes brother they come with me.

Coyote: tell them not to stay for so long please.

Guru: I will tell them Coyote. Don't worry!

Coyote: I almost forgot (as he was leaving) try to go to the sea brother. Something is waiting for you out there.

Guru stood up and started walking while he was thinking about Coyote's words: Why did he want me to go to the ocean? Something is waiting for me there?

He went around the giant circumference and found the group at lunch time. Before he ate an apple guru made some observations about the weather and said: we cannot stay here too much longer; we are going to look for horses on a ranch close by to camp at

Nazareno's mountain.

Pierre: el Nazareno je veux la connaître, cest la c'est la montagne du Kino Sophie!

El Nazareno is the highest of the mountains around the desert of Altar. Around the seventeenth century father Kino went up and realized that Baja California was a peninsula and not an island.

Sophie hugged Pierre, thrilled about the adventure. Rafael and Gilberto were excited too. Sahara made no expression at all. Later on she felt better when guru took her on his horse. They traveled with a guide from a nearby ranch, with whom they arrived at the place. They started preparing themselves to reach the top of the mountain. While they were on their way up, they found a little man on his way down who asked them for water and offered to tell them a story:

Before clockwise turned clockwise, before breath of living man breathed out, before fish came out of sea walking there were two kinds of entities: sand beings and dark water beings. Those names are nothing more than an interpretation of how they seem to look like. They weren't necessarily enemies but also didn't have any kind of interaction between them. Sand giants considered themselves superior beings until an event triggered a radical change in their evolution. One of them was born under a strange condition. He understood the language of dark water beings. Suddenly entities joined forces to face adversity. Years went by as a deep union grew between them as no one had seen before. Gradually, they noted that the being responsible for their union was turning into solid stone. Days passed and the members of both communities observed the being of union solidify. When the last movement of his eyes announced his complete transformation, beings stood looking for each other for a while. They walked with heads down as they turned their backs, never reunited again in their long existence. They disappeared, doomed to extinction. Their inability to coexist led them to death.

The crew remained silent thinking about the meaning of the story they had heard. They thanked the dwarf for his tale and continued walking until they reached the top of El Nazareno.

Everyone was excited about discovering the view. They took a walk around the top until they decided to make a small encampment.

Francisco and Gilberto brought their guitars and started playing some music. Guru was sitting on a stone away from the group. He was thinking about the little man's tale and the Coyote's advice. Then he started meditating inside a tent, where he lit a candle. The shouts and laughs outside didn't allow him to concentrate. He left the tent to try to demand a little silence and then something happened. Guru saw Sahara dancing in a sensual way and suddenly he realized! He went back into his tent and wrote:

Coyote wants me to go to the ocean with the purpose of confronting my fears. I am not afraid of the sea. I mean I was. But maybe I am afraid of her, not Sahara in particular, but my desires for her revealing themselves so abruptly. Am I still fighting against my own libido?

The entire group of followers awoke around the fire, Sahara in Rafael's arms, Pierre in Sophie's too with the rest of the group gathered around. Everyone started to wake up gradually, but bees started to chase them and they just couldn't stand quiet. On their way back there weren't any problems, but guru was somehow losing control of his thoughts.

They arrived at the outskirts of Rocky Point. Most of them undressed and got in to the sea, including guru, who stared at Sahara's naked body, I have to solve this obsession or this is going to end up poorly he thought. The girls and boys were playing games. Guru got out of the sea and tried to dry himself off. The group used to imitate him even in little details like this one, so they got out as well. He used to react a little irritated when they did so. No one understood his annoyance but he wasn't able to express it openly. On some occasions it seemed like he was simply tired of being a leader, an authority. He sat on the sand, a little bit frustrated by his company. He wished he could be alone again! Walk by himself until his feet left hurting. But the journey had been too long to give it up; they had arrived at the city. He decided he could return to his loneliness after having accomplished their mission. His thoughts echoed in his head like a hammer: my ego my ego my ego... loves the form of humility. Then he determined their next destination.

Guru: there's a family of fishermen nearby. We are going to make a stop there.

The family of fishermen saw the group coming and gave guru an enthusiastic welcome, as if they had known him for life. The crew of followers stood behind him while he was talking in Spanish with the family of fishermen. After a couple of minutes Lupe invited everyone to sit and she prepared some fried fish.

Mateo: I am glad to have you people here, feel welcomed! Lupe prepared some fresh fish that we caught just yesterday. I hope you enjoy it!

Guru took a look at the fish he had on his plate. The fishermen looked how everyone in the crew ate, like starved animals. In the middle of the night, one of them woke up with a stomachache. Guru was sleeping soundly over a hammock and dreamt a heavy dream:

I was walking through the desert at night. My feet sank into the sand as if they were pulled off by an invisible hand. A slight ringing in my ear guided me in the distance. The sky went from a complete obscurity to a slight clarity. The scene of my feet walking on sand became clearer, as if they were focused by the sunlight. I advanced a few steps and found a blanket extended on the ground with a bottle of white wine, fish, vegetables, and fruit. A succulent feast right in front of me. I took a knife trying to taste the fish, but the fish told me:

Fish: ne me mange pas! Sil te plaît! Je vais te récompenser!
Guru: Pouvez vous parler? Mais si vous êtes un poisson!
Fish: l'après midi vous allez parler à un Coyote... pourquoi la surprise?
Guru: parce que tu est mort! et la cuisine aussi.
Fish: c'est cela que je veux te dire mon ami je ne suis pas mort… master. Master! Master!

The voices of Mateo and Lupe woke guru up

Guru: What's going on?

Mateo: it's an emergency! Our daughter! She is ill! We cannot find the cure! She's having a crisis right now! We don't wanna bother you but you're our only hope master!

Guru: I am not a doctor Mateo, and don't call me a master!

They walked into the little girls' room, and found her lying on the bed, pale and broken.

Guru: I can't do this!

Mateo and Lupe looked at him confused. Mingus ends the action with an effusive cut!

Mingus: What's going on Tony? Did you forget your lines? Are you feeling ok?

Tony: I am sorry Charles, I can't do this, let me take a break. I am kind of tired

Mingus: alright, but this is the last shot of the day, don't do this to me! What's going on?

Tony: I don't know! I can't deal with the scene. What do you want me to say?

Mingus: ok everyone, out of the room! We are going to take a break here!

Mingus makes everyone leave and talks with Lourdes about Tony's nervous breakdown. They go back to him in the room and found him crying in his guru costume

Lourdes hugs Tony and the director leaves the room to give them privacy.

Lourdes: Why are you crying Tony?

Tony: because I am a piece of shit, that's why!

Lourdes: Why do you say that? What do you mean?

Tony: it's just that this little girl reminded me of my own daughter... I haven't seen her in over a year, you know?

Lourdes: ok but... Haven't you talked to her on the phone?

Tony: no, her mother... she doesn't want me to call.

Lourdes: well you have to try. Relax and give her a call when you get to your hotel room.

Tony: thanks for listening Lou.

They hugged each other and shared a moment of silence.

Later on in his hotel room, Tony was offering a party with the film crew. Alcohol, cocaine and women filled up the place, enlivening the meeting. Tourists and fans are there too, half naked and stumbling on one another. Lourdes was awakened by the noise in an adjoining room. She decided to knock Tony's door and she couldn't believe what she saw. Charles was dancing too. Lourdes approached the director trying to understand what was going on.

Lourdes: How could he change from one mood to another so fast?

Mingus: Bipolarity? Or just maybe it's the way he handles his emotions regularly. He denies them. He comes down and explodes like a maniac and comes down again and then…

Before Mingus finished explaining Lourdes was walking down the hall. Tony followed her and tried to get her into his room. She refused and he took the chance to kiss her. Before the actor could talk she gave him a big slap in the face.

Lourdes: asshole!

He didn't take it personally and went back to the room laughing and dancing.

Tony: sorry Lou! I am kind of drunk. But you know I love you!

Lourdes went to her room thinking: As if he needed alcohol to become more stupid than he is… I wonder why I bothered.

Back at the party everyone yells and dances to a Serbian beat. Tony seemed sad for a blink of an eye, but the celebration continued until the next morning. Tony awoke at noon beside a strange girl in the bath tub. He watched his face in his cup while he was trying to comb his tousled hair.

He was resting his feet on the lining of the tub.

Lupe was washing guru's feet, and thanking him for the help he gave her daughter the other night. He tried to appear simple. Sahara tried to help Lupe with her work and started washing guru's feet as well. He was already uncomfortable with Lupe's attentions. He told women he wanted to be left alone.

The crew of followers said goodbye to Mateo and Lupe and their family helping them to clean up the place. They had to walk towards the center of the city that day. Mateo and Lupe hug guru and thanked him for the last time. They arrived at their hotel downtown to arrange some meetings. Guru explained them he was expecting a group of religious men from all over the world. All of them were to be registered at the same place in order to wait for a big phenomenon that would take place shortly: a great amount of energy due to a total eclipse of the sun. That was not the first time Sonora's desert was an ideal place to meditate. It was a frequent center of energy. They had planned to gather praying and meditating to find union between different cultures and ideologies. Guru gave the crew of followers a month of vacation in order to organize the whole thing. None of them wanted to leave but had no choice but to obey him. Sahara wanted to stay close and offered to be some kind of personal assistant. Guru agreed hesitantly and hired her as an assistant and translator.

Mingus yelled cut again, the film crew was tired due to hours of hard work and little sleep. Another complication was the producer hadn't paid wages that week. The film had gone over schedule. Producers began to lose faith in the project and were trying to save some money.

Meanwhile, Tony offered Lourdes an apology and tried to explain his mood swings while he cured his hangover with a glass of whisky. After listening to his reasons she tried to make him conscious about his emotional instability. She described how the world in which actors lived was out of reality so they must make the effort to try to keep their feet on the ground. The actor felt touched and hugged his co-star again. He cried and confessed he wanted to change for good. She believed his words and invited him to a meditation session. They gathered in the actress' room and started meditating under her guide. They made themselves comfortable sitting over the carpet of Lourdes's room dressed in their film costumes. Tony was trying to give vent to deep emotions he had never dared to speak of.

Tony: I've been looking for something to hold on to all my life Lou.

Lourdes: we've all been there.

Tony: I know but it is tough, you know?

Lourdes: then you should try harder.

Tony: I have been in more rehab treatments than I can remember.

Lourdes: maybe you try to fill a void with your addictions.

Tony: probably... How do you manage to find stability?

Lourdes: I try to balance my ego through meditation.

Tony: Does that work for you?

Lourdes: it has worked so far, come on, make your mind blank.

They kept meditating for a couple of hours, and then they went down to the restaurant to eat some fruit. Tony was a little bit uncomfortable because Lourdes made him feel too vulnerable. He was used to having control of any situation. Emotional ties were definitely not his area. On the other hand he was attracted to her intellectual conversations.

Tony: Don't you ever feel like if your characters manifest from a part of your personality?

Lourdes: as a matter of fact I do! Sometimes I feel as if while you don't look for certain characters, the characters look for you.

Tony: exactly! Some of them confront unresolved issues of your own behavior.

Lourdes: or add challenges that you thought you had already overcome!

Tony: I have always played characters that live on the edge, Lou! This guru represents some kind of breakthrough in my career.

Lourdes: let me tell you a secret, since I started preparing Sahara's character I began smoking joints every once in a while.

Tony: Really? Come on! Don't try to fool me!

Lourdes: I swear! Why would I lie?

Tony: is just that you don't seem to fit that role, did you

enjoy it?

Lourdes: I used to feel kind of dizzy and a little bit euphoric!

Tony: Did you make a connection with your character?

Lourdes: it helped me understand her a bit.

Tony: I still don't believe you! Guess I have to see it for myself.

Lourdes: one of these days probably... returning to our subject, sometimes just personality traits, little habits that make a whole.

Tony: and if you are not emotionally aware it is complicated to find your peace of mind.

Lourdes: your peace of mind.

Guru: our peace of mind.

Sahara: my peace of mind.

Suddenly, in a quick transition, Tony and Sahara turned into their characters having a conversation at the same restaurant. Their dialogues were like those in real life.

Guru: emotional instability predisposes you to addictions, you try to fill a vacuum inside.

Sahara: I don't know, I might have to bottom out to learn my lesson.

Guru: you are being so hard on yourself.

Sahara: I've always been... I need you to teach me how to love me.

Guru: I can't do that!

Sahara: you're supposed to be the enlightened one!

Guru: that's what people choose to believe at the end of the day. I am just another ordinary man.

Sahara: I know you can help me.

Guru: that's what I am trying to do. You could say you're trying to look outside something you have to find inside of you.

Sahara: I feel better just by being close to you.

Guru: you have a flame inside you, you just need to learn how to make it burn!

Sahara: teach me how! (Taking his hand)

Meanwhile, on the restaurant's stage a show was about to

start. A pair of beautiful hostesses helped set the stage. A black box in the center, light reflectors and a white curtain were the main elements of the trick. Guru's attention was diverted to the scene taking place before him. The lights went out and an older man in a suit entered accompanied by a musical background reminiscent of a circus. The little hair he had on his head was covered with gray. While beginning his act, interacting with his pretty assistants, he kept a tight smile. He did not realize that his face had been saddened over the years so that his smile produced a reverse effect. It made you barely feel pity of him. The game of lights became a game of shadows behind the white curtain. Guru and Sahara stared at the show speechless. The film had reached some kind of magic atmosphere aided by the connection between the actors. And then gurus' final words: An act of illusionism, that's what life, is.

Mingus was very excited with the result of that week's scenes after all of the problems with the production. The good spirits had finally returned and seizing the moment he had hired a Tarantella band to celebrate a small party with the film crew. He was so happy he addressed a few words to the crew:

I know our little project has not walked in the direction we all wished. When I started this film the passion to tell a story was enough to go dodging adversities. Now, this has become a collective struggle to achieve a common goal! I just want to thank those who have been fighting alongside us and invite them to make a last effort to finish the last part of our film. I thank you all!

The band started playing a happy tune and the waiters began offering all kinds of drinks and sausages. Tony and Lourdes were also happy with the results so they drank a few cups of wine. They had so much to talk about that they decided to continue their conversation in the swimming pool. The protagonist was in very good mood. Being able to externalize his problems had made him feel released, without many uncertainties. There was no need to play a role in front of Lou. He was allowed to be himself. He did not need to adopt the swaggering attitude of a seductive narcissist.

Tony: something has change inside me since we started

sharing, I have to admit.

Lourdes: I am glad to hear you talking like that! You made that change possible, not me.

Tony: I am not saying I am a new man it is just that I feel "lighter".

Lourdes: you opened your consciousness, that's a good start.

Tony: How about you? Have I produced any interesting change in you?

Lourdes: I experienced a sense of freedom.

Tony: Free enough to share a joint with your soul mate?

Lourdes didn't expect the invitation. But she couldn't refuse as the night was so bright and so young she was in the mood to get lost for a while.

Lourdes: I will do this in the name of Sahara.

Tony: and I will be as respectful as guru.

Tony couldn't stand the atmosphere. A joint, a few cups of wine, a swimming pool and a beautiful girl were too much to handle. He approached, taking her by the hand and they kissed each other. His moment of weakness had a high cost when he realized he had made Lourdes uncomfortable. The actress tried to say something but she couldn't stand the situation and went up to her room. Tony laughed to himself when he saw her leaving, especially when he saw a couple whispering at their scene. He experienced a series of mixed emotions that made him cry while floating in the pool. He smoked a few hits before he tried to blank out his mind. Destiny was laughing at his efforts of becoming a better man? He tried to meditate.

The scenes of the group of religious men arriving to the city were shot the next day. This set of scenes had Guru and Sahara receiving them at the airport. The group included: a swami from India, a Buddhist from Japan accompanied by a Tibetan monk, two Muslims from Palestine, three Jews from Israel, two Catholics from Ireland and a Baptist from Tennessee. Countless languages were spoken in one of the waiting rooms of Mexican customs. People kept looking at them with curiosity because the striking mixture of their costumes. They walked through the hall carrying their bags and belongings. They felt tired, hungry, wanting to lie on the ground to get some rest. Yet they seemed to be excited because of the arrival in a new country. The large number of North American tourists gave an atmosphere of frontier to the airport.

Suddenly, they observed a group of people milling around a liquor store. Two cops were aiming at an assailant who was caught so he was threatening to shoot an employee. The crew of religious men joined the group of witnesses who risked their lives remaining too close to the shop despite warnings from police. Most of them were placed on the backs of the curious observers. Instead, the swami from India advanced towards the action, guru tried to stop him holding him by the shoulder but it was useless. He walked slowly saying: he doesn't want to harm anybody he is looking for a desperate way to end his life.

The assailant pointed his gun at him warning him not to approach.

Swami: I just want to talk.

Guru tried to translate the words of the brave swami.

Guru: ¡solo quiere hablar contigo!
Assailant: ¡que no se acerque o me lo chingo!
Guru: he says stop or I'll shoot!
Swami: he doesn't want to harm anyone I can see it in his eyes.

The swami was passing the cops aiming at the assailant exposing himself to the line of fire. The cops tried to warn him.

Police 1: ¡hágase a un lado!
Police 2: ¡agáchese pendejo!
Guru: step back! Get down you idiot!
Swami: relax. I know what I am doing.
Guru: relájense, yo sé lo que hago.

The assailant was shaking with the gun, hesitating to aim at the swami or the cops or the employee. The Hindu stopped just a few steps away from the desperate man. Guru had to approach Swamis back to try to translate the conversation.

Swami: don't be afraid.

Guru: no tengas miedo.

Assailant: ¿De dónde se les escapó este pinche loco?

Guru: solo quiere evitar una tragedia.

Swami: I know what you're feeling.

Guru: sabe lo que estas sintiendo.

Assailant: hace dos años que no tengo trabajo, mi esposa me dejó y no puedo comprar ni una pinche botella de alcohol pa' olvidar!

Guru: he is unemployed, his wife left him and he is ashamed that he cannot even afford alcohol to try to forget.

Swami: keep him talking!

Guru: What can I tell him?

Swami: ask him why his wife left him.

Guru: ¿Por qué te dejó tu esposa?

Assailant: no encontraba trabajo y comencé a tomar casi todos los días.

Guru: he used to drink every day.

Swami: you need balance.

Guru: necesitas equilibrio.

Assailant: necesito un nuevo trabajo, una nueva esposa.

Swami: you have time to start things over!

Guru: hay tiempo para comenzar de nuevo!

Assailant: ¿Cómo salgo de esto?

Guru: how can I get out of this?

Swami: give me your gun!

Guru: ¡entrégame el arma!

Assailant: ¿Me da su palabra que me ayudará? ¡No quiero ir a la cárcel!

Guru: Would you promise you will help? I don't want to go to jail!

The assailant handed over his gun and the cops ran into him throwing him against the floor. The hostage collapsed on the ground crying while a pair of paramedics measured her vital signs. While lying on the floor the desperate man looked at Swami as if he was thanking him. Mingus ended the scene using a megaphone. He felt like Pier Paolo Pasolini using "regular" people to perform a determined character. In fact, half of the religious crew wasn't professional actors. He got a special permit from a correctional to hire a couple of prisoners. He sought to project a complete contrast between the spiritual man and the one who lives outside the law. He searched faces looking desperate, marginalized, as if his film was Goya's canvas.

Alfredo, the guy who was playing the role of a Tibetan Monk, was one of the prisoners. He stepped forward and told Mingus the scene seemed too false. He argued he used to rob liquor stores and knew what he was talking about. The director asked which part of the scene seemed fake.

Alfredo: no one in the real life would react as the assailant you are describing, no one!

Mingus: Why? I mean, most of offenders are marginalized people trying to find a chance!

Alfredo: I don't know about that but you portrayed a desperate man thinking too much, that's bullshit!

Mingus: well that's how Swami saves him!

Alfredo: in your film maybe, but not in real life.

Mingus: ok, I appreciate your opinion.

Alfredo: in real life that guy would end up with a bullet in his head.

Mingus: in another film probably.

Tony: he has got a point Charles! Why don't we shot an alternate scene?

Mingus: And make Swami die? I need this character for upcoming scenes!

Tony: it would be just like an experiment dude!

Mingus: I don't know I need to give it some thought.

Tony: if you don't like the idea of death, we can assume he was injured!

Mingus: let's shoot the banquet scenes and then I will make a decision.

Tony: alright, it is your call man!

Mingus didn't like to follow other people's suggestions in terms of the creative process. He felt as if he were distorting his original idea. Besides, his pride wouldn't let him recognize he could be wrong.

Later in the evening, the film crew was organizing the dinner scenes. The group of religious men appeared in the sequence in which Guru offers a dinner that he and Sahara cooked. The dinner consisted of a tasty chicken with peanut flavoring accompanied with grilled asparagus. The eleven actors representing the religious men were gathered at the table having lunch. The director warned them not to finish the food before the shooting. Alfredo, who had remained silent, kept arguing about the limited realism of the assailant scene.

Alfredo: it is not the real deal, that fucking scene is way too false!

Prisoner 1: careful, the director can hear you!

Alfredo: So what?

Prisoner 1: he will send us back to jail and we won't be able to eat this delicious food.

Alfredo: fuck this shit!

Prisoner 2: Wanna hear about a fake scene? I am representing a Muslim sitting next to a Jew.

Prisoner 3: So what?

Alfredo: Jews and Muslims hate each other's guts you ignorant asshole!

Prisoner 3: But why?

Alfredo: I don't know that shit, it's written in the bible man: "no stone will be left unturned".

Tony: those people inherit their hatreds. Their gods are a pretext to justify their hate.

Alfredo: How about races?

Tony: another pretext.

Alfredo: social inequalities.

Lourdes, who was listening carefully, intervened to express her point of view.

Lourdes: the issue is quite complex but do not forget a key fact, the arms industry feeds on these ancient hatreds.

Tony: and the wheel of fortune keeps turning.

Lourdes: it is a paradox, two prophets who preach love of neighbor used as war shields.

Tony: as swords.

Mingus was already stressed. Some of the lighting technicians failed to regulate the amount of light, overexposing certain areas. As they were running out of time they managed to work that way. Mingus yelled action! And the shooting finally started.

Guru and Sahara were serving dinner. The crew of religious men was savoring the main menu. The rectangular dining table was made of wood. As a courtesy, the group booked the center for the hosts. The two Catholics stared inquisitively at the couple. Guru felt kind of uncomfortable but finally sat at the center, Sahara sat to his right. One of the Jews asked him to bless the food. Guru refused at the beginning but had to yield because of the insistence of his guests.

Guru: oh great creator of the world, thanks for gathering this group of different faiths and languages. We sit humbly at this table, joyful to have found you through different forms and names. We pray for those who see in religion a way to separate, to enrich, to dominate... bless our food and let us continue growing and overcome our weaknesses...

They began enjoying the feast while talking about the weather and the color of the sea. The Catholics were whispering suspiciously but the Baptist spoke up first.

Baptist: Have you realized that we are thirteen?
Muslim 1: Thirteen?
Baptist: account for yourself.
Buddhist: that's right! We are thirteen!
Monk: So what?
Jew 1: come on you must have heard about it.
Buddhist: actually this is the second time he comes out of his monastery so...
Jew 1: well it's a long story, but do you know the last supper?
Buddhist: we studied some aspects of the life of Jesus.
Jew 1: What happened after that dinner?
Buddhist: Jesus died?
Catholic 1: actually, he was raised from the death.
Guru: don't forget about Judas!
Monk: What about him?

Buddhist: you must excuse my friend sometimes he asks questions knowing the answer.

Before he could answer someone called guru to move the car he rented to another place. He apologized and went down to the parking lot, furious. Meanwhile, the religious men continued arguing.

Swami: the mysteries of faith go beyond the limits of reason.

Muslim 2: we are supposed to be afraid of dying, just because the number of people seated around the table?

Jew 2: it is not that simple.

Muslim 1: and we are supposed to be "primitive".

Monk: I don't understand.

Jew 3: as you say brother, superstitions are logically unsubstantiated.

Jew 1: "I tell you the truth one of you is going to betray me".

Monk: I remember that line, but is it an order or a premonition?

Catholic 2: What do you mean an order? A premonition!

Sahara: he actually has a good point!

Swami: I fear less from death than betrayal.

Muslim 1: that's right! We don't even know what to be afraid of.

Buddhist: if Jesus came back from the dead…

Monk: or perhaps he didn't die.

Buddhist: whatever! I don't understand why you must see this event as an unfortunate incident. It resulted in the most significant event in the life of Jesus.

Guru came back from the parking lot visibly tired. He tried to follow the conversation but somehow he was absent, gone. A little silence was made as though everyone were expecting his input, but he just grinned and they continued.

Muslim 2: he sacrificed for humans.

Catholic 1: he died for our sins.

Monk: so Christians consider sacrifice, an important practice in their religion?

Catholic 2: indeed.

Sahara began serving red wine to diners. Most of them agreed to drink a coup or two except the Muslims. A reporter knocked at the door to ask for a photo of the private event. Most of them didn't pay much attention to the stranger until he tried to get them ready for the photo. The Monk from Tibet thought it was a good idea to imitate the position of the last supper picture.

Before the reporter could take the photo someone called guru on the phone to ask him to move his car again. Sahara offered her help but he ordered her to take care of the religious crew. The group felt confused, they even suspected guru was uncomfortable with their presence and thought of going back to their rooms. Swami suddenly stood up carrying a napkin in his left hand.

Swami: gentleman! I will like to share my latest poem with you.

Jew 3: go ahead.

Swami: morte d'ogni giorno...

Jew 1: Italian!

Swami: morte d'ogni giorno... lugubre e sciatta... mostra la sua risata e io le faccio in faccia la risata... io voglio ascoltare i tuoi denti e mormorare nei tuoi orecchi... la tua vecchia mascella, digrignare di vipera... della mia ultima battaglia... morte d'ogni giorno io ti faccio in faccia una risata…

Jew 1: that's a nice poem!

Baptist: I don't know Italian, what is it about?

Jew 1: it is about every day death.

Monk: Can someone translate the entire poem for me?

Sahara: I will get you a copy.

Monk: thanks! Death has always interested me.

Sahara: it is some kind of taboo.

Buddhist: we don't understand death.

Swami: we spend our lives trying to deny it.

Monk: Our body is like the prison of the spirit?

Swami: I wouldn't go so far as to call it prison but…

Buddhist: but somehow death frees our spirits.

Swami: depends on how you live your life.

Monk: How's that?

Guru came back and sat down at the table, his face was pale. He asked what they were arguing about. Sahara served him some chicken and melon juice. He played for a few minutes with the food on his plate. He heard the voices of religious men in the distance. He was about to eat when the reporter came looking for him for the third time; causing the other men to laugh about the absurd situation.

The next day the shooting continued in the outdoors. The final scene of the eclipse would take place at dawn on the beach. It was four am, and the film crew was already working on the set. The actors were protected from the sea breeze inside a tent drinking some coffee. They heard the burst of waves at the distance. The first shot showed a picture of the religious crew meditating with guru on the beach. The waves were rolling near their feet. This included Sahara who enjoyed soaking her legs in the water. Gradually, the religious men dispersed seeking solitude. Sahara ran behind the Buddhist trying to have a chat with him

Sahara: excuse me, sir! Excuse me!

Buddhist: I am sorry?

Sahara: May I talk to you?

Buddhist: well of course you may.

Sahara: When did you decide you wanted to be a monk?

Buddhist: When?

Sahara: ok… What made you take that decision?

Buddhist: you are an inquisitive girl. I detect a light trying to enlighten your inner self.

Sahara: I wish I had all the answers.

Buddhist: when I was your age I thought I had all the answers, but life is such an impeccable teacher.

Sahara: What happened?

Buddhist: believe it or not I was a successful lawyer in my youth.

Sahara: So?

Buddhist: so I used to work the cases for big business in the country. A group of friends and I had a law firm. A couple of universities used to call us to deliver lectures and one day I had a rough case, and I had to manipulate facts to win. In a few words, I was discovered and eventually lost the trail of my career and everything began to fall apart... me and my wife... we couldn't sustain the high standard of living we had... we got divorced... I must tell you I also considered suicide for a few nights.

Sahara: my god, you must have suffered.

Buddhist: most of the times you keep your mind distracted imagining your possible suicidal attempts.

Sahara: You mean you didn't want to?

Buddhist: I mean I got obsessed with the idea. I was afraid of life. I repeated the line so much it became part of my reality.

Sahara: What stopped you?

Buddhist: my inner silence.

Sahara: Your inner silence?

Buddhist: I thought my life was over but it was just the beginning.

Sahara: An awakening?

Buddhist: an awakening.

Sahara: I still wait for my awakening.

The day turned into a clear night. The soft breeze turned into a strong wind blowing sand in some of their eyes. The air obstructed their vision and hearing; suddenly they needed to yell to communicate.

Muslim 1: let's gather at the center!

Baptist: What?

Muslim 1: let's reunite!

Catholic 2: let's join together!

They walked slowly in the direction where they had started meditating. Tunics and various outfits had beaten their bodies with the wind. The sand was beginning to cover their faces with a light brown. Guru was walking into the ocean carrying a dark object underwater, he seemed like an animal at the distance. The religious crew was already gathered in a little circle staring at the horizon covering their eyes. They felt the breeze started to get cold. A series of columns of clear water began to rise at the horizon. It seemed like water had come to life and was forming symmetrical figures deliberately. Swami took the hand of the Buddhist, the Buddhist took Sahara's hand and shortly they were all together forming a circle. They saw guru walking towards them, smiling. A group of lights in the sky were enlightening the surface of the ocean. It was like a game of illumination. Some of them were laughing, while others were crying. Sahara felt the rays of the sun on her neck. A soft flame covered her, revealing her body and soul. Was it the arrival of her desired awakening? Guru joined the crew taking Sahara by the hand. They saw the eclipse fading into the dark protecting their eyes through a thin piece of glass.

Tony (dressed as guru): I love you.
Lourdes: love you too.

Shortly after finishing the eclipse scenes the production organized a press conference to be give the film a little diffusion. A burst of flashes lit up the room. Mingus, Tony and Lourdes answered some questions to a group of reporters. They looked optimistic and tired at the same time. Tony had drunk too much coffee and Lourdes was using her glasses to avoid injury from the light flashes. Mingus wasn't used to talking in front of the cameras, he was quite anxious.

Reporter A: What is this movie all about?
Mingus: well there are lots of subjects around the film I couldn't tell you all of them.
Tony: a guru questions his way of life, it's about faith, love and existence you know?
Lourdes: of course! About the roles we play in life, spirituality, egocentrism and human nature.
Reporter B: Which are your influences in this film, mister?
Mingus: aaaa, I remember I was thinking about Ingmar Bergman when I wrote the script.
Reporter B: Is this a religious film then?
Mingus: not necessarily, I like the way Lourdes put it: is human nature.
Reporter B: Any other influence?
Mingus: a lot! There is this scene in which the religious crew is having dinner. I had in mind a scene from Luis Buñuel in "Viridiana".
Reporter C: I also see the atmosphere of Italian neorealism.

Mingus: well of course! My favorite films come from that period!

Reporter A: You see yourself portrayed in this character? I mean is this film somehow autobiographical?

The director felt like Guido Anselmi from Fellini's film "8 1/2" and thought about the scene in which Marcello Mastroianni hides under the table. He imagined himself doing that and laughed to himself. He got up and locked himself in the bathroom, after washing his face he whispered and looked at the mirror. He was ready to expose himself in front of the cameras and went back to the press conference to try to answer more personal questions. He took a sip of his water glass and felt relaxed, gradually sink into his chair. An awkward silence pervaded the atmosphere. Intermittent camera flashes portrayed the picture without much sense. The director thought he heard a mantra at the distance or perhaps emanating from the depths of his mind: om mani padme hum, om mani padme hum, om mani padme hum... reality seemed to slow as a movie sequence. Amid reporters, a policeman approached to the interviewees. His face was like the actor in the scene at the airport, could be a joke of producers? The man approached Mingus's ear and whispered: What do you need to complete the scene? The director thought: Scene? Which scene? And then he remembered Guido, Fellini's character, shooting himself in the head. He snatched the gun from the policeman and hid under the table, moved in his knees to one side, closed his eyes, and pulled the trigger.

The mantra didn't stop, Mingus walked down a sandy road. To his right a sort of huge red curtain hid the blue ocean, the sound of the sea was unmistakable, mingled with the om mani padme hum exalting the spirit of the filmmaker. In the distance, a man dressed in a white robe approached. A gentle breeze froze Mingus cheeks; he was trying to go unnoticed. He pulled his jacket to keep out the weather until the individual wearing a robe stood before him. The director moved to avoid the exchange of words. The character walked beside him saying:

Character: Why the rush?
Mingus: got to find a way out of here.
Character: Go out where? This is your home.

Mingus: you don't know what you're saying, I live across the sea.
Character: this is your world, you built it.
Mingus: What do you mean?
Character: look at that horse into a trot trying to cross the ring of fire. Do you recognize the rider?
Mingus: Prince Hamlet is riding... As de oros? Impossible! I must be dreaming!
Character: If this was a dream, would I be able to do this?

The character drew a number eight with his finger on the sand. The doctor looked confused not knowing what to think.

Mingus: yes, you're right, but what can I do to lower the curtain?
Character: look, there someone is calling you.

The character pointed the finger at a young teenager jumping on a platform.

Character: Do you remember?
Mingus: I think I recognize his face but...
Adolescent: (shouting) Dr. Charles! Don't you remember me?
Mingus: I have a bad memory! Give me a clue.
Adolescent: you were our big brother.

Mingus stalks his eyes to look more closely at the boy's face and thought he recognized an old patient.

Mingus: Mike? Michael?
Mike: he he he yes.
Mingus: you were just a kid, now you're...
Donald: a man.
Mingus: Donald?
Brenda: Charles!

The couple embraced the doctor warmly; he recognizes the family that, years ago, gave rise to the Philips project. There is laughter everywhere.

Donald: Charles happy to see you! How have you been?

Mignus: well, how about you?
Donald: great!
Mingus: What about the girls?
Donald: here, with us.

Mingus could not believe when he saw two small girls holding hands of their parents.

Mingus: Mike was the youngest, wasn't he?
Brenda: What do you mean Charles?
Mingus: your daughters were young and adolescent? Weren't they? How is it that possible...?

The girls ran to jump with Mike; the doctor stared at the act still visibly confused. He looked at his right and there was the former drug dealer Orlando throwing hoops into the sky mounted on a unicycle. His wife Dolores was at his side acting as an assistant.

Orlando: I managed to balance my life Dr. Pingus! Ha ha ha.

My mind is playing dirty tricks with me, thought Mingus. Not far from there he observed several characters surrounding a small table with a chess board. His curiosity led him to the place where two recognized Angolan characters were loading a chicken: Agostinho Neto and Jonas Savimbi. Two men pondered about the game, Luis Buñuel and Woody Allen.
Jonas: ideologies have damaged us Neto.
Neto: freedom has a high price.
Jonas: freedom, independence, anti-colonialism... east and west continue to collect rent by letting us live in our own land.
Neto: Marxism requires a maturation process.
Woody: Did you see where he placed his horse?
Buñuel: he is looking for the fork, what is the difference between chess and politics?
Woody: chess operates on schemes... rational or not the game requires thinking skills.
Buñuel: What about politics?
Woody: putting aside small popular left parties usually are members of the ruling class who struggle to lead the State.

Buñuel: I agree so?
Jonas: as we announce the fast rate of development and international organizations applaud the economic growth of our state, the citizen lacks from basic services... check!
Neto: the future will prove me right friend.
Jonas: I worry you mistake in choosing a successor, could plunge the country into a chaos.

Meanwhile observers continued their conversation.

Woody: well you can give me lecture on the bourgeoisie, although Europe is a special case... being wealthy does not mean being intelligent and this is accentuated in juniors... we are a generation ruled by juniors desperate to grow their family fortune...
Buñuel: So?
Woody: both chess and politics seem to require an intellectual exercise.
Buñuel: at least require a creative skill.
Woody: creative or destructive he he he.
Buñuel: look! That pawn is going to crown.

Mingus who watched the whole scene in silence was distracted by a voice.
Woman: Doctor up here! Watch our act!

The surprised doctor turned back and raised his eyes to heaven. There on a pedestal were Edward, Hideo and Claudia, former members of his therapy group, dressed as circus acrobats. Olga, his ex-wife, was located at the other end about to get on one of the swings.

Mingus: Olga! Don't!
Olga: Who are you to give me orders? You look so small from up here.
Mingus: I understand you're upset with me, but there's no net!
Olga: ha ha ha the brilliant therapist is not able to overcome his own fears.

Olga threw herself in the vacuum. The doctor closed his eyes and tried walking away from the scene blindly. The character followed closely to prevent escape.

Mingus: I don't want to see anymore, don't want to see anymore, and so please don't follow me!
Character: fear not, you can discover your eyes.
Mingus: only if you promise to help me get out of here before I turn crazy.
Character: quiet, were almost there.

The director had no choice but to open his eyes. His companion put him in front of what appeared to be a mobile home. Behind there came a magician with traditional nailing holey box knives and swords. One turn here, another turn there, to demonstrate the validity of the act. The doctor recognized the protagonist of the trick, it was Jesse; the patient who in the past adopted the identity of Jesus Christ. A mature woman lay inside the box, Jocasta, Oedipus' mother. Jesse nails two swords and then turns the box. Mingus watched unwilling to observe thought he noticed some blood running down one of the holes and gave a shout of horror:

Mingus: you are killing her!
Jesse: What happened?
Mingus: your box is dripping blood!
Jesse: sir, I guarantee that this magic trick has all the safety measures.
Jocasta: the doctor is right there is blood, my blood.
Jesse: no way!

Mingus approached to the box that was now not very different from a coffin. Took Jocasta from one of her hands and said:

Mingus: mom.
Jocasta: son.
Mingus: I always lived in the shadow of guilt.
Jocasta: I listen to the birds flit, they descend for my soul.
Mingus: always surrounded by ghosts.
Jocasta: those aren't birds, they're angels!
Mingus: never knew how to communicate.
Jocasta: spiritus.

Mingus: each patient is an opportunity to find ourselves.
Jocasta: adieu.
Mingus: distant, maybe I just show my wounds to heal or bury them under the sand so water takes them away and make them known to others...
Jocasta: free.
Mingus: I'm locked inside myself; this is my ego that is my ego.
Jocasta: look son! Jesus is trying to tell you something.

Mingus noticed that the magician had changed identity. It wasn't Jesse pretending to be Jesus Christ anymore; it was Nathaniel, the patient who had tried to kill the doctor years ago when he ruined his relationship with his wife. The individual threatened Mingus with a sword. The director stood up and began to walk back. All the characters were now around him so that he could not escape. He managed seep between the feet of some and ran along the shore of the beach looking for a way out. Nathaniel ran closely, sword in hand, with the rest of the group, hunting them. The doctor was just beginning to tire out when he heard a child's voice yell.

Child: come up doctor!

It was Santiago, one of the strangest cases the doctor had treated. The kid had the peculiarity of throwing coins out of the mouth from an early age. At that time he was flying in a hot air balloon. The boy had thrown a rope to the elusive medic.

Mingus: Santiago! Nice to see you kid!

The doctor achieved climbing up the basket of the balloon, where he started screaming his pursuers. Santiago calmed the doctor who was still shaken as a result of the persecution. Mingus finally contemplated the sea beyond the big curtain and asked the boy move in that direction.

Mingus: I must get across Santiago!
Santiago: as you like doctor, get comfortable.
Mingus: it's a beautiful blue sea and sky, what a sensation of freedom!

The doctor sat too close from the edge dangling his feet in the air. Santiago tried to warn him.

Santiago: is not safe to travel there doctor.
Mingus: don't worry Santiago; I have wings ha ha ha.
Santiago: doctor! Relax a little, you're still very shaky.
Mingus: you're right Santiago there will be much time to admire the beautiful view. I envy you for traveling like this.

     The director went to sleep at the foot of the boy falling into a deep sleep. The sound of waves awoke him in the next morning. His body was half wet the shore, half buried in the sand. He had no idea about what had happened, and Santiago's globe wasn't circling the sky no more. His characters had vanished from the face of the earth. He stood up shaking sand. He walked along the sea squinting against the sun's rays of the morning. He was a little confused by all the images hovering in his mind. He had died so many times that he wasn't afraid of finding himself.

Ricardo Félix Rodríguez was born in Caborca, Sonora, Mexico. He studied psychology and has a Master's degree in social science from the city of Hermosillo. He has directed theatre and digital video. He has written poetry, short stories and theatre. He has written film reviews for digital magazines, academic texts, a collection of short stories for a local publisher and the story "as maçãs de Asgard" for Sao Paulo, Brasil. He likes to write in different languages such as Spanish, English, French and Italian.